H.G. WELLS

A GUERRA NO AR

Tradução
Ana Brandão

H.G. WELLS

A GUERRA NO AR

Principis

Esta é uma publicação Principis, selo exclusivo da Ciranda Cultural
© 2023 Ciranda Cultural Editora e Distribuidora Ltda.

Traduzido do original em inglês
The War in the Air

Texto
H. G. Wells

Tradução
Ana Brandão

Editora
Michele de Souza Barbosa

Preparação
Walter Sagardoy

Produção editorial
Ciranda Cultural

Revisão
Maitê Ribeiro

Diagramação
Linea Editora

Design de capa
Wilson Gonçalves

Imagens
FabianGame/shutterstock.com

Dados Internacionais de Catalogação na Publicação (CIP) de acordo com ISBD

W453g   Wells, H. G.

A Guerra no Ar / H. G. Wells ; traduzido por Ana Brandão. - Jandira, SP : Principis, 2023.
320 p. ; 15,5cm x 22,6cm. - (Clássicos da literatura mundial)

Tradução de: The war in the air
ISBN: 978-65-5552-398-0

1. Literatura inglesa. 2. Guerra. 3. Avião. 4. Aeroplano. 5. Época. I. Brandão, Ana. II. Título. III. Série.

CDD 820
CDU 82/9.82-31

2023-1024

Elaborado por Lucio Feitosa - CRB-8/8803

Índice para catálogo sistemático:
1. Literatura inglesa: 820
2. Literatura inglesa: 82/9.82-31

1ª edição em 2023
www.cirandacultural.com.br

SUMÁRIO

PREFÁCIO À EDIÇÃO REIMPRESSA

O leitor deve compreender claramente a data em que este livro foi escrito. Foi em 1907. Ele foi publicado em um folhetim semanal durante todo o outono daquele ano. Na época, o aeroplano era para a maioria das pessoas simplesmente um rumor, e a "bexiga" dominava os céus. O leitor contemporâneo tem toda a vantagem de anos de experiência desde que essa história foi imaginada. Ele pode corrigir o autor em uma dúzia de pontos e estimar o valor desses avisos baseado em décadas de realidade. Por exemplo, o livro é fraco em relação a armas antiaéreas e mais negligente ainda quanto a submarinos. Sem dúvida, muito dele vai parecer ao leitor como peculiar e limitado, mas o autor não estará despropositado ao se orgulhar de muitas coisas. A interpretação do espírito alemão deve ter sido vista como uma caricatura em 1908. Era uma caricatura? Príncipe Karl parecia uma fantasia naqueles dias. Desde então, a realidade o copiou com uma fidelidade espantosa. É esperar demais que algum "Bert" democrático não possa, no fim das contas, ficar quite com Sua Majestade? Nosso autor nos conta neste livro, como nos contou em outros, particularmente em *The World Set Free*[1], e como tem nos contado nesse ano com o seu *War and*

---
[1] Publicado em 1914 por H. G. Wells. (N.T.)

the Future, que, se a raça humana continuar com a guerra, o colapso da civilização será inevitável. Será o caos da América do Norte e do mundo para a Humanidade. Não há outra escolha. Uma década simplesmente somou uma convicção enorme à mensagem deste livro. Ele permanece essencialmente correto, uma história em panfleto – em apoio à Liga para o Cumprimento da Paz. K.

SOBRE PROGRESSO E A FAMÍLIA SMALLWAYS

1

"O progresso veio para ficar", disse o senhor Tom Smallways.

"Dificilmente imaginaríamos que ele viria realmente para ficar", murmurou ele.

O senhor Smallways fez essa observação muito antes do começo da Guerra no Ar. Estava sentado na cerca no fundo de seu jardim e observava a grande usina de gás de Bun Hill com um olhar que não mostrava nem aprovação nem desaprovação. Acima dos gasômetros apinhados surgiam três formas desconhecidas, bexigas finas que oscilavam de um lado para o outro, ondulando e escorregando, crescendo cada vez mais à medida que ficavam mais redondas – balões sendo inflados para a subida do sábado à tarde do Aeroclube do Sul da Inglaterra.

– Eles sobem todos os sábados – disse seu vizinho, senhor Stringer, o leiteiro. – Foi quase ontem, por assim dizer, quando Londres inteira parava pra ver um balão passar, e agora cada lugarejo no país tem as saídas semanais, ou subidas, melhor dizendo. Foi a salvação das empresas de gás.

– Sábado passado, tirei três barris de pedregulhos das minhas batatas – disse o senhor Tom Smallways. – Três barris! O que eles derrubaram de balastro, o senhor não faz ideia. Algumas plantas quebraram e outras ficaram enterradas.

– É para as damas subirem!

– Suponho que temos que chamá-las de "moças" – disse o senhor Tom Smallways.

– Mesmo assim, essa não é a ideia que faço de uma moça: voando pelos ares e jogando cascalho nas pessoas. Não é o que considero comportamento feminino adequado, está de acordo?

O senhor Stringer balançou a cabeça em sinal de aprovação, e por algum tempo eles continuaram observando os volumes que eram inflados com expressões que passavam da indiferença para a desaprovação.

O senhor Tom Smallways ganhava a vida como verdureiro e cuidava do jardim por gosto. Sua esposa, a pequena e delicada Jéssica, cuidava da loja. Deus parecia tê-lo criado para um mundo pacífico. No entanto, infelizmente, Deus não planejara um mundo pacífico para ele. O senhor Smallways vivia em um mundo de mudanças obstinadas e incessantes e em um lugar onde os efeitos desse processo eram impiedosamente conspícuos. As adversidades estavam presentes também naquele mesmo solo que ele lavrava: seu jardim era arrendado anualmente e estava sob a sombra de uma enorme placa que proclamava ser aquele mais um possível terreno onde seria erguido um edifício. Ele recebera um aviso para deixar sua terra, a última porção do campo em um distrito inundado por novidades urbanas. O senhor Smallways fazia o possível para se consolar, para imaginar que as questões estavam próximas de uma mudança.

– Dificilmente se imaginaria que viria para ficar... – ele disse.

O pai do senhor Smallways ainda se lembrava de Bun Hill como um idílico vilarejo de Kent. Ele fora cocheiro de Sir Peter Bone até seus cinquenta anos, quando começara a beber; então passara a conduzir o ônibus da estação, até os 78 anos. Depois, se aposentou. Sentado próximo à lareira, esse velho cocheiro, com marcas do tempo no rosto e nas mãos, repleto de memórias, estava sempre pronto para contar histórias para qualquer estranho insuspeito que aparecesse. Ele poderia contar sobre a propriedade desaparecida de Sir Peter Bone, havia muito desmatada para a construção de um edifício, e como o magnata governara o campo quando ainda era campo, sobre atirar e caçar, sobre esconderijos ao longo da estrada, sobre um campo de críquete onde ficava a usina de gás e sobre a chegada do Palácio de Cristal. O Palácio de Cristal ficava a dez quilômetros de Bun Hill, uma grande fachada que brilhava de manhã, uma silhueta azul contra o céu da tarde, e, à noite, uma fonte de fogos de artifício gratuitos para toda a população dali. E depois dele vieram a ferrovia, e muitas casas, e então a usina de gás, e o sistema de água, e um mar grande e feio de casas de operários, seguido pela drenagem, e a água desapareceu do Otterbourne e deixou uma vala horrível. Em seu lugar, logo vieram uma segunda estação ferroviária, Bun Hill Sul, e mais casas, e mais, mais, lojas, mais competição, grandes vitrines, laminado, um conselho para a escola, taxas, ônibus, bondes – indo até Londres –, bicicletas, veículos motorizados e mais veículos motorizados; em seguida, uma biblioteca financiada pelo senhor Carnegie.

– Dificilmente se imaginaria que tudo isso viria para ficar – disse o senhor Tom Smallways, já que crescera em meio àquelas maravilhas.

Mas ficaram. Até mesmo sua primeira quitanda, que ele montara em um dos menores casebres que sobrevivera do antigo vilarejo no fim da High Street, tinha um ar de submersa, um ar de estar escondida de algo que a procurava. Quando pavimentaram a High Street, eles subiram seu nivelamento, de forma que agora precisava-se descer três degraus para entrar na quitanda. Tom tinha feito o seu melhor para vender suas limitadas variedades de produtos; no entanto, o progresso surgiu trazendo novidades, alcachofras francesas e berinjelas, maçãs estrangeiras – maçãs do estado de Nova Iorque, maçãs da Califórnia, maçãs do Canadá, maçãs da Nova Zelândia, "frutas bonitas, mas que eu não chamaria de maçãs inglesas," dissera Tom; bananas, castanhas desconhecidas, toranjas, mangas.

Os veículos motorizados que passavam de norte a sul e de sul a norte foram ficando cada vez mais potentes e eficientes, andavam mais depressa e tinham um cheiro muito ruim; surgiram grandes *trollers* movidos a petróleo, para transporte de carvão e encomendas, no lugar das charretes puxadas a cavalo que começavam a desaparecer; os ônibus motorizados expulsaram os ônibus a cavalo, e até mesmo os morangos de Kent que iam para Londres à noite se adaptaram às máquinas e começaram a tinir em vez de ranger e tiveram seu gosto afetado pelo progresso e pelo petróleo.

E então o jovem Bert Smallways decidiu adquirir uma bicicleta motorizada...

2

Bert, devemos explicar, era um Smallways progressista.

Nada falava tão eloquentemente sobre a insistência impiedosa do progresso e da expansão em nossa época do que o fato de que ela estaria no sangue dos Smallways. Mas havia algo de avançado e intrépido no jovem Smallways desde antes de ele sair de suas roupas de criança. Ele ficou desaparecido por um dia inteiro antes dos cinco anos e quase se afogou no reservatório da nova usina de água antes dos sete. Um policial de verdade tomou uma arma também de verdade de suas mãos quando ele tinha dez anos. E ele aprendeu a fumar, não com cachimbos, papel pardo e caniços como Tom aprendera, mas, sim, com um pacote barato de cigarros americanos *Boys of England*. A linguagem que ele usava chocara seu pai antes de ele chegar aos doze anos e, quando chegou naquela idade, ao buscar pacotes na estação e vender o *Express Weekly Bun Hill*, conseguia três *shillings*[2] por semana, ou mais, e os gastava com revistas como *Comic Cuts, Ally Sloper's Half-Holiday*[3], cigarros e todos os itens de uma vida de prazer e brilho. Tudo isso sem nenhum impedimento de seus estudos literários, tendo terminado a educação básica excepcionalmente

[2] Antes de 1971, a libra era dividida em 20 *shillings*, e cada *shilling* em 12 pence, ou seja, cada libra tinha 240 *pence*. (N.T.)
[3] Revistas de comédia inglesas. (N.T.)

cedo. Menciono tais fatos para que você não tenha nenhum tipo de dúvidas quanto ao comportamento e às atitudes de Bert.

Ele era seis anos mais novo que Tom, e por um tempo tentaram empregá-lo na quitanda, quando Tom, aos vinte e um, casou-se com Jessica, que tinha trinta anos e uma economia vinda de seu trabalho como criada. Mas ser empregado não era o forte de Bert. Ele odiava cavar, e quando lhe davam uma cesta de coisas para que a entregasse, um instinto nômade incontrolável surgia, e a cesta se tornava o pacote, não importava o seu peso, que o levaria a qualquer lugar, desde que não fosse ao destino do endereçado. O mundo era repleto de glamour, e era o que Bert perseguia, com cesta e tudo. Por isso, Tom resolveu ele mesmo entregar os produtos e procurou empregadores que não conhecessem esse lado de Bert e pudessem dar trabalho a ele.

Bert passou por vários empregos: carregador de mercador de tecidos, ajudante de farmacêutico, pajem de médico, assistente júnior de instalação de gás, endereçador de envelopes, assistente de leiteiro, *caddie* de golfe e, por último, ajudante em uma loja de bicicletas. Neste último, aparentemente, ele tinha encontrado o que a sua natureza progressista e inquieta tanto ansiara. Seu patrão era um jovem com alma de pirata de nome Grubb. Tinha o rosto manchado de graxa durante o dia e iluminado pelos teatros musicais à noite. Seu grande sonho era patentear uma corrente de bicicleta. Aparentemente, para Bert, ele era o modelo perfeito de cavalheiro. Grubb alugava as bicicletas mais sujas e perigosas de todo o sul da Inglaterra, e conduzia as discussões subsequentes com um entusiasmo espantoso. Bert e ele se deram muito bem. Bert morava lá, tornou-se um *trick rider*⁴: ele conseguia andar por quilômetros em bicicletas que poderiam se desmontar a qualquer momento; jogava uma água no rosto depois do horário de trabalho e gastava seu lucro com gravatas e colarinhos notáveis, cigarros e aulas de taquigrafia no Instituto de Bun Hill.

Bert visitava Tom de vez em quando. Ele parecia tão brilhante e falava também dessa forma que Tom e Jessie, que tinham ambos uma tendência

---

⁴ *Trick riders* são cavaleiros que fazem manobras e truques enquanto galopam em um cavalo. (N.E.)

natural a serem respeitosos com qualquer pessoa ou qualquer coisa, o admiravam imensamente.

– Ele é moderno, o Bert – disse Tom. – Sabe de muitas coisas.

– Tomara que não saiba coisas demais – disse Jessica, que tinha um bom entendimento sobre limitações.

– São tempos modernos – respondeu Tom. – Toda essa modernidade não é boa para as batatas novas, inglesas, inclusive; se continuarem assim, elas só brotarão em março. Nunca vi tempos assim. Viu a gravata dele na noite passada?

– Não combinava com ele, Tom. Era uma gravata de cavalheiro. Ele não estava naquele nível, pelo menos não o resto de suas roupas. Não estava apropriado.

Então, em pouco tempo, Bert comprou uma roupa de ciclista, chapéu, distintivo e todo o complemento da vestimenta. Ver Grubb e ele indo (e voltando) a Brighton, de cabeça inclinada, guidões abaixados, colunas curvadas, era uma revelação das possibilidades do sangue dos Smallways.

Tempos modernos!

O velho Smallways se sentava na frente do fogo resmungando sobre a grandiosidade dos dias passados, do velho Sir Peter, para quem conduzira a carruagem até Brighton, num percurso de vinte e oito horas, das cartolas brancas do velho Sir Peter, de Lady Bone, que nunca colocava os pés no chão exceto para andar pelo jardim, de grandes lutas por prêmios em Crawley. Ele falava sobre calções de banho cor-de-rosa feitos de peles de porco e de raposa em Ring's Bottom, onde atualmente o Conselho do Condado enclausurou os lunáticos pobres, das chitas e crinolinas da Lady Bone. Ninguém lhe dava ouvidos. O mundo tinha gerado um tipo completamente novo de cavalheiro: um cavalheiro com uma energia extremamente viril, um cavalheiro vestido com oleados empoeirados, com maravilhosos óculos de proteção e quepe, um senhor que fazia alardes, que era perturbador, ágil e de alta classe, que saía perpetuamente pelas estradas em meio ao pó e que constantemente criava alarde. E sua senhora, como podiam vê-la em Bun Hill, era uma deusa bronzeada, tão livre do refinamento quanto uma cigana: não estava vestida, e sim sempre pronta para viajar em alta velocidade.

Então Bert cresceu, cheio de ideais de velocidade e empreendimento, e se tornou, o quanto ele podia se tornar qualquer coisa, um mecânico de bicicletas do tipo "vamos dar uma olhada e de esmaltes descascados". Nem mesmo as corridas de estrada, engrenadas a cento e vinte, eram suficientes para ele, e por um tempo ele ansiava em vão por estradas com o limite de velocidade de trinta quilômetros por hora, que ficavam cada vez mais empoeiradas e mais cheias de tráfego. Mas finalmente conseguiu juntar economias e surgiu sua chance. Certa manhã de um domingo ensolarado e memorável, ele saiu guiando sua nova posse de dentro da loja para a estrada, subiu nela, seguindo as recomendações e contando com a ajuda de Grubb, e foi barulhando pela neblina da autoestrada, repleta de tráfego, para incluir-se voluntariamente como mais um risco público às amenidades do sul da Inglaterra.

– Rumo a Brighton! – disse o velho Smallways, vendo seu filho caçula da janela da sala, por cima da quitanda, com um sentimento entre o orgulho e a reprovação. – Quando eu tinha a idade dele, nunca tinha ido a Londres, nunca tinha ido mais ao sul que Crawley, nunca tinha ido sozinho a nenhum lugar onde não pudesse ir caminhando. Nem quaisquer outras pessoas. A não ser que fossem nobres. Agora todos vão a todos os lugares; parece que a porcaria do país inteiro está voando aos pedaços. Imagino se vão voltar. Rumo a Brighton, de fato! Alguém quer comprar cavalos?

– Também nunca estive em Brighton, pai – disse Tom.

– Nem queira sair correndo por aí e gastando seu dinheiro – disse Jessica, rispidamente.

3

Por algum tempo, as possibilidades da bicicleta motorizada ocuparam tanto a mente de Bert que ele permaneceu ali, alheio à nova direção na qual a empenhada alma do homem buscava exercício e refresco. Ele não percebeu que o tipo de veículo motorizado, assim como a motobicicleta, estava se tornando comum e perdendo sua qualidade aventureira. Na verdade, é tão real quanto incrível que Tom tenha sido o primeiro a perceber o acontecimento. Mas sua jardinagem fazia com que ele prestasse atenção aos céus, e a proximidade com a usina de gás de Bun Hill e com o Palácio de Cristal, de onde os voos eram continuamente feitos, bem como o derramamento de cascalho em suas batatas conspiraram para que surgisse em sua mente relutante o fato de que a Deusa da Mudança estava voltando sua inquietante atenção para o céu. O primeiro grande desenvolvimento da aeronáutica estava começando.

Grubb e Bert ouviram sobre o desenvolvimento da Aeronáutica no teatro, e o fato tomou forma na mente deles graças ao cinematógrafo. A imaginação de Bert foi estimulada por uma edição barata do clássico aeronáutico, *Clipper of the Clouds* escrito pelo senhor George Griffith[5] – e então ele foi arrebatado pela novidade.

A princípio, o aspecto mais óbvio foi a multiplicação dos balões. O céu de Bun Hill começou a ficar infestado de balões. Nas tardes de quartas--feiras e sábados, particularmente, mal se podia olhar na direção do céu por quinze minutos sem encontrar um balão em algum lugar. E então, em um dia claro, Bert, passeando por Croydon com sua motobicicleta, foi pego pela aparição de um monstro enorme parecido com uma almofada vindo do território do Palácio de Cristal, o que o obrigou a desmontar e observá-lo. Era como uma longa almofada, quebrada na ponta e, abaixo dela e comparativamente pequena, existia uma estrutura rígida com um homem e um motor com uma hélice que chiava na parte da frente e uma espécie de leme de lona na parte de trás. A estrutura parecia arrastar o cilindro de gás, relutante, atrás dela como um pequeno cachorrinho serelepe trazendo para a sociedade um elefante taciturno, inchado de gases.

---

[5] George Griffith, escritor britânico de ficção científica e famoso explorador que escreveu durante o final da era vitoriana e eduardiana. Muitos de seus contos visionários apareceram em revistas antes de serem publicados como romances. Fonte: Wikipedia. (N.T.)

O monstro combinado certamente viajava e decidia o curso. Subiu talvez mais de mil pés (Bert ouvia o motor) e foi embora em direção ao sul, desaparecendo sobre as colinas; ressurgiu como um pequeno contorno azul bem distante a leste, indo bem depressa agora com um gentil vento vindo do sudoeste, retornando por sobre as torres do Palácio de Cristal, circulando-as, escolhendo um lugar para a descida e sumindo de vista.

Bert suspirou profundamente e virou-se em direção à motobicicleta novamente.

E aquele seria somente o início de uma sucessão de estranhos fenômenos nos céus: monstros com forma de cilindros, cones ou peras, e finalmente uma coisa de alumínio que brilhava maravilhosamente, e que Grubb, com alguma confusão de ideias sobre armaduras, estava inclinado a considerar que fosse uma máquina de guerra.

Depois disso veio o que era para valer.

Essa parte, entretanto, não era visível de Bun Hill: era algo que acontecia em terrenos privados ou em outros lugares reclusos e em condições favoráveis, e só chegava ao conhecimento de Grubb e Bert Smallways por meio das páginas de jornais ou em registros de cinematógrafos. Mas falava-se disso com muita insistência, e, naqueles dias, se um homem fosse ouvido em um lugar público dizendo com um tom tranquilizador e confiante "Está por vir", havia uma imensa probabilidade de que ele estivesse falando sobre voar. Certo dia, Bert pegou uma tampa de caixote e escreveu no melhor estilo de bilheteria a seguinte inscrição, que Grubb colocou na vitrine: "Fazem-se e consertam-se aeroplanos". Isso perturbava muito Tom: parecia que não levavam a loja a sério; mas a maior parte dos vizinhos, principalmente os bem-humorados, achavam que aquilo era muito bom.

Todos falavam sobre voar, todos repetiam sempre "Está por vir", mas nunca chegava. Houve um impedimento. Eles voaram, sem dúvida; voaram em máquinas mais pesadas que o ar. Mas elas quebravam. Às vezes era o motor, às vezes o aeronauta, geralmente os dois. As máquinas que conseguiam realizar voos de cinco ou seis quilômetros e pousavam com segurança subiam na vez seguinte rumo a um desastre. Não havia possibilidade de confiar nelas. A brisa as atrapalhava, os redemoinhos próximos ao chão as atrapalhavam, um pensamento efêmero na mente do aeronauta as atrapalhava. Simplesmente tudo era motivo para atrapalhar.

– O problema com elas é a instabilidade – dizia Grubb, repetindo o que lia no jornal. – Elas empinam, empinam, empinam até se quebrarem.

Os experimentos foram minguando depois de dois anos observando esse tipo de acontecimento, o público e posteriormente os jornais cansaram das caras reproduções fotográficas, dos relatórios otimistas, da sequência perpétua de triunfo, do desastre e do silêncio. O ato de voar sofreu uma queda, até mesmo os balões diminuíram a um certo nível, apesar de continuarem sendo um esporte bem popular e continuarem levando os cascalhos das usinas de gás de Bun Hill e derrubando-os nos gramados e jardins de alguns escolhidos. Foram pouco mais de meia dúzia de anos tranquilizantes para Tom, pelo menos a respeito da ideia de voar. Começava a grande época de ouro do desenvolvimento do monotrilho, e sua ansiedade simplesmente foi afastada lá do alto para as ameaças mais urgentes e sintomas de mudança em um céu mais baixo.

Houve muitas altercações sobre monotrilhos por vários anos, mas o estrago real começou quando Brennan[6] apresentou seu carro de monotrilho giroscópico no *Royal Society*. Foi a maior sensação das festas de 1907; a célebre sala de demonstrações era muito pequena para sua exibição. Soldados engalanados, sionistas importantes, escritores dignos, damas da nobreza, todos congestionavam a passagem estreita, e cotovelos distintos atingiam costelas que o mundo não permitiria que se quebrassem, considerando-se afortunados se pudessem ver "pelo menos um pedaço do trilho". Inaudível mas convincentemente, o grande inventor expôs sua descoberta e fez seu pequeno e obediente modelo dos trens do futuro subir ladeiras, fazer curvas e passar por um cabo frouxo. Ele corria por seu trilho único, com suas rodas em linha, simples e suficientes; ele poderia parar, inverter-se

---

[6] Louis Brennan, inventor e engenheiro mecânico. (N.T.)

e manter-se em perfeito equilíbrio, que se continuava mesmo em meio a uma chuva de aplausos. A plateia finalmente se dispersou, discutindo o quanto apreciariam cruzar um abismo em um cabo metálico. "Imagine se o giroscópio parar!" Poucos deles previram sequer uma fração do que o monotrilho de Brennan faria pela segurança das ferrovias e com a face do mundo.

Em poucos anos, perceberam com mais clareza. Em pouco tempo, ninguém achava nada de mais cruzar um abismo em um cabo, e o monotrilho suplantava os bondes e as ferrovias – na verdade, qualquer forma de trilho para locomoção mecânica. Onde a terra era barata, o trilho passava pelo chão; onde ela era cara, o trilho era levantado em estandartes de ferro e passava pelo alto; seus carros velozes e convenientes iam para todos os lugares e faziam tudo o que um dia fora feito com trilhos no chão.

Quando o velho Smallways faleceu, Tom não conseguiu pensar em nada mais marcante para dizer do que: "Quando ele era menino, não havia nada mais alto que as chaminés, não existia nenhum tipo de cabo ou fio no céu!".

O velho Smallways foi enterrado sob uma rede intrincada de cabos e fios, pois Bun Hill não somente se tornara uma espécie de pequeno centro de distribuição de energia – a Empresa de Distribuição de Energia Home Counties colocou transformadores e uma estação geradora perto da antiga usina de gás –, como também uma intersecção no sistema suburbano de monotrilho. Além disso, todo comerciante por ali, na verdade toda residência, tinha o próprio telefone.

O estandarte do cabo do monotrilho tornou-se um fato marcante da paisagem urbana, em sua maioria construções de ferro robustas, em vez de cavaletes afunilados, pintadas de um azul-esverdeado brilhante. Uma delas, por acaso, transpunha a casa de Tom, que parecia ainda mais retraída e apologética por baixo de sua imensidão; e outro gigante ficava bem na beira de seu jardim, que permanecia sem nada construído nele ou dotado de outras modificações, a não ser por duas placas de anúncios, uma que recomendava um relógio e a outra, um restaurador para os nervos. Essas placas, a propósito, haviam sido colocadas quase que horizontalmente, para serem vistas pelos passageiros do monotrilho acima, servindo muito bem como telhado protetor sobre um galpão de ferramentas e um galpão de cogumelos na propriedade de Tom. Dia e noite, os carros velozes de Brighton e Hastings passavam murmurando acima das cabeças, com seus longos e confortáveis vagões, cujas luzes eram brilhantes depois do entardecer. À noite, esses veículos abriam caminho, pareciam voar, com suas luzes aparecendo e sumindo rapidamente, acompanhadas do retumbante som, uma espécie de tempestade de verão perpétua repleta de relâmpagos que descia rua abaixo.

A essa altura, o canal da Mancha tinha uma ponte: uma série de grandes pilares de ferro como a Torre Eiffel, que carregavam os cabos do monotrilho a uma altura de mais de quarenta metros acima da água, exceto nas proximidades do centro, onde eram mais altos para permitir a passagem dos navios vindos de Londres e da Antuérpia e dos transatlânticos que faziam o percurso Hamburgo-América do Norte.

Então os veículos motorizados pesados começaram a circular somente em duas rodas, uma atrás da outra, o que aborreceu imensamente Tom por algum motivo e o deixou taciturno por dias depois que o primeiro deles passou pela quitanda.

Todo esse desenvolvimento giroscópico e de monotrilho naturalmente absorveu grande parte da atenção do público, e houve também muita empolgação causada pelas incríveis descobertas de ouro na costa de Anglesea feitas por uma exploradora submarina, a senhorita Patricia Giddy. Ela se formara em geologia e mineralogia na Universidade de Londres, e enquanto trabalhava nas rochas auríferas da Gales do Norte, depois de breves férias lutando pelo sufrágio feminino, foi atingida pela possibilidade de aqueles recifes surgirem novamente embaixo da água. Ela mesma decidiu verificar essa suposição com o uso da lagarta-submarina inventada pelo doutor Alberto Cassini. Com uma feliz mistura de raciocínio e intuição peculiar ao seu sexo, encontrou ouro em sua primeira descida e emergiu depois de três horas embaixo d'água com mais ou menos cinquenta quilos de minério contendo ouro em uma quantidade inédita de 531 gramas por tonelada. Mas a história completa de sua mineração submarina, por mais interessante que seja, deve ser contada em outra oportunidade; é o suficiente no momento ressaltar simplesmente que foi durante o consequente grande aumento de preços, confiança e empreendimentos que aconteceu o reavivamento do interesse pelo voo.

4

É curioso como esse entusiasmo surgiu. Era como o início de uma brisa em um dia quieto: nada a fez começar, ela simplesmente veio. As pessoas voltaram a falar sobre o ar como se nunca tivessem parado. Imagens de voo e máquinas voadoras voltaram aos jornais; artigos e alusões aumentaram e se multiplicaram em revistas sérias. As pessoas perguntavam nos trens de monotrilho: "Quando vamos voar?". Uma nova leva de inventores surgiu de um dia para o outro como cogumelos. O aeroclube anunciou o projeto de uma grande exibição de aeroespacial em uma enorme área do território liberada por causa da remoção das favelas de Whitechapel.

A onda do avanço produziu movimentos de adesão em Bun Hill. Grubb desencavou novamente seu modelo de máquina voadora, testou-o no terreno atrás da loja, conseguiu voar mais ou menos nela e quebrou dezessete das vidraças e nove vasos de flores da estufa que ocupava o quintal próximo.

E então, surgindo do nada, sustentado por ninguém sabe quem, veio um rumor persistente e perturbador de que o problema tinha sido resolvido, de que o segredo fora descoberto. Bert o ouviu em uma tarde em que fecharam a loja mais cedo, enquanto tomava uma bebida em uma pousada perto de Nutfield, para onde sua motobicicleta o levara. Lá havia um soldado com seu uniforme cáqui, que se interessou pela máquina de Bert. Era um aparato resistente e já tinha adquirido certo valor naqueles tempos em que tudo mudava tão depressa; ela já tinha agora quase oito anos de construção. Depois de discutirem seus pontos, o soldado, que Bert descobriu depois ser engenheiro, começou um novo tópico com:

– A minha próxima compra será um aeroplano, pelo que eu tenho visto. Já cansei de estradas e caminhos.

– É o que dizem – falou Bert.

– É o que dizem e o que está acontecendo – disse o soldado. – A coisa está chegando...

– Faz tempo que dizem que está chegando – disse Bert. – Só acredito vendo.

– Não vai demorar muito – rebateu o soldado.

A conversa parecia estar se desenrolando em uma disputa amigável de contradição.

– Eu afirmo, as pessoas estão voando – o soldado insistiu. – Eu mesmo já vi.

– Todos vimos – disse Bert.

– Não estou dizendo bater um pouco as asas e depois cair; quero dizer um voo controlado, seguro e estável, contra o vento, bom e direito.

– Você não viu isso!

– Vi, sim! Em Aldershot. Eles estão tentando manter em segredo. Eles já conseguiram fazer direito. Pode apostar: nosso Departamento de Guerra não vai ser pego cochilando desta vez.

A incredulidade de Bert tinha sido abalada. Ele fez mais perguntas, e o soldado as respondeu.

– Estou dizendo que eles têm quase dois quilômetros quadrados cercados, algo parecido com um vale. Cercas de arame farpado, de três metros de altura, e lá dentro eles fazem as coisas. Há muitas pessoas no acampamento... De vez em quando conseguimos dar uma espiada. E não é só a gente. Tem também os japoneses; pode apostar que eles já têm os deles também. E os alemães!

O soldado estava de pé, com as pernas bem separadas e enchia seu cachimbo pensativo. Bert estava sentado na mureta contra a qual sua motobicicleta estava apoiada.

– Essa disputa vai ser interessante – disse ele.

– O voo vai começar – disse o soldado. – E quando começar, quando a cortina subir, você vai ver todos no palco, ocupados… Vai ser uma bela luta, também! Imagino que você não lê os jornais sobre esse tipo de coisas…

– Eu leio um pouco – respondeu Bert.

– Bem, você percebeu o que as pessoas têm dito do caso notável do inventor que sumiu? O inventor que aparece em um esplendor de publicidade, tem alguns experimentos bem-sucedidos e depois desaparece?

– Não me lembro de ter lido sobre isso – disse Bert.

– Eu li. Qualquer pessoa que faça qualquer coisa nova nessa área, pode apostar, desaparece. Simplesmente se esconde silenciosamente. Depois de um tempo, você não ouve mais nada sobre elas. Vê? Essas pessoas desaparecem. Elas somem, sem nenhum endereço. Primeiro… Ah! É uma história antiga agora. Havia aqueles Irmãos Wright na América do Norte. Eles planaram, planaram por quilômetros. Até que planaram para fora do palco. Ora, deve ter sido em 1904 ou 1905, ELES desapareceram! Houve também aquelas pessoas na Irlanda… Não, esqueci o nome. Todos diziam que elas conseguiam voar. ELAS sumiram. Elas não morreram, não que eu saiba, mas não podemos afirmar que estão vivas. Não temos nenhum sinal delas. E então teve aquele cara que voou por Paris e caiu no Sena. De Booley, não era? Eu esqueço. Foi um ótimo voo, apesar do acidente; mas para onde ele foi? Ele não se machucou no acidente, não é? Ele está escondido.

O soldado se preparou para acender seu cachimbo.

– Parece que foram pegos por uma sociedade secreta – disse Bert.

– Sociedade secreta! Não!

O soldado acendeu o fósforo e o aproximou até a ponta do cachimbo.

– Sociedade secreta – ele repetiu, com o cachimbo entre os dentes e o fósforo ainda aceso, em resposta a suas palavras. – É mais provável que sejam departamentos de Guerra. – Ele jogou fora o fósforo e foi andando até sua máquina. – Eu lhe digo, senhor, não existe um grande poder na Europa OU na Ásia, OU na América OU na África que não tenha pelo menos uma ou duas máquinas voadoras na manga no momento. Nenhum. Máquinas voadoras reais, funcionais. E a espionagem! A espionagem e as manobras para descobrir o que os outros têm. Eu lhe digo, senhor, um estrangeiro, ou até mesmo um nativo que não seja de confiança, não consegue chegar nem a seis quilômetros de Lydd hoje em dia; isso sem mencionar nosso pequeno circo em Aldershot e o acampamento experimental em Galway. Não!

– Bem, gostaria de ver algum deles, de qualquer forma – disse Bert. – Para me ajudar a acreditar. E vou acreditar quando eu conseguir vê-los, pode ter certeza.

– Você vai ver logo, logo – respondeu o soldado, levando sua máquina para a estrada.

Bert ficou na mureta, sério e pensativo, com o quepe longe da testa e um cigarro queimando no canto da boca.

– Se o que ele diz é verdade – disse Bert –, eu e Grubb estamos gastando nosso abençoado tempo, além de ter as despesas com aquela estufa.

5

Foi enquanto essa conversa misteriosa com o soldado ainda estava viva na imaginação de Bert Smallways que aconteceu o incidente mais espantoso de todo aquele capítulo dramático da história da humanidade: a chegada da aviação. As pessoas falam sem hesitação alguma de eventos que transformam uma era; esse era um desses eventos. Foi o voo inesperado e completamente bem-sucedido do senhor Alfred Butteridge, do Palácio de Cristal para Glasgow e de volta em uma pequena máquina com aparência profissional mais pesada que o ar: uma máquina muito bem manejável, e que voava tão bem quanto um pássaro.

Não se sentia que isso era um avanço no assunto, mas sim um passo largo, um salto. O senhor Butteridge permaneceu no ar por cerca de nove horas, e durante esse tempo ele voou com facilidade e destreza. Entretanto, sua máquina não se parecia nem com um pássaro nem com uma borboleta; tampouco possuía a larga expansão lateral de um aeroplano. O efeito no observador era de algo da natureza de uma abelha ou vespa. Partes do aparato giravam muito depressa e davam o vago efeito de asas transparentes; mas outras partes, incluindo dois "guarda-asas" peculiarmente curvados – se pudermos tomar emprestado uma imagem de besouros voadores – permaneciam rigidamente expandidas. Em seu centro, havia um corpo longo e arredondado como o de uma mariposa, e o senhor Butteridge podia ser visto montado nele, assim como um homem monta um cavalo. A semelhança com uma vespa era ainda maior pelo fato de que o aparato voava com um zumbido profundo e estrondoso, exatamente como o som desse inseto em uma janela.

O senhor Butteridge surpreendeu o mundo. Ele era um desses cavalheiros que viera de lugar nenhum que o destino trazia para estimular a humanidade. Ele tinha vindo da Austrália, da América e do sul da França, diziam as pessoas. Também era incorretamente descrito como o filho de um homem que conseguira uma fortuna confortável com a fabricação de pontas de ouro e das canetas-tinteiro Butteridge. Mas esses eram Butteridges completamente diferentes. Por alguns anos, apesar da voz alta, da imponente presença, da bravata agressiva e da maneira implacável, ele tinha sido um membro indistinto da maioria das associações aeronáuticas existentes. Então, um dia, ele escreveu a todos os jornais de Londres anunciando que fizera os arranjos para uma subida, partindo do Palácio de Cristal, de uma máquina que demonstraria satisfatoriamente que as dificuldades extraordinárias no caminho do voo tinham finalmente sido superadas. Poucos jornais publicaram sua carta, menos pessoas ainda acreditaram no que ele dizia. Ninguém se empolgou, nem mesmo quando houve uma briga nos degraus de um hotel influente em Picadilly, em que o senhor Butteridge tentara açoitar um músico alemão proeminente por causa de algum assunto particular, que atrasou a subida da máquina. A confusão foi relatada inadequadamente, e seu nome soletrado erradamente como "Betteridge" e "Betridge". Até seu voo de fato, ele não existiu nem poderia existir na mente do público. Havia somente trinta pessoas observando, apesar de todo seu clamor, quando mais ou menos umas seis horas de uma manhã de verão as portas do grande galpão onde ele estivera montando seu aparato se abriram – ele estava perto do grande modelo de escala real de um megatério no terreno do Palácio de Cristal – e seu inseto gigante saiu zumbindo para um mundo negligente e incrédulo.

Mas antes de ele dar sua segunda volta pelas torres do Palácio de Cristal, a fama já levantara sua trombeta e puxara um pouco de ar, enquanto o zumbido da máquina voadora despertava os mendigos assustados que dormiam nos bancos da Trafalgar Square, ao circular a coluna de Nelson[7]. Quando Butteridge chegou a Birmingham, por volta das dez e meia da manhã, a trombeta da fama já ecoava por todo o país. Aquilo em que ninguém mais acreditava havia acontecido. Um homem estava voando bem e com segurança.

A Escócia aguardava boquiaberta a chegada do inventor. Ele chegou a Glasgow por volta da uma da tarde, e foi relatado que quase nenhum porto ou fábrica naquela colmeia industrial ocupada voltou a funcionar até as duas e meia. A opinião pública estava tão acostumada quanto à impossibilidade de voar que não conseguiu dar o valor real àquilo que o senhor Butteridge estava fazendo. A máquina circulou os prédios da universidade e fez voos rasantes, até estar a uma distância que lhe permitiria ser ouvida pelas multidões no West End Park e na encosta de Gilmorehill. A máquina voava com bastante estabilidade em um ritmo de cinco quilômetros por hora, em um círculo amplo, com um zumbido tão alto que abafaria completamente a voz do seu inventor, se ele não estivesse de posse de um megafone. Ele desviou de igrejas, edifícios e cabos de monotrilho com perfeita facilidade enquanto conversava.

– Meu nome é Butteridge – gritava. – B-U-T-T-E-R-I-D-G-E. Entenderam? Minha mãe era escocesa.

---

[7] Um dos símbolos de Londres, é uma coluna que abriga a estátua em granito do Almirante Nelson, apoiada em uma base de bronze. A coluna tem 52 metros de altura e a estátua, 5 metros. Fonte: Wikipedia. (N.T.)

Depois de garantir que ele tinha sido entendido, fez uma curva para subir novamente em meio a celebrações e gritos patrióticos, e então voou velozmente e com muita facilidade para o céu na direção sudeste, subindo e descendo com ondulações longas e tranquilas, de uma forma extraordinariamente parecida com a de uma vespa.

Seu retorno a Londres – ele visitou e pairou sobre Manchester e Liverpool e Oxford em seu caminho, e soletrou seu nome em cada um desses lugares – foi uma ocasião de empolgação incomparável. Todos estavam olhando para o céu. Havia mais pessoas percorrendo as ruas naquele dia do que nos três meses anteriores, e um barco a vapor do Conselho do Condado, o *Isaac Walton*, colidiu com um cais da Ponte de Westminster e escapou por pouco de um desastre ao encalhar – a correnteza estava baixa – na lama da margem sul. Butteridge voltou ao terreno do Palácio de Cristal, o ponto de início clássico da aventura aeronáutica, já ao pôr do sol, entrou novamente em seu galpão sem nenhum desastre e trancou as portas imediatamente em frente aos fotógrafos e jornalistas, que já aguardavam seu retorno.

– Vejam só, meus amigos – ele disse enquanto seu assistente trancava as portas –, estou morto de cansaço e dolorido por causa da sela. Não posso dar uma entrevista. Estou muito… acabado. Meu nome é Butteridge. B-U-T-T-E-R-I-D-G-E. Acertem o nome. Sou um inglês imperial. Falarei com todos vocês amanhã.

Fotos nebulosas ainda sobreviveram para registrar o incidente. O assistente de Butteridge lutava contra um mar de jovens cavalheiros bastante agressivos, que carregavam blocos de notas ou seguravam suas câmeras, usando chapéus-coco e gravatas de empreendedores. O próprio Butteridge erguia-se na frente da porta, uma grande figura com a boca (uma cavidade eloquente abaixo de um vasto bigode negro) distorcida com gritos para aqueles incansáveis agentes de publicidade. Ele se erguia aqui, o homem mais famoso no país.

Quase que simbolicamente ele segurava um megafone e gesticulava com a mão esquerda.

6

Tanto Tom quanto Bert Smallways viram esse retorno. Eles o acompanharam do topo de Bun Hill, de onde já haviam assistido com tanta frequência às pirotecnias do Palácio de Cristal. Bert estava empolgado, Tom mantinha sua constante calma, mas nenhum dos dois percebeu como a própria vida seria invadida pelos frutos daquele invento.

– Talvez o velho Grubb tome mais conta da loja agora – ele disse – e toque fogo em seu abençoado modelo. Não que isso possa nos salvar, se não nos juntarmos ao relato de Steinhart.

Bert conhecia o suficiente sobre as coisas e os problemas da aeronáutica para perceber que aquela gigantesca imitação de uma abelha iria, para usar sua própria expressão que lhe era cara, "enlouquecer os jornais". No dia seguinte, estava claro o suficiente que tinham mesmo enlouquecido conforme ele previra: as páginas estavam cobertas de fotografias feitas às pressas, a escrita era convulsiva, espumando na manchete. No dia seguinte, elas estavam ainda piores. Antes que a semana terminasse, elas não eram exatamente publicadas, mas sim gritadas pelas ruas.

O fato dominante daquela agitação era a personalidade excepcional do senhor Butteridge e os termos extraordinários que ele exigia para os segredos de sua máquina.

Porque era um segredo e ele o guardava de maneira muito elaborada. Ele mesmo construiu seu aparato na privacidade segura dos grandes galpões do Palácio de Cristal, com a assistência de operários desatentos, e no dia seguinte ao seu voo ele o desmontou sozinho, empacotou certas partes e então garantiu assistência não especializada para empacotar e dispersar o restante. Caixotes selados foram para o norte, leste e oeste em vários Pantechnicons[8], e os motores foram encaixotados com um cuidado especial. Tornou-se evidente que essas precauções não eram excessivas, dada a demanda violenta por qualquer tipo de fotografia ou

---

[8] Vagões para o transporte de móveis, de uma empresa com o mesmo nome. (N.T.)

impressões sobre a máquina. Mas o senhor Butteridge, depois de fazer sua demonstração, tinha a intenção de manter seu segredo a salvo de qualquer outro risco de vazamento. Ele enfrentava o público britânico agora se questionando se eles queriam ou não seu segredo; ele era, dizia perpetuamente, um "inglês imperialista" e seu primeiro e último desejos eram ver sua invenção como privilégio e monopólio do Império. Mas foi aí que os problemas começaram.

Tornou-se evidente que o senhor Butteridge era um homem singularmente livre de qualquer falsa modéstia; na verdade, livre de qualquer tipo de modéstia, dispondo-se de forma singular a responder a entrevistadores e a perguntas sobre qualquer tópico – exceto aeronáutica –, dar opiniões, críticas e autobiografia, fornecer retratos e fotografias dele mesmo e espalhar de forma geral sua personalidade pelo céu terrestre. Os retratos publicados insistiam primariamente em um imenso bigode negro e secundariamente em um furor por trás do bigode. A impressão pública dizia que Butteridge era um homem pequeno. Sentia-se que ninguém que fosse corpulento teria uma expressão tão agressiva e violenta, apesar de, na verdade, Butteridge ter um metro e oitenta e oito de altura com peso proporcional. Além disso, ele tinha um grande e incomum caso amoroso de circunstâncias não específicas, e o público britânico, ainda em sua maior parte muito decoroso, percebeu com relutância e alarme que era indispensável tratar esse caso de modo aquiescente se quisesse ter acesso exclusivo ao inestimável segredo da estabilidade aérea pelo Império Britânico. Os detalhes exatos da situação nunca foram divulgados, mas aparentemente a dama tinha, em um ataque de inadvertência, passado pela cerimônia do casamento com, segundo a citação do discurso não publicado do senhor Butteridge, "um gambá tímido", e essa aberração zoológica acabou de certa maneira, lícita e vexatória, arruinando a felicidade social dela. O senhor Butteridge, de qualquer forma, desejava discursar sobre o ocorrido, mostrar o esplendor da natureza da senhora à luz de suas dificuldades. Era realmente mais embaraçoso para uma imprensa que sempre buscara material sobre a intimidade alheia para publicar, principalmente em versões mais modernas, mas não tão pessoal assim. Era embaraçoso, digo, ser tão inexoravelmente confrontado com o grande coração do senhor Butteridge, vê-lo exposto numa autovivissecção incessante, com suas entranhas adornadas com etiquetas tão aparentes como bandeiras vivazes.

O confronto aconteceu, não houve como escapar. O senhor Butteridge pôs suas vísceras espantosas e palpitantes diante dos jornalistas, que se encolhiam – nem uma pessoa extremamente teimosa batia tanto na mesma tecla. Qualquer evasão tentada por eles era colocada de lado. Ele "glorificava seu amor", como dizia, e fazia questão que escrevessem sobre isso.

– Isso é um assunto claramente pessoal, senhor Butteridge – os jornalistas tentavam dizer.

– A injustiça, caro senhor, é pública. Não me importo se estou lutando contra instituições ou indivíduos. Não me importo se estou lutando contra o Todo universal. Estou defendendo a causa de uma mulher, uma mulher que amo, meu senhor, uma nobre mulher, que tem sido mal compreendida. Eu pretendo vingá-la, senhor, pelos quatro cantos!

Ele dizia:

– Professo meu amor pela Inglaterra, mas o puritanismo, senhor, eu abomino. Ele me preenche de asco. Faz subir a bile. Tome o meu exemplo.

Ele insistia inexoravelmente nas questões do seu coração e em ver as entrevistas antes de serem publicadas. Se não tivessem feito justiça a seus apelos amorosos, ele acrescentava, com letras garrafais, tudo o que fora omitido e muitas outras coisas mais.

Era uma situação estranhamente embaraçosa para o jornalismo britânico. Nunca houve um caso tão óbvio e desinteressante; o mundo nunca ouvira a história de um *affair* errático com tão pouco entusiasmo ou simpatia. Por outro lado, as pessoas estavam extremamente curiosas a respeito da invenção do senhor Butteridge. Mas quando conseguiam fazê-lo desviar por um momento do assunto da dama que ele defendia, o senhor Butteridge falava somente, e geralmente com lágrimas de ternura na voz, sobre sua mãe e sobre a infância; sua mãe que tinha todas as virtudes maternas por ser "notavelmente escocesa". Ela não era perfeita, mas estava perto de ser.

– Devo tudo o que sou à minha mãe – ele afirmava. – Tudo! Pergunte a qualquer homem que tenha feito qualquer coisa. Ouvirá a mesma história. Tudo o que temos devemos às mulheres. Elas são a espécie, caro senhor. O homem é somente um sonho. Ele vai e vem. A alma da mulher é o que nos direciona para cima e adiante.

Ele sempre falava coisas assim.

O que ele queria particularmente do governo por seu segredo nunca foi mencionado, nada além de um pagamento poderia ser esperado de um estado moderno em tal caso. O efeito geral sobre observadores judiciosos, na verdade, era que ele não estava fazendo nenhuma negociação, mas sim usando uma oportunidade inédita para bradar e se mostrar para um mundo que estava prestando atenção ao caso. Rumores de sua real identidade se espalhavam. Diziam que ele tinha sido o senhorio de um hotel ambíguo na Cidade do Cabo e lá tinha dado abrigo a um inventor jovem e solitário chamado Palliser, que fora da Inglaterra para a África do Sul, tísico em estado avançado, e ali morrera. Então, após presenciar os experimentos dele, roubara seus documentos e planos. De qualquer forma, essa era a alegação da imprensa americana, que era mais explícita. Mas nenhuma prova da veracidade ou da falsidade dessa história chegou ao público.

O senhor Butteridge também se envolveu apaixonadamente em um emaranhado de disputas pela posse de um grande número de valiosos prêmios em dinheiro. Alguns deles começaram a ser oferecidos em 1906, para voos mecânicos bem-sucedidos. Quando o senhor Butteridge finalmente alcançou o pleno sucesso, um número considerável de jornais, tentados pelo insucesso dos pioneiros nessa empreitada, tinha se comprometido a pagar somas espantosas para a primeira pessoa que voasse de Manchester a Glasgow, de Londres a Manchester, cento e sessenta quilômetros, trezentos e vinte quilômetros na Inglaterra, e assim por diante. A maioria desses prêmios estipulava condições ambíguas, o que não obrigava quem se oferecia a pagá-los. Um ou dois efetuaram o pagamento imediatamente e fizeram bastante alarde sobre isso. O senhor Butteridge mergulhou em processos litigiosos com os mais recalcitrantes, enquanto ao mesmo tempo sustentava uma agitação e investigação vigorosas para induzir o governo a comprar sua invenção.

Um fato, contudo, pairava permanentemente no desenrolar de todos os negócios em torno de Butteridge: seus interesses amorosos, sua política e personalidade, todos os apelos e todas as declarações bombásticas: apenas ele sabia o segredo do aeroplano prático no qual, por mais que alguém pudesse dizer o contrário, residia a chave do futuro império mundial (na mão dele). E naquele momento, para a grande consternação de inúmeras pessoas, incluindo o senhor Bert Smallways, entre outros, tornou-se aparente que quaisquer negociações que estivessem em progresso para a aquisição desse segredo precioso pelo governo britânico corriam o risco de fracassar. O *London Daily Requiem* foi o primeiro a dar voz a esse alarme universal e publicou uma entrevista sob a formidável manchete de "O senhor Butteridge dá sua opinião".

Nela, o inventor (se é que era mesmo um inventor) abriu seu coração.

– Eu vim do fim do mundo – ele disse, o que parecia confirmar a história da Cidade do Cabo –, trazendo à minha terra natal o segredo que daria a ela o império mundial. E o que ganho com isso? – Ele fez uma pausa. – Minha vida devassada e farejada por esses velhos burocratas! E a mulher que eu amo é tratada como uma leprosa!

E prosseguia, numa esplêndida explosão, acrescida posteriormente na entrevista de próprio punho:

– Sou um inglês imperialista que professa seu amor pela Inglaterra, mas há limites para o coração humano! Existem nações mais jovens, nações vivas! Nações que não roncam e gorgolejam sem controle em paroxismos de abundância, em camas de formalidade e burocracia! Há nações que não vão desperdiçar o império da terra para insultar um homem desconhecido e uma mulher tão nobre cujas botas eles não são dignos sequer de desatar. Existem nações que não são cegas à ciência, que não se entregaram completamente ao infértil controle de esnobes e decadentes degenerados. Em suma, prestem atenção nas minhas palavras: EXISTEM OUTRAS NAÇÕES!

Esse discurso foi o que impressionou particularmente Bert Smallways.

– Se aqueles alemães ou americanos ficarem sabendo, será o fim do Império Britânico. O fim. A nossa bandeira, por assim dizer, não vai valer mais nada, Tom – ele disse ao irmão.

– Imagino que você não possa nos ajudar hoje de manhã – disse Jessica, durante sua pausa impressionante. – Todos em Bun Hill parecem querer batatas ao mesmo tempo. Tom não consegue levar nem a metade.

– Estamos vivendo em um vulcão – falou Bert, desconsiderando a sugestão. – A qualquer momento pode começar uma guerra, e que guerra!

Ele balançou a cabeça solenemente.

– É melhor você levar essas aqui primeiro, Tom – disse Jessica. Ela se virou rapidamente para Bert. – Você pode nos ajudar nessa manhã?

– Acredito que sim – disse Bert. – A oficina está tranquila agora de manhã. Mas todo esse risco ao Império está me preocupando muito.

– O trabalho vai ocupar sua mente – rebateu Jessica.

E em breve também Bert estava adentrando em um mundo que mudava rápida e espantosamente, encurvado com o peso das batatas e pela insegurança patriótica, que se fundiram em uma irritação profunda com o peso e a falta de glamour das batatas e uma concepção muito clara do quanto Jessica era detestável.

COMO BERT SMALLWAYS
SE METEU EM APUROS

1

Não ocorreu nem a Tom nem a Bert Smallways que o notável desempenho aéreo do senhor Butteridge pudesse afetar a vida deles de um modo diferente, como afetaria a vida de milhões de pessoas no entorno. Eles testemunharam o voo da curiosa máquina que parecia uma mosca desde o topo de Bun Hill até o final – suas placas rotativas, uma névoa dourada no pôr do sol, o zumbido constante que desapareceu no abrigo do galpão –, depois se viraram em direção à quitanda debaixo dos caminhos de ferro do monotrilho de Londres para Brighton, e retomaram as discussões que mantinham antes que o triunfo do senhor Butteridge pudesse ser visto em meio à névoa londrina.

Era uma discussão difícil e infrutífera. Tinham que falar aos gritos por causa dos ruídos e barulhos dos carros motorizados com giroscópios que atravessavam a High Street, e em sua natureza era uma discussão privada e contenciosa. O empreendimento de Grubb estava com dificuldades, e ele, em um momento de eloquência financeira, tinha dado a metade para Bert, cujas relações com seu empregador foram por algum tempo não remuneradas, amigáveis e informais.

Bert estava tentando impressionar Tom com a ideia de que a renovada oficina, agora Grubb & Smallways, traria oportunidades inéditas e inigualáveis para o pequeno e sensato investidor. Bert estava percebendo, como se fosse um fato completamente novo, que Tom era particularmente resistente a novas ideias. No fim, ele colocou todos os problemas financeiros de um lado, e, transformando tudo em uma questão de afeição fraternal, foi bem-sucedido ao conseguir pegar emprestado uma libra, dando como garantia sua palavra de honra.

A nova empresa Grubb & Smallways, antigamente Grubb, tinha de fato sofrido muitos reveses no último ano, mais ou menos. Por muitos anos, o negócio tinha penado com um romantizado ar de insegurança nessa pequena loja de aparência comum na High Street, adornada com anúncios de bicicleta de cores brilhantes, um mostruário de buzinas, clipes protetores para calças, latas de óleo, suportes para bombas de ar, maletas para guardar carteiras e outros acessórios, e o anúncio de "Aluguel de Bicicletas", "Consertos", "Bomba de Ar Gratuita", "Combustível" e outros similares. Eles eram agentes de várias marcas duvidosas de bicicletas, sendo o estoque constituído por duas amostras e ocasionalmente faziam alguma venda; eles também faziam reparos em pneus furados ou qualquer outro conserto que aparecesse: arrumaram uma série de gramofones baratos e mexeram em pequenas caixas de música.

A base do negócio deles era, entretanto, o aluguel de bicicletas. Era um comércio singular, que não obedecia a nenhum princípio comercial ou econômico conhecido. Na verdade, não obedeciam a princípio algum. Havia um estoque de bicicletas para damas e cavalheiros em um estado de degradação que ia além de qualquer descrição, as quais eram alugadas por pessoas imprudentes e descuidadas, sem experiência nas coisas desse universo, a uma taxa nominal de um *shilling* pela primeira hora e seis *pences* por hora adicional. Mas, na verdade, não havia preço fixo, e clientes insistentes conseguiam as bicicletas e a adrenalina do perigo por uma hora por uma quantia tão baixa quanto três *pences*, desde que conseguissem convencer Grubb de que era tudo o que eles tinham. O selim e o guidão então eram suspeitosamente ajustados por Grubb, um depósito feito – exceto no caso de clientes conhecidos –, a máquina era lubrificada, e o aventureiro saía em sua aventura. Geralmente, ele ou ela voltavam, mas, às vezes, quando havia algum acidente sério, Bert ou Grubb precisavam buscar a máquina. O aluguel era sempre cobrado até a hora de retorno à loja e o depósito era deduzido. Era raro que uma bicicleta saísse das mãos deles em um estado de eficiência comprovadas. Possibilidades de acidentes se esgueiravam no parafuso gasto que ajustava o selim, nos pedais precários, na corrente folgada, no guidão e, acima de tudo, nos freios e nos pneus. Batidas e barulhos e estranhos rangidos rítmicos surgiam à medida que o intrépido locatário pedalava pelo campo. Esse seria o momento em que talvez a buzina enguiçaria ou o freio não funcionaria em uma ladeira; ou o cano do selim se soltaria e o selim desceria sete ou dez centímetros com um solavanco brusco; ou a corrente frouxa e barulhenta saltaria dos eixos das rodas enquanto a máquina descia a ladeira íngreme, o que faria o mecanismo parar abrupta e desastrosamente sem que interrompesse o ímpeto que fazia a pessoa continuar adiante; ou um pneu estouraria, ou murcharia, e desistiria da luta pela eficiência.

Quando o locatário voltava, a pé, enfurecido, Grubb ignorava todas as reclamações e examinava a máquina com seriedade.

– Ela não foi usada corretamente – era o que geralmente começava a falar.

Então, se tornava uma personificação suave do espírito do raciocínio.

– Você não pode esperar que uma bicicleta pegue você nos braços e o carregue – costumava dizer. – Você precisa demonstrar inteligência. No fim das contas, é uma máquina.

Às vezes o processo de acabar com as reclamações beirava a violência. Sempre envolvia muita retórica e geralmente era muito fatigante, mas nesses tempos de progresso é preciso fazer barulho para ter dinheiro para viver.

O trabalho geralmente era duro, mas constituía uma fonte bastante estável de lucro, até o dia em que todos os vidros da janela foram quebrados e o estoque à venda na vitrine foi quase totalmente avariado por dois locatários mais críticos, sem senso de irrelevância retórica. Eram sujeitos grandes e grosseiros de Gravesend; um estava nervoso porque o pedal esquerdo da bicicleta que usava se soltou, e o outro porque o pneu esvaziara – acidentes pequenos e insignificantes pelos padrões de Bun Hill, que tinham acontecido inteiramente porque manusearam de forma bem pouco gentil as máquinas delicadas que lhes foram confiadas; e eles não conseguiam ver com clareza a maneira como se colocavam do lado errado da discussão. É difícil convencer um homem de que ele alugou a você uma máquina defeituosa, depois de ter jogado uma bomba de ar em sua loja e ter levado seu estoque de sinos para o lado de fora só para devolvê-los através dos vidros. Mas não chegaram a convencer Grubb ou Bert, pois isso apenas os irritou e os aborreceu. Essa primeira altercação se transformou em contenda, e tais dissabores levaram a uma violenta disputa entre Grubb e o proprietário do estabelecimento quanto aos aspectos morais e responsabilidade legal pela reposição dos vidros. No fim, Grubb e Smallways precisaram arcar com os custos de uma estratégica mudança para outro local.

O novo local já estava sendo considerado por eles havia algum tempo. Era uma loja pequena, parecida com um galpão, com uma janela de vidro laminado e um cômodo nos fundos, bem na esquina da estrada que leva a Bun Hill. Aqui, eles se esforçaram bravamente, apesar do persistente aborrecimento causado por seu antigo senhorio, alimentando esperanças de que a peculiar situação da nova loja pudesse ser promissora. Mas aqui, também, essas esperanças estavam fadadas ao desapontamento.

A autoestrada de Londres para Brighton que passava por Bun Hill era como o Império Britânico ou a Constituição Britânica: algo que tinha crescido para sua importância atual. Diferentemente de outras estradas na Europa, as autoestradas britânicas nunca foram sujeitas a quaisquer tentativas de serem niveladas ou endireitadas, e a característica pitoresca delas poderia ser sem dúvida atribuída a esse fato. A antiga High Street de

Bun Hill tem uma ladeira no fim de talvez vinte e cinco ou trinta metros, em um ângulo agudo, que vira um ângulo reto à esquerda, faz uma curva por mais ou menos trinta metros, até uma ponte de tijolos sobre uma vala seca que um dia fora o Otterbourne, e então se curva bruscamente para a direita novamente, em volta de um denso arvoredo, e continua como uma autoestrada simples, reta e pacífica. Houve um ou dois acidentes de carruagens de cavalos e bicicletas no lugar antes que Bert e Grubb montassem sua loja. E, para ser franco, foi a possibilidade de outros acidentes que os atraíram ao local.

Essas possibilidades surgiram primeiramente para eles com um toque de humor.

– Aqui é um daqueles lugares onde alguém pode ganhar a vida criando galinhas – disse Grubb.

– Não tem como ganhar a vida criando galinhas – disse Bert.

– Você criaria a galinha para os motoristas atropelarem – disse Grubb. – O motorista teria de nos indenizar pelo atropelamento.

Quando realmente se mudaram, nem sequer se lembraram dessa conversa. As galinhas, entretanto, estavam fora de questão; não havia nem espaço para um poleiro sequer, a não ser que fizessem um dentro da loja. Mas ficaria extremamente fora de contexto lá. Essa loja era muito mais moderna que a antiga e tinha uma fachada de vidro laminado.

– Mais cedo ou mais tarde um carro motorizado vai atravessar isso aqui – disse Bert.

– Sem problemas – disse Grubb. – Faz parte. Eu não vou me importar quando o carro motorizado vier.

– Enquanto isso – disse Bert com muita astúcia –, vou comprar um cachorro para mim.

E ele assim o fez. Comprou logo três. Ele surpreendeu as pessoas no Abrigo Canino em Battersea ao exigir um retriever surdo e rejeitar cada candidato que levantava as orelhas.

– Eu quero um bom cão surdo e lento – ele disse. – Um cachorro que não se incomode com as coisas.

Todos demonstraram uma curiosidade incômoda e declararam que havia uma grande escassez de cachorros surdos.

– Cachorros não são surdos.

– O meu tem de ser – disse Bert. – Eu tive cachorros que não eram surdos. É tudo o que quero. Acontece que meu trabalho é mostrar os aparelhos funcionando, e um cachorro que não é surdo não gosta disso. Fica agitado com o barulho, cheirando ao redor, latindo, rosnando. Isso aborrece o cliente. Entende? Um cachorro que ouve interage mais. Acha que os andarilhos que passam são bandidos. Quer brigar com qualquer motor que faz um barulhinho que seja. Tudo muito bom se você quer agitação na sua vida, mas nossa loja já é bem agitada. Não quero esse tipo de cachorro. Quero um cachorro quieto.

No fim, ele pegou três, um atrás do outro, mas nenhum deles deu muito certo. O primeiro foi embora em direção ao infinito, sem ouvir nenhum apelo; o segundo foi morto durante a noite por uma carroça motorizada carregada de frutas, cuja fuga aconteceu antes que Grubb pudesse alcançar o atropelador; o terceiro se embaraçou na roda dianteira de um ciclista que passava por ali e atravessou o vidro. Ele, um ator aposentado, exigiu indenização por um ferimento inventado, não queria nem ouvir sobre o cachorro valioso que matara ou sobre a vidraça que quebrara, obrigou Grubb, por pura obstinação física, a endireitar a sua roda dianteira danificada e perturbou a empresa já em dificuldades com uma série de cartas de advogados com palavras inumanas. Grubb respondeu a todas, ardentemente, e se colocou numa situação delicada, na opinião de Bert.

A situação ficou cada vez mais desesperadora e tensa sob essas circunstâncias. A vidraça estava coberta com tapumes de madeira, e um desentendimento desagradável sobre a demora no conserto dela com o novo senhorio, um açougueiro de Bun Hill, uma pessoa que gritava e era irracional, serviu para lembrá-los dos problemas ainda não resolvidos com o proprietário anterior. As coisas estavam nesse pé quando Bert teve a ideia de criar um tipo de capital debênture no negócio para beneficiar Tom. Mas, como eu disse anteriormente, Tom não tinha tino de empreendedor.

Sua ideia de investimento era o estoque; ele subornou o irmão para não manter a proposta de pé.

E então a má sorte deu o último golpe no negócio deles, que já estava em frangalhos, e o derrubou de vez.

2

Não se pode ser feliz o tempo inteiro, e o domingo de Pentecostes[9] chegou prometendo uma pausa nos complicados negócios da Grubb & Smallways. Os dois sócios, encorajados pelo resultado prático das negociações de Bert com seu irmão e pelo fato de que metade do estoque para aluguel estava fora da loja de sábado até segunda-feira, decidiram ignorar o ofício no domingo e devotar o dia ao relaxamento e descanso muito necessários; resolveram ter, de fato, uma diversão verdadeira, uma festança do Divino Espírito Santo, e voltar revigorados para lidar com as dificuldades e os reparos do feriado bancário na segunda-feira. Nada de bom jamais foi feito por homens exaustos e desalentados. Aconteceu de eles conhecerem duas jovens damas que trabalhavam em Clapham, a senhorita Flossie Bright e a senhorita Edna Bunthorne. Resolveram, portanto, formar um pequeno e feliz quarteto rumo ao coração de Kent e fazer um piquenique e passar uma tarde e início de noite indolentes no meio de árvores e grandes samambaias entre Ashford e Maidstone.

A senhorita Bright sabia andar de bicicleta, e encontraram uma máquina para ela, não no estoque de aluguel, mas nas amostras que estavam à venda. A senhorita Bunthorne, de quem Bert particularmente gostava, não sabia andar de bicicleta, e com alguma dificuldade ele alugou uma pequena carreta da grande loja de Wray na Clapham Road.

Era uma bela cena ver os dois jovens, impecavelmente trajados com roupas coloridas e cigarros acesos, Grubb levando a máquina escolhida

---

[9] A semana depois do Pentecostes, na época feudal, era celebrada com o descanso dos trabalhadores. A segunda-feira depois do Pentecostes continuou sendo feriado na Inglaterra até 1971. (N.T.)

para a senhorita Bright ao lado da sua, com uma mão habilidosa, enquanto Bert, com seu aparato roncando continuamente, pensava numa forma de vencer a insolvência. O senhorio deles, o açougueiro, rosnou de raiva quando eles passaram, e gritou "Saiam daqui!" em um tom alto e selvagem enquanto eles se afastavam.

Como se eles se importassem!

O clima estava bom, e apesar de eles estarem no caminho em direção ao sul antes das nove horas da manhã, já havia uma multidão de pessoas saindo para o fim de semana nas estradas. Havia muitos jovens, homens e mulheres, em bicicletas comuns e motorizadas e uma maioria utilizando carros giroscópicos andando em duas rodas, ao estilo das bicicletas, misturados com o tráfego antiquado de quatro rodas. Os feriados sempre faziam aparecer os veículos antigos e as pessoas estranhas às estradas: podiam-se ver triciclos motorizados e carruagens elétricas e velhas máquinas de corrida com enormes rodas pneumáticas. Uma vez nossos domingueiros até viram uma carroça puxada por um cavalo, e outra vez um jovem montado em um cavalo preto em meio à balbúrdia dos transeuntes. E havia também vários dirigíveis navegáveis a gás, para não mencionar balões no ar. Era tudo imensamente interessante e revigorante, depois de todos os problemas e angústias por que ele havia passado na loja. Edna usava um chapéu de palha marrom com papoulas, que combinava admiravelmente com ela, e se sentava no trailer como uma rainha, e a motobicicleta de oito anos funcionava como se fosse nova.

Importava muito pouco para o senhor Bert Smallways que o letreiro de um jornal proclamasse:

ALEMANHA DENUNCIA A DOUTRINA MONROE.
ATITUDE AMBÍGUA DO JAPÃO.
O QUE A INGLATERRA FARÁ? TEREMOS GUERRA?

Esse tipo de coisa estava sempre acontecendo, e nos feriados as pessoas não se importavam, achavam que era coisa natural. Em dias da semana, no descanso depois do almoço, alguém poderia se preocupar com o império e a política internacional, mas não em um domingo ensolarado, na companhia de uma bonita garota e ciclistas invejosos tentando apostar corrida com você. Os jovens tampouco davam muita importância às efêmeras sugestões de atividade militar que percebiam de vez em quando. Perto de Maidstone, eles passaram por uma fila de onze armas motorizadas, construídas de forma peculiar, que estavam na beira da estrada, com vários engenheiros eficientes agrupados em volta delas, observando através de binóculos um tipo de entrincheiramento que acontecia próximo ao topo das colinas. Para Bert, aquilo não tinha a menor importância.

– O que está acontecendo? – perguntou Edna.

– Exercícios de treinamento – respondeu Bert.

– Ah! Achei que eles eram feitos na Páscoa – disse Edna, e não tocou mais no assunto.

A última grande guerra britânica, a Guerra dos Bôeres, tinha acabado e sido esquecida, e a população perdera o costume de ser especialista crítico de guerra.

Nossos quatro jovens fizeram seu piquenique, bastante divertido, aproveitando a felicidade que era comum na antiga Nínive. Os olhos brilhavam; Grubb estava sendo divertido e quase espirituoso; já Bert conseguira elaborar alguns epigramas. As cercas estavam cheias de madressilvas e rosas-caninas. No bosque, o distante barulho do tráfego na autoestrada empoeirada poderia ser simplesmente os trompetes da terra dos elfos. Eles riam e fofocavam e pegavam flores e faziam amor e conversavam, e as garotas fumavam cigarros. E também brigavam de brincadeira. Entre outras coisas, conversaram sobre aeronáutica e sobre como eles viriam para um piquenique juntos na máquina voadora de Bert antes de uma década. O mundo parecia repleto de possibilidades interessantes naquela tarde. Eles discutiram o que seus tataravôs pensariam sobre aeronáutica. No início da noite, por volta das sete horas, o grupo decidiu voltar para casa, sem esperar nenhum problema, mas foi exatamente no topo das colinas entre Wrotham e Kingsdown que o desastre chegou.

Eles subiram a colina no crepúsculo; Bert estava ansioso para chegar o mais longe possível antes de ligar (ou tentar ligar, já que era um assunto duvidoso) as lanternas da bicicleta, e eles tinham passado em grande velocidade por vários ciclistas, e por um veículo motorizado de quatro rodas do estilo antigo, que se arrastava por causa de um pneu murcho. Um pouco de poeira tinha entrado na buzina de Bert e o resultado era um "bi-bi" curioso, quase um chiado rouco. Por diversão e graça, ele provocava esse barulho quantas vezes pudesse, o que fez Edna ter uma crise de riso na carreta rebocada. Eles eram uma espécie de frente de alegria pela estrada e afetavam os demais viajantes de formas diferentes, de acordo com o temperamento de cada um. Nesse momento, Edna percebeu uma quantidade de fumaça azulada, com um cheiro ruim saindo dos rolamentos sob seus pés, mas achou que era uma das consequências naturais da tração de um motor e não se preocupou mais com isso, até que eles abruptamente explodiram em chamas amarelas.

– Bert! – ela gritou.

Bert freou tão repentinamente que ela se viu agarrada às pernas dele, enquanto ele desmontava. Ela desceu, parou na beira da estrada e ajeitou apressadamente seu chapéu, que estava desalinhado.

– Deus! – disse Bert.

Ele ficou por alguns segundos fatais, olhando o combustível gotejar e então começar a pegar fogo. A chama, que agora tinha cheiro de esmalte assim como de óleo, se espalhou e aumentou. Naquele momento, Bert se arrependeu de não ter vendido a máquina de segunda-mão no ano anterior, o que deveria ter feito. Virou-se para Edna e pediu:

– Pegue bastante areia úmida.

Então, girou a máquina na beira da estrada, deitou-a e procurou por areia molhada. As chamas foram atacadas com ela, mas pareciam que se alimentavam dela: aparentavam ficar mais brilhantes e o crepúsculo, mais escuro em volta delas. A estrada ficava em um terreno de cascalho, em uma região pedregosa, cheia de cal, e havia pouca areia.

Edna conseguiu parar um ciclista baixo e gordo.

– Precisamos de areia molhada – ela disse e acrescentou –, nosso motor pegou fogo.

O ciclista olhou sem expressão por um instante e, então, com um grito de ajuda, começou a raspar o saibro da estrada. Bert e Edna também começaram a raspar. Outros ciclistas chegaram, desceram das bicicletas e ficaram de pé por ali. Suas faces iluminadas pelas chamas expressavam satisfação, interesse, curiosidade.

– Areia úmida – disse o homem baixo e gordo, raspando desesperadamente –, areia úmida.

Um dos ciclistas juntou-se a ele. Eles jogavam punhados úmidos de saibro nas chamas, que os aceitavam com vigor.

Grubb chegou a toda velocidade, gritando algo. Ele saltou da bicicleta e jogou-a na sebe.

– Não jogue água! – falou. – Não jogue água!

Ele mostrava uma imponente presença de espírito, tornando-se o dono da situação. Os outros estavam satisfeitos em repetir as coisas que Grubb dizia e a imitar suas ações.

– Não jogue água! – eles gritavam.

– Batam no fogo, seus idiotas! – disse Grubb.

Grubb pegou um tapete de dentro do trailer (era um cobertor austríaco e a colcha de inverno de Bert) e começou a bater no combustível em chamas. Por um momento incrível, parecia estar sendo bem-sucedido. Mas ele espalhou poças de combustível em chamas pela estrada, e outros, empolgados pelo seu entusiasmo, imitaram sua ação. Bert pegou uma almofada do trailer e começou a bater; havia outra almofada e uma toalha de mesa, e estes também foram usados. Um jovem herói tirou sua jaqueta e se juntou aos esforços. Por um instante havia menos conversa do que respirações profundas, e uma incrível quantidade de batidas. Então Flossie, chegando na beira da estrada, gritou:

– Ai, meu Deus! – e começou a chorar desesperadamente. – Ajudem! Socorro! Fogo!

O veículo motorizado chegou e parou, e o motorista, um homem grisalho alto e com óculos, que estava dirigindo, consternado, perguntou com um sotaque de Oxford e uma enunciação clara e cuidadosa:

– Podemos ajudar em algo?

Ficou evidente que o tapete, a toalha de mesa, as almofadas e a jaqueta estavam ficando besuntadas de combustível e queimando. A almofada que Bert estava balançando parecia estar se desfazendo, e o ar estava repleto de penas, como uma nevasca no calmo crepúsculo.

Bert estava empoeirado, suado, mas demonstrava muita força. Sentia que sua arma fora arrancada de sua mão bem em seu momento vitorioso. O fogo permanecia agonizante, perto do chão e traiçoeiro; ele dava um salto de angústia a cada golpe dos batedores. Mas agora Grubb tinha começado a pisotear o cobertor que queimava; os outros não estavam mais lá tão perto da vitória. Um deles tinha derrubado a almofada e corria na direção do veículo motorizado.

– Aqui! – gritou Bert. – Continuem!

Ele jogou os trapos esvaziados e queimados da almofada para o lado, tirou a jaqueta e pulou para as chamas com um grito, pisoteando as labaredas até que elas começassem a subir por suas botas. Edna o viu ali, um herói iluminado pelo vermelho, e pensou que era bom ser um homem.

Um espectador foi atingido por uma moeda quente que veio voando pelo ar. Então Bert se lembrou naquele momento dos papéis que carregava nos bolsos e recuou, consternado, tentando extinguir as chamas de seu casaco.

Edna foi surpreendida pela aparição de um benevolente espectador mais velho, usando um chapéu de seda e roupas sabáticas.

– Ah! – ela gritou para ele. – Ajude esse jovem! Como você pode ficar parado olhando?

Um grito de "A lona!" surgiu.

Um jovem de aparência séria, vestindo um traje de ciclista cinza-claro, surgiu ao lado do veículo motorizado e falou com o motorista do carro.

– Você tem uma lona? – ele perguntou.

– Sim – respondeu o homem de aparência cavalheiresca –, sim, temos uma lona.

– É isso! – disse o homem de aparência séria, gritando de maneira abrupta. – Vamos usar a lona, rápido!

O cavalheiro mais velho, com gestos de frágil desaprovação, como se estivesse hipnotizado, trouxe uma lona excelente e grande.

– Aqui! – gritou o jovem olhando para Grubb. – Segure!

Então todos perceberam que havia um novo método que seria colocado em prática. Várias mãos dispostas agarraram a lona do cavalheiro de Oxford. Os outros ficaram de longe fazendo ruídos de aprovação. A lona foi segurada sobre a bicicleta em chamas como um toldo, e então foi abaixada para abafá-la.

– Devíamos ter feito isso antes – arfou Grubb.

Houve um momento de triunfo. As chamas desapareceram. Todos que puderam agarraram uma parte da borda da lona. Bert segurou um dos cantos com duas mãos e um pé. A lona, inflada no centro, parecia estar suprindo uma exultação triunfante das chamas. Então sua autoaprovação se tornou demais até para ela mesma; ela explodiu em um sorriso vermelho brilhante no centro. Era exatamente como uma boca abrindo. Ela ria com uma rajada de chamas. A cena se refletia muito vermelha nos óculos observantes do cavalheiro dono da lona. Todos recuaram.

– Salvem a carreta! – gritou alguém, e essa foi a última parte da batalha.

Mas não conseguiram soltar a carreta da máquina principal; seu trabalho de vime tinha se incendiado, e foi a última coisa a se queimar. Uma espécie de silêncio se apossou das pessoas. O combustível queimava baixo, a carreta de vime queimava e estalava. A multidão se dividiu em um círculo externo de críticos, conselheiros e personagens secundários, que tiveram partes desimportantes ou parte nenhuma em toda a situação, e um grupo central de personagens principais acalorados e aflitos. Um jovem com uma mente inquisidora e conhecimento considerável sobre bicicletas motorizadas colou em Grubb e queria discutir que a coisa toda não podia ter acontecido. Grubb foi grosseiro e não deu atenção a ele, e o jovem se esquivou para junto da multidão e, ali, disse ao velho cavalheiro benevolente com chapéu de seda que as pessoas que saíam com máquinas que não compreendiam só podiam culpar a si mesmas se as coisas dessem erradas.

O velho cavalheiro deixou-o falar por mais algum tempo, e então disse, em um tom de prazer arrebatador:

– Toupeira! – E acrescentou: – Isso não tem valor algum.

Um homem de face rosada, usando um chapéu de palha, chamou a atenção de todos.

– Consegui salvar a roda dianteira – disse –, o pneu pegaria fogo também, se eu não permanecesse girando-a.

Tornou-se claro que era verdade. A roda dianteira manteve seu pneu, estava intacta e ainda girava lentamente entre as ruínas empretecidas e retorcidas do resto da máquina. Havia algo no ar como uma virtude consciente, uma respeitabilidade indiscutível, que distingue um coletor de aluguéis em uma vizinhança simples.

– Aquela roda vale uma libra – disse o homem de face rosada, como se cantasse uma canção. – Eu a mantive girando.

Novas pessoas vindas do sul continuavam chegando e perguntando: "O que está havendo?", até que deu nos nervos de Grubb. Indo na direção de Londres, a multidão continuava perdendo seus membros; eles subiam em suas diversas rodas com aquele ar satisfeito de espectadores que já viram a melhor parte. Suas vozes perdiam-se no crepúsculo; podia-se ouvir uma risada ou outra quando algum deles se lembrava de um incidente parecido com o que estavam vendo.

– Receio que esse seja o fim da minha lona – disse o cavalheiro do veículo motorizado.

Grubb admitiu que o dono seria o melhor para julgar esse assunto.

– Mais alguma coisa que eu possa fazer por vocês? – disse o cavalheiro do veículo motorizado, talvez com uma ponta de ironia.

Bert despertou para a ação.

– Veja – ele disse –, aqui está a minha garota. Se ela não chegar em casa até às dez da noite, a trancarão do lado de fora. Entende? Bem, todo o meu dinheiro estava no bolso da minha jaqueta, e agora ele está misturado com as coisas queimadas, e está tudo muito quente para tocar. Clapham é fora de mão?

– Sem nenhum problema – respondeu o cavalheiro e se virou para Edna. – Será um prazer, na verdade, se vier conosco. Já estamos atrasados para o jantar, então não vai fazer diferença irmos para casa por Clapham. Precisamos chegar a Surbiton, de qualquer forma. Talvez que nos ache um pouco lentos.

– Mas o que Bert fará? – indagou Edna.

– Não acho que conseguimos acomodar Bert – disse o cavalheiro do veículo motorizado –, apesar de estarmos ansiosos por ajudar.

– Você não conseguiria levar tudo? – disse Bert, acenando com sua mão para as ruínas empretecidas e destruídas no chão.

– Sinto muitíssimo, mas não – disse o homem de Oxford. – Sinto muitíssimo, realmente.

– Então precisarei ficar aqui por um tempo – disse Bert. – Tenho que resolver isso. Você pode ir, Edna.

– Não gosto da ideia de deixá-lo aqui, Bert.

– Não há o que fazer, Edna...

A última visão que Edna teve de Bert foi sua silhueta, com a camisa empretecida e queimada, parado no escuro. Ele ficou profundamente pensativo, em meio à mistura de cinzas e ferro do que um dia fora sua bicicleta motorizada, uma figura melancólica. O séquito de espectadores estava agora reduzido a meia dúzia de silhuetas. Flossie e Grubb estavam se preparando para seguir a deserção de Edna.

– Anime-se, velho Bert – gritou Edna, com alegria artificial. – Até mais.

– Até mais, Edna – disse Bert.

– Vejo você amanhã.

– Até amanhã – disse Bert, apesar de estar destinado, na verdade, a ver muito do mundo já habitado antes de revê-la.

Bert começou a acender fósforos de uma caixa emprestada, para procurar por uma moeda que ainda não tinha encontrado em meio aos restos queimados.

Seu rosto estava sério e melancólico.

– QUERIA que isso não tivesse acontecido – disse Flossie, voltando com Grubb...

E finalmente Bert foi deixado quase sozinho, uma triste figura de Prometeu enegrecida, amaldiçoada pelo presente do fogo. Ele tivera ideias vagas de alugar uma carroça, conseguir consertos maravilhosos, de ainda alcançar algum valor residual de uma de suas posses mais importantes. Agora, na noite que escurecia, percebia a vaidade de tais intenções. A verdade chegou de forma desoladora e colocou sua fria convicção sobre ele. Bert pegou o guidão, levantou a máquina, tentou empurrá-la para a frente, mas a roda traseira sem pneu estava irremediavelmente presa, do jeito que ele temia. Por um minuto ou mais, ficou ali segurando sua máquina, num desespero imóvel. Então, com grande esforço, jogou as ruínas dela na vala, chutou uma vez, olhou para elas por um momento e virou o rosto com decisão em direção a Londres.

Ele não olhou para trás nenhuma vez.

– Esse é o fim DAQUELA brincadeira! – disse Bert. – Nada mais de tufe-tufe para Bert Smallways por um ou dois anos. Adeus, feriados! Oh! Eu deveria ter vendido aquela porcaria quando tive a chance três anos atrás.

3

Na manhã seguinte, a firma de Grubb & Smallways estava em um estado de prostração profunda. Parecia um pequeno problema para eles que a loja de jornais e cigarros do outro lado da rua tivesse letreiros como os seguintes:

ULTIMATO AMERICANO.

INGLATERRA DEVE LUTAR.

NOSSO ENFATUADO DEPARTAMENTO DE GUERRA AINDA SE RECUSA A OUVIR O SENHOR BUTTERIDGE.

GRANDE DESASTRE DE MONOTRILHO EM TOMBUCTU.

Ou como esses:

GUERRA EM QUESTÃO DE HORAS.
NOVA IORQUE CALMA.
EMPOLGAÇÃO EM BERLIM.

Ou ainda:

WASHINGTON AINDA EM SILÊNCIO.
O QUE PARIS FARÁ?
O PÂNICO NA BOLSA.
FESTA NOS JARDINS DO CASTELO DO REI PARA OS TUAREGUES
MASCARADOS.
O SENHOR BUTTERIDGE FAZ SUA OFERTA.
ÚLTIMA APOSTA DE TEERÃ.

Ou esses:

A AMÉRICA DO NORTE LUTARÁ?
PROTESTO ANTIALEMANHA EM BAGDÁ.
OS ESCANDÂLOS EM DAMASCO.
A INVENÇÃO DO SENHOR BUTTERIDGE PARA A AMÉRICA.

Bert olhou para os cartazes presos com clipes no painel da porta com olhos de quem não estava vendo. Vestia a enegrecida camisa de flanela e o terno de passeio arruinado do dia anterior. A loja estava escura e o ambiente todo em um estado de abatimento indescritível. As poucas máquinas escandalosas que estavam para aluguel nunca lhe pareceram tão irremediavelmente vergonhosas. Ele pensou em seus amigos que estavam "fora" e nas disputas que se aproximavam à tarde. Ele pensava sobre o novo senhorio, sobre o senhorio antigo, sobre contas e reclamações. A vida se apresentava pela primeira vez como uma luta sem esperanças contra o destino...

– Grubb, velho amigo – disse ele, destilando finesse –, eu estou bem cansado dessa loja.

– Eu também – respondeu Grubb.

– Não tenho mais nenhum gosto por ela. Não acho que terei vontade de atender um cliente novamente.

– Não se esqueça da carreta... – disse Grubb, depois de uma pausa.

– Que se exploda a carreta! – exclamou Bert. – De qualquer maneira, eu não deixei um depósito por ela. Não fiz isso. Ainda assim... – Ele se virou para o seu amigo. – Não estamos nos dando bem aqui. Estamos perdendo muito dinheiro. As coisas estão atadas com uns cinquenta nós.

– O que podemos fazer? – disse Grubb.

– Limpar tudo. Vender o que pudermos pelo preço que pagarem e desistir. Vê? Não faz bem ficarmos presos em uma preocupação que não vai dar em nada. Nenhum tipo de bem. Pura tolice.

– É uma saída – disse Grubb –, mas não é o seu capital que está investido nisso aqui...

– Não há necessidade de nos afundarmos com o capital. – respondeu Bert, ignorando o problema central do sócio.

– Mas não vou ser responsabilizado por aquela carreta. Não é problema meu.

– Ninguém está tentando responsabilizar você. Se quiser ficar por aqui, tudo ótimo. Eu estou saindo. Vou ficar até o fim do feriado bancário, e aí estou f-o-r-a. Entendeu?

– Vai me deixar?

– Vou. Se quiser...

Grubb olhou para a loja à sua volta. Certamente tinha perdido o encanto. Houve o tempo em que foi vista com sinais de esperança e recomeço... Novos clientes, o estoque e a perspectiva de crédito. Agora... agora era um fracasso e poeira. Provavelmente o senhorio chegaria em breve para continuar com a discussão sobre a vidraça.

– Para onde você pensa ir, Bert? – Grubb perguntou.

Bert se virou e olhou para ele.

– Estava pensando em ir para casa e para a cama. Não dormi nada.

– No que você pensou fazer depois?

– Planos.

– Que planos?

– Ah! Você quer ficar aqui.

– Não, se aparecer algo melhor.

– É somente uma ideia – disse Bert. – Você fez as garotas rirem ontem, com aquela canção que você cantou.

– Parece que foi há muito tempo – disse Grubb.

– E a Edna quase chorou com aquele trecho que cantou.

– Ficou com lágrimas nos olhos – disse Grubb –, eu vi. Mas o que isso tem a ver com seu plano?

– Tudo – disse Bert.

– Como?

– Você não entende?

– Não é cantar nas ruas?

– Nas ruas! Sem medo! Mas que tal o Circuito de Águas da Inglaterra, Grubb? Cantando! Os moços de família fazem isso por diversão. Sua voz não é ruim, sabe, e a minha é mais ou menos. Ainda não vi ninguém cantando na praia que eu não pudesse cantar muito melhor. E nós dois sabemos como fingir ser um pouco esnobes, hein? Bem, essa é minha ideia. Eu e você, Grubb, com uma boa canção, uma boa música, para ouvir e dançar. Como fizemos de brincadeira ontem. Foi isso que me deu essa ideia. Vai ser fácil fazer uma apresentação... Fácil. Seis músicas bem escolhidas e mais uma ou duas para bis com sapateado. Sou bom no sapateado.

Grubb continuou observando sua loja escura e deprimente; ele pensou nos seus senhorios, o anterior e o atual, e sobre os desgostos de ser um pequeno comerciante em uma era que ecoava novamente o lamento amargo da classe média; e então de repente pareceu ouvir o som de um banjo e a voz de uma sereia solitária cantando. Ele teve a sensação do calor do sol na areia, filhos dos ricos, de pelo menos alguns turistas transitórios fazendo um círculo em volta dele, dos sussurros de "Eles realmente são bons", e então plim, plim, plim, vinham as moedas no chapéu. Às vezes até moedas de prata, de valor mais alto. Era só entrada; nada de saída, nada de contas.

– Estou dentro, Bert – ele disse.

– Excelente! – exclamou Bert. – Não podemos nos demorar muito.

– Não precisamos começar sem capital tampouco – disse Grubb. – Se levarmos as melhores máquinas para o Mercado de Bicicletas em Finsbury conseguiríamos seis ou sete libras nelas. Poderíamos facilmente fazer isso amanhã antes que alguém aparecesse...

– É muito bom pensar no Pele-e-Ossos aparecendo por aqui para sua briga de sempre conosco e encontrando um cartaz escrito "Fechado para reparos".

– Faremos isso – disse Grubb com gosto –, faremos isso. E aí colocaremos outro aviso, e diremos para todos os cobradores para irem cobrar dele. Vê? Assim vão saber tudo sobre nós.

Antes que o dia terminasse, toda a empreitada foi planejada. Eles decidiam de uma vez que se chamariam The Naval Mr. O's, um plágio, talvez não muito bom, do título de uma trupe muito conhecida chamada Scarlet Mr. E's, e Bert ficou muito apegado à ideia de um uniforme de sarja azul brilhante, com muita renda, cordões e detalhes dourados, parecido com uniformes de gala de um oficial naval, mas mais enfeitado. No entanto, tiveram que abandonar esse plano, pois seriam necessários muito tempo e dinheiro para pô-lo em prática. Perceberam que precisariam vestir algo mais barato e mais fácil de arranjar, e Grubb voltou à ideia de usarem capotes brancos. Os dois passaram um tempo pensando em escolher duas das piores máquinas do estoque de aluguel, pintá-las com esmalte carmesim, trocar os sinos pelo tipo mais barulhento de buzinas mecânicas e andar nelas para começar e terminar a apresentação. Eles duvidaram do quanto esse passo seria recomendável.

– Muita gente – disse Bert –, que não nos reconheceria, mas reconheceria essas bicicletas, e não queremos ninguém falando de velhas histórias. Queremos um novo começo.

– Eu quero – disse Grubb –, muito.

– Queremos esquecer as coisas… E acabar com essas velhas preocupações. Nada disso está nos fazendo bem.

Apesar dessa conversa, eles decidiram assumir o risco das bicicletas e decidiram que as roupas deveriam ser compostas de meias marrons e sandálias e lençóis baratos não alvejados, com um buraco cortado no meio, e perucas e barbas de estopa. O restante seriam eles mesmos! Eles se chamariam Os Dervixes do Deserto, e suas músicas principais seriam aquelas cantigas populares: *In my trailer* e *What price hairpins now*?

Eles decidiram começar a carreira de cantores populares em lugares pequenos à beira-mar, e gradualmente, à medida que ficassem mais confiantes, atacariam centros maiores. Para começar, escolheram Littlestone em Kent, principalmente por seu nome despretensioso.

E assim planejaram, e pareceu muito pequeno e desimportante para eles o fato de que mais da metade dos governos mundiais estava flutuando em direção à guerra. Por volta do meio-dia tomaram consciência do primeiro dos letreiros do jornal do fim de tarde sendo gritado para eles do outro lado da rua:

AS NUVENS DA GUERRA ESCURECEM.

Nada além disso.

– Estão sempre falando sobre guerra agora – disse Bert.

– Eles vão acabar se engalfinhando de verdade qualquer dia desses, se não forem muito cuidadosos. Como se não gostassem mais da paz.

4

Então você, leitor, entenderá a aparição repentina que mais surpreendeu do que deleitou a informalidade tranquila das areias de Dymchurch. Dymchurch foi um dos últimos lugares no litoral da Inglaterra a ter o monotrilho, por isso suas areias espaçosas ainda eram, à época dessa história, o segredo e o prazer de um número limitado de pessoas. Elas iam até lá para escapar da vulgaridade e das extravagâncias e para banharem-se, sentarem-se, conversarem e brincarem com seus filhos em paz, e os Dervixes do Deserto não agradaram de forma nenhuma.

As duas figuras de branco montadas em suas máquinas escarlates chegaram até elas vindo do infinito, das areias de Littlestone; aproximavam-se cada vez mais e ficavam mais audíveis, buzinando e gritando coisas estranhas e, de forma geral, trazendo uma animação da forma mais agressiva possível.

– Céus! – disse Dymchurch. – O que é isso?

Então nossos dois jovens, de acordo com um plano previamente estabelecido, deram a volta completa pela localidade, ficaram lado a lado e desceram das bicicletas pedindo atenção.

– Senhoras e senhores – eles disseram –, imploramos sua atenção para nos apresentarmos: Os Dervixes do Deserto.

Eles se curvaram com profunda reverência.

A maioria dos poucos grupos espalhados pela praia olhou para eles com horror, mas algumas das crianças e uns jovens ficaram interessados e se aproximaram.

– Não há quase ninguém na praia – disse Grubb em voz baixa.

Os Dervixes do Deserto guardaram suas bicicletas de forma cômica, o que rendeu risadas de um garotinho não muito sofisticado. Eles então respiraram fundo e começaram a cantar alegremente *What price harpins now?*; Grubb fazia a primeira voz e Bert fazia o possível para que o refrão fosse bem animado, e ao fim de cada verso eles dançavam alguns passos que tinham ensaiado com muito cuidado, segurando a barra do lençol.

– Ting-a-ling-a-ting-a-ling-a-ting-a-ling-a-tang... *What price harpins now?*

E assim eles cantaram e dançaram ao sol da praia de Dymchurch; as crianças se aproximaram desses jovens tolos, maravilhadas com o comportamento deles, e as pessoas mais velhas pareciam frias e hostis.

Por todas as praias da Europa naquela manhã havia banjos tocando, vozes gritando e cantando, crianças brincando ao sol, lanchas indo de um lado para o outro; a comum vida abundante da época, sem suspeitar de todos os perigos que se juntavam sombriamente contra ela, flutuava do seu jeito alegre e sem rumo. Nas cidades, os homens se preocupavam com seus negócios e compromissos. Os letreiros dos jornais que faziam chamadas alarmantes com tanta frequência agora as faziam em vão.

5

Enquanto Bert e Grubb berravam seu refrão pela terceira vez, perceberam um enorme balão marrom-dourado voando em baixa altitude no céu, na direção noroeste, que agora vinha rapidamente na direção deles.

– Bem na hora que estamos conseguindo a atenção deles – murmurou Grubb –, chega outra atração. Vá, Bert!

– Ting-a-ling-a-ting-a-ling-a-ting-a-ling-a-tang. *What price harpins now?*

O balão subiu e desceu e sumiu de vista.

– Pousou, graças a Deus! – disse Grubb.

O balão reapareceu com um salto.

– *Argh!* – disse Grubb. – Rápido, Bert, ou eles vão ver!

Os dois terminaram a dança e ficaram lá, encarando a situação.

– Tem algo de errado com aquele balão – disse Bert.

Todos agora olhavam para o balão, que se aproximava rapidamente com uma brisa rápida do noroeste. A música e a dança estavam completamente esquecidas. Ninguém mais pensou nelas. Até mesmo Bert e Grubb esqueceram e ignoraram completamente o próximo item da programação. O balão sacolejava como se os ocupantes estivessem tentando pousar; ele se aproximava, descendo devagar, tocando o chão e instantaneamente pulando mais ou menos quinze metros no ar para começar a cair no mesmo instante outra vez. A cesta do balão tocou em um grupo de árvores, e a silhueta que estivera se debatendo nas cordas caiu, ou pulou para trás, dentro da cesta. Minutos depois, o balão ficou mais próximo. Era enorme, do tamanho de uma casa, e flutuava rapidamente em direção à areia; uma longa corda se arrastava atrás dele, e gritos vinham do homem na cesta. Ele parecia estar tirando as roupas, então sua cabeça apareceu por cima da lateral da cesta.

– Segurem a corda! – eles ouviram o homem gritar claramente.

– Vamos salvá-lo, Bert! – falou Grubb e foi em direção à corda.

Bert o seguiu e colidiu, sem derrubar, com um pescador que estava empenhado na mesma tarefa. Uma mulher carregando um bebê, dois garotinhos com pás de brinquedo e um cavalheiro encorpado, com roupas de baixo de flanela, todos chegaram à corda ao mesmo tempo e começaram a dançar em volta dela tentando pegá-la. Bert chegou à serpente inquieta e fugidia e pisou nela, caiu de quatro e conseguiu segurá-la. Em poucos segundos, toda a população espalhada pela praia tinha, por assim dizer, grudado na corda e puxava-a na direção contrária ao balão sob as instruções veementes e estimulantes do homem na cesta.

– Puxem, estou dizendo! – exclamava o homem na cesta. – Puxem!

Por segundos, o balão obedeceu a seu ímpeto e ao vento, arrastando a âncora humana na direção do mar. Ele desceu, tocou a superfície da água e fez um som musical simples. Depois recuou como o dedo de alguém ao tocar algo quente.

– Puxem-na! – disse o homem na cesta. – Ela desmaiou!

O homem da cesta estava ocupado com algo que não era visível pelas pessoas que seguravam a corda. Bert era o mais próximo do balão e estava muito agitado. Ele continuava tropeçando na cauda da sua fantasia de Dervixe, no ímpeto de ajudar. Nunca tinha imaginado o quanto um balão era algo grande, leve e livre. A cesta era de vime marrom, áspero e relativamente pequena. A corda que ele puxava estava amarrada em um aro que parecia robusto e estava a um metro ou um metro e meio acima da cesta. Com cada puxada ele trazia mais ou menos um metro de corda, e o vime que balançava chegava muito mais perto. Da cesta, vinham gritos irados:

– Ela desmaiou! – seguido de: – É seu coração! Partido com tudo isso que ela está passando.

O balão parou de se debater e desceu. Bert soltou a corda e correu para agarrá-la um pouco mais adiante dali. Logo em seguida, ele estava com as mãos na cesta.

– Segure! – disse o homem na cesta, e o rosto dele e o de Bert ficaram próximos; era um rosto estranhamente familiar, com sobrancelhas ferozes, nariz achatado e um bigode preto enorme. Ele havia tirado o paletó e o colete (talvez pensando que precisaria nadar para salvar sua vida) e o cabelo preto estava incrivelmente bagunçado.

– Vocês podem segurar a cesta? – ele perguntou. – Tem uma dama aqui desfalecida, ou com o coração parado. Só Deus sabe qual dos dois! Meu nome é Butteridge. Butteridge é meu nome… em um balão. Agora, por favor, todos na borda. Esta é a última vez que confio nesses mecanismos paleolíticos. Nem a corda de abertura nem a válvula funcionaram. Se eu encontrar o patife que devia tê-las vistoriado…

Ele colocou a cabeça entre as cordas subitamente e disse com um tom de séria admoestação:

– Tragam-me conhaque! Conhaque bom!

Alguém correu até a praia para procurar o que o homem pedira.

No cesto, esparramada em cima de uma espécie de sofá-cama, em uma atitude de abandono, estava uma dama alta e loira, vestindo um casaco de pele e um chapéu grande e florido. Sua cabeça estava voltada contra o canto acolchoado do cesto, os olhos estavam fechados e a boca, aberta.

– Minha querida – disse o senhor Butteridge, com voz suave, porém alta –, estamos a salvo!

Ela não se mexeu.

– Minha querida! – disse o senhor Butteridge, em tom mais alto ainda. – Estamos a salvo!

Ela continuou impassível.

Então o senhor Butteridge demonstrou o fervor de sua alma.

– Se ela tiver morrido – disse vagarosamente, levantando um punho em direção ao balão acima dele e falando em um tom retumbante e trêmulo –, se ela tiver morrido, eu r-rasgarei os céus como uma roupa! Preciso tirá-la daqui. – Ele gritou, suas narinas dilatadas com emoção. – Preciso tirá-la daqui. Não posso deixá-la morrer em uma cesta de vime de um metro quadrado... Ela que foi feita para palácios reais! Mantenham esse carro seguro! Tem algum homem forte por aqui para segurá-la se eu a tirar daqui?

Ele pegou a dama com um movimento poderoso de seus braços e a levantou.

– Não deixem o cesto pular – ele pediu para as pessoas em volta dele. – Façam peso nele. Ela não é uma mulher leve e, quando ela sair daqui, o cesto vai perder peso.

Bert imediatamente se sentou na beira do cesto. Os outros seguraram mais firmemente nas cordas e no aro.

– Estão prontos? – indagou o senhor Butteridge.

Ele ficou de pé no sofá-cama e levantou a dama cuidadosamente. Então se sentou na beira do cesto oposta a Bert e pôs uma perna por cima, que ficou balançando do lado de fora. Uma corda pareceu incomodá-lo.

– Alguém poderia me auxiliar? – ele disse. – Alguém pode pegá-la?

Foi nesse momento, com o senhor Butteridge e a dama precariamente equilibrados na borda do cesto, que ela voltou à consciência. Ela acordou tão súbita e violentamente com um grito alto e desolador: "Alfred! Salve-me!", e balançou os braços, procurando-o, e se agarrou ao senhor Butteridge.

Bert sentiu como se o cesto tivesse balançado por um instante e então pulou dando um coice nele. E ele também viu as botas da dama e a perna direita do cavalheiro fazendo arcos no ar, preparando-se para desaparecer do outro lado do cesto. Suas percepções não eram certeiras, mas ele podia apostar que os dois haviam perdido o equilíbrio e teriam plantado bananeira naquele cesto que rangia. Ele abriu os braços, tentando se agarrar a algo. Bert meio que plantou bananeira, sua barba de estopa se soltou e entrou na sua boca, e sua bochecha escorregou pelo estofamento. Seu nariz se afundou em um saco de areia. O cesto deu um solavanco violento e parou.

– Caramba! – Bert disse.

Sentiu-se atordoado, um forte e incômodo barulho no ouvido e a voz das pessoas se tornando cada vez mais fracas e distantes, como se estivessem gritando como elfos dentro de uma colina.

Ele sentiu dificuldade de ficar de pé. Seus membros se embaralhavam com as roupas que o senhor Butteridge tinha descartado quando o cavalheiro achou que precisaria mergulhar no mar. Bert gritou, meio irritado, meio pesaroso:

– Poderia ter dito que ia virar o cesto. – Ele então se levantou e agarrou as cordas convulsivamente.

Abaixo dele, muito abaixo dele, com um azul brilhante, estavam as águas do canal da Mancha. Bem longe, uma pequena coisa no brilho do sol, e sumindo como se alguém a dobrasse, estavam a praia e o agrupamento irregular de casas que era Dymchurch. Ele podia ver a pequena multidão de pessoas que ele deixara tão abruptamente. Grubb, com a vestimenta branca de um Dervixe do Deserto, estava correndo pela beira-mar. O senhor Butteridge estava até os joelhos na água, gritando desesperadamente. A dama estava sentada com seu chapéu florido no colo dele, negligenciada por não ser o centro das atenções e chocada. A praia, a leste e oeste, estava pontilhada com pessoas, que pareciam ter somente cabeças e pés, olhando para cima. E o balão, livre dos mais ou menos 160 quilos do senhor Butteridge e sua dama, subia no céu como um veículo motorizado de corrida.

– Caramba! – disse Bert. – Que velocidade!

Ele olhou para baixo, apertando os olhos em direção à praia que sumia, e percebeu que não sentia vertigem; então ele levantou rapidamente as cordas à sua volta com uma ideia vaga de "fazer algo".

– Não vou mexer nessas coisas – ele disse finalmente e sentou-se no colchão. – Não vou tocar em nada. O que devo, então, fazer?

Logo levantou-se novamente e encarou o mundo abaixo que encolhia diante de seus olhos por um longo tempo, os penhascos brancos ao leste

e o pântano plano à esquerda, a vista ampla de um matagal e um planalto com poucas árvores, as cidades escuras e portos e rios e estradas que
serpenteavam como fitas, os vários navios, os conveses e as chaminés
diminuídos em contraposição à enormidade do mar, que só aumentava,
e a grande ponte do monotrilho que se estendia pelo canal de Folkestone
até o Condado de Bolonha, e por fim formações como teias de aranha e
depois um véu de nuvens ocultaram a perspectiva que tinha diante dos
seus olhos. Ele não estava de forma alguma com vertigem ou medo, apenas
se encontrava em um estado de imensa consternação.

O BALÃO

1

Bert Smallways era pequeno, um tipo comum, o tipo de alma limitada e insolente que a antiga civilização do início do século XX produzia aos milhões em todos os países do mundo. Ele vivera toda sua vida em ruas estreitas e entre casas pobres, além das quais nada enxergava, e em um círculo estreito de ideias das quais não podia escapar. Acreditava que o completo dever do homem era ser mais esperto que seus companheiros, pôr as mãos, como ele mesmo dizia, "na grana" e se divertir. Ele era, na verdade, o tipo de homem que transformara a Inglaterra e a América do Norte no que essas nações eram. A sorte estivera contra ele até hoje, mas isso era o normal. Ele era simplesmente um indivíduo agressivo e ganancioso sem nenhuma noção de Estado, nenhuma lealdade habitual, nenhuma devoção, nenhum código de honra, nenhum código sequer de coragem. E agora, por um curioso acidente, ele se encontrava suspenso de seu maravilhoso mundo moderno, longe de toda a pressa e os apelos confusos dele e flutuando como algo morto e incorpóreo entre o céu e o mar. Era como se o paraíso estivesse fazendo uma experiência com ele, como se o tivesse escolhido feito amostra dentre milhões de ingleses para olhar mais de perto para Bert e ver o que estava acontecendo com a alma do homem. Mas o que o paraíso pensava sobre ele nesse caso, eu não posso nem fingir imaginar, já que há muito abandonei todas as teorias sobre os ideais e as satisfações do paraíso.

Estar sozinho em um balão a catorze ou quinze mil pés... Estar à altura que Bert Smallways estava naquele momento era completamente incomum na experiência humana. É uma das coisas mais supremas possíveis ao homem. Nenhuma máquina voadora poderia ser melhor do que aquela experiência. É passar extraordinariamente pelas coisas humanas. É como descobrir o silêncio e a tranquilidade em um nível sem precedentes. É a solidão sem ameaças de intervenção; é uma calma sem um único sussurro irrelevante. É ver o céu. Nenhum dos sons de todo o bramido e chiado da humanidade chega aos ouvidos, o ar é claro e doce, tornando impossível qualquer pensamento impuro. Nenhum pássaro ou inseto chegam tão alto. Nenhum vento sopra em um balão, nenhuma brisa passa, já que ele se move com o vento e se torna parte da atmosfera. Uma vez que está voando, ele não balança nem oscila; não se sente se ele sobe ou desce.

Bert sentia muito frio, mas não estava com o mal da montanha; ele colocou o paletó, o sobretudo e as luvas que Butteridge tinha deixado ali – vestiu-os por cima do lençol de Dervixe do Deserto que cobria seu melhor terno barato – e sentou-se imóvel por algum tempo, muito impressionado com a recém-descoberta do mundo. Sobre ele estava o globo crescente, leve, brilhante, translúcido e marrom de seda oleada e a luz do sol fulgurante e o enorme domo azul profundo.

Abaixo, muito abaixo, havia um chão despedaçado de nuvens iluminadas pelo sol, cortadas por enormes rasgos através dos quais ele via o mar.

Quem o estivesse observando lá de baixo, seria possível ver a cabeça dele: um botão preto imóvel, saindo do cesto em primeiro lugar por um longo tempo de um lado e então desaparecendo para reaparecer depois de um tempo em outro lugar.

Bert não estava de maneira alguma desconfortável ou amedrontado. Ele realmente pensava naquilo como algo incontrolável que, assim como tinha se apressado pelo céu com ele, poderia a qualquer momento descer depressa também, mas essa ideia não o preocupava muito. Essencialmente, ele estava maravilhado. Não há medo ou problemas em balões... Até que comecem sua descida.

– Céus! – disse enfim, sentido necessidade de falar. – É melhor que uma bicicleta motorizada. É muito bom! Imagino que estejam telegrafando sobre mim.

Na segunda hora, Bert estava examinando o equipamento do cesto nos detalhes. Acima dele estava a garganta do balão, com as extremidades unidas e bem amarradas, mas com um lúmen aberto por onde ele podia espreitar um interior vasto, vazio e calmo, e de onde saíam dois cordões finos de importância desconhecida, um branco e um carmim, que chegavam a bolsos abaixo do aro. A malha em volta do balão terminava em cordões presos no aro, um grande círculo de aço, onde o cesto estava pendurado por cordas. Nele estavam pendurados a corda reforçada e o gancho, e nos lados do cesto havia vários sacos de lona que Bert decidiu que devia ser balastro para "jogar para baixo" se o balão caísse. ("Não está caindo ainda", pensou.)

Havia um aneroide e outro instrumento em forma de caixa que pendiam do anel, que tinha uma chapa de marfim com a palavra *estatoscópio* e outras palavras em francês e um pequeno indicador que tremia e agitava entre duas marcações: *Montee* e *Descente*.[10]

– Muito bem – disse Bert –, isso mostra se você está subindo ou descendo.

No assento acolchoado carmesim do balão havia duas mantas e uma Kodak[11], e em cantos opostos do fundo do cesto estavam uma garrafa vazia de champanhe e uma taça.

---

[10] Subida e descida, em francês. (N.T.)
[11] Câmera fotográfica. (N.T.)

– Bebidas – disse Bert pensativo, enquanto virava a garrafa vazia.

E então ele teve uma ideia brilhante. Os dois assentos estofados que se pareciam com uma cama, cada um com cobertor e colchão, ele percebeu, eram caixas, e dentro delas encontrou a ideia do senhor Butteridge a respeito do equipamento adequado para uma viagem de balão: uma cesta que incluía uma torta de caça, uma torta romana, uma ave fria, tomates, alface, sanduíches de presunto e de camarão, um grande bolo, garfos, facas e pratos de papel, latas de café e chocolate que se aquecem sozinhas, pão, manteiga, geleia, várias garrafas de champanhe e de água Perrier cuidadosamente embaladas, um grande pote de água para limpeza, um portfólio, mapas e uma bússola, e uma mochila contendo vários utensílios como ferros para cachear e grampos de cabelo, um chapéu com abas para as orelhas, entre outros.

– Uma casa longe de casa – disse, olhando para as provisões enquanto amarrava as abas para as orelhas abaixo do queixo.

Bert olhou por cima da lateral do cesto. Muito abaixo estavam as nuvens brilhantes. Elas tinham engrossado, escondendo o mundo inteiro. Ao sul as nuvens se empilhavam em grandes massas de neve, tanto que ele quase achava que eram montanhas; ao norte e leste elas estavam em níveis ondulantes e ofuscantemente iluminadas pelo sol.

– Fico imaginando por quanto tempo um balão pode ficar voando? – ele se perguntou.

Bert pensou que não estava se movendo, pois o monstro não se movia, o ar não se movia, as nuvens não se moviam.

– Não vai acontecer nada de bom se não mudarmos isso – disse.

Ele consultou o estatoscópio.

"Ainda está em *Montee*. O que será que aconteceria se eu puxasse um dos cordões?"

– Não – ele decidiu –, não vou mexer com isso.

Depois de algum tempo, puxou tanto as cordas de abertura como as de controle das válvulas, mas, como o senhor Butteridge já havia descoberto, estavam destruídas por uma dobra próximo da garganta. Nada aconteceu. Um pequeno nó no cordão impediu a abertura do balão, pois caso abrisse arremessaria o senhor Smallways para a eternidade, com a aceleração de milhares de pés por segundo.

– Nada! – disse ele, dando um último puxão. Então resolveu almoçar.

Bert abriu uma garrafa de champanhe, e assim que cortou a armação de arame ao redor do gargalo, a rolha foi lançada com uma violência incrível, sendo acompanhada pela maior parte da champanha. Ele conseguiu beber mais ou menos um copo cheio.

– É a pressão atmosférica – disse Bert, encontrando finalmente um uso para a parafísica básica dos seus dias de escola primária. – Terei de ser mais cuidadoso da próxima vez. Não é bom desperdiçar bebida.

Ele então procurou fósforos para fazer uso dos charutos do senhor Butteridge; mas novamente a sorte estava do seu lado, e não conseguiu encontrar nenhum que o acenderia. Do contrário, teria havido uma explosão pirotécnica de chamas esplêndida, mas transitória.

– O velho Grubb! – disse, batendo em bolsos vazios. – Ele não devia ter ficado com minha caixa de fósforos. Ele está sempre pegando meus fósforos.

Bert descansou por um tempo. Então se levantou, andou um pouco, reorganizou as sacolas de balastro no chão, observou as nuvens por um tempo e mexeu nos mapas que estavam no baú. Bert gostava de mapas e passou algum tempo tentando encontrar a França ou o canal, mas todos eles eram mapas dos distritos militares da Inglaterra. Ficou pensando em idiomas e tentou se lembrar do seu francês do primário.

– *Je suis Anglais. C'est une meprise. Je suis arrive par accident ici.*[12] – Ele decidiu que eram frases úteis.

Então teve a ideia de se entreter lendo as cartas do senhor Butteridge e examinando sua carteira. Dessa forma, passou a tarde inteira.

---

[12] "Sou inglês. Isso foi um erro. Cheguei aqui por acidente." (N.T.)

2

Sentou-se no compartimento acolchoado, muito bem coberto, porque o ar, apesar de calmo, estava bastante límpido e frio. Ele estava vestindo primeiramente um terno modesto de sarja azul e todas as roupas de baixo típicas de um jovem suburbano, com sapatos para ciclismo que pareciam sandálias e meias marrons que subiam até onde as calças terminavam; depois, o lençol perfurado próprio de um Dervixe do Deserto; em seguida, o colete e o paletó e o grande sobretudo com detalhes de pele do senhor Butteridge; por cima, uma grande capa de pele feminina e um cobertor em volta dos joelhos. Na cabeça, usava uma peruca de estopa, coberta por um grande chapéu do senhor Butteridge, com as abas cobrindo as orelhas. E botas de pele para dormir do senhor Butteridge aqueciam seus pés. O cesto do balão era pequeno e arrumado, alguns sacos de balastro sendo a parte mais bagunçada dele, e Bert encontrara uma mesa dobrável leve, que ele colocou próxima ao seu cotovelo, com um copo de champanhe sobre ela. A sua volta, acima e abaixo, havia espaço... Um vazio tão claro e silencioso que somente um aeronauta pode experimentar.

Bert não sabia para onde estava sendo levado, ou o que aconteceria a seguir. Ele aceitava essa situação com uma serenidade creditável à coragem dos Smallways, que racionalmente alguém poderia julgar uma qualidade em geral mais degenerada e desprezível. Tinha a impressão de que provavelmente desceria em algum lugar e que, então, se ele não fosse esmagado no processo de aterrissagem, alguém, alguma "sociedade" talvez, o mandaria, juntamente com o balão, de volta para a Inglaterra. Se não, ele pediria, com muita firmeza, pelo Conselho Britânico.

– *Le consuelo britannique.* – Ele decidiu que diria assim. – *Apportez moi a le consuelo britannique. S'il vous plait.*[13] – diria, já que não era de forma alguma ignorante em francês.

---

[13] "Levem-me ao cônsul britânico, por favor." O francês de Bert geralmente está repleto de erros. (N.T.)

Enquanto isso, encontrara documentos extremamente interessantes, e íntimos, do senhor Butteridge.

Havia cartas de caráter particular endereçadas ao senhor Butteridge e, entre outras, várias epístolas de amor devastadoras em uma caligrafia feminina grande. Essas não nos interessam, e pode-se notar com pesar que Bert as leu.

Depois de lê-las, ele comentou:

– Céus! – em um tom impressionado, e então, depois de um longo intervalo: – Será que era ela? Senhor!

Ficou pensativo por algum tempo.

Ele continuou a exploração do interior de Butteridge. Havia vários recortes de entrevistas e também cartas em alemão, além de outras com a mesma caligrafia, mas escritas em inglês.

– Veja só! – disse Bert.

Uma das cartas em inglês, a primeira que pegou, começava com um pedido de desculpa a Butteridge por não escrever em inglês antes e pela inconveniência e o atraso que foram causados por isso, e continuou para o assunto que Bert achou interessantíssimo. "Podemos entender inteiramente as dificuldades da sua posição e que o senhor provavelmente deve estar sendo vigiado na presente conjectura. Mas, senhor, não acreditamos que sérios obstáculos serão postos em seu caminho caso queira se empenhar em sair do país e vir até nós com seus planos pelas rotas costumeiras: por Dover, Ostende, Condado de Bolonha ou Dieppe. Achamos difícil conjecturar que o senhor esteja certo ao se imaginar em risco de ser assassinado por sua invenção inestimável."

– Curioso! – disse Bert, e refletiu sobre o assunto. Então vasculhou as outras cartas.

– Eles parecem querer que ele vá para lá, mas não parecem estar fazendo muito esforço para buscá-lo. Ou então estão fingindo não se importar, para que ele baixe seu preço. Não parece que são do governo – refletiu depois de um intervalo. – Esse papel parece ser de alguma empresa. Todas essas coisas impressas no topo. Drachenflieger. Drachenballons. Ballonstoffe. Kugelballons. Tudo grego para mim. Mas ele estava tentando vender seu abençoado segredo para outro país. É isso mesmo. Nada de grego sobre isso! Céus! E aqui está o segredo!

Bert escorregou do assento, abriu o baú e colocou o portfólio em sua frente, sobre a mesa dobrável. Estava repleto de desenhos feitos naquele estilo peculiar e nas cores convencionais escolhidas pelos engenheiros. E, além deles, havia algumas fotografias um pouco embaçadas, obviamente feitas por um amador, em um local fechado, tais como as que fizera em seu galpão perto do Palácio de Cristal. Bert percebeu que estava tremendo.

– Senhor – ele disse –, aqui estou eu e todo o abençoado segredo do voo... Perdido aqui em cima no teto do mundo inteiro. Vejamos!

Então, começou a estudar os desenhos e a compará-los com as fotografias. Eram intrigantes. Parecia que metade deles estava faltando. Tentou imaginar como tudo aquilo se encaixava, mas chegou à conclusão de que era esforço demais para sua mente naquele momento.

"Queria ter tido noções de engenharia. Se pelo menos eu conseguisse entender", pensou Bert.

Ele foi até a lateral do cesto e ficou por um tempo olhando para uma aglomeração de grandes nuvens sem realmente vê-las... Era uma aglomeração de Monte Rosas[14] se dissolvendo vagarosamente, iluminada por baixo pela luz do sol. Sua atenção foi tomada por um estranho ponto preto que se movia sobre elas. Isso o alarmou. Era um ponto preto movendo-se vagarosamente muito abaixo, junto com ele, seguindo-o lá de baixo, infatigavelmente, sobre as montanhas de nuvens. Por que algo assim o seguiria? O que poderia ser aquilo?

– Claro! – exclamou para si mesmo, com uma grande certeza. – É a sombra do balão. – Mas continuou observando-a, a dúvida pairando em sua mente.

Logo voltou aos projetos na mesa. Gastou quase toda a tarde entre esforços para entender o material e refletir sobre ele. Nesse processo, desenvolveu uma série de notáveis sentenças em francês.

---

[14] Maciço montanhoso nos Alpes. Fonte: Wikipedia. (N.T.)

– *Voici, Mossoo! Je suis un inventeur Anglais. Mon nom est Butteridge. Beh. oo. teh. teh. eh.arr. I. deh. geh. eh. J'avais ici pour vendre le secret de le flying-machine. Comprenez? Vendre pour l'argent tout suite, l'argent en main. Comprenez? C'est le machine a jouer dans l'air. Comprenez? C'est le machine a faire l'oiseau. Comprenez? Balancer? Oui, exactement! Battir l'oiseau en fait, a son propre jeu. Je desire de vendre ceci a votre government national. Voulez vous me directer la?*[15]

– Não muito convincente... Imagino do ponto de vista gramatical – disse Bert –, mas eles devem compreender o contexto. E se eles me pedirem para explicar esse troço?

Voltou aos projetos, bastante preocupado.

– Não acredito que esteja tudo aqui! – ele disse.

Bert foi ficando cada vez mais perplexo lá em cima, junto às nuvens, quanto ao que deveria fazer com essa incrível descoberta que acabara de fazer. A qualquer momento, até onde sabia, ele poderia descer no meio de qualquer povo estrangeiro.

– É a chance da minha vida! – exclamou.

Mas ficava cada vez mais claro para ele que não era.

– Assim que eu descer, vão telegrafar, colocar nos jornais... Butteridge vai ficar sabendo e vai vir atrás de mim.

Butteridge seria uma pessoa terrível para estar atrás de qualquer um. Bert pensou no enorme bigode preto, o nariz triangular, o olhar intenso e o grito agudo. O sonho vespertino de uma apreensão e venda maravilhosa do grande segredo de Butteridge se dissolveu em sua mente e sumiu. Ele voltou à sanidade novamente.

– Não funcionaria. Qual é a vantagem de pensar nisso?

Bert passou a recolocar lenta e relutantemente os papéis de Butteridge nos bolsos e portfólios em que os tinha encontrado. Então, percebeu uma luz dourada esplêndida no balão sobre ele e um novo calor vindo do azul do

---

[15] "Ei, senhor! Sou um inventor inglês. Meu nome é Butteridge. B.U.T.T.E.R.I.D.G.E. Eu vim aqui para vender o segredo da máquina voadora. Compreende? Vender por dinheiro, dinheiro na mão. Compreende? É uma máquina para brincar no ar. Compreende? É a máquina de fazer pássaros. Compreende? Ficar no ar? Sim, exatamente! Fazer o pássaro, de fato, do seu jeito. Eu quero vender isso para o seu governo. Você pode me direcionar para lá?". (N.T.)

céu. Ele se levantou e observou o Sol, uma grande bola de ouro ofuscante, que se punha sobre um mar confuso de carmesim com bordas douradas e nuvens roxas, estranhas e maravilhosas além da imaginação. A leste, a terra das nuvens se estendia infinitamente, ficando cada vez mais índigo, e Bert sentia como se todo o hemisfério do mundo estivesse sob seus olhos.

Longe, ultrapassando o azul, avistou três formas longas e escuras, parecidas com peixes, que se deslocavam velozmente um à frente do outro, como os golfinhos costumam fazer. As formas eram muito parecidas com peixes: tinham caudas. Era uma impressão pouco convincente naquela luz. Piscou os olhos, olhou novamente, e elas tinham sumido. Por um longo tempo, escrutinou aqueles níveis azuis remotos e não viu mais nada...

– Será que eu realmente vi alguma coisa? – se perguntou. – Essas coisas não existem.

O sol se pôs, não mergulhando de uma vez, mas passando em direção ao norte enquanto descia, e subitamente a luz e o calor expansivo do dia tinham sumido completamente, e o indicador do estetoscópio tremeu em direção a *Descente*.

3

– E o que vai acontecer AGORA? – indagou Bert a si mesmo.

Percebeu a vastidão de nuvens cinzentas e frias agigantar-se em sua direção com uma profunda e lenta impassibilidade. À medida que mergulhava em meio às nuvens, elas deixaram de parecer com as encostas de montanhas cobertas de neve a que se assemelhavam até então, para tomar um aspecto etéreo, imaterial, um imenso e silencioso desvio que turbilhonava a substância intangível do ar. Por certo tempo, quando estava quase em meio às massas iluminadas pelo entardecer, percebeu que o balão descia. Então, abruptamente, o céu desapareceu, os últimos vestígios da luz do dia se foram, e Bert estava em queda acelerada, tendo como pano de fundo o crepúsculo atravessando um redemoinho de flocos de neve finos que fluíam por ele em direção ao zênite, que flutuavam sobre as coisas à sua volta e derretiam, tocando seu rosto com dedos fantasmagóricos. Ele tremia. Sua respiração saía em vapor de seus lábios, e tudo estava instantaneamente condensado e molhado.

Bert tinha a impressão de que uma tempestade de neve chegava de baixo para cima com uma fúria crescente e sem igual; então percebeu que estava caindo cada vez mais rápido.

Imperceptivelmente, um som surgiu em seus ouvidos. O grande silêncio do mundo estava acabando. O que era aquele ruído confuso?

Espreitou a cabeça sobre a lateral, preocupado, perplexo.

Primeiro, ele parecia ver e então não ver. Em seguida, viu claramente pequenas margens de espuma perseguindo umas às outras, e uma vastidão de águas agitadas abaixo dele. Bem distante estava um barco-piloto com uma grande vela com letras pretas indistintas e uma pequena luz amarelo-rosada, que navegava lentamente, ondulando com o vento, embora Bert não sentisse o vento. Logo, o som das águas estava alto e próximo. Ele estava caindo, caindo... no mar!

Bert ficou convulsivamente ativo.

– Balastro! – gritou para si mesmo. Pegou um pequeno saco do chão, levantou-o e jogou para fora do cesto.

Não esperou pelo efeito de sua ação e jogou outro logo em seguida. Olhou em tempo de ver uma pequena pancada nas águas escuras abaixo, e então estava novamente no meio de nuvens e neve.

Bert ainda lançou sem necessidade um terceiro e um quarto sacos de balastro, aproveitando a imensa satisfação de subir para fora da umidade e do gelo, em direção ao ar superior claro e frio onde ainda era dia.

– Graças a Deus! – disse, aliviado.

Algumas estrelas agora atravessavam o azul, e a leste brilhava uma lua alongada.

4

Aquele primeiro mergulho abrupto deu a Bert a sensação clara das infinitas águas que corriam abaixo do seu balão. Era uma noite de verão, mas ainda assim ela lhe parecia extremamente longa. Estava tomado por uma insegurança que, imaginava, bem irracionalmente, pudesse desaparecer com o nascer do sol. Além disso, estava com fome. Tateou no escuro pelo baú, colocou os dedos na torta romana e pegou alguns sanduíches; também abriu, com muito sucesso, meia garrafa de champanhe. Aquilo o aqueceu e renovou. Resmungou sobre Grubb e os fósforos, embrulhou-se confortavelmente no sofá-cama e cochilou por um tempo. Levantou-se uma ou duas vezes durante a noite para garantir que ainda estava seguro bem acima do mar. Na primeira vez, as nuvens iluminadas pela lua estavam brancas e densas, e a sombra do balão corria por elas como um cachorro, seguindo-as; na segunda vez, elas pareciam mais ralas. Enquanto estava quieto e deitado, olhando para o balão escuro e enorme acima, fez uma descoberta. O seu – ou melhor, do senhor Butteridge – colete farfalhava enquanto ele respirava. A vestimenta estava forrada de papéis. Mas estava escuro demais para Bert tirá-los de lá ou examiná-los, por mais que desejasse...

Acordou com galos cantando, cachorros latindo e pássaros fazendo algazarra. Estava voando baixo por uma terra ampla, dourada com a luz do sol, sob um céu limpo. Ele olhou para os campos sem árvores, bem cultivados, cortados por estradas, cada um deles ladeado por postes vermelhos com fios. Acabara de passar por uma vila compacta e caiada, com uma torre de igreja reta e telhados íngremes de telhas vermelhas. Vários camponeses, homens e mulheres, com blusas brilhantes e calçados maciços, estavam parados observando-o, pegos no caminho para o trabalho. Ele estava tão baixo que a ponta da corda arrastava no chão.

Bert encarou as pessoas. Como será que eles podem me ajudar a pousar?, pensou. Imagino que eu deva pousar, mas será que devo descer?

Ele se viu flutuando em direção a uma linha do monotrilho e rapidamente jogou dois ou três punhados de balastro para desviar.

– Deixe-me ver! Pode-se simplesmente dizer "*Pre'nez*"[16]! Queria saber como dizer "segurem a corda" em francês! Será que eles são franceses?

---

[16] "Segurem". (N.T.)

Ele olhou para o campo novamente.

– Pode ser a Holanda. Ou Luxemburgo. Ou Lorraine, até onde eu sei. O que serão aquelas coisas grandes ali? Algum tipo de estufa. Parece ser um país próspero.

A respeitabilidade da aparência do país despertou acordes correspondentes em sua própria natureza.

– Tenho que me arrumar um pouco primeiro.

Ele decidiu ficar mais um pouco de acordo com a ocasião e se livrar da peruca – que agora estava muito quente em sua cabeça – e de outros utensílios. Jogou para fora um saco de balastro e ficou surpreso ao ver que subia pelo ar com muita rapidez.

– Porcaria! Exagerei na questão do balastro… Como vou descer novamente? Café da manhã a bordo, de qualquer forma.

Bert tirou o boné e a peruca, já que o ar estava quente, e um impulso incauto fez com que jogasse o último objeto para fora do cesto. O estatoscópio respondeu com uma mudança vigorosa para *Montee*.

– Essa bênção sobe só de olhar para fora do cesto – observou, antes de assaltar os mantimentos que estavam no baú.

No meio de outros itens encontrou várias latas de chocolate líquido contendo detalhadas instruções para abri-las, que ele seguiu com um cuidado minucioso. Furou o fundo com a chave fornecida nos buracos indicados e logo em seguida a lata passou de fria para cada vez mais quente, até que ele mal conseguia tocá-la, e então abriu o outro lado. Ali estava seu chocolate cheio de fumaça, sem usar nenhum tipo de fósforo ou chama. Era uma invenção antiga, mas nova para Bert. Também havia presunto, geleia e pão, então seu café da manhã foi realmente bem razoável.

Então, ele tirou o sobretudo, já que o calor do sol estava aumentando, e isso o fez lembrar-se do farfalhar que ouvira durante a noite. Tirou o colete e o examinou.

– O velho Butteridge não vai gostar que eu descosture isso.

Hesitou por alguns instantes, mas finalmente começou a descosturar. Então, encontrou os desenhos que faltavam dos painéis rotativos laterais, necessários para garantir toda a estabilidade de que a máquina voadora dependia.

Um anjo atento veria Bert sentado por um longo tempo depois da descoberta em um estado de intensa reflexão. Então ele finalmente se levantou inspirado, pegou o colete rasgado, destruído e despojado do senhor Butteridge e o jogou do cesto, de onde flutuou para baixo vagarosamente, como um redemoinho, até que finalmente descansou com um "pof" contente no rosto de um turista alemão que dormia pacificamente ao lado do Hohenweg próximo a Wildbad. Isso também fez o balão subir mais alto, ficando em uma posição ainda mais conveniente para a observação do nosso anjo imaginário, que, em seguida, veria o senhor Smallways abrir seu próprio paletó e o colete com vontade, tirar seu colarinho, abrir sua camisa, enfiar sua mão no tórax e arrancar seu coração; ou pelo menos, se não seu coração, algum grande objeto carmesim brilhante. Se o observador, superando o arrepio de horror celestial, tivesse examinado o objeto com mais cuidado, um dos segredos mais bem guardados de Bert, uma de suas principais fraquezas, estaria completamente à mostra.

Era um protetor-torácico de flanela vermelha, um desses objetos grandes quase higiênicos que, juntamente a pílulas e unguentos e tônicos substituíram as relíquias sagradas e as imagens beneficiais entre os povos protestantes da cristandade. Bert sempre vestia aquilo; era sua ilusão secreta, baseada no conselho de um vidente de um *shilling* em Margate, que lhe disse que ele tinha os pulmões fracos.

Bert então começou a desabotoar seu objeto de superstição, atacá-lo com um canivete e a colocar os planos recém-encontrados entre as duas camadas da flanela saxônica de imitação, do qual era feito o objeto. Então, com a ajuda do pequeno espelho de barbear do senhor Butteridge e sua pasta de lona, ele reajustou sua roupa com a seriedade de um homem que deu um passo irrevogável na vida, abotoou seu paletó, colocou o lençol do Dervixe do Deserto de um lado, lavou-se moderadamente, barbeou-se, colocou novamente o boné e o grande sobretudo de pele e, sentindo-se renovado depois desse ritual, observou minuciosamente a terra abaixo dele.

Era de fato um espetáculo de magnificência incrível. Se talvez não fosse tão estranho e magnificente quanto a terra de nuvens iluminada pelo sol do dia anterior, era de qualquer forma pelo menos interessante.

O ar estava mais claro do que nunca e, exceto ao sul e ao sudoeste, não havia uma só nuvem no céu. O país tinha muitas colinas, com plantações de abetos e áreas de planaltos desertas, pinheiros ocasionais e espaços montanhosos áridos, mas também várias fazendas, com colinas que eram profundamente entrecortadas pelas ravinas de inúmeros rios que as serpenteavam, interrompidos por intervalos de lagos artificiais e represas de rodas geradoras de energia. Era pontilhado por vilas brilhantes com telhados íngremes, e cada uma delas mostrava uma igreja distinta e interessante ao lado do seu campanário de telégrafo sem fio. Aqui e ali havia grandes castelos e parques e estradas brancas, e caminhos cheios de postes de fios brancos e vermelhos eram muito conspícuos na paisagem. Havia lugares cercados como jardins e campos de feno e grandes telhados de celeiros e vários centros elétricos de laticínios. Os planaltos eram sarapintados com gado. Em alguns lugares, ele via o trilho de uma das antigas ferrovias – hoje em dia convertidas para monotrilhos –, desviando por meio de túneis e aterros que se cruzavam, e um zumbido apressado marcava a passagem de um trem. Tudo era extraordinariamente claro assim como minucioso. Uma ou duas vezes, viu armas e soldados, e foi lembrado da agitação de preparações militares que testemunhara no feriado bancário na Inglaterra; mas não havia nada que indicasse se essas preparações militares eram anormais ou que explicasse um ocasional disparo fraco de armas que flutuasse em sua direção.

– Gostaria de saber como descer – disse Bert, a mais ou menos três mil pés acima de tudo o que via, iniciando uma luta bastante inútil com os cordões branco e vermelho.

Mais tarde, fez um inventário das provisões. A vida nas alturas estava dando a ele um apetite assustador, e pareceu-lhe prudente nesse estágio racionar a comida. Contabilizou que poderia, sem muito aperto, passar ainda uma semana nos céus.

No começo, todo o vasto panorama abaixo tinha estado tão silencioso quanto uma pintura. Mas, à medida que o dia passou e o gás se propagava vagarosamente de dentro do balão, ele mergulhou em direção à terra novamente, e os detalhes aumentaram, pessoas ficaram mais visíveis, e ele começou a ouvir o apito e o gemido de trens e veículos, sons do gado, trompas e tímpanos, e até mesmo vozes masculinas. Finalmente sua corda-guia estava se arrastando novamente, e ele achou que seria possível tentar um pouso. Uma ou duas vezes, quando a corda se arrastou por cabos, ele percebeu que seu cabelo estava arrepiado com a eletricidade. Uma vez apenas ele sentiu um leve choque, e faíscas voaram pelo cesto. Bert aceitou isso como consequências da viagem. Ele tinha uma ideia agora muito clara em sua mente, que era derrubar o arpéu de ferro que pendia do anel.

Desde o começo essa tentativa foi infeliz, talvez porque o lugar para o pouso tenha sido mal escolhido. Um balão deve pousar em um espaço aberto e vazio, e ele escolheu uma multidão. Ele tomou essa decisão repentinamente e sem a reflexão necessária. Enquanto flutuava baixo, Bert viu à sua frente uma das cidadezinhas mais atraentes do mundo: um conjunto de fachadas íngremes, dominado por uma alta torre de igreja, além de imensa diversidade de árvores, tudo cercado por um muro cuja porta de entrada, ampla, desembocava em uma estrada que se abria em três vias. Todos os cabos e fios do campo convergiam para lá como convidados de um espetáculo. Tinha uma aparência caseira e confortável e parecia ainda mais alegre por causa das bandeiras abundantes. Ao longo da estrada, vários camponeses, com carroças dotadas de grandes rodas e a pé, iam e vinham, ao lado de ocasionais carros de monotrilho. Em um cruzamento de veículos, abaixo de árvores que ficavam do lado de fora da cidade, havia uma pequena feira com algumas barracas. Parecia ser um lugar caloroso, humano, bem arraigado e de forma geral encantador para Bert. Ele estava voando bem baixo, perto das copas das árvores, pronto para jogar seu gancho e ancorá-lo: ele seria um convidado curioso, interessado e interessante, sua imaginação decidiu, bem no meio de tudo.

Bert se imaginou desempenhando feitos com a linguagem corporal e linguística fortuita em um círculo de homens rústicos que o admiravam...

Então o capítulo de acidentes adversos começou.

A corda tornou-se impopular muito antes de a multidão ter percebido completamente sua aparição por sobre as árvores. Um camponês idoso e aparentemente ébrio com um chapéu preto brilhante e carregando um grande guarda-chuva carmesim viu-a primeiro, enquanto ela se arrastava atrás dele, e foi tomado por uma ambição vergonhosa de matar a coisa estranha que se arrastava no céu. Ele perseguiu-a, soltando gritos desagradáveis. A corda atravessou a estrada obliquamente, passou por um balde de leite em uma das barracas e bateu com sua cauda leitosa em um veículo motorizado cheio de garotas operárias de fábricas parado do lado de fora do portão da cidade. Elas gritaram escandalosamente. As pessoas olharam para cima e viram Bert gesticulando, com a intenção de saudá-las cordialmente, mas dada a gritaria feminina, seus gestos foram considerados insultos. Então o cesto atingiu o telhado do portão da cidade com precisão, derrubou um mastro, além de arrebentar alguns fios telegráficos, que viraram chicotes descontrolados, aumentando ainda mais a impopularidade do artefato aéreo. Bert agarrou-se ao que podia, pois por pouco não foi ejetado do cesto. Dois jovens soldados e vários camponeses gritaram palavras ininteligíveis para ele, balançaram os punhos em sua direção e começaram a correr atrás dele, enquanto Bert desaparecia sobre o muro, dentro da cidade.

Admiradores rústicos, de fato!

O balão saltou abruptamente, da forma que os balões costumam fazer quando parte de sua carga é liberada durante a descida. No momento seguinte, Bert estava sobre uma rua repleta de camponeses e soldados, que se abria em uma atarefada praça de mercado. A onda de hostilidade o acompanhou.

– Arpéu – disse Bert, e então, com um pensamento posterior, gritou: – *Têtes*[17] aí embaixo, vocês! Estou dizendo! Estou dizendo *TÊTES*. Porcaria!

---

[17] Cabeças, em francês. (N.T.)

O arpéu bateu em um telhado muito inclinado, seguido por uma avalanche de telhas quebradas, pulou para a rua em meio a gritos e choros e atingiu uma janela de vidro com um impacto imenso e perturbador. O balão continuava se movendo de forma desengonçada, e o cesto se inclinou. Mas o arpéu não tinha se fixado. Ele emergiu de uma vez, carregando em sua primeira tentativa, com um ar ridículo de uma seleção enfadonha, uma pequena cadeira infantil, sendo seguido por um vendedor enlouquecido. Levantou sua presa, sacudiu-a, parecendo estar dolorosamente indeciso em meio a um clamor de fúria, e derrubou-a finalmente, como por inspiração, o soltou sobre a cabeça de uma camponesa que cuidava de um sortimento de repolhos no mercado.

Todos agora já tinham visto o balão. Todos estavam tentando se esquivar do arpéu ou tentando agarrar a corda pendurada. Com um movimento de pêndulo pela multidão, que fez com que pessoas saíssem voando por todos os lados, o arpéu foi ao chão novamente, tentou atingir em vão um cavalheiro robusto vestido com um paletó azul e chapéu de palha, derrubou um cavalete debaixo de uma barraca que vendia miudezas, fez um soldado ciclista de calças curtas pular feito um cabrito-montês e se prendeu instavelmente entre as patas traseiras de uma ovelha, que fez esforços extremos e sem moderação para se livrar, mas foi arrastada até deparar-se contra uma cruz de pedra no meio do lugar. O balão parou com um solavanco. Logo em seguida, vinte mãos determinadas puxavam-no em direção ao chão. Ao mesmo tempo, Bert percebeu pela primeira vez uma brisa fresca soprando à sua volta.

Por alguns segundos ele ficou cambaleando no cesto, que agora balançava de maneira que lhe causava náuseas. Observou a multidão exasperada abaixo, enquanto tentava juntar os pensamentos. Estava apavorado com a série de acidentes, pois percebia que as pessoas pareciam de fato bastante aborrecidas. Todos estavam irritados com ele. Ninguém parecia estar interessado ou entretido com sua chegada. Uma quantidade excessiva de gritos tinha o tom de imprecações: na verdade, um gosto forte de uma insurreição. Vários oficiais uniformizados com chapéus armados se esforçavam em vão para controlar a multidão. Punhos e paus eram agitados. Quando Bert viu um homem na periferia da multidão correr para uma carroça de feno e pegar um forcado bem afiado e um soldado de azul desatar seu cinto, sua dúvida a respeito de essa cidade não ser, no fim das contas, um bom lugar para o pouso, tornou-se uma certeza.

Ele tinha se agarrado à fantasia de que o considerariam um herói. Agora sabia que estava enganado.

Estava talvez três metros acima das pessoas quando tomou sua decisão. Seu choque cessou. Ele pulou no assento e, com o risco iminente de cair de cabeça, soltou a corda do arpéu da roldana que o fixava, depois desprendeu a corda igualmente utilizada para o pouso. Um grito rouco de desgosto saudou a descida da corda do arpéu e a nova subida para o balão. Alguma coisa – Bert imaginou que fosse um nabo – passou voando perto de sua cabeça. A corda reforçada seguiu o mesmo caminho de sua companheira. A multidão parecia saltar para longe dele. Com um farfalhar imenso e terrível, o balão esbarrou em um poste telefônico. Por um tenso instante, ele antecipou uma explosão elétrica ou a explosão da tela de seda oleada, ou os dois. Mas a sorte estava do lado dele.

No segundo seguinte, Bert agachou-se no chão do cesto que, livre do peso do arpéu e das duas cordas, subia mais uma vez pelo ar. Por um tempo ele ficou agachado e, quando finalmente olhou para fora, a pequena cidade estava realmente bem pequena. E ele viajava, com o restante da Alemanha do sul, em uma órbita circular em volta do cesto; ou pelo menos aparentava estar fazendo isso. Quando se habituou àquilo, percebeu como a rotação da cabine era conveniente, pois o poupava da necessidade de se mover por aquele espaço reduzido.

5

No fim da tarde de um dia de verão agradável no ano 191..., se me permitem tomar emprestada a fórmula que caiu no gosto dos leitores do finado G. P. R. James[18], um balonista solitário – substituindo o cavaleiro solitário dos romances clássicos –, poderia ser observado trilhando seu caminho pela Francônia na direção nordeste, a uma altura de mais ou menos três mil metros acima do mar e ainda girando lentamente. Sua cabeça aparecia por cima da lateral do cesto, e ele observava o país abaixo com uma expressão de perplexidade profunda; de vez em quando, seus lábios formavam palavras inaudíveis. *Atirando em um camarada*, por exemplo, e *Vou descer em breve, assim que descobrir como*. Sobre a lateral da cesta, estava pendurado o robe do Dervixe do Deserto, uma bandeira branca ineficaz.

Agora estava extremamente consciente do mundo abaixo dele, que, muito longe de ser o campo inocente que imaginara mais cedo naquele dia, sonolento e inconsciente, capaz de ficar impressionado e quase reverente com sua descida, estava bastante irritado com seu percurso e muito impaciente com o caminho que ele estava tomando. Mas de fato não tinha sido ele que decidira por aquele caminho, mas seus mestres, os ventos do paraíso. Vozes misteriosas falavam em seus ouvidos, jogando palavras até ele com o impacto de megafones, de uma maneira estranha e surpreendente, em uma grande variedade de idiomas. Pessoas de aspecto militar faziam sinais para ele, balançando bandeiras e braços. De forma geral, prevalecia uma variação gutural de inglês que chegava ao balão; sobretudo, mandavam que ele "descesse ou seria baleado".

– Muito bem – Bert falou para si mesmo –, mas como?

Então começaram a atirar, quase atingindo a cabine. Atiraram contra ele seis ou sete vezes, e em uma das vezes a bala passou com um som que parecia o som de seda sendo rasgada, que Bert se resignou diante da probabilidade de ir ao chão. Mas fosse porque o alvo era ele e não o balão, ou devido simplesmente à má pontaria, nada aconteceu com o ar ao redor de Bert ou com a sua alma aflita.

Agora ele aproveitava que as atenções já não estavam voltadas para si, mas sentia que era, na melhor das hipóteses, um intervalo, e faria o

---

[18] George Payne Rainsford James foi autor e historiador inglês. (N.T.)

possível para tirar proveito disso. Assim, preparou-se para consumir um café quente e uma torta, mas com um olho percorrendo nervosamente por cima de toda a lateral do cesto. A princípio, atribuíra o crescente interesse em seu percurso à sua tentativa mal pensada de pousar na pequena e aconchegante cidade rural, mas reparara que eram os militares, mais que os civis, que estavam preocupados com ele.

Bert estava involuntariamente representando o papel de espião internacional. Ele estava vendo coisas secretas. Tinha, na verdade, atravessado a paisagem de uma potência nada menor do que o Império Alemão, tropeçara no completo foco da *Welt-Politik*[19], e flutuava descontroladamente em direção ao grande segredo imperial, o imenso parque aeronáutico que fora estabelecido em um ritmo precipitado na Francônia para desenvolver silenciosa e rapidamente, e em grande escala, as importantes descobertas de Hunstedt e Stossel, dando assim à Alemanha, antes de todas as outras nações, uma frota de dirigíveis, o poder aéreo e o império do mundo.

Mais tarde, um pouco antes de abatê-lo completamente, Bert viu aquela grande área de trabalho apaixonado, iluminada de forma quente na luz crepuscular, uma grande área de planalto em que os dirigíveis pareciam como uma matilha de monstros de pastagem em seu comedouro. Era um espaço vasto e movimentado que se espalhava em direção ao norte, até onde ele podia ver, metodicamente divididos em galpões numerados, gasômetros, acampamentos de pelotões, áreas de armazenamento, entrelaçados com as linhas de monotrilho onipresentes e completamente livres de cabos ou fios suspensos. Em todos os lugares estavam as cores branca, preta e amarela do Império Alemão, em todos os lugares as águias pretas abriam suas asas. Mesmo sem essas indicações, a grande organização vigorosa de tudo indicaria que era alemão. Vastas multidões de homens iam de um lado para o outro, muitos vestidos com uniformes brancos, trabalhando nos balões, enquanto outros, com roupas cinza, treinavam. Aqui e ali podia-se ver um uniforme imperial completo brilhando. Os dirigíveis,

---

[19] *Weltpolitik* (em alemão política mundial) foi uma estratégia adotada pela Alemanha no final do século XIX pelo imperador Guilherme II da Alemanha, para substituir a *Realpolitik*. (N.T.)

principalmente, prendiam sua atenção, e ele soube no mesmo instante que foram três dessas que ele vira na noite anterior, tirando vantagem do céu repleto de nuvens para manobrarem sem serem vistos. Eles eram semelhantes a peixes. Pois esses grandes dirigíveis com os quais a Alemanha logo atacaria Nova Iorque em seu último grande esforço pela supremacia mundial – antes que a humanidade percebesse que a supremacia mundial era um sonho – eram os descendentes diretos dos Zeppelins que sobrevoaram o Lago de Constança em 1906, e dos dirigíveis Lebaudy que fizeram suas excursões memoráveis sobre Paris em 1907 e 1908[20].

Esses dirigíveis alemães eram sustentados por esqueletos de aço e alumínio como costelas e uma pele exterior de lona robusta e inelástica, dentro da qual havia uma bolsa de gás impermeável de borracha, recortada por septos transversais de cinquenta a cem compartimentos. Estes eram absolutamente selados ao gás e cheios de hidrogênio, e o aeróstato inteiro era mantido em qualquer nível com o concurso de um balonete longo e interno de uma tela de seda reforçada e oleada, dentro do qual o ar podia ser forçado e bombeado. Então seria possível o dirigível se tornar tanto mais pesado quanto mais leve do que o ar, e perdas de peso por meio do consumo de combustível, lançamento de bombas e outras funcionalidades podiam ser compensados com o uso de ar nos compartimentos da bolsa onde ficavam os sacos de gás. No fim, esse sistema tornava tudo extremamente explosivo, mas no terreno militar deve haver um equilíbrio entre os riscos assumidos e a cautela. Havia um eixo de aço que atravessava o dirigível, como se fosse um alicerce central que terminava no motor e propulsor, e os homens e a munição ficavam na frente em uma série de cabines abaixo da parte dianteira expandida, que parecia uma cabeça. O motor, que era do tipo Pforzheim extraordinariamente poderoso, o triunfo supremo das invenções alemãs, funcionava com controles elétricos na parte dianteira do dirigível, que era, de fato, a única parte realmente habitável. Se alguma coisa saísse errada, os engenheiros iam para a popa

---

[20] Referência a Ferdinand von Zeppelin e Paul Lebaudy. (N.T.)

por uma escada de corda por baixo da estrutura. A tendência do veículo inteiro de vagar era parcialmente corrigida por uma nadadeira lateral horizontal de cada lado, e a condução era principalmente alcançada por duas nadadeiras verticais, que em geral ficavam estiradas como abas branquiais em cada lado da cabeça. Provavelmente essa seria a mais completa adaptação da forma de um peixe para as condições aéreas. A da bexiga natatória, os olhos e o cérebro, contrariando a forma do animal, ficavam abaixo, e não acima. Uma característica notável que não parecia de peixe era o aparato para telegrafia sem fio que ficava pendurado da cabine dianteira. Na comparação, corresponderia à área sob o queixo do peixe.

Esses monstros chegavam a cento e quarenta quilômetros por hora com tranquilidade, então podiam enfrentar e avançar contra qualquer coisa, exceto um tornado mais feroz. Eles variavam em comprimento entre 250 e 600 metros, e tinham um poder de carga que ia de 70 a 200 toneladas. Quantos daqueles a Alemanha tinha, a história não registra, mas Bert contou aproximadamente oitenta enormes volumes recuando em perspectiva durante sua curta inspeção. Esses eram os instrumentos nos quais a Alemanha essencialmente confiava para sustentá-la em seu repúdio da Doutrina Monroe e sua aposta ousada por uma parte no império do Novo Mundo. Mas ela não confiava completamente neles; ela também tinha um *Drachenflieger* lançador de bombas de um homem só, de valor desconhecido.

Mas os *Drachenflieger* estavam distantes no segundo maior parque aeronáutico a leste de Hamburgo, e Bert Smallways não viu nem sinal deles em sua visão aérea da instalação da Francônia antes de o abaterem com muita organização. A bala passou por ele e fez um tipo de "pop" ao furar seu balão; um "pop" seguido por um assovio farfalhante e um movimento descendente regular. E, quando na confusão Bert jogou mais um balastro, os alemães, muito educadamente mas com firmeza, passaram por cima da dúvida que tinham de atirar em seu balão duas vezes.

A FROTA AÉREA ALEMÃ

1

De todas as divagações que transformam o mundo em que o senhor Bert Smallways vive em confusamente maravilhoso, não havia nenhuma tão estranha, tão precipitada e perturbadora, tão barulhenta, persuasiva e perigosa quanto a modernização do patriotismo produzida pela política internacional dos impérios. Na alma de cada um dos homens existe uma preferência por sua própria espécie, um orgulho em sua própria atmosfera, uma ternura por seu idioma nativo e sua terra familiar. Antes da chegada da era científica, esse conjunto de sentimentos nobres e gentis era considerado fator imprescindível no cabedal de cada vivente digno de ser chamado de humano. Um fator imprescindível cujo aspecto menos amável residia em uma hostilidade geralmente inofensiva aos demais povos, bem como em um preconceito igualmente inofensivo contra as demais terras. Mas a louca disparada de alterações na velocidade, na dimensão, nos materiais, na escala e nas possibilidades da vida humana abalou violentamente os antigos limites, as distâncias e as fronteiras. Todos os velhos hábitos ancestrais e as tradições dos homens que já estavam consolidadas se viram não só confrontadas por novas condições, mas por condições que constantemente se renovavam e mudavam. Não tiveram chance de se adaptar. A tradição foi aniquilada, pervertida, deturpada ou fanatizada de tal forma, que ficou completamente desfigurada, irreconhecível.

Nos dias em que Bun Hill era uma vila sob o domínio do pai de Sir Peter Bone, o avô de Bert Smallways, "sabia exatamente seu lugar", tocava seu chapéu para cumprimentar aqueles que considerava superiores a ele, menosprezava e desmerecia os que estavam abaixo de sua escala social e jamais mudou de ideia do berço à sepultura. Ele era inglês e de Kent, o que significava lúpulo, cerveja, rosa-canina e o tipo de brilho do sol que era o melhor do mundo. Jornais, política e visitas a Londres não eram para homens como ele. E então veio a mudança. Os capítulos anteriores deram uma ideia sobre o que aconteceu com Bun Hill e como o dilúvio de novidades tinha se derramado sobre sua rusticidade devota. Bert Smallways era somente um de incontáveis milhões na Europa, América e Ásia que, em vez de ter nascido com raízes, tinha nascido lutando em uma torrente que nunca entenderam de verdade. Todos os credos de seus pais foram postos em xeque e ameaçados sob as mais estranhas formas e reações. Um exemplo excelente disso foi o bom e velho patriotismo, que acabou pervertido e distorcido com a agitação dos novos tempos. Em vez do preconceito robustamente estabilizado do avô de Bert, para quem a palavra "afrancesado" era o termo de desprezo absoluto, pelo cérebro de Bert corria uma sucessão de ideias levemente violentas sobre a competição alemã, do perigo amarelo, da ameaça dos negros, do fardo sobre o homem branco; ou seja, Bert exercia seu direito absurdo de confundir ainda mais as já naturalmente confusas relações políticas sustentadas por outros broncos como eles, exceto, talvez, pelo tom de pele, que fumavam cigarros e andavam por aí de bicicleta em Bulawayo, Kingston (Jamaica) ou Bombaim. Para Bert, as pessoas dessas localidades não passavam de "raças dominadas" e ele estava disposto a morrer – por procuração, por meio da pessoa que se desse ao trabalho de atender ao recrutamento do

Exército – para manter esse direito. Às vezes o pensamento de que pudesse perdê-lo o mantinha acordado à noite.

A questão essencial que regia a esfera política no período em que Bert Smallways vivia – o período que culminou, por fim, na catástrofe da Guerra no Ar – era bem simples, caso as pessoas tivessem a inteligência de fazer uma abordagem simples para tal questão. O desenvolvimento da ciência alterou a escala dos assuntos humanos. Por meio da veloz tração mecânica, os homens se aproximaram, tanto em termos sociais quanto econômicos e físicos. As velhas separações em nações e impérios já não se sustentavam: uma síntese nova, ampla, não era apenas necessária, mas incontornável. Assim como os antigos ducados independentes da França tiveram de se unir para forjar uma nação, agora as nações necessitavam adaptar-se em conglomerados maiores, manter o que era precioso e possível, abolir o que fosse obsoleto e perigoso. Um mundo sadio teria percebido a patente necessidade de síntese, iniciaria discussões equilibradas sobre o tema, chegaria a um acordo e avançaria até organizar a grande civilização, algo possível para a humanidade. Mas o mundo de Bert Smallways não fez nada disso. Seus governos nacionais, seus interesses nacionais não queriam saber de nada tão óbvio; eles tinham muitas suspeitas uns dos outros, eram desprovidos de imaginação generosa. Começaram a se comportar como pessoas malcriadas em um transporte público lotado, apertando-se umas contra as outras, acotovelando-se, empurrando-se, com disputas e confusões. Mostrar-lhes que eles só precisavam se reorganizar para ficar confortáveis era em vão. Em todos os lugares, no mundo inteiro, o historiador do início do século XX descobriu a mesma coisa: o fluxo e a reorganização das relações humanas estavam indissociavelmente emaranhados pelas áreas antigas, pelos preconceitos antigos e por um tipo de estupidez acirrada e irascível. Em todos os lugares as nações estavam congestionadas em áreas inconvenientes, empurrando populações e produtos umas para as outras, perturbando-se mutuamente com tarifas e todas as vexações comerciais possíveis, e ameaçando-se com exércitos e marinhas que a cada ano ficavam mais prodigiosos.

Hoje é impossível estimar quanto da energia física e intelectual do mundo foi gasta com preparo e equipamento militares, mas foi uma proporção enorme. A capacidade e o dinheiro que a Grã-Bretanha gastou com Exército e Marinha, se direcionados para educação e cultura, teriam transformado os britânicos na aristocracia do mundo. Seus governantes poderiam ter mantido toda sua população estudando e se exercitando até os dezoito anos e transformar cada Bert Smallways das ilhas em um homem inteligente e de peito largo, caso tivessem dado os recursos gastos em material bélico para a formação de homens. Em vez disso, colocavam bandeiras nas mãos dos jovens de catorze anos, com a ordem de serem agitadas, e depois os tiravam das escolas para começar aquela carreira de empreendimento privado que relatamos sucintamente. A França conquistou imbecilidades similares; a Alemanha era, se possível, pior; a Rússia, sob os gastos e estresses do militarismo, deteriorava em direção à falência e à putrefação. Toda a Europa estava produzindo armas e multidões incontáveis de pequenos Smallways. Os povos asiáticos tinham sido forçados, em autodefesa, a desviar os novos poderes trazidos pela ciência. Às vésperas da explosão da guerra, havia seis grandes poderes no mundo e um grupo de poderes menores, cada um armado até os dentes e tensionando cada nervo para sair na frente dos outros na letalidade de equipamento e eficiência militar. As grandes potências eram, primeiramente, a América do Norte, uma nação viciada em comércio, mas levada às necessidades militares pelos esforços alemães de se expandirem para a América do Sul, e pelas consequências naturais de suas próprias anexações incautas de terras muito próximas ao Japão. Eles mantinham duas frotas imensas, a leste e a oeste, e internamente estavam em um conflito violento entre governos federais e estaduais sobre a questão do serviço universal em uma milícia defensiva. Logo em seguida vinha a grande aliança da Ásia Oriental, uma integração bem urdida da China e do Japão, avançando a passos largos, ano após ano, para a predominância nas relações mundiais. Em seguida, a aliança alemã ainda lutava para alcançar seu sonho de expansão imperial e de imposição da língua alemã sobre uma Europa unida à força. Essas eram as potências mais agressivas e determinadas do mundo. Bem mais pacífico, vinha o Império Britânico, perigosamente espalhado pelo globo e distraído atualmente por movimentos de insurreição na Irlanda e entre todas as suas raças subjugadas. Dera a todas essas raças cigarros, botas, chapéus-coco, críquete, corridas de cavalo, revólveres baratos, petróleo, o sistema industrial de fábricas, jornais baratos, tanto em inglês quanto na língua do país, diplomas universitários baratos, bicicletas motorizadas e bondes elétricos; havia produzido uma considerável literatura expressando menosprezo pelas raças subjugadas e tornou-a acessível a elas, contentando-se em acreditar que em nada resultaria esse estímulo ao ódio porque alguém um dia escreveu "o leste imemorial", e porque, nas inspiradas palavras de Kipling...

Oriente é Oriente, Ocidente é Ocidente,
E os dois jamais se encontrarão.[21]

Em vez disso, Egito, Índia e os países súditos do Império produziram novas gerações em um estado de indignação passional e extrema energia, atividade e modernidade. A classe dominante na Grã-Bretanha estava vagarosamente se adaptando a uma nova concepção das raças subjugadas como povos que despertavam e fazendo esforços para manter o Império unido sob ela, pressões e ideias mutáveis totalmente impedidas pelo espírito esportivo com o qual os milhões de Bert Smallways votavam, e pela tendência de seus equivalentes mais encarnados serem mais desrespeitosos a oficiais irascíveis. Sua impertinência era excessiva: não eram simplesmente gritos e troca de insultos. Eles citavam Burns para eles, e Mill e Darwin, e os refutavam em discussões.[22]

Ainda mais pacíficos que o Império Britânico, vinham a França e seus aliados, as potências latinas, estados na verdade bem armados mas guerreiros relutantes, e, de várias maneiras, liderando social e politicamente

---

[21] Trecho do poema "The Ballad of East and West", de Rudyard Kipling. (N.T.)
[22] Robert Burns, poeta escocês; John Stuart Mill, filósofo e economista britânico; e Charles Darwin, naturalista britânico. (N.T.)

a civilização ocidental. A Rússia era uma potência forçosamente pacífica, dividida em si mesma, rompida entre revolucionários e reacionários, igualmente incapazes de reconstrução social e, portanto, afundando em direção a uma desordem trágica de vingança política crônica. Embrenhados entre essas grandes e prodigiosas estruturas, afetados e ameaçados por elas, os estados menores do mundo tinham uma independência precária, cada um se mantendo tão perigosamente armado quanto possível, com suas maiores habilidades.

Então aconteceu que em cada país um organismo grande e crescente de homens energéticos e inventivos estava ocupado para fins ofensivos ou defensivos, elaborando aparatos bélicos, até que as tensões que se acumulavam chegassem ao seu ponto de ruptura. Cada potência buscava manter suas providências secretas, as novas armas em reserva, antecipar e descobrir os preparativos de seus rivais. A sensação de perigo de descobertas recentes afetava a imaginação patriótica de todos os povos do mundo. Vez por outra havia rumores de que os britânicos tinham uma arma avassaladora; logo em seguida, era que os franceses tinham um rifle invencível; agora, os japoneses tinham um explosivo novo; daí a pouco, os americanos têm um submarino que tiraria todos os encouraçados da água. A cada momento havia um pânico de guerra.

A força e o coração das nações eram devotados ao pensamento bélico, e mesmo assim a massa de seus cidadãos era uma democracia numerosa tão desatenta e despreparada mental, moral e fisicamente para a luta quanto qualquer população já tenha sido; ou, pode ser acrescentado, poderia ser um dia. Esse era o paradoxo da época. Era um período único na história mundial. O aparato bélico, a arte e o método da luta mudavam a cada dúzia de anos em um progresso estupendo em direção à perfeição, e as pessoas ficavam cada vez menos marciais, e não acontecia nenhuma guerra.

E então ela finalmente veio. Chegou como uma surpresa para o mundo inteiro, porque seus reais motivos estavam escondidos. As relações entre a Alemanhá e a América do Norte estavam tensas pela exasperação intensa de um conflito de tarifas comerciais e pela atitude ambígua da primeira potência frente à Doutrina Monroe, e elas estavam tensas entre a América e o Japão pela questão perene da cidadania. Mas em ambos os casos existiam as causas postuladas, a versão oficial. O motivo real para a decisão, hoje conhecido, foi o aperfeiçoamento do motor Pforzheim pela Alemanha e a consequente possibilidade de construção de um dirigível rápido e prático. À época, a Alemanha era, de longe, a potência mais eficiente no mundo, mais bem organizada para ação rápida e secreta, mais bem equipada com os recursos da ciência moderna, e com suas classes oficiais e administrativas em um nível mais elevado de educação e treinamento. Ela sabia de sua superioridade e exagerava esse conhecimento a ponto de desprezar os conselhos secretos de seus vizinhos. Pode ser que, pelo hábito de autoconfiança, sua espionagem sobre os outros países tenha se tornado menos rigorosa. Além disso, a Alemanha tinha tradição de agir de forma pouco sentimental e bastante inescrupulosa, que distorcia profundamente sua perspectiva internacional. Com a chegada dessas novas armas, sua inteligência coletiva estava eletrizada com a sensação de que seu momento chegara. Mais uma vez na história do progresso, parecia que a Alemanha tinha a arma decisiva. Agora ela poderia atacar e conquistar, antes que os outros tivessem qualquer outra coisa além de experimentos incipientes.

Em particular, ela deveria atacar a América do Norte, rapidamente, porque, se existia em qualquer lugar um rival aéreo, era esta nação. Era sabido que a América possuía uma máquina voadora de valor prático considerável, desenvolvida com base no modelo dos Wright, mas não se imaginava que o Departamento de Guerra de Washington tivesse feito quaisquer tentativas maciças de criar sua arma aérea. Era necessário atacar antes que o fizessem. A França tinha uma frota de dirigíveis bastante lentos, muitos deles datados de 1908, que não conseguiriam de forma alguma fazer frente ao novo tipo. Haviam sido construídos para propósitos de reconhecimento militar da fronteira oriental, eram muito pequenos para carregar mais que duas dúzias de homens sem armas ou provisões e nenhum deles navegava a sessenta e cinco quilômetros por hora. A Grã-Bretanha, aparentemente, em um acesso de mesquinharia, tentou ganhar tempo e discutiu com o imperialista de espírito Butteridge e sua invenção extraordinária. Também estava fora do jogo, e estaria por muitos meses. Da Ásia, nem sinal de ameaça. Os alemães explicavam isso ao dizerem que os povos amarelos eram destituídos de caráter inventivo. Nenhum outro concorrente merecia ser considerado.

– É agora ou nunca – disseram os alemães –, agora ou nunca tomaremos o ar, assim como os britânicos tomaram os mares! Enquanto todas as outras potências ainda estão experimentando.

As preparações foram velozes, sistemáticas e secretas, e o plano, o mais excelente. Até onde podiam saber, a América do Norte era o único possível perigo. As chances de essa surpresa ser bem-sucedida eram muito elevadas. O dirigível e as máquinas voadoras eram aparatos muito diferentes dos encouraçados, que precisam de alguns anos para serem construídos. Com mãos e espaço, incontáveis delas podiam ser feitas em algumas semanas. Uma vez que os parques e as fundições necessárias estivessem organizados, dirigíveis e *Drachenflieger* poderiam ir para os céus. De fato, quando chegou a hora, eles tomaram os céus, conforme um amargo escritor francês disse, como moscas subiam do lixo.

O ataque à América seria o primeiro movimento nesse tremendo jogo. Mas assim que eles começassem, então os parques aeronáuticos deveriam ir em frente para montar e inflar a segunda frota que dominaria a Europa e manobrar significativamente sobre Londres, Paris, Roma, São Petersburgo, ou em qualquer outro lugar onde seu efeito moral fosse necessário. Seria uma surpresa mundial, nada menos do que uma conquista mundial; e é incrível o quão próximas chegaram de serem bem-sucedidas as calmas mentes aventurosas que planejaram esse plano colossal.

Von Sternberg era o Moltke[23] dessa Guerra no Ar, mas foi o curioso romantismo rígido do príncipe Karl Albert que convenceu o hesitante imperador quanto ao plano. O príncipe Karl Albert era na verdade a figura central do drama mundial. Ele era a expressão máxima do espírito

---

[23] Graf von Moltke (1800-1891) foi um marechal de campo prussiano, que liderou uma numerosa divisão do Exército prussiano na Unificação Alemã e na Guerra Franco-Prussiana. Publicou vários livros de temática militar, nos quais explicava suas táticas de guerra. (N.T.)

imperialista na Alemanha e o ideal do novo sentimento aristocrático (a nova Cavalaria, como era chamada, nas palavras do príncipe) que seguiu a queda do socialismo por meio de suas divisões internas e falta de disciplina, e a concentração de riqueza nas mãos das grandes famílias. Ele era comparado por bajuladores obsequiosos a Eduardo, o Príncipe Negro, a Alcebíades, ao jovem César. Para muitos ele parecia ser a revelação do além-homem de Nietzsche. Ele era grande, loiro e viril, e esplendidamente não moral. Seu primeiro grande feito que surpreendeu a Europa, e quase causou uma nova Guerra de Troia, foi o sequestro da princesa Helena da Noruega e a posterior recusa da parte do príncipe em desposá-la. Isso foi seguido por seu casamento com Gretchen Krass, uma jovem suíça de beleza incomparável. Em seguida deu-se o galante resgate de três marinheiros, quase ao custo da própria vida, de três alfaiates cujo barco afundara próximo a Heligoland. Por isso e por sua vitória sobre o iate americano *Defender, C. C. I.*, o imperador desculpou as extravagâncias do príncipe e o colocou no comando da nova tropa aeronáutica das forças alemãs, o que ele desempenhou com energia e habilidade fantásticas, estando decidido, como disse, a dar à Alemanha terra, mar e céu. A paixão nacional pela agressividade encontrou nele seu expoente supremo e conquistou por meio dele sua realização nessa guerra espantosa. Mas sua fascinação era mais que nacional; por todo o mundo, sua força implacável dominava mentes, assim como a lenda napoleônica dominara antes. Ingleses se viam desgostosos dos métodos lentos, complexos e civilizados de suas políticas nacionais quanto a essa figura inflexível e enérgica. Os franceses acreditavam nele. Poemas eram escritos para ele na América.

Ele fez a guerra.

Quase igualmente com o restante do mundo, a população alemã geral foi tomada de surpresa pelo rápido vigor do governo imperial. Uma literatura considerável de previsões militares, começando desde 1906 com Rudolf Martin, o autor não somente de um livro brilhante de previsões, mas de um provérbio, "O futuro da Alemanha está no ar", tinha, entretanto, preparado a imaginação alemã parcialmente para tal iniciativa.

2

Bert Smallways sabia absolutamente nada sobre todas essas potências mundiais e planos gigantescos até se encontrar no centro disso tudo e olhou boquiaberto para o espetáculo daquele rebanho gigante de dirigíveis. Cada um parecia tão longo quanto a Strand[24], e tão grande quanto a Trafalgar Square. Alguns deviam ter quinhentos metros de comprimento. Ele jamais vira algo tão extenso e organizado quanto aquele tremendo parque. Pela primeira vez em sua vida, teve a percepção do que era uma coisa extraordinária e com elevado grau de importância sobre as quais um contemporâneo poderia continuar ignorando. Ele sempre se apegou à ilusão de que alemães fossem homens gordos e incongruentes, que usavam cachimbos chineses e eram viciados em conhecimento, carne de cavalo, chucrute e geralmente coisas indigeríveis.

Sua visão de cima era bem transitória. Ele se abaixou no primeiro tiro. Imediatamente seu balão começou a cair, sua mente trabalhando em turbilhão para ver como poderia se explicar, se deveria fingir ser Butteridge ou não.

– Ó Senhor! – ele grunhiu em meio à agonia da indecisão. Então percebeu suas sandálias e sentiu um espasmo de desgosto de si mesmo. – Eles vão pensar que sou um idiota completo – disse a si mesmo, e nesse momento se levantou desesperadamente e jogou o saco de areia, o que provocou o segundo e o terceiro tiros.

Enquanto buscava proteção encolhido no fundo do cesto, passou por um raio pela mente de Bert o que ele poderia fazer para evitar explicações desagradáveis e complicadas. Uma saída era fingir ser louco...

Essa foi sua última ideia antes que os dirigíveis parecessem estar subindo rapidamente à sua volta, como se quisessem olhar para ele, e seu cesto atingiu a superfície, quicou e derrubou-o de cabeça no chão.

Ele acordou se descobrindo famoso e ouvindo uma voz gritando:

[24] Uma das maiores ruas de Londres. (N.T.)

– Booteraidge! *Ja! Ja! Herr* Booteraidge! *Selbst!*[25]

Bert estava deitado em um pequeno pedaço de grama ao lado de uma das principais avenidas do parque aeronáutico. O horizonte das aeronaves se perdia de vista em uma imensa perspectiva. A proa imponente de cada uma era adornada com uma águia negra de cerca de trinta metros. Do outro lado da avenida havia uma série de geradores de gás, e grandes mangueiras estavam por todo o espaço entre eles. Bem próximo estava seu balão, agora vazio, e o cesto caído de lado parecendo muito pequeno, um mero brinquedo quebrado, uma bolha enrugada, em contraste com o volume gigante da aeronave mais próxima, que ele via quase por trás, erguendo-se como um penhasco e encurvando-se para a frente em direção à sua companheira do outro lado, como se quisesse eliminar o espaço entre ambos. Havia uma multidão de indivíduos excitados à sua volta, cercando-o, sobretudo sujeitos parrudos vestindo uniformes apertados. Todos falavam ao mesmo tempo, muitos deles gritavam, em alemão; ele sabia disso porque eles cuspiam e aspiravam sons como gatos assustados.

Bert só conseguia reconhecer uma frase, repetida diversas vezes: o nome de "Herr Booteraidge".

"Céus! Eles perceberam", pensou Bert.

– *Besser*[26] – disse alguém, e foi seguido por um alemão rápido.

Bert percebeu que próximo a ele havia um telefone de campanha e que um oficial alto de azul conversava com alguém sobre ele. Outro oficial estava próximo, atrás dele, com o portfólio de desenhos e fotografias em mãos. Eles voltaram a olhar para ele.

– Você fala alemão, *Herr* Booteraidge?

Bert decidiu aparentar um certo atordoamento. Ele fez o possível para parecer completamente confuso.

– Onde estou?

A tagarelice prevaleceu. "Der Prinz"[27], foi mencionado. Uma corneta soou bem longe, e seu chamado foi repetido por uma mais próxima e por

---

[25] "Butteridge! Sim! Sim! O senhor Butteridge! O próprio!" (N.T.)

[26] Melhor. (N.T.)

[27] O Príncipe. (N.T.)

outra bem perto, o que pareceu aumentar imensamente a empolgação dos homens. Um carro de monotrilho zuniu por ali. O telefone tocou estridente, e o oficial alto se envolveu numa colérica discussão. Ele então se aproximou do grupo em volta de Bert, chamando-o de algo como "*mitbringen*"[28].

Um sujeito emaciado, de aparência diligente e bigode branco, interpelou Bert.

– *Herr* Booteraidge, senhor, estamos de partida!

– Onde estou? – Bert repetiu.

Sacudido pelo ombro por outro homem, ouviu novamente a pergunta:

– Você é *Herr* Booteraidge?

– *Herr* Booteraidge, estamos de partida! – repetiu o homem de bigode branco, em total estado de desespero. – Qual é o problema? O que podemos fazer?

O oficial que estava ao telefone repetiu a frase sobre "Der Prinz" e "*mitbringen*". O homem de bigode branco ficou com o olhar perdido por um momento, captando alguma ideia antes de tornar-se violentamente enérgico. Levantou-se e gritou instruções para pessoas invisíveis. Perguntas foram feitas e o médico ao lado de Bert respondeu "*Ja! Ja!*" várias vezes, também algo sobre "*Kopf*"[29]. Com certa urgência, ele fez Bert, bastante sem vontade, ficar de pé. Dois soldados enormes de cinza avançaram até Bert e o seguraram.

– Opa! – disse Bert, assustado. – O que há?

– Está tudo bem – o médico explicou –, eles vão carregá-lo.

– Para onde? – perguntou Bert, mas ficou sem resposta.

– Ponha seus braços em volta de seus... *hals*[30], em volta deles!

– Sim! Mas para onde?

– Segure firme!

---

28 Trazer. (N.T.)
29 Cabeça. (N.T.)
30 Pescoço. (N.T.)

Antes que Bert pudesse decidir dizer algo mais, foi levantado pelos dois soldados. Eles uniram as mãos para que se sentasse e fizeram com que ele colocasse os braços ao redor do pescoço dos soldados.

– *Vorwarts!*[31]

Alguém correu à sua frente com o portfólio, e Bert foi carregado apressadamente pela avenida ampla entre os geradores de gás e as aeronaves, de maneira rápida e, de forma geral, sem problemas, exceto uma ou duas vezes, quando seus carregadores tropeçaram em mangueiras e quase o derrubaram.

Bert estava usando o boné alpino de Butteridge, e cobria seus ombros estreitos com o sobretudo de pele, e respondia quando era chamado pelo nome de Butteridge. As sandálias estavam penduradas desamparadamente. *Argh*! Todos pareciam estar com uma pressa dos diabos. Por quê? Ele foi carregado aos trancos, enquanto admirava, maravilhado, o crepúsculo.

O arranjo sistemático de espaços amplos e convenientes, a quantidade de soldados eficientes por todo o lado, as pilhas organizadas de materiais ocasionais, as onipresentes linhas de monotrilhos e os imponentes cascos similares aos de navio à sua volta trouxeram-lhe à lembrança as impressões que tivera quando garoto em uma visita ao estaleiro Woowich Dockyard. O acampamento inteiro refletia o poder colossal da ciência moderna que o criara. Um estranhamento peculiar era produzido por quão baixa a luz elétrica estava, colocada no chão, fazendo todas as sombras ficarem para cima e transformando os homens que o carregavam e ele em uma figura de sombras grotescas nas laterais das aeronaves, fundindo os três em um animal monstruoso, com pernas atenuadas e um corpo curvado imenso e parecido com um leque. As luzes estavam no chão porque todos os postes e estandartes, enquanto possível, tinham sido removidos para evitar complicações quando as aeronaves decolassem.

Estavam em um profundo crepúsculo agora, uma noite tranquila com céus azuis; tudo emergia de manchas de luz sobre o chão, tornando-se

---

[31] Adiante. (N.T.)

altas massas translúcidas; dentro das cavidades das aeronaves, pequenas luzes de inspeção brilhavam como estrelas encobertas por nuvens e faziam com que parecessem maravilhosamente insubstanciais. Cada aeronave tinha seu nome gravado em letras negras no branco do flanco, e na frente a águia imperial com as asas abertas, uma ave avassaladora na escuridão.

Cornetas soavam, carros de monotrilhos de soldados silenciosos deslizavam fervilhantes. As cabines sob a cabeça das aeronaves estavam se acendendo; portas se abriam nelas e revelavam corredores acolchoados.

De vez em quando uma voz dava instruções para operários indiscriminados.

Houve uma questão a respeito de sentinelas, passadiços e uma passagem longa e estreita, um problema com uma confusão de bagagens, e então Bert se viu sendo colocado no chão e de pé na entrada de uma cabine espaçosa; tinha talvez três metros quadrados e dois metros e meio de altura, mobiliada com estofamento carmesim e alumínio. Um jovem alto, que lembrava um pássaro com uma cabeça pequena, nariz comprido e cabelo muito claro, com as mãos repletas de objetos como amoladores de navalha, fôrmas de botas, escovas de cabelo e de banheiro, estava dizendo coisas sobre *Gott*[32] e trovão e *Dummer*[33] Booteraidge enquanto Bert entrava. Ele era aparentemente um ocupante despejado. Então desapareceu e Bert estava deitado em um sofá no canto com uma almofada sob sua cabeça e a porta da cabine fechada. Ele estava sozinho. Todos tinham se apressado em sair, mais uma vez surpreendentemente.

– Céus! – exclamou Bert. – E agora?

Ele olhou para o cômodo à sua volta.

– Butteridge! Devo tentar manter isso ou não?

O cômodo onde estava o confundia.

– Não é uma prisão nem um escritório.

E então o antigo problema veio à superfície.

---

[32] Deus. (N.T.)
[33] Estúpido. (N.T.)

– Pediria aos céus para não estar com essas sandálias tolas! – reclamou para o universo. – Elas estragam todo o meu desempenho.

3

A porta do lugar onde estava foi escancarada de repente e um jovem compacto de uniforme surgiu, carregando o portfólio, a mochila e o espelho de barbear do senhor Butteridge.

– Ora! – disse, quando entrou, com um inglês perfeito. Ele tinha um rosto sorridente e um cabelo meio loiro rosado. – Imagine só o senhor Butteridge em pessoa! – Colocou a mísera bagagem de Butteridge no chão. – Mais meia hora e teríamos zarpado. Por pouco o senhor não chega a tempo.

O homem observou Bert com curiosidade. Seu olhar repousou por uma fração de segundo nas sandálias.

– O senhor devia ter vindo na sua máquina voadora, senhor Butteridge. Ele não esperou por uma resposta.

– O príncipe diz que eu devo cuidar do senhor. Naturalmente, ele não pode vê-lo agora, mas acredita que sua chegada foi providencial. A última graça do paraíso. Como um sinal.

O homem parou e apurou os ouvidos.

Do lado de fora havia o barulho de passos indo de um lado para o outro, um som distante de cornetas repentinamente retomado e repetido por perto, homens falavam em volume alto, secos, coisas que pareciam vitais, e recebiam respostas de longe. Um sino soou, e pés foram pelo corredor. Então surgiu uma quietude que distraía mais que o barulho e, em seguida, um grande gorgolejar, correr e chapinhar de água. As sobrancelhas do jovem se levantaram. Ele hesitou e saiu apressadamente do cômodo. Em seguida, uma grande explosão se juntou aos variados sons do lado de fora e, então, surgiu o som de uma comemoração distante. O jovem reapareceu.

– Eles já estão tirando a água do balonete.

– Que água? – perguntou Bert.

– A água que nos ancorava. Manobra astuta, não é?

Bert tentava compreender.

– Claro! – disse o jovem. – Você não entende.

Um arrepio percorreu o corpo de Bert.

– Esse é o motor – disse o jovem com convicção. – Não demoraremos muito agora.

Passaram outro intervalo ouvindo os ruídos exteriores.

A cabine balançou.

– Céus! Já estamos indo! – ele gritou. – Estamos indo!

– Indo! – gritou Bert, se sentando. – Para onde?

Mas o jovem tinha saído do cômodo novamente. Ele ouviu sons em alemão no corredor e outros sons de chacoalhar os nervos.

O balanço ficou mais intenso. O jovem reapareceu.

– Realmente partimos!

– Ora! – disse Bert. – Para onde estamos indo? Gostaria que explicasse. Que lugar é esse? Não compreendo.

– O quê? – gritou o jovem. – O senhor não entende?

– Não. Estou bem tonto por ter batido a cabeça. Onde estamos? Para onde estamos indo?

– O senhor não sabe onde está? O que é isso aqui?

– Nem um pouco! Por que está tudo balançando tanto?

– Que engraçado! – gritou o jovem. – Ora! Que coisa mais engraçada! O senhor não sabe? Estamos indo para a América e o senhor não percebeu. O senhor quase não nos pega aqui. Está na nau capitânia com o príncipe. Não perderá nada. Não importa o que aconteça, pode apostar que o *Vaterland* estará lá.

– Nós! Indo para a América?

– Certamente!

– Em uma aeronave?

– O que o senhor acha?

– Eu! Indo para a América em uma aeronave! Depois daquele balão! Ora! Não quero isso! Quero andar com minhas próprias pernas. Deixe-me sair! Eu não tinha entendido.

Bert tentou ir em direção à porta.

O jovem parou Bert com um gesto, segurou uma correia, levantou um painel na parede estofada e uma janela surgiu.

– Olhe! – ele disse. Lado a lado eles olharam para fora.

– Estamos subindo!

– Estamos! – respondeu o jovem, alegremente. – E muito rápido!

Eles estavam subindo rápida e silenciosamente, e a máquina quase não chacoalhava; apenas estremecia com o ritmo do pulsar do motor, sobre-voando o parque aeronáutico. Abaixo, a escuridão se estendia, geométrica e vaga, sendo vista em intervalos regulares por pequeninos vagalumes de luz. Um espaço negro na longa fileira cinzenta marcava a posição de onde o *Vaterland* tinha saído. Ao lado dele, um segundo monstro subia agora, solto de suas amarras e cabos para o ar. Tomando uma distância exata, perfeita, um terceiro iniciou a subida, depois um quarto.

– Tarde demais, senhor Butteridge! – o jovem comentou. – Já saímos! Ouso dizer que é chocante para o senhor, mas aqui estamos! O príncipe disse que o senhor tinha de vir.

– Veja bem – disse Bert –, estou de fato atordoado. Que coisa é essa? Aonde estamos indo?

– Isso, senhor Butteridge –, disse o jovem, esforçando-se para ser explícito –, é uma aeronave. É a nau capitânia do príncipe Karl Albert. Esta é a força aérea alemã e está indo para a América do Norte, para dar àquele povo intrépido o que eles merecem. A única coisa que estava nos preocupando era sua invenção. E aqui está o senhor!

– Mas você é alemão? – perguntou Bert.

– Tenente Kurt. *Luft*-tenente[34] Kurt, ao seu dispor.

– Mas você fala inglês!

---

[34] Tenente do ar. (N.T.)

– Minha mãe era inglesa. Estudei na Inglaterra. Depois disso, recebi a bolsa Rhodes[35]. Mas sou alemão, apesar de tudo isso. Por agora, fui destacado para cuidar do senhor, que deve deve estar abalado pela queda. Está tudo bem, de verdade. Eles vão comprar sua máquina e tudo. O senhor sente-se aqui e se acalme. Muito em breve vai entender o que está acontecendo.

4

Bert sentou-se no compartimento, tentando juntar seus pensamentos, e o jovem conversou sobre a aeronave.

Ele era um jovem que possuía um tato natural.

– Atrevo-me a dizer que tudo isso é novo para o senhor – ele disse. – Não é o seu tipo de máquina. As cabines não são tão ruins.

Ele se levantou e andou pelo pequeno cômodo, mostrando suas características.

– Aqui está a cama – disse ele, tirando um sofá da parede e colocando-o lá novamente com um clique. – Aqui são os utensílios de toalete. – E abriu um armário bem organizado. – Não se lave muito. Não temos água; nada de água a não ser para beber. Nada de banhos ou coisas assim até chegarmos à América e pousarmos. Esfregar com a esponja. Meio litro de água quente para o barbear. E só. No compartimento embaixo do senhor estão tapetes e cobertores; precisará deles logo. Eles dizem que fica bem frio. Eu não sei. Nunca subi antes. Exceto um pequeno trabalho com planadores, que é basicamente cair. Três quartos dos camaradas na frota nunca subiram. Tem uma cadeira e uma mesa dobráveis atrás da porta. Compacto, não é?

Ele pegou a cadeira e a equilibrou em seu dedo mínimo.

– Bem leve, não é? É uma liga de alumínio e magnésio e um vácuo dentro. Todas essas almofadas são cheias de hidrogênio. Bacana! A aeronave

---

[35] Nome da bolsa de estudos de Oxford para alunos estrangeiros. (N.T.)

inteira é assim. E nenhum homem na frota, exceto o príncipe e um ou dois outros, tem mais de setenta quilogramas. Não poderíamos fazer o príncipe se esforçar, sabe? Vamos andar nele amanhã. Estou terrivelmente empolgado de estar aqui.

Ele sorriu para Bert.

– O senhor parece muito jovem! – ele observou. – Sempre pensei que seria um homem velho de barba, tipo um filósofo. Não sei por que sempre esperamos que pessoas inteligentes sejam velhas. Eu sempre espero.

Bert se esquivou do elogio com um pouco de embaraço, e então o tenente se impressionou com o enigma do motivo pelo qual *Herr* Butteridge não tinha vindo em sua máquina voadora.

– É uma longa história – disse Bert. E depois disse abruptamente: – Veja bem! Gostaria que você me emprestasse um par de sapatos, ou algo assim. Estou bem cansado dessas sandálias. Elas são horrorosas. Estava testando-as para um amigo.

– Sem problemas!

O ex-bolsista Rhodes saiu rapidamente do cômodo e reapareceu com uma considerável variedade de calçados: sapatos, pantufas de tecido para o banho e um par roxo enfeitado com girassóis dourados.

Mas ele se arrependeu dos últimos no fim.

– Nem eu mesmo calço esses – ele disse. – Só os trouxe no entusiasmo do momento – ele riu em confidência. – Eles foram feitos para mim, em Oxford. Por um amigo. Levo-os para todo canto.

Então Bert escolheu os sapatos.

O tenente começou a rir alegremente.

– Aqui estamos nós experimentando calçados – ele disse –, e o mundo passando como um quadro lá embaixo. Parece piada, não é? Veja!

Bert espiou com ele pela janela, olhando de dentro da pequena cabine vermelha e prateada para uma imensidão escura. A terra abaixo, exceto por um lago, era preta e inexpressiva, e os outros dirigíveis estavam escondidos.

– Veja quanta coisa do lado de fora – disse o tenente. – Vamos! É uma espécie de galeria.

Ele foi na frente por um longo corredor, que era iluminado por uma pequena luz elétrica, passou por alguns avisos em alemão, para uma varanda aberta, uma escada leve e uma galeria de treliça de metal pendurada, um espaço vazio. Bert seguiu seu guia até a galeria vagarosa e cuidadosamente. De lá ele pode assistir ao incrível espetáculo da primeira frota aérea voando pela noite. Eles voavam em uma formação de cunha, o *Vaterland* mais alto e liderando, a cauda desaparecendo nos cantos do céu. Eles voavam em ondulações longas e regulares, formas parecidas com peixes, grandiosas e escuras, mostrando pouquíssima luz, os motores fazendo um som pulsante que era muito audível na galeria. Eles estavam se movendo em um nível de cinco ou seis mil pés e subindo de forma estável. Abaixo, o país estava silencioso, uma escuridão límpida pontilhada e contornada com grupos de fornalhas, e as ruas de um grupo de cidades grandes estavam iluminadas. O mundo parecia estar em uma tigela; o volume da aeronave acima escondia tudo menos os níveis mais baixos do céu.

Eles observaram a paisagem por um tempo.

– Deve ser muito interessante inventar coisas – disse o tenente repentinamente. – Como o senhor teve a ideia da sua máquina?

– Entendi como funcionava – disse Bert, após uma pausa. – Simplesmente trabalhei bastante nela.

– Nosso grupo está muito empolgado com o senhor. Eles acharam que os britânicos tinham pego o senhor. Eles não pareciam entusiasmados?

– De certa forma – disse Bert. – Mesmo assim, é uma longa história.

– Acho que inventar é uma coisa grandiosa. Não conseguiria inventar algo nem que precisasse salvar minha vida.

Eles ficaram em silêncio e pensativos, observando o mundo abaixo escurecido, até que uma corneta os convocou para um jantar atrasado. Bert ficou repentinamente preocupado.

– Não preciso de uma roupa melhor e coisas assim? – ele perguntou. – Sempre estive muito preocupado com as coisas da ciência para me atentar às regras sociais.

– Não se preocupe – disse Kurt. – Ninguém tem mais do que as roupas do corpo. Estamos viajando com pouca bagagem. O senhor pode, talvez, tirar seu sobretudo. Há um aquecedor elétrico em cada cômodo.

Então em pouco tempo Bert se encontrou sentado na presença do "Alexandre germânico": o grande e poderoso príncipe Karl Albert, o chefe militar, o herói de dois hemisférios. Ele era um homem belo e loiro, com olhos profundos, nariz empinado, bigode curvado para cima e mãos brancas e longas, um homem estranho. Estava sentado em um lugar mais alto que os outros, sob uma águia preta com as asas abertas e duas bandeiras imperiais da Alemanha; ele se comportava como se estivesse em um trono. Bert ficou muitíssimo impressionado com o fato de que, enquanto ele comia, não olhava para as pessoas, mas olhava acima de suas cabeças, como alguém que vê algo que não está ali. Vinte oficiais de várias posições estavam à mesa... e Bert. Todos pareciam extremamente curiosos para ver o famoso Butteridge, e a perplexidade deles quanto à sua aparência estava maldisfarçada. O príncipe lhe deu uma saudação respeitável, diante da qual, com uma inspiração, ele se curvou. De pé, próximo ao príncipe, estava um homem moreno, de rosto enrugado, óculos prateados e suíças felpudas de um cinza encardido, que observava Bert com uma atenção peculiar e desconcertante. A tripulação sujeitou-se a cerimônias que Bert não conseguiu entender. Na outra ponta da mesa estava o oficial parecido com um pássaro que Bert desalojara, ainda soando hostil e cochichando sobre Bert com seu colega. Dois soldados serviam. O jantar foi simples: uma sopa, carne de cordeiro fresca e queijo. Houve pouquíssima conversa.

Na verdade, uma solenidade curiosa pairava sobre cada um deles. Esta era em parte reação consequente do intenso trabalho pesado e empolgação contida da partida, e em parte a sensação avassaladora de novas experiências estranhas, de aventura portentosa. O príncipe estava perdido em seus pensamentos. Ele se levantou para brindar com champanhe ao imperador, e a tripulação respondeu "*Hoch!*"[36], como homens repetindo respostas na igreja.

Não era permitido fumar, mas alguns dos oficiais foram para a pequena galeria aberta para mascar tabaco. Nenhum tipo de fogo era seguro em meio a tanta coisa inflamável. Bert subitamente começou a bocejar e tremer. Ele foi tomado pela consciência de sua própria insignificância dentre aqueles enormes e rápidos monstros de ar. Sentia que a vida era grande demais para ele, que tudo aquilo era além da conta.

Bert disse algo a Kurt sobre sua cabeça e subiu a pequena e balançante escada que dava para a minúscula galeria e imediatamente para dentro da aeronave, e novamente foi para a cama, como se fosse um refúgio.

5

Bert dormiu por um tempo, mas seu sono foi interrompido por sonhos. Na maior parte deles, fugia de terrores disformes por um corredor interminável em uma aeronave; um corredor, a princípio, repleto de alçapões, e depois de lonas vazadas da forma mais descuidada possível.

– *Argh*! – exclamou Bert, virando-se depois de sua sétima queda pelo espaço infinito naquela noite.

Ele se sentou na escuridão e abraçou os joelhos. O progresso da aeronave não era nem de perto tão suave quanto o do balão; ele podia sentir um balanço regular para cima, cima, cima e então para baixo, baixo, baixo, e o pulsar e palpitar trêmulo dos motores.

Sua mente começou a se encher de memórias... Cada vez mais memórias.

Por meio delas, como um nadador lutando em águas turbulentas, vinha a pergunta assustadora: o que farei amanhã? Amanhã, Kurt dissera, o secretário do príncipe, Graf von Winterfeld, viria conversar com ele

---

[36] Brinde alemão dirigido à nobreza. (N.T.)

sobre sua máquina voadora e depois disso ele veria o príncipe. Ele teria de continuar fingindo ser Butteridge e vender sua invenção. E então, se descobrissem a farsa? Ele teve uma visão de Butteridge furioso... E se depois de tudo ele confessasse? Fingisse que tudo foi um engano? Bert começou a esquematizar formas para vender o segredo e contornar Butteridge.

O que ele deveria pedir pela invenção? De alguma forma vinte mil libras lhe pareceram ser a soma indicada.

Ele entrou na prostração de quem está à espera da passagem rápida da madrugada. Ele tinha aceito um trabalho grande demais... Grande demais...

Memórias empoçaram seu planejamento. *Onde eu estava a essa hora noite passada?*

Bert recapitulou suas noites tediosas e extensas. Na noite anterior ele estivera acima das nuvens, voando no balão de Butteridge. Pensou no momento em que caiu através delas e viu a fria escuridão do mar tão de perto. Ele ainda se lembrava do incidente desagradável com uma intensidade de pesadelo. E na noite anterior, Grubb e ele estavam procurando alojamentos baratos em Littlestone, em Kent. Tudo parecia tão remoto agora. Era como se fizesse anos. Pela primeira vez pensou em seu companheiro do Dervixe do Deserto, abandonado com duas bicicletas pintadas de vermelho nas areias de Dymchurch.

– Ele não vai conseguir fazer uma apresentação muito boa com elas, não sem mim. De qualquer forma, ele era o tesoureiro, se podemos chamar assim. Tudo estava em seu bolso!

A noite antes dessa tinha sido a noite do Feriado Bancário e eles tinham sentado e discutido a iniciativa de menestréis, desenvolvendo um programa e ensaiando passos. E a noite anterior a essa tinha sido o domingo de Pentecostes.

– Senhor! – gemeu Bert. – Que mal aquela bicicleta motorizada me fez!

Ele se lembrou de bater sua almofada eviscerada em vão, do sentimento de impotência quando as chamas subiram novamente. Dentre suas memórias confusas daquele incêndio trágico uma pequena figura emergiu muito viva e comoventemente doce, Edna, gritando com relutância do veículo motorizado que partia: "Vejo você amanhã, Bert?".

Outras memórias de Edna se juntaram a essa lembrança. Elas guiaram Bert passo a passo até um estado satisfatório que se expressou como: "Vou me casar com ela se ela não se cuidar". E então, em um lampejo, veio em sua mente a ideia de que se ele vendesse o segredo de Butteridge ele poderia! Imagine se depois de tudo isso ele realmente conseguisse as vinte mil libras; somas assim já tinham sido pagas! Com esse dinheiro, ele poderia comprar uma casa com jardim, comprar novas roupas além de qualquer sonho, comprar um veículo motorizado, viajar, ter qualquer desejo da vida civilizada que quisesse, para ele e Edna. Claro, havia riscos envolvidos.

– Butteridge vai me perseguir, eu imagino.

Bert refletiu sobre isso, entrando novamente naquele estado de prostração. Agora estava ainda no começo de sua aventura. Ele ainda precisava entregar a mercadoria e receber o dinheiro. E antes disso… Agora não estava de forma alguma em seu caminho para casa. Estava voando para a América, para lutar lá.

– Não haverá problema – considerou –, se as coisas saírem como planejado.

Mesmo assim, e se um morteiro atingisse o *Vaterland* na parte inferior?

– Vou precisar escrever meu testamento.

Bert ficou por algum tempo escrevendo testamentos; a maior parte deles favorecia Edna. Ele decidira naquele momento que seriam vinte mil libras. Deixou vários legados menores. Os testamentos se tornaram cada vez mais difusos e extravagantes…

Acordou da oitava repetição do seu pesadelo da queda através do espaço.

– Esse negócio de voar dá nos nervos – sussurrou.

Bert podia sentir a aeronave indo para baixo, baixo, baixo, e então lentamente voltando para cima, cima, cima. *Tum, tum, tum, tum*, era essa a cantilena do propulsor.

Ele então se levantou e se enrolou no sobretudo do senhor Butteridge e em todos os cobertores, pois o ar frio era penetrante. Então, espiou pela janela para ver uma aurora cinza surgindo entre as nuvens, aumentou a intensidade da sua luz, trancou a porta de sua cabine, sentou-se à mesa e pegou seu protetor de peito.

Alisou os desenhos amassados com a mão e os contemplou, olhou outros desenhos no portfólio. Vinte mil libras. Se ele fizesse tudo certo... Valia a tentativa, de qualquer forma. Abriu a gaveta onde Kurt colocara papel e materiais para escrever.

Bert Smallways não era de forma alguma uma pessoa ignorante, e tendo em vista as suas deficiências, não deixava de ser um sujeito com inteligência razoável. Na escola, aprendera noções de desenho, cálculos e especificações técnicas. Se nesse ponto de sua vida escolar o país dera como finalizada sua tarefa e lançara no mundo o incompleto Bert para que lutasse pela própria sobrevivência em um ambiente de publicidade e empreendimentos individuais, não era realmente culpa dele. Tornou-se o que seu Estado tinha feito dele, e o leitor não deve imaginar que ele era um reles *cockney*[37], completamente incapaz de entender a ideia da máquina voadora de Butteridge. Mas ele a achava difícil e aterradora. Sua bicicleta motorizada e os experimentos de Grubb e o "desenho mecânico" que fizera no primário, tudo isso o ajudava a compreender; e, além disso, o desenhista, independentemente de quem tivesse sido, estivera ansioso para que suas intenções se mostrassem claras. Bert copiou rascunhos, fez anotações, criando uma cópia até tolerável e inteligente dos desenhos mais importantes e rascunhos dos outros. Então começou a refletir sobre eles.

Finalmente se levantou com um suspiro, dobrou os originais que antes estavam em seu protetor de peito e os colocou no bolso interno do seu paletó; e então, com muito cuidado, colocou as cópias que fez no lugar dos originais. Ele não tinha um plano muito claro em mente ao fazer isso,

---

[37] Nome dado aos habitantes do *East End* de Londres. Antigamente, denominava uma grande área suburbana. (N.T.)

exceto que odiava a ideia de se separar completamente do segredo. Por um longo tempo refletiu profundamente, balançando com a cabeça. Então apagou a luz, foi para a cama novamente e tentou dormir.

6

O *hochgeboren*[38] Graf von Winterfeld também dormiu apenas algumas horas naquela noite, mas ele era uma daquelas pessoas que precisavam de pouco tempo de sono, e resolviam problemas de xadrez na mente para passar o tempo; e naquela noite ele tinha um problema particularmente difícil para solucionar.

Foi até Bert enquanto ele ainda estava na cama, com o brilho do sol refletido no mar do Norte abaixo, consumindo os pães e o café que um soldado tinha trazido. Von Winterfeld carregava um portfólio embaixo do braço e, na luz límpida do início da manhã, seu cabelo cinza encardido e seus óculos grossos com armação prateada faziam com que parecesse quase benevolente. Falava inglês fluentemente, mas com um sotaque alemão muito forte. Ele era particularmente ruim com a pronúncia do "bê" e do "th", que se suavizava na direção de "z'ds" mais fracos. Chamava Bert explosivamente de "Pooterage", começou com algumas civilidades indistintas, curvou-se, pegou uma mesa e uma cadeira dobráveis atrás da porta, colocou a primeira entre ele e Bert, sentou-se, pigarreou e abriu seu portfólio. Então, pôs os cotovelos na mesa, apertou o lábio inferior com os dois indicadores e observou Bert desconcertantemente com olhos arregalados.

– O senhor chegou até nós, Herr Pooterage, contra sua vontade – ele disse, finalmente.

– Como descobriu isso? – perguntou Bert, após uma pausa de espanto.

– Pelos mapas em seu cesto. Eram todos ingleses. E suas provisões. Eram todas de piquenique. Além disso, seus cordões estavam enrolados.

---

[38] Nobre, ou bem-nascido. (N.T.)

O senhor estava puxando, mas não funcionou. Não conseguiu controlar o balão. Outro poder que não o seu o trouxe até nós. Não foi isso?

Bert ficou pensando.

– Além disso, onde está a dama?

– Ora! Que dama?

– O senhor saiu com uma dama. Isso é evidente. O senhor saiu para uma excursão vespertina, um piquenique. Um homem com seu temperamento levaria uma dama. Ela não estava no balão quando o senhor desceu em Dronhof. Não! Só o seu casaco. Sei que esse é um assunto pessoal. Mas, mesmo assim, estou curioso.

Bert refletiu.

– Como sabe disso?

– Soube pela natureza de suas diferentes provisões. Mas não consigo saber, senhor Pooterage, sobre a dama, o que fez com ela. Nem posso dizer por que estava usando sandálias, nem por que veste essas roupas azuis baratas. Tudo isso está além das minhas instruções. Coisas triviais, talvez. Oficialmente, devem ser ignoradas. Damas vêm e vão, eu sou um homem vivido. Conheci homens sábios que calçavam sandálias e até mesmo que tinham hábitos vegetarianos. Conheci homens, ou pelo menos químicos, que não fumavam. O senhor, sem dúvida, desceu com a dama em algum lugar. Bem. Falemos de… negócios. Um poder maior – sua voz mudou de tom emocional, seus olhos arregalados pareceram dilatar – trouxe o senhor e seu segredo diretamente até nós. Então! – ele curvou a cabeça –, que assim seja. É o destino da Alemanha e do meu príncipe. Pelo que sei, o senhor sempre carrega esse segredo. Tem medo de ladrões e espiões. Então ele vem com o senhor, para nós. Senhor Pooterage, a Alemanha vai comprá-lo.

– Ela vai?

– Vai – disse o secretário, encarando as sandálias de Bert, abandonadas no canto do compartimento.

Ele se levantou, consultou um papel de anotações por um instante, e Bert olhou seu rosto moreno e enrugado com expectativa e horror.

– A Alemanha, fui instruído a dizer – disse o secretário, com o olhar fixo na mesa e nas anotações espalhadas –, sempre esteve disposta a comprar o seu segredo. Na verdade, estávamos ansiosos para adquiri-lo, muito ansiosos; e somente o medo de que o senhor estivesse, por motivos patrióticos, agindo junto ao Departamento de Guerra Britânico fez com que nós fôssemos discretos em mostrar interesse em sua maravilhosa invenção por meio de intermediários. Agora, não temos hesitação alguma. Fui instruído a concordar com sua proposta de cem mil libras.

– Caramba! – disse Bert, perplexo.

– Como?

– Foi só uma pontada – disse Bert, levando uma mão à cabeça enfaixada.

– Ah! Também fui instruído a dizer que, a respeito daquela dama nobre e acusada injustamente, a quem o senhor defendeu tão corajosamente contra a hipocrisia e a frieza britânicas, que toda a Cavalaria da Alemanha está do lado dela.

– Dama? – disse Bert suavemente, e então ele se lembrou do grande romance de Butteridge.

Será que esse homem também tinha lido as cartas? Devia achar que ele era um garanhão, se tivesse lido.

– Ah, está tudo bem – disse ele – quanto a ela. Eu não tinha dúvidas quanto a isso. Eu…

Ele parou. O secretário certamente o observava da forma mais apavorante. Pareceu passar muito tempo até que ele olhasse para baixo novamente.

– Bem, a dama, como o senhor preferir. Ela é assunto do senhor. Eu cumpri minhas instruções. E o título de barão também pode lhe ser dado. Tudo pode ser feito, *Herr* Pooterage.

Ele tamborilou os dedos na mesa por um instante e prosseguiu.

– Devo dizer, senhor, que chegou aqui no meio de uma crise em… *Welt-Politik*. Não há risco agora de mostrar nossos planos. Antes que saia desta nave novamente, eles estarão muito claros para o mundo inteiro. A guerra, talvez, já tenha sido declarada. Estamos indo… para a América.

Nossa frota descerá do ar sobre a América; é um país que está bastante despreparado para a guerra por todo o seu território. Eles sempre confiaram no Atlântico. E na Marinha deles. Escolhemos determinado lugar, no momento é segredo dos nossos comandantes, que vamos tomar e lá montaremos um entreposto, como um Estreito de Gibraltar no continente. Será... O que será?... Será como um ninho de águia. Ali nossos dirigíveis vão ser consertados e reabastecidos, e dali eles vão voar sobre a América do Norte, para aterrorizar cidades, dominar Washington, embargar o que for necessário, até os termos que ditarmos serem aceitos. O senhor entende?

– Prossiga – pediu Bert.

– Poderíamos fazer tudo isso com os *Luftschiffe*[39] e *Drachenflieger* que já temos, mas o acréscimo da sua máquina deixa nosso projeto completo. Não só nos dará um *Drachenflieger* melhor, mas também remove nossa última preocupação quanto à Grã-Bretanha. Sem o senhor, a Grã-Bretanha, a terra que o senhor tanto amou e que retribuiu tão mal, aquela terra de fariseus e répteis, não tem o que fazer! Nada! Veja, sou completamente franco com o senhor. Bem, fui instruído de que a Alemanha reconhece tudo isso. Queremos que o senhor fique à nossa disposição. Queremos que se torne nosso diretor-chefe de engenharia de voo. Queremos que o senhor produza, queremos equipar um enxame de vespas com suas instruções. Queremos que o senhor dirija essa força. E é em nosso entreposto americano que queremos que o senhor esteja. Então oferecemos simplesmente, e sem pechinchar, exatamente o que o senhor exigiu semanas atrás: cem mil libras, em dinheiro, um salário de três mil libras por ano, uma pensão de mil libras ao ano e o título de barão que o senhor desejava. Essas são minhas instruções.

Ele voltou a observar o rosto de Bert.

– Isso é bom, claro – disse Bert, um pouco sem fôlego, mas aparentando serenidade. Parecia-lhe que aquele era o momento de apresentar os estratagemas planejados na madrugada.

---

[39] Dirigíveis. (N.T.)

O secretário contemplava o colarinho de Bert com muita atenção. Só por um instante seu olhar se moveu para as sandálias e logo voltou.

– Deixe-me pensar um instante – pediu Bert, sentindo-se fraco sob aquele olhar. – Veja bem! – exclamou ele finalmente, com um ar de profunda franqueza. – Eu tenho o segredo.

– Sim.

– Mas não quero que o nome Butteridge apareça, sabe? Estive pensando sobre isso.

– Um pouco de modéstia?

– Exatamente. Vocês compram o segredo, pelo menos eu o entrego a vocês, como um portador, entende? – Sua voz falhou um pouco e o olhar continuou. – Quero fazer todo o acordo anonimamente, entende?

Ainda o encarava. Bert continuou como um nadador apanhado pela correnteza.

– O fato é: eu vou adotar o nome de Smallways. Não quero o título de barão; mudei de ideia. E quero o dinheiro de forma escondida. Quero que as cem mil libras sejam pagas nos bancos: trinta mil no banco London and County, na filial de Bun Hill, em Kent, assim que eu entregar os projetos; vinte mil no Banco da Inglaterra; metade do restante em um bom banco francês e a outra metade no Banco Nacional da Alemanha, certo? Quero o dinheiro colocado lá, imediatamente. Não quero que coloquem no nome de Butteridge. Quero que coloquem no nome de Albert Peter Smallways; esse é o nome que eu vou adotar. Essa é a condição número um.

– Prossiga! – disse o secretário.

– A condição seguinte – continuou Bert – é que vocês não façam nenhuma pergunta quanto ao título. Quero dizer aquilo que os cavalheiros ingleses fazem quando vendem ou alugam terra para vocês. Vocês não podem perguntar como eu consegui isso. Entendeu? Aqui estou eu... Eu entrego a mercadoria... E está tudo certo. Algumas pessoas vão ter a cara de pau de dizer que a invenção não é minha, entende? Ela é, sabe... ISSO é verdade; mas não quero que se discuta isso. Quero um acordo completamente justo dizendo que está tudo certo. Entendeu?

O seu "entendeu?" desapareceu em um silêncio profundo.

O secretário finalmente deu um suspiro, recostou-se na cadeira, tirou um palito de dentes de algum lugar e começou a palitar seus dentes, para ajudá-lo em sua reflexão sobre o caso de Bert.

– Qual era o nome? – ele perguntou finalmente, colocando o palito de dentes de lado. – Preciso anotá-lo.

– Albert Peter Smallways – respondeu Bert, em um tom brando.

O secretário anotou, depois de alguma dificuldade quanto à grafia do nome devido à diferença dos sons das letras nos dois idiomas.

– E agora, senhor Smallways – ele disse enfim, recostando-se e continuando a encará-lo –, conte-me: como pegou o balão de *Herr* Pooterage?

7

Quando finalmente Graf von Winterfeld deixou Bert Smallways, ele se sentia aliviado, com sua breve história toda contada.

Ele tinha, como as pessoas dizem, sido completamente sincero. Tinha sido compelido a dar os detalhes. Tinha explicado o terno azul, as sandálias, os Dervixes do Deserto... Tudo. Por um tempo, o rigor científico consumiu o secretário e a questão dos projetos ficou suspensa. Ele até especulou sobre os ocupantes anteriores do balão.

– Imagino que a dama fosse a dama – refletiu ele. – Mas isso não é assunto nosso.

– É muito curioso e divertido, sim; mas receio que o príncipe possa ficar irritado. Ele agiu com sua determinação de sempre; ele sempre age com uma determinação incrível. Como Napoleão. Assim que soube da sua descida no campo em Dornhof, disse: "Tragam-no! Tragam-no! É a minha estrela! Minha estrela do destino!" Entende? Ele ficará contrariado. Ele determinou que você viesse como *Herr* Pooterage e você não o fez. Você tentou, é claro; mas foi uma tentativa muito medíocre. Seus julgamentos sobre os homens são muito justos e corretos, e é melhor que os homens ajam de acordo. Principalmente agora. Particularmente agora.

Ele continuou com aquela atitude de comprimir seu lábio inferior entre os indicadores. Ele falou quase confidencialmente.

– Será embaraçoso. Tentei insinuar alguma dúvida, mas fui posto de lado. O príncipe não ouve. Ele fica impaciente quando está em altitudes elevadas. Talvez ele pense que sua estrela estivesse fazendo-o de bobo. Talvez ele pense que *eu* estivesse fazendo-o de bobo.

Dito isso, franziu a testa e repuxou os cantos da boca.

– Eu tenho os projetos – disse Bert.

– Sim, sim. Mas, veja, o príncipe estava interessado em *Herr* Pooterage por seu lado romântico. *Herr* Pooterage estava muito mais… Ah!, nos planos. Receio que você não consiga controlar o departamento das máquinas voadoras do nosso parque aéreo como ele desejava que você fizesse. Ele tinha prometido a si mesmo que… E também existe o prestígio, o prestígio mundial de Pooterage conosco… Bem, vamos ver o que podemos fazer. – Ele estendeu a mão. – Entregue-me os projetos.

Um calafrio terrível percorreu todo o corpo de Bert. Até o fim da vida ele não saberia dizer se chorou ou não, mas certamente havia um choramingo em sua voz.

– Ora! – protestou ele. – Eu não vou ganhar algo por eles?

O secretário olhou para ele com olhos benevolentes.

– Você não merece coisa alguma! – ele disse.

– Eu devia tê-los rasgado.

– Eles não são seus!

– Eles não eram de Butteridge!

– Não há a necessidade de pagar coisa alguma.

Bert parecia decidido a tomar decisões desesperadas.

– Céus! – ele disse, segurando seu casaco. – Não mesmo?

– Fique calmo – tranquilizou o secretário. – Ouça! Você vai receber quinhentas libras. Você tem a minha palavra. Farei isso por você, e é tudo o que posso fazer. Acredite em mim. Dê-me o nome daquele banco. Anote-o. Então! Eu lhe digo que o príncipe não está para brincadeira. Não acho que ele aprovou sua aparição na noite passada. Não! Não posso responder por ele. Ele queria Pooterage, e você estragou tudo. O príncipe... Eu não entendo muito bem, ele está em um estado estranho. É a empolgação da partida e esse grande voo no céu. Não posso responder pelo que ele faz. Mas, se tudo sair bem, eu vou garantir... Você terá quinhentas libras. É o suficiente? Então me entregue os projetos.

– Miserável! – resmungou Bert, quando a porta se fechou. – Céus! Que miserável! Tratante!

Bert sentou-se na cadeira dobrável e assobiou sem fazer barulho por um tempo.

– Ele ia ver só se eu tivesse rasgado tudo! Eu podia ter rasgado.

Esfregou a ponta do seu nariz, pensativo.

– Eu entreguei tudo. Se eu tivesse ficado calado sobre ser anônimo... Céus! Você se adiantou demais, velho Bert. Se precipitou demais. Demais e antes da hora. Eu gostaria de poder me dar um chute.

Suspirou fundo.

– Mas eu não conseguiria manter essa mentira. No fim das contas, não foi tão ruim assim – decidiu. – Afinal, quinhentas libras... O segredo nem é meu. Foi só uma entrega que eu fiz. Quinhentas... Mas... agora me pergunto quanto custa para voltar da América para casa?

8

Mais tarde, naquele mesmo dia, um Bert Smallways extremamente despedaçado e consternado foi colocado na presença do príncipe Karl Albert.

Todo o processo foi em alemão. O príncipe tinha sua própria câmara, o último cômodo da aeronave, um apartamento encantador, mobiliado com vime e dotado de uma longa janela por toda a sua extensão, que dava para a parte dianteira da aeronave. Ele se sentava a uma mesa dobrável de baeta verde, com Von Winterfeld e dois oficiais sentados ao seu lado. Colocados à sua frente estavam vários mapas da América e as cartas do senhor Butteridge, seu portfólio e vários papéis soltos. Bert não foi convidado a se sentar e permaneceu de pé durante a entrevista. Von Winterfeld contou a história dele, e de vez em quando as palavras Ballon e Pooterage atingiam os ouvidos de Bert. O rosto do príncipe continuou sério e hostil e os dois oficiais às vezes o observavam cuidadosamente, outras o olhavam de relance. Havia algo levemente estranho na observação cuidadosa que eles faziam do príncipe: uma curiosidade, uma apreensão. Então Bert teve uma ideia logo em seguida e eles começaram a discutir os projetos. O príncipe perguntou abruptamente a Bert, em inglês.

– Você viu alguma vez essa coisa voando?

Bert deu um salto.

– Eu vi lá de Bun Hill, Vossa Alteza.

Von Winterfeld explicou algo.

– Qual era a velocidade?

– Não saberia dizer, Vossa Alteza. Os jornais, pelo menos o *Daily Courier*, disseram que chegou a 130 quilômetros por hora.

Eles conversaram em alemão por um tempo.

– Ela ficava parada? No ar? É isso que quero saber.

– Ela pairava, Vossa Alteza, como uma vespa – respondeu Bert.

– *Viel besser, nicht wahr?*[40] – disse o príncipe para Von Winterfeld, e então continuou em alemão por mais alguns minutos.

Em pouco tempo eles terminaram, e os dois oficiais olharam para Bert. Um deles tocou um sino, e o portfólio foi entregue a um criado que o levou embora.

Eles então voltaram ao caso de Bert, e era evidente que o príncipe estava inclinado a ser duro com o falso inventor. Von Winterfeld protestou. Aparentemente entraram considerações teológicas, pois houve várias menções a "*Gott!*"[41] Algumas conclusões surgiram e foi aparente que Von Winterfeld foi instruído a transmiti-las a Bert.

– Senhor Smallways, o senhor conseguiu entrar nesse dirigível – ele disse – por mentir sem pudor e sistematicamente.

---

[40] Muito melhor, não é? (N.T.)
[41] Deus. (N.T.)

– De forma alguma sistemática – disse Bert. – Eu...

O príncipe o silenciou com um gesto.

– E está no poder de Sua Alteza eliminá-lo como um espião.

– Ei! Eu vim para vender...

– Ssh! – disse um dos oficiais.

– Entretanto, levando em consideração a feliz coincidência que transformou você no instrumento de *Gott* para que essa máquina voadora de Pooterage chegasse às mãos de Sua Alteza, você foi poupado. Sim... Você foi o mensageiro de boas notícias. Você poderá ficar nessa nave até que seja conveniente nos livrarmos de você, entendeu?

– Vamos levá-lo – disse o príncipe, e acrescentou com um olhar terrível –, *als Ballast.*

– Você será usado como balastro – traduziu Winterfeld. – Você entendeu?

Bert abriu a boca para perguntar sobre as quinhentas libras, e um lampejo salvador de sabedoria o silenciou. Ele encontrou o olhar de Von Winterfeld e pareceu-lhe que o secretário acenou levemente com a cabeça.

– Vá! – disse o príncipe, com um exagerado gesto de braço e mão em direção à porta. Bert saiu como uma folha levada pela ventania.

9

No intervalo entre a conversa com Graf von Winterfeld e a apavorante conferência com o príncipe, Bert tinha explorado o *Vaterland* de uma ponta à outra. Ele achou-a interessante, apesar de suas sérias preocupações. Kurt, assim como a maior parte dos homens na frota aérea alemã, sabia muito pouco sobre aeronáutica antes de ser nomeado para a nova aeronave. Mas ele estava extremamente entusiasmado com essa nova arma incrível que a Alemanha adotara tão repentina e dramaticamente. Ele mostrou coisas a Bert com um anseio e apreço quase infantis. Era como se estivesse mostrando-as novamente para si mesmo, como uma criança exibindo um brinquedo novo.

– Vamos andar por toda a aeronave – disse o tenente, com empolgação.

Kurt mostrou particularmente a leveza de tudo, o uso da tubulação de alumínio desgastado, de almofadas elásticas infladas com hidrogênio comprimido; as divisórias eram sacos de hidrogênio cobertas com uma imitação de couro leve, os próprios pratos eram de *biscuit* leve vitrificados em um vácuo e pesavam quase nada. A força só era necessária na nova liga Charlottenburg, como era chamado o aço alemão, o metal mais duro e resistente do mundo.

Não faltava espaço. O espaço não era um problema, desde que a carga não aumentasse. A parte habitável da nave media setenta metros de comprimento, e os cômodos tinham dois níveis; acima deles, podia-se ir para uma das incríveis pequenas torres de metal branco com grandes janelas e portas duplas herméticas que permitiam a inspeção da a enorme cavidade das câmaras de gás. A vista interna deixou Bert muitíssimo impressionado. Ele jamais tinha percebido que um dirigível não era simplesmente um saco de gás contínuo que não continha nada além disso. Agora via muito acima dele a espinha dorsal do aparato e suas grandes costelas, "como os sistemas hemal e neural", disse Kurt, que tinha estudado um pouco de biologia.

– Certamente! – respondeu Bert, apreciativo, apesar de não ter nem uma vaga ideia do que aquelas palavras significavam.

Pequenas luzes elétricas podiam ser ligadas lá em cima se algo desse errado durante a noite. Havia até escadas pelo espaço.

– Mas você não pode entrar no gás – protestou Bert. – Você não pode respirá-lo.

O tenente abriu a porta de um armário e mostrou uma roupa própria para mergulho, só que feita de seda oleada, e tanto sua mochila de ar comprimido quanto seu capacete eram de uma liga de alumínio e algum metal leve.

– Podemos andar por dentro de toda a malha e consertar os buracos de bala ou vazamentos – explicou ele. – Tem uma malha por dentro e por fora. A parte externa é toda feita de escadas de corda, por assim dizer.

À popa da parte habitável da aeronave estava o depósito de explosivos e munição, chegando quase à metade do seu comprimento. Havía bombas de todos os tipos, a maioria em vidro: nenhuma das aeronaves alemãs carregava qualquer tipo de arma de fogo, com exceção de compactos dispositivos que disparavam balas dundum (para usar o antigo apelido inglês que vinha da Guerra dos Bôeres), que ficavam no final da galeria, protegidos em um compartimento blindado, bem no coração da águia.

Desse arsenal no meio da nave, uma tela protetora cobria a galeria com tramas de alumínio em seu assoalho, além de uma corda, que corria por baixo da câmara de gás até a sala das máquinas, no limite da cauda. Mas Bert optou por não seguir a corda, de modo que não chegou a conhecer os propulsores. Subiu uma escada que ficava próxima a um duto de ventilação – ela era encerrada por um tipo de proteção contra fogo provocado por gás – e correu pela grande entrada da câmara de ar até a pequena e isolada galeria com instrumentos de comunicação, que abrigava as leves armas dundum de aço alemão e suas munições. Essa galeria era inteiramente feita de uma liga de magnésio e alumínio na estreita parte dianteira da aeronave, que inchava como um penhasco para cima e para baixo. A águia negra que abria as asas se espalhava esmagadora e gigantesca, as extremidades escondidas pela protuberância da armazenagem central de gás.

Distante das águias que voavam estava a Inglaterra, quatro mil pés abaixo, parecendo minúscula e indefesa com os raios de sol da manhã.

Ao perceber que o território sobrevoado era a Inglaterra, Bert teve súbitos e inesperados remorsos patrióticos. No fim das contas, ele poderia ter rasgado os projetos e jogado fora. Aquela gente não poderia fazer nada de muito grave com ele. E se tivessem feito, um inglês não deveria morrer pelo seu país? Foi uma ideia até aquele momento suavizada pelas preocupações de uma civilização competitiva. Bert sentiu-se violentamente deprimido. Ele deveria ter visto as coisas dessa forma, antes. Por que não vira sob esse viés?

Isso não fazia dele um tipo de traidor?...

H. G. Wells

Imaginava como a frota aérea pareceria lá de baixo. Tremenda, sem dúvida, e diminuindo todos os prédios.

Estavam passando entre Manchester e Liverpool, dissera Kurt. A margem brilhante que atravessava a perspectiva era o canal navegável, uma vala alagada para a navegação mais afastada para o estuário Mersey. Bert era um sulista; ele nunca estivera no norte dos condados do centro, e a aglomeração de fábricas e chaminés – as últimas, em sua maioria, obsoletas e sem fumaça agora, substituídas pelas imensas estações geradoras de energia que consumiam seus próprios vapores –, antigos viadutos ferroviários, as densas malhas de monotrilhos e pátios de cargas, e as vastas áreas povoadas por casas sombrias, ligadas por ruas estreitas que se alastravam a esmo atingiram Bert em cheio, como se Camberwell e Rotherhithe já não fossem bom lugares para viver. Aqui e ali, como se pegos em alguma rede, estavam os campos e os fragmentos de agricultura. Era uma dispersão populacional indistinta. Havia, sem dúvida, museus e prefeituras e até mesmo catedrais de algum tipo para demarcar centros teóricos de organização municipal e religiosa nessa confusão, mas Bert não conseguia vê-los, eles não se destacavam em toda aquela ampla visão desordenada abarrotada de casas de trabalhadores e lugares para trabalhar, e lojas e capelas e igrejas malconcebidas. E por toda essa paisagem de uma civilização industrial arrastavam-se as sombras das aeronaves alemãs, como um rápido e veloz cardume...

Kurt e ele começaram a falar longamente sobre táticas aéreas e logo depois foram até a galeria inferior, para que Bert pudesse ver o *Drachenflieger* que as aeronaves tinham trazido durante a noite e que estavam pousados; cada dirigível rebocava três ou quatro exemplares daquela pequena máquina. Pareciam grandes pipas de forma estranha, voando da ponta de cordões invisíveis. Eles tinham longas cabeças quadradas e caudas achatadas, com propulsores laterais.

– Precisa-se de muita habilidade para com elas! Muita habilidade!

– Certamente!

Pausa.

– Sua máquina é diferente dessas, senhor Butteridge?

– Bem diferente – respondeu Bert. – Parece mais um inseto e menos um pássaro. E zumbe e não se move da mesma forma. O que essas coisas podem fazer?

Kurt não estava muito seguro a respeito do tópico levantado. Enquanto explicava a Bert o funcionamento da máquina, ele foi convocado para a conferência com o príncipe, que já relatamos.

E depois que ela terminou, os últimos traços de Butteridge caíram de Bert como uma roupa, e ele se tornou Smallways para todos a bordo. Os soldados pararam de saudá-lo, e os oficiais deixaram de notar sua presença, exceto o tenente Kurt. Bert foi expulso da sua boa cabine e mandado, junto com seus pertences, para dividir a cabine do tenente Kurt, que tinha sorte de ser um aprendiz, e o oficial cabeça de pássaro, que ainda praguejava constantemente, conseguiu reaver seu antigo alojamento, trazendo de volta os amoladores de navalhas, fôrmas de bota e escovas de cabelo leves e espelhos e pomada. Bert foi colocado com Kurt porque não havia outro lugar onde ele pudesse descansar sua cabeça enfaixada naquela embarcação tão cheia. Ele deveria fazer suas refeições, foi-lhe dito, junto com os homens.

Kurt veio até ele, e ficou de pé, com as pernas bem separadas, e observou-o por um momento, enquanto ele estava sentado, abatido, em seus novos aposentos.

– Qual é seu nome verdadeiro, então? – perguntou Kurt, que tinha sido informado imperfeitamente sobre a situação.

– Smallways.

– Achei mesmo que você fosse uma fraude, mesmo quando ainda achava que fosse Butteridge. Você tem sorte demais que o príncipe aceitou isso com calma. O pavio dele é curto quando está bravo. Não pensaria nem por um momento antes de jogar lá embaixo alguém da sua laia se assim decidisse. Não! Mas empurraram você para mim, só que essa é a minha cabine, você sabe.

– Não vou esquecer – disse Bert.

Kurt saiu, e quando Bert decidiu olhar à sua volta a primeira coisa que viu colada na parede estofada foi uma reprodução do grande quadro de Siegfried Schmalz, *O Deus da Guerra*, aquela figura terrível que passava por cima de todos, com o capacete *viking* e a capa escarlate, andando pela destruição, espada empunhada, que tinha uma semelhança tão forte com Karl Albert, o príncipe a quem a pintura fora feita para agradar.

A BATALHA DO ATLÂNTICO NORTE

1

O príncipe Karl Albert tinha deixado uma impressão profunda em Bert. Era de longe a pessoa mais aterrorizante que já encontrara. Ele encheu a alma de Smallways com um pavor e uma antipatia inomináveis. Por um longo tempo, Bert ficou sentado sozinho na cabine de Kurt, fazendo nada e nem mesmo se atrevendo a abrir a porta para não se aproximar nem um pouco da presença temível do príncipe.

Por isso, ele era provavelmente a última pessoa a bordo a ouvir a notícia trazida pelo telégrafo sem fio da aeronave. Era uma história feita de fragmentos a respeito de uma grande batalha que se desenrolava no meio do Atlântico. Isso ele soube por Kurt.

Kurt, aparentemente, pretendia ignorar Bert, mas, apesar dessa resolução, conversava consigo mesmo em inglês. "Estupendo!", Bert o ouviu dizer.

–Você aí! – disse Kurt. – Saia de cima desse armário.

O tenente então pegou dali dois livros e uma pasta com mapas, espalhou-os na mesa dobrável e ficou de pé, observando-os. Por um tempo, sua disciplina alemã lutou contra sua informalidade inglesa e sua gentileza e tagarelice naturais, e por fim perdeu.

– Eles começaram, Smallways – falou.

– Começaram o quê, senhor? – disse Bert, submisso e respeitoso.

– A lutar! O esquadrão americano do Atlântico Norte e basicamente toda a nossa frota. Nosso *Eiserne Kreuz* levou uma surra e está afundando, e o *Miles Standish*, um dos maiores deles, afundou com todos dentro. Imagino que tenham sido torpedos. Era um navio maior que o *Karl der Grosse*, mas cinco ou seis anos mais antigo. Deuses! Eu queria poder ter visto, Smallways; uma luta plena na água azul, com todas as armas ou nada, todos eles a todo vapor.

Abrindo os mapas, começou a falar sobre a situação naval, o que para Bert pareceu uma palestra.

– Aqui está – mostrou o tenente. – Latitude trinta graus, e cinquenta minutos ao Norte, longitude trinta graus e cinquenta minutos a Oeste. Está a quase um dia de distância de nós, de qualquer forma, e estão indo em direção sudoeste pelo Sul a toda velocidade, do jeito que podem. Não veremos nem um pedacinho da batalha, azar o nosso! Não vamos sentir nem o cheiro!

2

A situação naval no Atlântico Norte naquele momento era bastante peculiar. A América do Norte era, de longe, a potência mais forte dos dois países no mar, mas a maior parte da frota americana ainda estava no Pacífico. Era na direção da Ásia que eles mais temiam uma guerra, já que a situação entre asiáticos e brancos tinha se tornado violenta e perigosa de forma incomum, e o governo japonês tinha se mostrado bastante difícil, de forma inédita. O ataque alemão, portanto, encontrou metade da força americana em Manila, e a que era chamada de Segunda Frota ficou espalhada pelo Pacífico em contato via telégrafo sem fio entre a estação asiática e São Francisco. O esquadrão do Atlântico Norte era a única força americana em sua margem ocidental. Retornava de uma visita amistosa à França e à Espanha e estava em processo de reabastecimento no meio do Atlântico – já que a maioria de seus navios era a vapor –, quando a situação internacional se tornou irreversivelmente ruim. Essa armada consistia em quatro encouraçados e cinco cruzadores blindados, da mesma categoria daqueles, todos fabricados antes de 1913. Os americanos estavam tão acostumados à ideia de que a Grã-Bretanha sempre seria um potencial e confiável aliado, o que manteria certa paz no Atlântico, que um ataque vindo da costa leste pegou-os completa e inimaginavelmente desprevenidos. Mas muito antes da declaração de guerra, ocorrida na segunda-feira de Pentecostes, toda a frota alemã que congregava dezoito encouraçados, uma flotilha de reabastecimento, além de transatlânticos convertidos em cargueiros destinados ao transporte de suprimentos para apoiar a armada aérea, já havia ultrapassado o estreito de Dover e rumava a toda velocidade em direção a Nova Iorque. Não só havia mais encouraçados alemães do que americanos na proporção de dois para um, como eles também tinham mais armas e uma construção mais moderna; ao menos sete deles tinham engenhos altamente explosivos, construídos com aço Charlottenburg, e todos eles carregavam armas forjadas do mesmo material.

As frotas se encontraram na quarta-feira, antes de qualquer declaração de guerra. Os americanos tinham se postado dentro dos ditames modernos da guerra naval a uma distância de cerca de trinta milhas, dando o máximo de seus motores para se posicionar entre os alemães e os estados da costa leste, mas tendo como foco o Panamá, porque embora fosse vital a defesa das cidades costeiras de seu território, notadamente de Nova Iorque, era ainda mais vital salvar o canal de qualquer ataque que pudesse evitar o retorno da frota principal, ainda no Pácífico. Sem dúvida, disse Kurt, a frota americana estava agora quebrando todos os recordes na travessia daquele oceano, "a não ser que os japoneses tenham tido a mesma ideia que os alemães". Obviamente estava além da possibilidade humana que a frota americana do Atlântico Norte tivesse esperanças de combater e enfrentar a alemã; mas, por outro lado, com sorte, ela poderia lutar e atrasar o inimigo, causando danos suficientes para enfraquecer o ataque contra as defesas costeiras. O dever dela, portanto, não era a vitória, mas o sacrifício, uma das tarefas mais difíceis do mundo. Enquanto isso, as defesas submarinas de Nova Iorque, do Panamá e de outros pontos mais vitais poderiam se organizar de alguma forma.

Essa era a situação naval, e até a quarta-feira da semana de Pentecostes era a única que os americanos conheciam. Foi então que eles ouviram pela primeira vez sobre a escala real do parque aeronáutico de Dornhof e a possibilidade de um ataque vindo não só pelo mar, como também pelo ar. Mas é curioso o quanto os jornais da época estavam desacreditados, pois uma grande maioria dos nova-iorquinos, por exemplo, não acreditou na descrição mais copiosa e circunstancial da frota aérea alemã, até que ela realmente pudesse ser vista de Nova Iorque.

Metade da conversa de Kurt foi um solilóquio. Ele estava com um mapa aberto com a projeção de Mercator em sua frente, balançando-se com o movimento da nave e falando sobre armas e tonelagem, de navios e sua construção e potência e velocidade, de pontos estratégicos e bases operacionais. Uma certa timidez que o reduzira a um estado de ouvinte na mesa dos oficiais não o silenciava mais.

Bert estava por perto, falando muito pouco, mas observando o dedo de Kurt no mapa.

– Eles têm dito essas coisas nos jornais faz bastante tempo – o tenente observou. – Imagine só... Isso se tornando realidade!

Kurt tinha um conhecimento detalhado sobre *Miles Standish*.

– Ele sempre foi um navio de artilharia de primeira classe, detinha o recorde. Fico imaginando como acabamos com ele. Será que usamos a artilharia? Como será que foi? Gostaria de ter visto isso. Fico pensando quais de nossos navios o derrotou. Talvez tenha sido atingido por um petardo bem na sala de máquinas. Nossa, deve ter sido uma grande luta! Eu me pergunto o que o *Barbarossa* está fazendo – continuou o tenente.

– O *Barbarossa* é meu antigo navio. Não é de primeira linha, mas é muito bom. Aposto que acertaria uns bons disparos se o velho *Schneider* estivesse em forma. Imagine só! Os barcos se atacando furiosamente, grandes canhões funcionando sem parar, petardos e bombas explodindo, salas de armas indo pelos ares, pedaços de metal voando como folhas em uma tempestade. Tudo com o que nós sonhamos por anos! Imagino que voaremos direto para Nova Iorque, assim como quem não quer nada. Acho que vamos descobrir que não somos procurados lá. Não é nada além de um "voo de cobertura" para nós. Todos esses navios de abastecimento e de carga estão indo para o sudoeste pelo oeste para Nova Iorque para criarem um entreposto flutuante para nós. Entendeu? – Ele pôs o dedo indicador no mapa. – Estamos aqui. Nossos depósitos vão por aqui, nossos encouraçados em franca batalha com os americanos mais para cá.

Quando Bert desceu até o refeitório da tripulação para pegar sua ração noturna, quase ninguém o notou, exceto quando alguém o apontava brevemente. Todos estavam conversando sobre a batalha, sugerindo, contradizendo; algumas vezes, a conversa se elevava a uma grande algazarra, até os suboficiais os silenciarem. Havia um boletim novo, mas o que estava escrito ele não conseguia dizer, exceto que era sobre o *Barbarossa*. Alguns dos homens o encararam, e ele ouviu o nome "Booteraidge" várias vezes; mas ninguém o provocou, e não houve nenhuma dificuldade quanto à sopa e ao pão quando chegou sua vez no fim da fila. Receou não terem ração para ele, e se isso tivesse acontecido, não sabia o que teria feito.

Depois disso, Bert se aventurou pela pequena galeria suspensa junto da sentinela solitária. O tempo ainda estava bom, mas o vento aumentava, assim como o balanço da aeronave. Ele agarrou a barra de proteção com força e sentiu vertigem. Eles agora não estavam mais à vista de nenhuma terra e passavam sobre a água azul subindo e descendo em massas enormes. Um velho e sujo bergantim com a bandeira britânica atravessava as grandes ondas azuladas seguindo o mesmo balanço: o único navio à vista.

3

À noite, o vento começou a soprar com mais força, fazendo a aeronave se movimentar como um golfinho a cruzar os céus. Kurt havia dito que vários dos homens estavam com enjoo, mas o movimento não incomodava Bert, cuja sorte era ter aquela misteriosa disposição gástrica que faz um bom marinheiro. Ele dormiu bem, mas durante a madrugada a luz o acordou, e ele viu Kurt tateando pelo quarto em busca de algo. Ele encontrou finalmente o que procurava no armário e segurou em sua mão sem muito equilíbrio: uma bússola. Então a comparou com seu mapa.

– Nós mudamos a direção da nossa rota – refletiu em voz alta. – Para acompanhar o vento. Não tinha percebido isso antes. Nós demos as costas para Nova Iorque e seguimos para o Sul. É quase como se fôssemos... – Ele continuou falando sozinho por algum tempo.

O dia chegou úmido e com ventos fortes. A janela estava com gotas de orvalho pelo lado de fora, de modo que não conseguiam ver nada através dela. Estava muito frio também, e Bert decidiu continuar enrolado nos cobertores em seu compartimento até a corneta o convocar para a ração matinal. Depois de comer, ele saiu para a pequena galeria, mas não conseguia ver nada a não ser nuvens de redemoinho passando rapidamente, e os contornos imprecisos dos dirigíveis mais próximos. Somente em raros intervalos conseguia ter um vislumbre do mar cinzento através das nuvens que passavam.

Mais tarde naquela manhã, o *Vaterland* mudou de altitude, e subitamente estava voando em céu limpo, chegando, segundo Kurt disse, a uma altura de quase treze mil pés.

Bert estava em sua cabine e teve a sorte de ver o orvalho sumir da janela e ser substituído pela luz do sol do lado de fora. Ele olhou pela janela e viu mais uma vez aquele solo de nuvens iluminado pelo sol, que tinha visto pela primeira vez do balão, e as aeronaves da frota aérea alemã surgindo uma por uma do branco, como peixes emergindo de águas profundas e ficando visíveis. Ele ficou admirando por um momento e então saiu correndo para a pequena galeria para ver melhor aquela maravilha. Abaixo dele o chão de nuvens era uma deriva tempestuosa, com ventos fortíssimos soprando na direção nordeste. A porção de céu próxima à aeronave de Bert era clara, gélida, serena, com exceção de uma brisa suave, que trazia alguns poucos flocos de neve, quase sem vento. Tum, tum, tum, tum. As máquinas nunca pararam de rosnar, cortando toda a possível quietude. O enorme rebanho de dirigíveis emergindo um após o outro tinha um efeito quase sobrenatural, de monstros estranhos e assombrosos entrando em um mundo completamente desconhecido.

Ou não houve novidades da batalha naval naquela manhã, ou o príncipe guardou consigo quaisquer notícias até depois do meio-dia. Os boletins então surgiram rapidamente, boletins que deixaram o tenente muitíssimo ansioso.

– O *Barbarossa* está avariado e afundando – ele gritou. – *Gott im Himmel*! *Der alte Barbarossa*! *Aber welch ein braver krieger*![42]

Ele andou pela cabine que balançava, exprimindo-se, por um tempo, em alemão.

Então, voltou a falar em inglês novamente.

– Pense nisso, Smallways! O navio antigo que mantivemos tão limpo e organizado! Todo destruído, o ferro voando em fragmentos, e as pessoas... *Gott*! Todas elas voando também! Água escaldante jorrando fogo, e a destruição... a destruição das armas! Elas destroem quando você está por perto! Como se tudo estivesse explodindo em pedaços! Nada vai impedir... Nada! E eu aqui em cima, tão perto e tão longe! *Der alte Barbarossa*!

– Mais algum navio? – perguntou Smallways, logo em seguida.

– *Gott*! Sim! Perdemos o *Karl der Grosse*, nosso maior e melhor navio. Foi atacado durante a noite por um transatlântico britânico que entrou na luta por engano enquanto ele tentava sair da disputa. Bons navios e bons homens dos dois lados, e uma tempestade, a noite, o amanhecer e tudo isso no mar aberto indo a toda velocidade! Sem traição! Sem submarinos!

---

[42] Deus do céu! O velho *Barbarossa*! Mas que magnífico guerreiro! (N.T.)

Armas e tiros! Não temos mais notícias de metade dos nossos navios, porque seus mastros foram destruídos. Latitude, trinta graus, quarenta minutos, Norte. Longitude, quarenta graus, trinta minutos, Oeste. Onde é isso?

Kurt fez a rota em seu mapa novamente e ficou olhando para ele com olhos que não enxergavam.

– *Der alte Barbarossa!*[43] Não consigo parar de pensar nisso... A sala de máquinas atingida pelas balas, com fogo chamejando pelas fornalhas, e os foguistas e engenheiros queimados e mortos. Homens com quem eu fiz minhas refeições, Smallways, homens com quem eu conversei de perto! E o dia deles, por fim, chegou! E a maioria deles não teve sorte! – Parou de falar por um instante, apenas para recuperar o fôlego. – Atingido e afundando! Suponho que não possamos todos ter toda a sorte em uma batalha. Pobre velho Schneider! Aposto que ele conseguiu revidar!

E foi assim que as notícias da batalha vieram e foram filtradas para todos eles naquela manhã. Os americanos tinham perdido um segundo navio, cujo nome não sabiam; o *Hermann* sofrera dano ao dar cobertura ao *Barbarossa*. Kurt estava tão acuado quanto um animal enjaulado andando para lá e para cá pela aeronave, subia para a galeria dianteira abaixo da águia, depois descia para a galeria pendente, depois se debruçava sobre seus mapas. Ele transmitiu a Smallways a sensação da urgência dessa batalha, que acontecia bem próxima à curvatura da Terra. Mas quando Bert desceu à galeria o mundo estava vazio e calmo, um céu límpido azul-escuro acima e um véu ondulado de um cirro estático, tênue e iluminado pelo sol abaixo, através do qual se podia vislumbrar uma nuvem de chuva passando depressa, mas não o mar. Os motores continuavam pulsando, pulsando, pulsando, e a grande onda de aeronaves se apressava atrás da capitânia como um bando de cisnes atrás de seu líder. Salvo pelo tremor dos motores, tudo era tão silencioso quanto um sonho. E lá embaixo, em algum lugar no vento e na chuva, armas rugiam, balas atingiam alvos e, à maneira de toda guerra, homens lutavam e morriam.

---

[43] O velho *Barbarossa*! (N.T.)

4

À medida que a tarde avançava, o clima ruim foi melhorando e o mar ficou, por um tempo, visível novamente. A frota aérea desceu lentamente para uma altura intermediária, e próximo ao pôr do sol eles tiveram um vislumbre do *Barbarossa* destruído a leste bem distante. Smallways ouviu homens correndo pelo corredor e foi atraído para a galeria, onde encontrou um grupo de quase uma dúzia de oficiais examinando com binóculos os destroços do encouraçado. Duas outras embarcações estavam ao lado dos escombros, um deles um reservatório de combustível, muito acima da água, e o outro um transatlântico convertido em transportador de mantimentos. Kurt estava no final da galeria, um pouco distante dos outros.

– *Gott*! – ele disse finalmente, baixando seu binóculo. – É como ver um velho amigo com o nariz decepado, aguardando para ser executado. *Der Barbarossa*!

Em um impulso súbito, ele deu seu binóculo a Bert, que espiou como pôde, ignorado por todos os outros. O que conseguiu distinguir dos três barcos foram, basicamente, linhas preto-acastanhadas no mar.

Bert nunca tinha visto algo como aquela imagem aumentada e levemente embaçada antes. Não era apenas um encouraçado danificado que estava impotentemente à deriva, era um navio destruído. Parecia incrível que ele continuasse flutuando. Seus motores poderosos tinham sido sua ruína. Na longa perseguição noturna, ele se afastara de seus companheiros e chegara rapidamente entre os navios de guerra *Susquehanna* e o *Kansas City*. Eles perceberam a aproximação, diminuíram a velocidade até que o *Barbarossa* estivesse quase em frente às armas do primeiro encouraçado e deram o sinal ao *Theodore Roosevelt* e ao pequeno *Monitor*. Quando amanheceu, o *Barbarossa* viu-se anfitrião de um círculo de fogo. A luta não durou sequer cinco minutos antes de o *Hermann* surgir a leste e, imediatamente depois, o *Furst Bismarck* surgir a oeste, o que obrigou os americanos a irem embora, mas àquela altura eles já tinham transformado o ferro do *Barbarossa* em retalhos. Tinham descontado nele as tensões acumuladas daquele difícil dia de recuo. Quando Bert viu o *Barbarossa*, ele mais parecia um ornamento de metal derretido. Foi-lhe impossível distinguir as partes do encouraçado, apenas sua posição.

– *Gott*! – murmurou Kurt, pegando o binóculo que Bert devolvia. – *Gott*! *Da waren* Albrecht, *der gute* Albrecht *und der alte* Zimmermann, *und von* Rosen![44]

Muito depois de o *Barbarossa* ter sido engolido pela escuridão e pela distância, ele continuou na galeria observando através do seu binóculo e, quando voltou para sua cabine, estava excepcionalmente silencioso e pensativo.

– Esse é um jogo difícil, Smallways – disse finalmente. – Essa guerra é um jogo difícil. De alguma forma, as coisas mudam de figura depois de algo assim. Muitos homens trabalharam para construir aquele *Barbarossa*, e havia pessoas lá dentro... Não se conhece homens como eles todos os dias. Albrecht, havia um homem chamado Albrecht, tocava cítara e improvisava; eu fico me perguntando o que aconteceu com ele. Ele e eu... Nós éramos amigos muito próximos, no melhor estilo alemão.

5

Bert acordou na noite seguinte, o compartimento às escuras, uma corrente de ar passando por ele, e Kurt falando consigo mesmo em alemão. Bert podia vê-lo vagamente próximo à janela, que ele tinha desatarraxado e aberto, olhando para baixo. Aquela luz fria, límpida e suave – que não é tanto uma luz quanto uma passagem da escuridão, que projeta sombras escuras e frequentemente indica o amanhecer em altitudes superiores – estava na face dele.

– Qual o problema? – perguntou Bert.

– Calado! – disse o tenente. – Não está ouvindo?

---

[44] "Deus! Deus! Albrecht! O bom e velho Albrecht! E o velho Zimmermann e Von Rosen, todos estavam lá!" (N.T.)

No silêncio veio a batida pesada repetida de armas, uma, duas, uma pausa, e aí três, em uma sucessão rápida.

– Céus! – disse Bert. – Canhões! – Instantaneamente, foi para o lado do tenente.

A aeronave ainda estava muito distante do mar, que era encoberto por um fino véu de nuvens. O vento diminuíra e Bert, seguindo o dedo que Kurt apontava, viu vagamente através do véu sem cor primeiramente um brilho vermelho, depois um rápido lampejo vermelho e então, a uma pequena distância dele, outro. Eles eram, pareceu por um instante, lampejos silenciosos, e segundos depois, quando já não os esperava mais, vieram os sons tardios. Kurt falou em alemão, muito rápido.

Uma corneta soou pela aeronave.

Kurt se pôs de pé, dizendo algo em um tom ansioso, ainda em alemão, e foi em direção à porta.

– Ora! O que está acontecendo? – gritou Bert. – O que foi isso?

O tenente parou um instante na porta, fazendo sombra contra a passagem clara.

– Você fique onde está, Smallways. Fique aí e não faça nada. Estamos entrando em ação – ele explicou e desapareceu.

O coração de Bert disparou. Sentiu-se como se posicionado sobre as embarcações em combate lá embaixo. Em um momento eles mergulhariam como uma águia atacando um pássaro?

– Céus! – ele sussurrou finalmente, em um tom perturbado.

Mais barulhos. Bert descobriu muito longe um segundo brilho avermelhado mostrando ser proveniente de armamento em resposta à primeira série de ataques. Ele notou alguma diferença no *Vaterland* que não conseguia especificar, então percebeu que os motores tinham desacelerado para uma pulsação quase inaudível. Colocou a cabeça para fora da janela e viu no ar gelado que os outros dirigíveis desaceleravam para um movimento descendente quase imperceptível.

Uma segunda corneta soou, e foi repetida fracamente de aeronave para aeronave. As luzes se apagaram; a frota se transformou em volumes escuros e imprecisos contra um céu azul intenso que ainda guardava uma ou outra estrela. A aeronave se manteve parada por um tempo que a Bert pareceu interminável. Então o som do ar sendo bombeado para o balonete surgiu e, bem lentamente, o *Vaterland* mergulhou em direção às nuvens.

Bert esticou o pescoço, mas não conseguiu ver se o restante da frota os seguia; o beiral das câmaras de gás bloqueava a sua visão. Havia algo que mexia profundamente com sua imaginação naquela descida silenciosa e furtiva. A escuridão se adensou, a última estrela desbotada no horizonte desapareceu e ele sentiu a presença gelada das nuvens. Então subitamente o brilho abaixo assumiu contornos definidos, tornou-se chamas, e o *Vaterland* parou de descer e ficou parado observando, aparentemente sem que fosse visto, logo abaixo de um estrato flutuante de nuvens, talvez mil pés acima da batalha.

Durante a noite, a difícil batalha naval e a retirada adentraram uma nova fase. Os americanos, com muita habilidade e destreza, tinham conseguido formar uma fila até ela se tornar uma coluna muito ao sul, que fugia da perseguição alemã. Então, na escuridão antes do amanhecer, mudaram de direção e aceleraram em direção ao norte em formação bem próxima, com a ideia de atravessar a linha de batalha alemã e chegar à flotilha que ia rumo a Nova Iorque para ser o apoio da frota aérea alemã. Muita coisa mudara desde o primeiro contato das frotas. Nesse momento, o almirante americano, O'Connor, já tinha sido informado da existência das aeronaves, e não estava mais vitalmente preocupado com o Panamá, já que tinham reportado que a flotilha submarina chegara lá, vinda de Key West, e que o *Delaware* e o *Abraham Lincoln*, dois navios poderosos e modernos, já estavam no Rio Grande, no lado do canal que dava para o Pacífico. Sua manobra foi, entretanto, atrasada pela explosão das caldeiras do *Susquehanna*, que estava muito exposto ao amanhecer, o que possibilitou ao *Bremen* e ao *Weimar* partir para um ataque imediato. Só havia duas alternativas, abandonar o *Susquehanna* à própria sorte ou partir para um confronto que envolvesse a frota americana. O'Connor escolheu a segunda alternativa. Não era de forma alguma uma luta desesperada.

Apesar de os alemães serem mais numerosos e com maior poder bélico que os americanos, estavam em uma linha dispersa que se prolongava por quase quarenta e cinco milhas de uma ponta à outra. As chances eram consideráveis aos sete barcos do lado americano, pois poderiam fazer em pedaços os navios isolados nessa coluna, antes que conseguissem obter alguma concentração de fogo.

O dia amanheceu escuro e encoberto, e nem o *Bremen* nem o *Weimar* perceberam que teriam de lidar com mais que o *Susquehanna*, até que toda a coluna surgiu de trás dele a uma distância de uma milha ou menos, caindo sobre os navios alemães. Essa era a situação quando o *Vaterland* surgiu no céu. O brilho vermelho que Bert tinha visto através da coluna de nuvens era do azarado *Susquehanna*; ele estava quase imediatamente abaixo, queimando popa e proa, mas ainda lutando com duas de suas armas e indo devagar em direção ao sul. O *Bremen* e o *Weimar*, ambos atingidos várias vezes, iam em direção oeste pelo sul e haviam se afasta-do do outro navio. A frota americana, liderada pelo *Theodore Roosevelt*, estava atravessando por trás deles, acertando-os em sucessão, entrando entre eles e o grande e moderno *Fürst Bismarck*, que chegava do oeste. Para Bert, entretanto, os nomes dos navios eram desconhecidos; na ver-dade, todos os navios se confundiam pela direção em que os combatentes estavam se movendo: ele imaginou que os alemães eram americanos e que os americanos eram alemães. Viu o que parecia ser uma coluna de seis couraçados perseguindo três outros, que ganharam apoio de um quarto, recém-chegado, até que o *Bremen* e o *Weimar* abriram fogo contra o *Susquehanna* e atrapalharam seus cálculos. Assim, por algum tempo, ele ficou sem ação. O estrondo dos canhões ajudava a aumentar a confusão, pois eles não faziam mais barulho de explosão, mas sim de batida. Cada clarão fazia o coração de Bert saltar com a antecipação do impacto. Por outro lado, via esses encouraçados não de perfil, como estava acostumado a vê-los em imagens, mas de forma plana e curiosamente encurtados. Em sua maioria, eles apresentavam deques vazios, mas aqui e ali pequenos nós de homens se abrigavam atrás de amuradas de aço. Os narizes longos e agitados das grandes armas, lançando lampejos finos e transparentes, e a atividade acelerada dos atiradores do lado armado do navio eram os fatos mais importantes naquela visão aérea. Os navios americanos, sendo de turbina a vapor, tinham de dois a quatro funis explosivos cada; os navios alemães ficavam mais baixos na água, com motores explosivos, que agora, por algum motivo, faziam um rugido resmungado extraordinário. Devido à sua propulsão a vapor, os navios americanos eram maiores e tinham um desenho mais gracioso. Ele viu todos esses navios encurtados se movimentando consideravelmente e lutando com suas armas sobre um mar de imensas ondas curtas e sob a luz fria e direta do amanhecer. O espetáculo inteiro ondulava vagarosamente com a longa e rítmica subida e a batida da aeronave.

Primeiramente apenas o *Vaterland,* de toda a frota aérea, apareceu sobre a cena da batalha. Pairou em altitude razoável. Ele pairava bem alto, sobre o *Theodore Roosevelt,* mantendo a mesma velocidade do navio. Do solo, seria possível avistar a aeronave através das nuvens que passavam. O restante da frota alemã continuava acima do toldo de nuvens, a uma altura de seis ou sete mil pés, comunicando-se com a capitânia por telégrafo sem fio, mas sem arriscar exposição à artilharia terrestre.

É difícil saber em que momento os infelizes americanos perceberam a presença desse novo componente na luta. Nenhum registro sobreviveu a essa experiência. Temos que imaginar tão bem quanto pudermos o que deve ter sido para um marinheiro, cansado da batalha, subitamente olhar para cima e descobrir aquela longa, imensa e silenciosa forma, maior do que qualquer encouraçado, e agora com uma grande bandeira alemã surgindo em sua parte posterior. Logo em seguida, enquanto o céu clareava, mais dessas aeronaves apareciam no azul através das nuvens que iam se dissolvendo. Pareciam displicentemente livres de armas de fogo e de blindagem, voando velozes para manter o ritmo com os navios em luta no mar.

Do começo ao fim do confronto nenhum disparo foi feito em direção ao *Vaterland,* somente alguns tiros de rifle. Eram meras tentativas desesperadas que se baseavam no golpe de sorte de acertar algum tripulante a bordo. Tampouco a aeronave alemã participou de confrontos diretos. Voava acima da condenada frota americana, enquanto o príncipe guiava os movimentos de seus companheiros pelo telégrafo sem fio. Enquanto isso, a *Vogelstern* e a *Preussen*, cada uma trazendo meia dúzia de *Drachen-flieger*, passaram com velocidade máxima e então mergulharam entre as nuvens, talvez cinco milhas à frente dos americanos. O *Theodore Roosevelt* atirou com suas grandes armas imediatamente na barbeta dianteira, mas os petardos explodiram muito abaixo da popa do *Vogelstern*, e logo em seguida uma dúzia de *Drachenflieger* de um homem só estava mergulhan-do para atacar.

Bert esticava o pescoço como podia através da pequena escotilha para ver todo o incidente: o primeiro encontro de aeroplano e encouraçado. Ele viu os estranhos *Drachenflieger* alemães, com suas amplas asas achatadas e cabeças quadradas em formato de caixa, seus corpos com rodas, e seus condutores solitários, e todos planavam como uma revoada de pássaros.

– Céus! – ele disse.

Um à sua direita arremeteu de modo extravagante, fez uma curva acentuada para o alto, explodiu com um estrondo e mergulhou em chamas no mar. O outro mergulhou de ponta na direção das águas e pareceu se despedaçar ao atingir as ondas. Bert viu pequenos homens no deque do *Theodore Roosevelt*, homens encurtados a um plano, transformados em simples cabeças com pés, correndo para se preparar para atirar contra os outros. E então a máquina voadora mais proeminente estava voando entre Bert e o deque dos americanos. Ouviram-se o trovão da sua bomba jogada habilmente na barbeta dianteira e o tênue barulho de tiros de rifle em resposta. E então o ruído das armas com o disparo rápido da bateria americana, e o impacto das balas de resposta do *Furst Bismarck*. Uma se-gunda e uma terceira máquinas voadoras atravessaram o campo de visão de Bert, lançando bombas contra o encouraçado, e uma quarta teve seu condutor atingido, perdeu altitude e acabou explodindo entre as chami-nés do navio inimigo, mandando-as pelos ares. Por um breve momento Bert teve um vislumbre de uma pequena criatura enegrecida saltando da máquina voadora que despencava dos ares, apenas para atingir uma das chaminés e desabar igualmente, conduzido instantaneamente para o nada pelas chamas e pelo impacto da explosão.

Uma vasta explosão fez desaparecer o setor frontal do principal encouraçado da frota americana. Um enorme pedaço de metal pareceu elevar-se no ar antes de cair novamente nas águas, afundando um bom número de homens e permitindo a um *Drachenflieger* lançar sua bomba incendiária. E então por um instante Bert percebeu claramente, diante da luz impiedosa das chamas que aumentavam, uma quantidade de pequenos animaizinhos convulsivamente ativos, queimados e lutando na esteira espumante do *Theodore Roosevelt*. O que eram eles? Não homens, certamente não eram homens. Aquelas pequenas criaturas mutiladas que se afogavam rasgavam a alma de Bert com seus dedos em forma de garra.

– Ó Deus! Ó Deus! – ele gritava, quase chorando.

Olhou novamente para baixo e todos haviam desaparecido. O perfil negro do *Andrew Jackson*, um pouco desfigurado pelo último tiro do *Bremen,* que afundava, dividia as águas que entravam por seu casco em duas ondas perfeitamente simétricas. Por alguns momentos, um horror puro cegou Bert à destruição que se desenrolava diante de seus olhos.

Então, com um imenso som apressado, já trazendo consigo uma saraivada dispersa de pequenas explosões em suas costas, o *Susquehanna*, mais de três milhas a leste, explodiu e desapareceu abruptamente em um turbilhão de água fumegante. Por instantes, não se viu nada a não ser a água revolta e… Então surgiram eructações, que vieram como uma lufada das profundezas, com barulhos de goles imensos, arrotos de vapor, ar, combustível e fragmentos de lona, madeira e homens.

Isso resultou em uma pausa distinta na luta. Pareceu a Bert ser uma longa pausa. Ele se viu procurando os *Drachenflieger*. A ruína achatada de um deles flutuava próximo ao *Monitor*, o resto tinha passado, derrubando bombas pela coluna americana; vários estavam na água, aparentemente ilesos, e três ou quatro ainda estavam no ar fazendo um círculo amplo para voltar aos seus dirigíveis de origem. Os encouraçados americanos não estavam mais em formação de coluna; o *Theodore Roosevelt*, muito danificado, tinha se virado para o sudeste e o *Andrew Jackson*, muito avariado, mas sem perda de seus recursos bélicos, se postava contra o ainda ileso e vigoroso *Fürst Bismarck* para interceptação e troca de tiros. Longe, a oeste, o *Hermann* e o *Germanicus* tinham aparecido e estavam entrando em ação.

No intervalo, depois do desastre do *Susquehanna*, Bert tomou consciência de um som trivial como o barulho de uma porta mal lubrificada e mal presa que fica entreaberta: o som dos homens no *Fürst Bismarck* comemorando.

Durante essa pausa, o sol nasceu, as águas escuras ficaram de um azul luminoso, e uma torrente de luz dourada irradiou o mundo. Veio como um sorriso repentino em uma cena de ódio e terror.

O véu de nuvens tinha desaparecido como se por meio de mágica e toda a imensidão da frota aérea alemã foi revelada no céu; a frota aérea que agora descia sobre sua presa.

Os sons dos canhões continuaram, mas os encouraçados não tinham sido construídos para combater o zênite, e os únicos acertos dos americanos foram alguns golpes de sorte de tiros de fuzis. A coluna deles agora estava desfeita, o *Susquehanna* tinha afundado, o *Theodore Roosevelt* recuava para fora com suas armas dianteiras destruídas, transformado em uma pilha de destroços, e o *Monitor* estava em perigo real e imediato. Esses dois barcos tinham cessado fogo completamente, assim como o *Bremen* e o *Weimar*, tendo os quatro desistido de atirar uns nos outros, em uma trégua involuntária, embora com as bandeiras de seus países ainda hasteadas. Somente quatro navios americanos agora, liderados pelo *Andrew Jackson*, mantinham seu curso para sudeste. E o *Fürst Bismarck*, o *Hermann* e o *Germanicus* prosseguiam paralelos a eles e se adiantaram, lutando intensamente. O *Vaterland* subiu lentamente no ar se preparando para o ato final daquele drama.

Então, entrando em fila um atrás do outro, uma dúzia de aeronaves arremeteu numa despreocupada pressa contra o que restara da frota americana. Mantinham-se a uma altitude de dois mil pés ou mais, até que estivessem sobre o alvo, um pouco à frente do último encouraçado. Então, desceram rapidamente, evitando a fonte de balas que se espargia, indo um pouco mais rápido do que o navio, e bombardearam suas plataformas ridiculamente desprotegidas, até que a área abaixo tornou-se um tapete em chamas. Assim, as aeronaves passavam, umas depois das outras, por toda a coluna americana que persistia em seus combates com o *Furst Bismarck*, o *Hermann* e o *Germanicus*, cada uma delas somando um pouco mais de destruição e confusão que seu antecessor tinha causado. O fogo dos americanos cessou, exceto por alguns disparos heroicos, mas os navios continuavam se movimentando, obstinadamente não subjugados, sangrando, danificados, e furiosamente resistentes, cuspindo balas contra as aeronaves e impiedosamente golpeados pelos encouraçados alemães. Mas agora Bert tinha somente vislumbres intermitentes deles entre os volumes das aeronaves mais próximas que os atacavam...

Bert subitamente percebeu que toda a batalha estava recuando e ficando menor e menos barulhenta. O *Vaterland* subia no ar, de forma estável e silenciosa, até que o impacto das armas não espancava mais o coração, mas chegava aos ouvidos, enfraquecido pela distância. Logo, os quatro navios silenciados a leste tornaram-se pequeninas coisas distantes: mas havia quatro? Bert agora só conseguia ver três das balsas de destruição flutuantes, enegrecidas e cheias de fumaça contra o sol. Mas o *Bremen* tinha colocado dois barcos na água; o *Theodore Roosevelt* também estava colocando barcos na água, onde objetos minúsculos lutavam, subindo e descendo nas grandes ondas do Atlântico... O *Vaterland* não estava mais acompanhando a luta. Todo aquele tumulto apressado continuou em direção ao sudeste, ficando cada vez menor e menos audível. Uma das aeronaves estava queimando na água, uma nascente monstruosa de chamas. No mais extremo do sudoeste, surgiram primeiro um e depois três outros encouraçados alemães a toda velocidade, para apoiar seus companheiros...

6

O *Vaterland* subia estavelmente, e a frota aérea subiu junto com ele e voltou à formação para ir em direção a Nova Iorque. A batalha se tornou algo muito pequeno, muito distante, um incidente antes do café da manhã. Restringiu-se a uma série de formas escuras e uma luz amarela cheia de fumaça que rapidamente se tornou uma simples mancha indistinta no vasto horizonte do novo dia luminoso, até perder-se completamente de vista...

Foi dessa maneira que Bert Smallways acompanhou o primeiro combate de aeronaves e a última luta das criaturas mais estranhas em toda a história da guerra: os navios encouraçados, que começaram sua carreira com as baterias flutuantes do Imperador Napoleão III na Guerra da Crimeia e duraram, com gastos enormes de recursos humanos e materiais, por setenta anos. Nesse espaço de tempo, o mundo produziu mais de doze mil e quinhentos desses monstros estranhos, em escalas, em tipos, em séries, cada um maior e mais pesado e mais mortal que seus antecessores. Cada um, por sua vez, era aclamado como o último e mais decisivo de todos – a maioria deles vendida como ferro velho. Apenas cerca de cinco por cento deles participaram de alguma batalha. Alguns naufragaram, outros permaneceram em terra até apodrecer. Vários colidiram um com o outro por acidente e afundaram. Incontáveis vidas foram perdidas a serviço deles, os gênios mais esplêndidos, a paciência de milhares de engenheiros e inventores, bens e materiais incalculáveis. Na conta dos encouraçados, devemos colocar milhões de vidas raquíticas e famintas da terra firme, os milhares de crianças enviadas para o trabalho pesado, as inúmeras oportunidades de uma vida melhor jogadas fora. O dinheiro tinha de ser despejado para que tais monstros marinhos perseverassem – essa era a lei que garantia a existência das nações naquela estranha época. Certamente os encouraçados foram os mais esquisitos, destrutivos e dispendiosos megatérios de toda a história da invenção mecânica.

E então essas coisas voadoras baratas, feitas de gás e revestidas de vime, liquidaram com todos os monstros marinhos blindados, massacrando-os dos céus!

Nunca antes Bert Smallways tinha visto tanta destruição, nunca antes ele tinha percebido a maldade e o desperdício da guerra. Sua mente sobressaltada reagiu diante da conclusão de que isso se dava também na existência humana. Acima de toda a furiosa torrente de sensações, uma imagem se destacou e se tornou essencial: a dos homens do *Theodore Roosevelt* na água lutando pela vida, logo depois da explosão da primeira bomba.

– Céus! – disse ele se lembrando. – Podia ter sido Grubb e eu! Suponho que você esperneia um pouco e logo a boca enche de água. Não acho que dure muito tempo.

Bert ficou inquieto ao ver como Kurt se deixou afetar pelos acontecimentos. Ele também percebeu que estava com fome, mas hesitou diante da porta da cabine enquanto espiava para ver como estava a situação do lado de fora, no corredor. Ao final dele, perto do passadiço que levava ao refeitório, um pequeno grupo de marujos do ar olhava para algo que ele não conseguia ver, de onde estava. Um deles estava com a roupa de mergulhador que Bert já vira na torre da câmara de gás. Caminhou discretamente, para ver mais de perto a pessoa que usava o traje de mergulho, tentando examinar o capacete que ela trazia debaixo do braço. Mas se esqueceu completamente do capacete quando chegou ao anexo, porque lá ele encontrou deitado no chão o corpo do garoto que morrera com uma bala do *Theodore Roosevelt*.

Bert não percebera que alguma bala atingira o *Vaterland*, nem sequer tinha se imaginado sob fogo inimigo. Ele não conseguiu entender por um tempo o que matara o rapaz, e ninguém lhe explicou.

O garoto estava lá do jeito que caíra morto, com o paletó furado e queimado, a omoplata quebrada e explodida para fora do corpo e todo o lado esquerdo rasgado e lacerado. Havia muito sangue. Os marinheiros estavam ouvindo o homem com o capacete, que dava explicações e apontava para o buraco de bala redondo no chão e a marca no painel do corredor, onde a energia residual do míssil ainda fizera um grande estrago. Todos os rostos tinham ar solene e sério: eram os rostos de homens sóbrios, loiros e de olhos azuis acostumados à obediência e a uma vida ordeira, para os quais essa coisa molhada, dolorosa e dejeta que tinha um dia sido um companheiro parecia tão estranha quanto parecia a Bert.

O ressoar de uma risada selvagem veio pela passagem na direção da pequena galeria e algo falou, quase gritou, em alemão em tons exultantes.

Outras vozes responderam em um tom mais baixo e mais respeitoso.

– *Der Prinz* – disse uma voz, e todos os homens ficaram mais rígidos e menos naturais. Pela passagem surgiu um grupo de figuras, o tenente Kurt andando na frente e carregando vários papéis.

Ele parou abruptamente quando viu o que estava no anexo e seu rosto avermelhado ficou pálido.

– Ora! – disse ele, surpreso.

O príncipe estava atrás dele, falando por cima do ombro com Von Winterfeld e o Kapitan.

– Hein? – ele disse para Kurt, interrompendo sua frase, e seguiu o gesto de sua mão.

Encarou o volume amarrotado no anexo e pareceu pensar por um momento.

Fez um gesto leve e despreocupado na direção do corpo do garoto e virou-se para o Kapitan.

– Livrem-se disso – ordenou em alemão e continuou andando, terminando sua frase para Von Winterfeld no mesmo tom alegre em que a tinha iniciado.

7

A profunda impressão deixada pelos homens impotentes se afogando que Bert gravara da real luta no Atlântico Norte se misturava indissociavelmente com aquela da figura nobre do Príncipe Karl Albert fazendo um gesto para se livrar do corpo morto do marinheiro do *Vaterland*. Até aquele momento Bert até que gostava da ideia de a guerra ser algo alegre, espetacular e empolgante, algo como uma diversão de um feriado bancário em grande escala, e de forma geral agradável e estimulante. Mas agora tinha ideias mais claras sobre o assunto.

No dia seguinte, uma terceira imagem ruim foi adicionada à sua crescente desilusão, na verdade bem trivial para ser descrita: um mero incidente necessário diário do estado de guerra, mas muito angustiante para sua imaginação urbanizada. Escrevemos "urbanizada" para expressar a distinta gentileza do período. Era bem peculiar aos habitantes das cidades populosas daquela época e completamente diferente da experiência normal de qualquer outra anterior, que eles nunca viram nada ser morto, nunca encontraram, a não ser pela mídia mitigante de um livro ou uma imagem, o fato da violência letal que está por trás de toda vida. Três vezes em sua existência, e apenas três vezes, Bert viu um ser humano morto. E ele nunca contribuíra com a morte nem de um gato recém-nascido.

O incidente que lhe deu o terceiro choque foi a execução de um dos homens na *Adler* por carregar uma caixa de fósforos. O caso fora em flagrante. O homem tinha esquecido que a carregava quando subiu a bordo. Todos foram bastante alertados sobre a gravidade dessa ofensa, e avisos surgiram em vários lugares de todas as aeronaves. A defesa do homem era que tinha ficado tão acostumado com os avisos e estivera tão preocupado com seu trabalho que não os aplicou a ele mesmo. Alegou, em sua defesa, o que na verdade é outro crime sério em casos militares, a negligência. Ele foi julgado pelo seu capitão, e a sentença confirmada por telégrafo sem fio pelo príncipe, e decidiram fazer de sua morte exemplo para a frota inteira.

– Os alemães – declarou o príncipe – não cruzaram o Atlântico para ir juntar lã.

E para que essa lição de disciplina e obediência pudesse ser visível para todos, foi determinado que o negligente não fosse eletrocutado ou afogado, mas sim enforcado.

Consequentemente, a frota aérea se juntou em volta da capitânia como carpas em um lago na hora da comida. A *Adler* estava no ápice imediatamente ao lado da capitânia. Toda a equipe do *Vaterland* se juntou na galeria suspensa; as equipes dos outros dirigíveis tripularam as câmaras de ar, ou seja, subiram pela malha externa até a parte superior. Os oficiais apareceram sobre as plataformas de metralhadoras. Bert pensou que era em sua totalidade uma vista estupenda, vendo de cima, como ele estava, toda a frota. Muito lá embaixo, dois navios a vapor na água azul ondulada, um britânico e o outro com uma bandeira americana, pareciam ser os objetos mais minúsculos, e marcavam a escala. Eles estavam muito distantes. Bert estava na galeria, curioso para ver a execução, mas desconfortável, porque aquele terrível príncipe loiro estava a uns quatro metros dele, com um olhar terrível, os braços cruzados e os calcanhares juntos da forma militar.

Eles enforcaram o homem da *Adler*. Deram a ele mais ou menos dezoito metros de corda, para que ficasse pendurado e balançando bem à vista de todos os malfeitores que poderiam estar escondendo fósforos ou pensando em desobediências parecidas. Bert viu o homem de pé, um homem vivo e relutante, sem dúvidas assustado e suficientemente rebelde em seu coração, mas por fora ereto e obediente, na galeria inferior da *Adler*, mais ou menos a uns cem metros de distância. Então eles o jogaram da aeronave.

Ele caiu, mãos e pés esticados, até que com um solavanco ele chegasse ao fim da corda. Então ele deveria morrer e balançar de forma edificante, mas em vez disso algo mais terrível aconteceu: sua cabeça se soltou de uma vez, e o corpo caiu, girando para o mar, débil, grotesco, fantástico, com a cabeça tentando alcançá-lo em sua descida.

– Ugh! – disse Bert, agarrando o corrimão à sua frente, e um grunhido solidário veio de vários dos homens ao seu lado.

– Ora! – disse o príncipe, mais rígido e mais sério, encarando a cena ao redor por mais alguns segundos, e então se virou para o passadiço de volta à aeronave.

Bert ficou por um longo tempo se segurando no corrimão da galeria. Estava quase fisicamente enjoado com o horror que presenciara. Ele percebeu que tinha sido ainda pior que a batalha. Ele era de fato uma pessoa muito degenerada e civilizada.

Depois naquela tarde, Kurt entrou na cabine e o encontrou encolhido sobre o compartimento, parecendo muito pálido e miserável. Kurt também tinha perdido um pouco de seu frescor imaculado.

– Está mareado? – ele perguntou.

– Não!

– Devemos chegar a Nova Iorque nesta noite. Tem um vento bom nos impulsionando. Então veremos as coisas.

Bert não respondeu.

Kurt abriu sua cadeira e sua mesa dobráveis e mexeu nos mapas por um tempo. Depois, manteve-se pensativo por algum tempo. Logo em seguida ele se levantou e olhou para seu companheiro.

– O que foi? – ele indagou.

– Nada!

Kurt o olhou ameaçadoramente.

– O que foi?

– Eu os vi matarem aquele cara. Eu vi aquela máquina voadora acertar os funis do grande encouraçado. Eu vi aquele cara morto no corredor. Eu vi muita morte e destruição recentemente. Este é o problema. Não gosto disso. Não sabia que a guerra era esse tipo de coisas. Sou um civil. Não gosto disso.

– *Eu* não gosto disso – disse Kurt. – Por Deus, não!

– Eu li sobre a guerra e tudo o mais, mas quando você vê é diferente. E eu estou ficando tonto. Estou ficando tonto. Não me importei nem um pouco de ficar voando naquele balão no começo, mas todo esse negócio de ficar olhando daqui de cima, e flutuando sobre as coisas e destruindo pessoas, está me dando nos nervos. Entende? Vai ter que sair de novo.

Kurt refletiu.

– Você não é o único. Todos os homens estão ficando tensos. A parte de voar... É só isso, voar. Naturalmente nos deixa meio tontos da cabeça no começo. Quanto às mortes, nós temos que nos acostumar; é só isso. Somos homens mansos e civilizados. E precisamos nos acostumar. Suponho que não temos nem uma dúzia de homens na aeronave que tenha visto derramamento de sangue de verdade. Eles foram até hoje alemães bons, tranquilos e obedientes à lei. E aqui estão eles: dentro da batalha. Eles estão um pouco debilitados agora, mas espere até que coloquem a mão na massa. – Ele refletiu um pouco. – Todos estão ficando um pouco tensos.

Kurt se voltou para os mapas. Bert estava sentado encolhido no canto, aparentemente sem ouvir o que Kurt tinha dito. Por algum tempo ambos ficaram em silêncio.

– Por que o príncipe tinha de enforcar aquele sujeito? – perguntou Bert repentinamente.

– Aquilo foi certo – disse Kurt. – Foi correto. Foi bastante correto. Os avisos foram colocados, estavam tão claros quanto o nariz no seu rosto, e lá estava aquele tolo andando por aí com fósforos...

– Céus! Não vou esquecer isso tão cedo – disse Bert alheio.

Kurt não respondeu. Ele estava medindo a distância deles até Nova Iorque e especulando.

– Como serão os aeroplanos americanos? – ele perguntou, mais para si mesmo do que para Bert. – Parecidos com os nossos *Drachenflieger*? A essa hora amanhã saberemos... Fico pensando o que descobriremos? Imagino. Suponho, no fim das contas, que eles lutem conosco. Será uma luta perigosa!

O tenente começou a assoviar suavemente e ficou pensando. Logo em seguida, saiu frenético da cabine, e mais tarde Bert o encontrou no crepúsculo na plataforma oscilante, olhando para a frente e especulando sobre as coisas que poderiam acontecer no dia seguinte. As nuvens encobriam o mar novamente, e a longa cunha de aeronaves que os seguia subindo e descendo enquanto voavam parecia um bando de recém-nascidos estranhos em um caos que não pertencia nem à terra nem às águas, mas somente à névoa e ao céu.

COMO A GUERRA CHEGOU
A NOVA iORQUE

1

A cidade de Nova Iorque, no ano do ataque alemão, era a maior cidade, mais rica, em muitos aspectos a mais esplêndida, e em alguns, a mais perversa que o mundo já vira. Ela era o tipo supremo da cidade da Era Científica e Comercial. Exibia sua grandiosidade, seu poder, seu empreendimento implacável e anárquico, e sua desorganização social completamente e de forma impressionante. Havia muito tempo ela depusera Londres de seu orgulhoso lugar denominado "Babilônia Moderna". Era o centro da finança mundial, do comércio mundial e do prazer mundial. As pessoas a equiparavam às cidades apocalípticas dos profetas antigos. Ela estava ali sorvendo a riqueza de um continente, assim como uma vez Roma sorvera a riqueza do Mediterrâneo e Babilônia, a do Oriente. Em suas ruas podiam-se encontrar os extremos da magnificência e da miséria, da civilização e da desordem. Em uma parte, palácios de mármore, enfeitados e coroados com luzes e chamas e flores, elevando-se para seus crepúsculos incríveis, magníficos, além de qualquer descrição. Em outra, uma população poliglota negra e sinistra, abafada em uma congestão indescritível em labirintos e escavações além do poder e do conhecimento do governo. Seu vício, seu crime e sua lei eram igualmente inspirados por uma energia feroz e terrível, e, como as grandes cidades da Itália medieval, seus caminhos escuros e aventureiros com guerras particulares.

Foi o formato peculiar da Ilha de Manhattan, pressionada pelos braços do mar em ambos os lados, e incapaz de uma expansão confortável, exceto ao longo de um cinturão estreito ao norte, que deu em primeiro lugar aos arquitetos de Nova Iorque sua tendência por dimensões verticais extremas. Qualquer necessidade deles era generosamente respondida: dinheiro, materiais, mão de obra; somente o espaço era restrito. Portanto, para começar, as construções foram, forçosamente, para cima. Mas, ao fazê-las, eles descobriram um novo mundo de beleza arquitetônica, de linhas ascendentes primorosas, e muito depois de a congestão central ter sido aliviada pelos túneis submarinos, quatro pontes colossais sobre o rio a leste e uma dúzia de cabos de monotrilho a leste e a oeste, o crescimento vertical continuou. De várias formas, Nova Iorque e sua deslumbrante plutocracia reproduziam Veneza na magnificência de sua arquitetura, pintura, metalurgia e escultura, por exemplo, na intensidade sombria de seu método político, em sua ascendência marítima e comercial. Mas ela não reproduzia qualquer outro estado com a desordem relaxada de sua administração interna, um relaxamento que tornava vastas seções de sua área sem lei além de qualquer precedente; então, era possível que distritos inteiros estivessem intransponíveis enquanto uma guerra civil era travada entre ruas, e que existissem Alsatias[45] em seu meio onde a polícia oficial nunca entrava. Ela era um redemoinho étnico. As bandeiras de todas as nações tremulavam em seu porto, e, em seu apogeu, o trânsito marítimo anual de pessoas somava mais de dois milhões de seres humanos. Para a Europa, ela era a América, e para a América era a porta para o mundo.

---

[45] Nome dado, no século XVII, para o distrito de Whitefriars em Londres, que era um santuário para criminosos e devedores. Usado para indicar lugares repletos dessas pessoas. (N. T.)

Mas contar a história de Nova Iorque seria narrar uma história social do mundo; santos e mártires, sonhadores e salafrários, as tradições de mil raças e mil religiões, tudo contribuiu para sua criação e pulsava e sacudia em suas ruas. E, acima de toda aquela confusão torrencial de homens e objetivos, tremulava aquela bandeira estranha, as estrelas e listras, que ao mesmo tempo significava a coisa mais nobre e menos nobre da vida, isto é, a liberdade por um lado, e pelo outro a inveja comum que o indivíduo oportunista sente em relação ao objetivo comum do Estado.

Por muitas gerações, Nova Iorque não tinha se preocupado com nenhuma guerra, a não ser como algo que acontecera muito longe, que afetava preços e fornecia manchetes e imagens atrozes para os jornais. Os nova-iorquinos se sentiam talvez mais certos do que os ingleses tinham se sentido de que a guerra em seu solo era algo impossível. Eles compartilhavam essa ilusão com toda a América do Norte. Sentiam-se como espectadores seguros em uma tourada; eles talvez arriscassem seu dinheiro com o resultado, mas era somente isso. E as ideias de guerra que os americanos comuns tinham eram derivadas das guerras limitadas, pitorescas e aventureiras do passado; viam a guerra como viam a história: através de uma névoa iridescente, desodorizada, até mesmo perfumada, com todas as suas crueldades essenciais prudentemente escondidas. Eles estavam inclinados a se arrepender por não as ter como algo que os enobrecesse, a suspirar que a guerra não poderia mais acontecer em suas experiências particulares. Eles liam com interesse, se não avidamente, sobre as novas armas, os encouraçados cada vez mais imensos, os explosivos cada vez mais incríveis, mas exatamente o que esses tremendos motores da destruição poderiam significar para a vida em particular nunca entrou na cabeça deles. Não achavam, pelo que se pode julgar de sua literatura contemporânea, que nada daquilo influenciaria a vida privada. Achavam que a América estava segura no meio de todo o acúmulo de explosivos. Celebravam a bandeira por hábito e tradição, desprezavam outras nações e, sempre que havia uma dificuldade internacional, eram intensamente patrióticos, ou seja, eles eram ardentemente contra qualquer político nativo que não dissesse, ameaçasse e fizesse coisas hostis e categóricas com os povos antagonistas. Eram intrépidos em relação à Ásia, à Alemanha, tão intrépidos em relação à Grã-Bretanha que a atitude internacional da nação-mãe quanto à sua grande filha era constantemente comparada em caricaturas contemporâneas àquela entre um marido espezinhado e sua jovem esposa perversa. Quanto ao resto, eles todos continuavam a vida como se a guerra tivesse sido extinta juntamente com os mamutes...

E então, subitamente, em um mundo pacificamente ocupado em sua maioria por armamentos e com o aperfeiçoamento de explosivos, a guerra chegou; veio o choque de perceber que as armas estavam atirando, que as massas de material inflamável pelo mundo inteiro estavam finalmente pegando fogo.

2

O efeito imediato sobre Nova Iorque do início repentino da guerra foi o de simplesmente intensificar sua veemência habitual.

Jornais e revistas que alimentavam a mente americana, já que os livros nesse continente intolerante já eram simples material para colecionadores, tornaram-se instantaneamente um fulgor de imagens de guerra e de manchetes que subiam como foguetes e explodiam como petardos. Um toque da febre de guerra foi acrescentado às já tensas ruas de Nova Iorque. Grandes multidões se reuniam, especialmente na hora do jantar, na Madison Square perto do monumento Farragut, para ouvir e celebrar discursos patrióticos, e uma verdadeira epidemia de pequenas bandeiras e broches era distribuída por grandes torrentes de jovens que se moviam depressa, que se despejavam em Nova Iorque de manhã de carro, monotrilho, metrô e trem, para trabalhar, e voltavam para casa novamente entre as dezessete e dezenove horas. Era perigoso não usar um broche de guerra. Os esplêndidos teatros de variedades da época banhavam todos os tópicos em patriotismo e as cenas apresentadas evoluíam com feroz entusiasmo

– homens fortes choravam ao ver a bandeira nacional erguida por todo o vigor do balé, e holofotes especiais e truques de iluminação impressionavam a audiência. As igrejas ecoavam todo o entusiasmo nacional em um acorde mais solene e em um compasso mais lento. Os preparativos aéreos e navais no East River sofriam atrasos com a multidão de vapores cheios de turistas que se aglomeravam para saudar os dedicados militares. O comércio de armas leves recebeu potente estímulo, pois muitos cidadãos extenuados encontraram algum alívio para suas emoções, disparando nas ruas essa espécie mais ou menos heroica, perigosa e nacional de fogo de artifício. Os balões de ar infantis de último tipo atados às pontas de barbantes causaram sérios distúrbios aos pedestres no Central Park. E entre cenas de indescritível emoção, a legislatura de Albany, em generosa suspensão de lei e precedentes, aprovou em sessão permanente, nas duas casas do legislativo, o longamente disputado projeto de lei para o alistamento obrigatório e universal no estado de Nova Iorque.

Críticos da sociedade americana estão dispostos a considerar que, até o real impacto do ataque alemão acontecer, as pessoas de Nova Iorque lidaram com a guerra de forma geral, como se ela fosse uma manifestação política. Pouco ou nenhum dano, eles dizem, foi feito às forças alemãs ou japonesas pelo uso de broches, pequenas bandeiras, fogos de artifício ou músicas. Eles esqueceram que, sob as condições de guerra que um século de ciência tinha trazido, a parcela não militar da população não poderia causar dano algum, de qualquer forma, aos seus inimigos e que não havia razão, portanto, para que não se comportassem como se comportaram. O equilíbrio da eficiência militar estava mudando de volta de muitos para poucos, dos comuns para os especializados. Quando a Infantaria decidiu, as batalhas acabaram para sempre. A guerra tinha se tornado uma questão de dominar aparatos, cujo uso necessitava de treinamento especial e habilidades das mais complexas. Tinha se tornado antidemocrática. E, independentemente do valor da empolgação popular, não se pode negar que o pequeno estabelecimento comum do governo da América do Norte, confrontado por essa crise completamente inesperada de uma invasão armada da Europa, agiu com vigor, ciência e imaginação. Eles foram pegos de surpresa no tocante à situação diplomática, e seu equipamento para a construção de navegáveis ou aeroplanos era desprezível se comparado aos enormes parques alemães. Mesmo assim, se puseram a trabalhar de uma vez para provar para o mundo que o espírito que tinha criado o *Monitor* e os submarinos *Southern* de 1864 não tinha morrido. O chefe do setor aeronáutico próximo a West Point era Cabot Sinclair, e ele se permitiu adotar, somente por um momento, a postura daqueles tempos democráticos.

– Eis os epitáfios que escolhemos – disse para um repórter. – "Eles fizeram tudo o que foi possível." Agora, caiam fora!

A parte curiosa é que realmente fizeram tudo o que foi possível – não há nenhuma exceção conhecida. O único defeito deles, de fato, era um defeito de estilo. Um dos fatos históricos mais marcantes dessa guerra, e o que tornou mais clara a completa separação entre os métodos empregados por militares em conflitos e a necessidade do apoio democrático, foi o efetivo sigilo das autoridades de Washington a respeito de suas aeronaves. Eles não se preocuparam em confiar um único fato de seus preparativos ao público. Nem mesmo se dignaram a falar com o Congresso. Todas as investigações foram abafadas e suprimidas. A guerra foi travada pelo presidente e seus secretários de estado de uma maneira completamente autocrática. Toda publicidade em torno dela era feita simplesmente para antecipar e prevenir agitações inconvenientes que visassem defender pontos de vista. Eles perceberam que o principal problema na guerra aérea com um público inteligente e empolgado seria um clamor para que dirigíveis e aeronaves locais defendessem interesses locais. Essa atitude, com os recursos disponíveis, poderia levar a uma fatal divisão das forças armadas nacionais. Temiam, especialmente, ser forçados a uma ação prematura de defesa de Nova Iorque, pois percebiam de modo profético que essa cidade era a vantagem específica buscada pelos alemães. Assim, tomaram enormes precauções para conduzir a mente da coletividade na direção da defesa por artilharia e para desviar a atenção de todo e qualquer pensamento relacionado à batalha aérea. Os preparativos reais eram mascarados pelos falsos. Em Washington, havia um enorme estoque de armas navais, que foram distribuídas rápida e ostensivamente entre as cidades do leste, sob grande atenção da imprensa. Esse armamento foi deixado em morros e cumes proeminentes próximo aos centros populacionais mais ameaçados. Foram montados em adaptações grosseiras do eixo rotatório de Doan, que àquela época fornecia o deslocamento vertical máximo para uma peça de artilharia. Muitas dessas armas ainda estavam desmontadas e praticamente todas jaziam desprotegidas quando a frota aérea alemã chegou a Nova Iorque. Quando isso aconteceu, nas ruas abarrotadas de gente, os leitores de jornais nova-iorquinos brindavam a si mesmos com belas manchetes e ainda mais belas ilustrações, tais como:

O SEGREDO DO RAIO MORTAL.

CIENTISTA EXPERIENTE APERFEIÇOA ARMA ELÉTRICA QUE ELETROCUTARÁ TRIPULAÇÕES DE AERONAVES AO INVERTER RELÂMPAGOS.

WASHINGTON ENCOMENDA 500.

O ALOJAMENTO DE LUXO DO SECRETÁRIO DE GUERRA. GOVERNO AFIRMA QUE VAI FAZER OS ALEMÃES CAÍREM COMO CHUVA.

O PRESIDENTE APLAUDE PUBLICAMENTE ESSA PIADA.

3

A frota alemã alcançou Nova Iorque antes das novidades sobre o desastre naval americano. Ela chegou à cidade no fim da tarde e foi vista primeiro pelos vigias de Ocean Grove e Long Branch, vindo rapidamente do mar ao sul e indo embora pelo noroeste. A capitânia passou quase verticalmente sobre a estação de observação Sandy Hook, em rápida ascensão. Em poucos minutos, Nova Iorque inteira vibrava com as armas de Staten Island.

Muitos desses canhões, especialmente aqueles localizados em Giffords e em Beacon Hill, acima de Matawan, eram notavelmente bem manejados. O primeiro, a uma distância de cinco milhas e com uma elevação de seis mil pés, mandou um petardo que explodiu tão perto do *Vaterland* que um painel da janela dianteira do príncipe foi quebrado por um fragmento. Essa explosão súbita fez Bert colocar a cabeça para dentro com a rapidez de uma tartaruga assustada. Toda a frota aérea imediatamente subiu de forma abrupta, a uma altura de cerca de doze mil pés e àquela altura passou ilesa sobre os canhões ineficazes. As aeronaves alinhadas em seu deslocamento assumiram a forma de um V achatado, com seu vértice em direção à cidade de Nova Iorque e com a capitânia ocupando seu ponto mais elevado. As duas pontas do V passavam por cima de Plumfield e Jamaica Bay, respectivamente, e o príncipe direcionou seu curso um pouco para o leste dos Narrows, voou por cima da Upper Bay e repousou sobre Jersey City, em uma posição que dominava a parte inferior de Nova Iorque. Lá, esses monstros ficaram pendurados, enormes e incríveis na luz noturna, serenos, independentemente das explosões de foguetes ocasionais e de projéteis que brilhavam no ar mais baixo.

Foi uma pausa de observação mútua. Por um breve momento, a humanidade ingênua esmagou o que se convencionava em tempos de guerra; o interesse dos milhões no solo e dos milhares no ar era igualmente espetacular. Á noite o tempo estava inesperadamente bom: somente algumas faixas finas de nuvens a sete ou oito mil pés interrompiam sua claridade luminosa. O vento tinha diminuído; era uma noite infinitamente pacífica e parada. As concussões pesadas das armas distantes e suas incidentais pirotecnias inofensivas no nível das nuvens pareciam ter tão pouco a ver com morte e poder, terror e submissão, quanto uma saudação em um desfile naval. Abaixo, todos os pontos de vantagem estavam repletos de espectadores, os telhados dos prédios altos, as praças públicas, as balsas ativas e todos os cruzamentos de ruas tinham multidões: todos os píe-res ficaram cheios de gente, o Battery Park ficou denso com a multidão compacta vinda do lado leste, e todas as posições privilegiadas no Central Park e ao longo da Riverside Drive tinham agrupamentos peculiares que subiam as ruas adjacentes. Os passeios das grandes pontes sobre o rio East também ficaram intransitáveis, de tão abarrotados de gente que estavam. Por todos os lados, comerciantes abandonaram suas lojas, trabalhadores deixavam seus ofícios, e mulheres e crianças, a segurança dos seus lares, para sair e ver a maravilha.

"Isso é melhor do que as notícias que os jornais trazem", diziam.

Lá de cima, muitos dos ocupantes das aeronaves observavam com uma curiosidade semelhante. Nenhuma outra cidade no mundo era tão bem localizada quanto Nova Iorque, tão magnificentemente recortada por mar, penhasco e rio, tão admiravelmente disposta a mostrar os efeitos de altos edifícios, as imensidões complexas de pontes e linhas de monotrilho e feitos de engenharia. Londres, Paris, Berlim eram aglomerações baixas e sem forma, comparadas a ela. Seu porto chegava até o centro, como Veneza e, como Veneza, ela era óbvia, dramática e orgulhosa. Vista de cima, era avivada por trens e carros rastejantes, e em mil pontos já estava rompendo em luzes trêmulas. Nova Iorque estava em seu auge, em sua esplendidez, naquela noite.

– Céus! Que lugar! – disse Bert.

Era tão grandiosa e, no todo, tão pacificamente magnificente, que de-clarar guerra contra ela parecia incongruente, além de qualquer medida. Era como sitiar a Galeria Nacional ou atacar pessoas respeitáveis em uma sala de jantar de um hotel com um machado de guerra e armadura. Nova Iorque era em sua totalidade tão grande, tão complexa, tão delicadamente imensa, que trazer até ela a guerra era como bater com um pé de cabra no mecanismo de um relógio. E o cardume das grandes aeronaves parecidas com peixes sobrevoando acima, leves e iluminadas pelo sol, preenchendo o céu, parecia igualmente distante da horrível contundência da guerra. ParaKurt e Smallways, para não sei quantas mais das pessoas na frota aérea surgia a apreensão mais distinta dessas incompatibilidades. Mas na mente do príncipe Karl Albert estavam os vapores do romance: ele era um conquistador, e aquela era a cidade do inimigo. Quanto maior a cidade, maior seria o triunfo. Sem dúvida alguma, ele teve um momento de extrema exultação e sentiu, além de qualquer precedente, a sensação de poder naquela noite.

Então finalmente aquele intervalo chegou ao fim. Algumas comunicações sem fio não foram bem-sucedidas, e a frota e a cidade se lembraram que eram forças hostis.

– Olhem! – gritava a multidão. – Olhem!

– O que estão fazendo?

– O quê?

Através do crepúsculo, cinco aeronaves mergulharam na ofensiva, uma sobre o Navy Yard, no rio East, uma sobre a prefeitura, duas outras sobre os imensos edifícios corporativos de Wall Street e Lower Broadway, e uma sobre a ponte do Brooklyn, descendo do meio dos seus companheiros através da zona de perigo das armas distantes, suave e rapidamente, chegando à proximidade segura das massas da cidade. Com aquele mergulho, todos os veículos nas ruas pararam com uma brusquidão dramática e todas as luzes que estavam se acendendo nas ruas e nas casas se apagaram novamente. Pois a prefeitura tinha acordado e estava ao telefone consultando o comando federal e tomando medidas para a defesa. A prefeitura solicitou aeronaves, recusando-se a se render, como Washington aconselhava, tornando-se um centro de emoção intensa, de atividade frenética. A polícia começou a dispersar as multidões por toda a cidade com urgência.

– Vão para suas casas – diziam; e o recado foi repetido de pessoa para pessoa. – Problemas à vista.

Um calafrio de apreensão percorria a cidade, e homens correndo pela escuridão incomum pela prefeitura e pela Union Square trombavam nas formas escurecidas de soldados e armas, e eram interpelados e mandados de volta. Em meia hora, Nova Iorque tinha ido de um sereno e deslumbrante pôr do sol para um crepúsculo problemático e ameaçador.

A primeira vida perdida aconteceu na correria em pânico saindo da ponte do Brooklyn, enquanto a aeronave se aproximava. Com a interrupção do tráfego, uma quietude incomum tomou conta de Nova Iorque, e as concussões perturbadoras das fúteis armas de defesa nas colinas próximas ficaram cada vez mais audíveis. Finalmente elas também cessaram. Uma pausa para negociações posteriores se seguiu. As pessoas esperaram na escuridão, buscaram aconselhamento em telefones que estavam mudos. E então, naquele silêncio expectante surgiu um grande estrondo e tumulto: a ponte do Brooklyn quebrando, os tiros de rifle vindos do Navy Yard, e as bombas explodindo na Wall Street e na prefeitura. Nova Iorque como um todo não podia fazer nada, não conseguia entender nada. Nova Iorque espiava na escuridão e escutava esses sons distantes, até eles terminarem tão subitamente quanto tinham começado.

– O que está acontecendo? – eles se perguntavam em vão.

Um período longo e vago veio como um intervalo, e as pessoas olhando para fora através de suas janelas em cômodos mais altos podiam ver as carcaças das aeronaves alemãs, deslizando lenta e silenciosamente, bem próximos. Então calmamente as luzes elétricas se reacenderam e a agitação de jornaleiros noturnos começou nas ruas.

Os indivíduos daquela vasta população compraram os jornais e descobriram o que aconteceu: houve uma batalha e Nova Iorque desfraldou a bandeira branca.

4

Os incidentes lamentáveis que se seguiram à rendição de Nova Iorque parecem, em retrospecto, simplesmente a consequência necessária e inevitável do choque de equipamentos modernos e condições sociais produzidos pelo século científico de um lado e a tradição de um patriotismo cru e romântico de outro. No começo as pessoas aceitaram o fato com um desinteresse irresponsável, como se tivessem recebido a desaceleração de um trem em que estivessem viajando ou a construção de um monumento público pela cidade onde moravam.

"Nós nos rendemos. Céus! DE VERDADE?", assim as primeiras notícias foram recebidas. Eles as receberam com o mesmo espírito espetacular que tinham demonstrado na primeira aparição da frota aérea. Apenas de forma muito lenta, essa compreensão da rendição foi se enchendo com o vigor da paixão; somente depois de refletir eles conseguiram fazer uma utilização pessoal.

"NÓS nos rendemos!", veio mais tarde. "A América foi derrotada conosco." Nesse momento começaram a sentir a queimação e o formigamento.

Os jornais, que foram publicados mais ou menos à uma da manhã, não continham detalhes dos termos sob os quais Nova Iorque tinha se rendido; também não traziam qualquer declaração da qualidade do breve conflito que antecedera a capitulação. As próximas edições remediaram essas deficiências. Elas trouxeram a declaração explícita do acordo para abastecer os dirigíveis alemães, fornecer o complemento de explosivos para substituir aqueles usados na batalha e na destruição da frota do Atlântico Norte, pagar o resgate imenso de quarenta milhões de dólares e render a flotilha no rio East. Trouxeram também descrições cada vez maiores da destruição da prefeitura e do Naval Yard, e as pessoas começaram a perceber fracamente o que aqueles rápidos minutos de tumulto tinham significado. Eles leram a história de homens explodidos em pedacinhos, de soldados inúteis naquela batalha localizada, lutando contra a esperança em meio a escombros indescritíveis, de bandeiras sendo baixadas por homens chorando. E essas estranhas edições noturnas traziam também as primeiras mensagens curtas da Europa sobre o desastre da frota, a frota do Atlântico Norte pela qual Nova Iorque sempre tinha sentido um orgulho e uma preocupação especiais. Lentamente, hora após hora, a consciência coletiva acordou, a correnteza de perplexidade e humilhação patriótica foi chegando aos poucos. A América tinha sido surpreendida por um desastre; subitamente, Nova Iorque percebeu sua incredulidade, dando lugar a uma ira indescritível, uma cidade conquistada sob o controle de seu conquistador.

À medida que o fato tomava forma na mente pública, surgiram, da mesma maneira que chamas surgem, um repúdio raivoso.

– Não! – gritava Nova Iorque, acordando no amanhecer. – Não! Eu não fui derrotada! Isso é um sonho.

Antes que o dia nascesse, a veloz raiva americana fluía por toda a cidade, por todas as almas daqueles milhões americanos contagiosos. Antes que ela virasse ação, antes que tomasse forma, os homens nos dirigíveis conseguiam sentir a gigantesca insurgência de emoção, assim como gado e criaturas naturais conseguem sentir, dizem, a chegada de um terremoto. Os jornais do grupo Knype foram os primeiros a colocar o sentimento em palavras e dar uma fórmula.

– Nós não concordamos – disseram simplesmente. – Nós fomos traídos!

Os homens repetiram isso por todo lado, foi passado de um para o outro; em cada esquina sob a luz pálida do amanhecer oradores estavam incontidos, clamando pela ascensão do espírito da América, tornando aquela vergonha uma realidade pessoal para cada pessoa que ouvisse. Para Bert, que estava escutando quinhentos pés acima, parecia que a cidade, que a princípio só produzia sons confusos, agora zumbia como uma colmeia de abelhas – de abelhas muito raivosas.

Depois da destruição da prefeitura e dos correios, a bandeira branca tinha sido hasteada em uma torre do antigo edifício da Park Row, e o prefeito O'Hagen tinha ido até lá, impelido na verdade pelos proprietários aterrorizados da Nova Iorque baixa, para negociar a capitulação com Von Winterfeld. O *Vaterland*, depois de descer o secretário por uma escada de corda, ficou sobrevoando, circulando muito lentamente sobre os grandes edifícios, antigos e novos, que estavam reunidos perto do City Hall Park, enquanto a *Helmholz*, que tinha participado da luta ali, subia acima para uma altura de talvez dois mil pés. Dessa forma, Bert tinha uma vista próxima de tudo o que acontecia naquele lugar central. A prefeitura e o tribunal, o prédio dos correios e vários outros edifícios do lado oeste da Broadway tinham sido muito atingidos, e os três primeiros eram um monte de ruínas enegrecidas. No caso dos dois primeiros, a perda de vidas não tinha sido considerável, mas uma grande multidão de trabalhadores, incluindo mulheres e garotas, foram atingidos pela destruição do edifício dos correios, e uma pequena tropa de voluntários com crachás brancos entrou após os bombeiros, saindo com as pessoas que ainda estavam vivas, em sua maioria terrivelmente queimadas, carregando-as para dentro do grande edifício Monson que estava mais próximo. Por todo lado, os bombeiros estavam ocupados direcionando seus jatos brilhantes de água sobre as massas fumegantes: a mangueira deles estava deitada na praça e grandes cordões da polícia separavam as massas negras de pessoas que se juntavam, principalmente do lado leste, dessas atividades centrais.

Em um contraste violento e extraordinário com essa cena de destruição, bem próximos estavam os enormes prédios de jornais da Park Row. Eles estavam iluminados e funcionando, já que não foram abandonados nem mesmo enquanto as bombas estavam caindo, e agora a equipe e as prensas estavam veementemente ativas, espalhando a história imensa e assustadora da noite, fazendo comentários e, na maioria dos casos, espalhando a ideia de resistência embaixo do nariz das aeronaves. Por um longo tempo, Bert não conseguia imaginar o que esses escritórios insensivelmente ativos poderiam ser, então detectou o barulho das prensas e soltou o seu "Céus!".

Além desses edifícios de jornais, parcialmente escondidos pelos arcos da antiga ferrovia elevada de Nova Iorque (havia muito tempo convertida em um monotrilho), formou-se outro cordão da polícia e um tipo de acampamento de ambulâncias e médicos, ocupados com os mortos e feridos que tinham sofrido mais cedo naquela noite com o pânico na ponte do Brooklyn. Tudo isso Bert viu com as perspectivas de uma vista aérea, como coisas acontecendo em um fosso de formato irregular abaixo dele, entre penhascos de edifícios altos. Ele olhou em direção ao norte ao longo do cânion íngreme da Broadway, pelo qual multidões se reuniam em intervalos em volta de oradores empolgados; e quando levantou seus olhos viu as chaminés e os acúmulos de cabos e telhados de Nova Iorque, e por todo lado agora sobre eles as pessoas que observavam e debatiam se agrupavam, exceto onde havia focos de incêndio e jatos de água ainda jorravam. Em todos os lugares também havia mastros sem bandeiras; um lençol branco caía, tremulava e caía novamente sobre os edifícios da Park Row. E sobre as luzes lúgubres, sobre o movimento purulento e sobre as sombras intensas dessa cena estranha, rompia agora o dia frio e imparcial.

Para Bert Smallways, tudo isso estava emoldurado no quadro da escotilha aberta. Era um mundo pálido e indistinto fora daquela moldura escura e palpável. Ele tinha se agarrado àquela moldura a noite inteira, saltando e tremendo a cada explosão, e observando os eventos fantasmagóricos. Em um momento, ele estivera alto e em outro, baixo; em um momento, quase sem conseguir ouvir nada, e em outro voando perto das destruições e dos gritos e dos clamores. Ele tinha visto aeronaves voando baixo e rápido sobre ruas escuras e cheias de lamentos; tinha assistido a grandes edifícios subitamente iluminados de vermelho em meio às sombras ruírem com o impacto destruidor das bombas; tinha testemunhado pela primeira vez em sua vida o início rápido e grotesco de incêndios insaciáveis. Ele se sentiu desconectado de tudo isso, fora do seu corpo. O *Vaterland* não soltou sequer uma bomba: apenas observava e comandava. E então eles finalmente desceram para pairar sobre o City Hall Park, e Bert percebeu, de forma arrepiante e aterrorizante, que as massas negras iluminadas eram enormes escritórios incendiados e que os espectros esmaecidos minúsculos indo de um lado para o outro, iluminados, acinzentados e brancos, por lanternas, estavam recolhendo os feridos e mortos. À medida que as luzes ficaram mais claras, começou a entender cada vez mais o que essas coisas negras amassadas significavam...

Ele tinha assistido a tudo, hora após hora, desde a primeira vez que Nova Iorque tinha surgido da massa azul indiscriminada de terra. Com a luz do dia, experimentou uma fadiga intolerável.

Bert levantou os olhos cansados para o rubor rosado no céu, bocejou longamente e arrastou-se, murmurando consigo, pela cabine, até seu leito. A verdade é que não chegou a deitar-se, mas despencou em cima do colchão e dormiu de imediato.

Ali, horas depois, largado de forma indigna e dormindo profundamente, Kurt o encontrou, a própria imagem da mente democrática confrontada com os problemas de uma época complexa demais para o seu entendimento. Seu rosto estava pálido e indiferente, sua boca estava completamente aberta e ele roncava. Bert roncava de forma desagradável.

Kurt o observou por um instante com leve desgosto. Então lhe deu um chute no tornozelo.

– Acorde – disse ao atarantado Smallways – e deite-se de maneira decente.

Bert sentou-se e esfregou os olhos.

– Houve mais alguma luta? – perguntou.

– Não – respondeu Kurt e sentou-se. Era a imagem de um homem exausto. – *Gott!* – falou logo depois, esfregando as mãos sobre o rosto. – Como eu queria um banho gelado! Estive procurando por buracos de balas perdidas nas câmaras de ar a noite toda até agora. – Bocejou. – Preciso dormir. É melhor você sair daqui, Smallways. Não vou suportar você aqui hoje de manhã. Você é tão infernalmente feio e inútil. Já comeu sua ração? Não? Bem, vá comê-la e não volte. Fique na galeria.

5

Então Bert, levemente revigorado pelo café e pelo sono, voltou a pensar em sua nula ajuda na Guerra no Ar. Ele saiu para a pequena galeria, conforme o tenente ordenara, e ficou se segurando no corrimão no extremo oposto do homem que estava de guarda, tentando parecer um fragmento de vida mais inofensivo e indefeso quanto fosse possível.

Um vento subia forte vindo do sudeste. Tão forte que obrigou o *Vaterland* a seguir naquela direção e o fez balançar bastante enquanto passava sobre a Ilha de Manhattan. Distantes, ao noroeste, nuvens se juntavam. A pulsação do seu lento parafuso trabalhando contra a brisa era muito mais perceptível do que quando ela ia a toda velocidade; e a fricção do vento contra a parte de baixo da câmara de gás causava uma série de pequenas ondas nela e fazia um leve som de asas como a batida de marolas sob a proa de um barco. A aeronave estava parada sobre a prefeitura temporária no edifício na Park Row, e de vez em quando descia para continuar as comunicações com o prefeito e com Washington. Mas a inquietação do príncipe não permitia que ela ficasse muito tempo em um lugar só. Em um instante circulava sobre os rios Hudson e East; logo depois, subia bem alto, como se quisesse espiar pelas distâncias azuis. Uma vez subiu com tanta velocidade e tão alto que ela e toda a tripulação foram acometidos pelo mal das montanhas e foi forçada a descer novamente – e Bert compartilhou da tontura e da náusea.

A vista oscilante variava com essas mudanças de altitude. Em um instante, eles estavam baixo e próximos, e Bert distinguia naquela perspectiva inclinada e estranha janelas, portas, ruas e sinais aéreos, pessoas e os detalhes mais minuciosos, e observava o comportamento enigmático das multidões e dos grupos nos telhados e nas ruas; então, à medida que eles subiam os detalhes diminuíam, os lados das ruas se uniam, as vistas ficavam mais amplas e as pessoas deixavam de ser significantes. No ponto mais alto, o efeito era aquele de um mapa de relevo côncavo; Bert via a terra escura e povoada cortada em todos os lados por águas brilhantes, via o rio Hudson como uma lança de prata e o Lower Island Sound como um escudo. Até para a mente não filosófica de Bert o contraste entre a cidade abaixo e a frota acima mostrava uma oposição, a oposição da tradição e do caráter aventureiro americanos com a ordem e a disciplina alemãs. Abaixo, os edifícios imensos, por mais que fossem tremendos e excelentes, pareciam árvores gigantes de uma floresta lutando pela vida; sua magnificência pitoresca era tão sem planejamento quanto o acaso de rochedos e desfiladeiros, sua casualidade realçada pela fumaça e confusão dos incêndios que ainda estavam descontrolados e se espalhando. Nos céus, as aeronaves alemãs voavam como seres de um mundo diferente completamente mais organizado, todos voltados para o mesmo ângulo do horizonte, uniformes em sua construção e aparência, movendo-se precisamente com um objetivo, como uma matilha se move: espalhada e cooperando da forma mais precisa e efetiva.

Ocorreu a Bert que menos de um terço da frota podia ser visto. Os outros tinham ido cumprir tarefas que ele não podia nem imaginar, além do alcance daquele grande círculo de terra e céu. Ficou imaginando, mas não havia ninguém a quem pudesse perguntar. À medida que o dia foi passando, mais ou menos doze das aeronaves reapareceram a leste, com os estoques reabastecidos pela flotilha e trazendo vários *Drachenflieger*. Durante a tarde o clima ficou mais espesso, nuvens de passagem surgiram a sudoeste e se chocaram umas com as outras, o que pareceu gerar ainda mais nuvens, e o vento veio do mesmo lado e soprou mais forte. Quando anoiteceu, tornou-se uma ventania tão intensa, que agora as aeronaves eram sacudidas feito folhas no ar.

Durante todo aquele dia o príncipe negociou com Washington, enquanto seus homens faziam uma busca por todos os estados orientais atrás de qualquer coisa que se parecesse com um parque aeronáutico. Um esquadrão de vinte aeronaves que tinha se separado durante a noite surgira do nada sobre o Niágara, dirigindo-se para a cidade e as usinas de energia.

Enquanto isso, o movimento de insurreição na cidade gigante ficou incontrolável. Apesar dos cinco grandes incêndios que já envolviam muitos hectares e continuavam se espalhando, Nova Iorque ainda não estava satisfeita com a derrota.

No começo, o espírito de rebelião lá embaixo só encontrou abertura em gritos isolados, discursos de grupos de rua e notas nos jornais; e então ele encontrou uma expressão muito mais definida: na aparição de bandeiras americanas na luz do sol da manhã em vários pontos sobre os penhascos arquitetônicos da cidade. É bem possível que, em muitos casos, essa demonstração corajosa de bandeiras feita por uma cidade que já tinha se rendido fosse o resultado da informalidade inocente da mente americana, mas também é inegável que em vários outros era uma indicação deliberada de que as pessoas "sentiam-se vingativas".

O senso de correção alemão ficou profundamente chocado com esse aparecimento. Graf von Winterfeld imediatamente se comunicou com o prefeito e apontou a irregularidade, e as estações de vigilância do fogo foram instruídas a respeito do problema. A polícia de Nova Iorque rapidamente começou a trabalhar duro, e uma competição disparatada começou a todo vapor entre cidadãos apaixonados decididos a manter a bandeira hasteada e oficiais irritados e preocupados instruídos a descê-la.

O problema se tornou sério nas ruas acima da Universidade de Columbia. O capitão da aeronave, observando esse setor, parecia ter descido para laçar e arrancar de seu mastro uma bandeira hasteada sobre Morgan Hall. Ao fazê-lo, uma saraivada de tiros de rifle e revólver veio de uma das janelas superiores do enorme prédio situado entre a universidade e a Riverside Drive.

A maioria deles não foi certeira, mas dois ou três perfuraram câmaras de gás e um acertou a mão e o braço de um membro da tripulação que estava na plataforma dianteira; a sentinela na galeria inferior respondeu imediatamente aos tiros e a metralhadora no escudo da águia foi disparada, fazendo parar, prontamente, quaisquer outros disparos. A aeronave subiu e fez um sinal para a capitânia e para a prefeitura, que enviou policiais e milicianos para o local do confronto e esse incidente em particular foi resolvido.

Mas logo depois veio a tentativa desesperada de um grupo de jovens membros de um clube de Nova Iorque, que, inspirados por ideais patrióticos e aventureiros, escaparam em meia dúzia de veículos motorizados para Beacon Hill e começaram a trabalhar com um vigor notável para improvisar um forte em volta do canhão Doan com eixo giratório que tinha sido colocado ali. Os jovens o encontraram ainda nas mãos de atiradores desgostosos, que tinham sido ordenados a cessar-fogo na rendição, e foi fácil convencer esses homens com o espírito deles. Os homens declararam que a arma deles não tinha sequer tido uma chance e estavam morrendo de vontade de mostrar o que ela podia fazer. Guiados pelos recém-chegados, fizeram uma trincheira e um dique em volta da peça que estava montada e construíram abrigos muito frágeis de chapas de ferro.

Já estavam carregando a arma quando foram vistos pela aeronave *Preussen* e a bala que conseguiram atirar antes que as bombas da aeronave transformassem a eles e suas defesas rudes em fragmentos explodiu sobre as câmaras de gás centrais da *Bingen* e derrubou-a, incapacitada, sobre Staten Island. Ela estava muito esvaziada, e caiu no meio de árvores, sobre as quais seus sacos de gás centrais vazios se espalharam como dosséis e festões. Entretanto, nada pegou fogo, e seus tripulantes começaram rapidamente a consertá-la, comportando-se com uma confiança que beirava a imprudência. Enquanto a maioria deles começou a remendar os rasgos da membrana, meia dúzia partiu pela estrada mais próxima em busca de um cano de gás, e em pouco tempo se encontraram reféns de uma multidão hostil. Perto deles havia várias casas de campo, cujos moradores passaram rapidamente de uma curiosidade inamistosa para agressão. Naquela época, o controle policial da grande população poliglota de Staten Island tinha ficado muito frouxo, e eram poucas as casas que não tinham seu rifle ou pistola e munição. Estas apareceram em um piscar de olhos e, depois de dois ou três disparos errados, um dos homens que trabalhavam foi atingido no pé. A partir desse momento, os alemães abandonaram a costura e os remendos, se esconderam entre as árvores e reagiram.

O barulho de tiros rapidamente trouxe *Preussen* e *Kiel* à cena, e com algumas granadas de mão elas acabaram com todas as casas de campo em um raio de dois quilômetros. Vários homens, mulheres e crianças americanos que não estavam combatendo foram mortos, e os atacantes de verdade fugiram. Por um tempo, os consertos continuaram em paz sob a proteção imediata dos dois dirigíveis. Então, quando eles voltaram para seus setores, tiros e combates intermitentes ao redor da *Bingen* encalhada voltaram a acontecer e continuaram durante toda a tarde até se fundirem com a luta geral da noite...

Por volta das oito horas, a *Bingen* foi tomada por uma multidão armada e todos os seus defensores foram mortos após uma luta feroz e desorganizada.

· A dificuldade dos alemães em ambos esses casos veio da impossibilidade de colocar qualquer força eficiente em terra ou, na verdade, qualquer tipo de força da frota aérea. Os dirigíveis eram inadequados para o transporte de grupos ao solo; o contingente de homens deles era suficiente apenas para guiá-los e lutar com eles no ar. De cima eles podiam infligir um dano imenso; podiam levar qualquer governo organizado à capitulação em pouquíssimo tempo, mas não podiam desarmar, muito menos ocupar as áreas que tinham rendido abaixo. Precisavam confiar na pressão às autoridades sob ameaça de se recomeçarem os bombardeios. Era seu único recurso. Sem dúvidas, com um governo altamente organizado e intacto e um povo homogêneo e bem disciplinado isso seria o suficiente para manter a paz. Mas esse não era o caso dos americanos. Não somente o governo de Nova Iorque era fraco e não tinha polícia o suficiente, mas a destruição da prefeitura, do correio e de outros gânglios centrais tinha desorganizado irremediavelmente parte da cooperação. Os bondes e as ferrovias tinham parado de funcionar; o serviço de telefone estava desatualizado e só funcionava com interrupções. Os alemães tinham atingido a cabeça, e a cabeça tinha sido conquistada e estava atordoada – o que só serviu para libertar o corpo do seu controle. Nova Iorque tinha se tornado um monstro sem cabeça, que não era mais capaz de submissão coletiva. Por todos os lados, o povo ascendia em rebeliões; por todos os lados autoridades e oficiais deixados para imitar a si mesmos se juntavam à empolgação, ao hasteamento de bandeiras e ao armamento naquela tarde.

6

A desintegração da trégua deu lugar a uma quebra geral definitiva com o assassinato – pois essa é a única palavra possível para o ato – da

Wetterhorn sobre a Union Square, a menos de dois quilômetros de distância das ruínas da prefeitura. Isso aconteceu no fim da tarde, entre as cinco e as seis horas. A essa hora o clima tinha mudado muito para pior e as operações das aeronaves eram atrapalhadas pela necessidade que tinham de se manterem de frente com as rajadas de vento. Uma série de tempestades, com granizo e trovões, veio seguida uma da outra do sul pelo sudeste, e para evitá-las ao máximo a frota aérea desceu sobre as casas, diminuindo seu alcance de observação e se expondo a ataques de rifle.

Durante a noite, um canhão foi colocado na Union Square. Ele não chegou a ser montado, muito menos disparado, e na escuridão que se seguiu à rendição havia sido deixado junto com a munição debaixo dos arcos do gigantesco edifício Dexter. No final da manhã, alguns espíritos patrióticos lembraram-se da existência dele. O canhão foi tirado do seu repouso por um guincho e levado até os andares superiores do edifício. Fizeram um bom trabalho de camuflagem da peça de artilharia, mascarada atrás das persianas decorativas dos escritórios. Lá estava o canhão, aguardando como uma criança excitada. Por fim, a quilha do desafortunado *Wetterhorn* surgiu, instável e voando a um quarto da velocidade máxima sobre os recém-reconstruídos pináculos da Tiffany's. Prontamente, a bateria de um canhão foi revelada. A sentinela da aeronave deve ter visto todo o décimo andar do edifício Dexter desmoronar e cair na rua lá embaixo, para descobrir a boca negra da arma olhando de dentro das sombras. Depois, talvez, a bala o tenha acertado.

O canhão disparou dois petardos antes que a estrutura do edifício Dexter desmoronasse, e cada petardo varou a *Wetterhorn* de proa a popa. Eles a destruíram completamente. Ela ficou deformada como uma lata chutada por uma bota pesada: a parte dianteira caiu na praça e o resto do corpo, com um enorme rompimento e torção de cabos e suspensões, desceu, desmoronando através do Tammany Hall e das ruas em direção à Segunda Avenida. O gás escapou e misturou-se com o ar. Já o ar do balonete interno se espalhou pelas câmaras de gás, que esvaziavam. Por fim, após um impacto imenso, ela explodiu.

Nesse momento, o *Vaterland* encaminhava-se para o lado sul da prefeitura, sobre as ruínas da ponte do Brooklyn. De lá, ouviram-se claramente o primeiro disparo e depois o desmoronamento do Dexter. Todo esse barulho lançou Kurt e Smallways à escotilha da cabine. Ainda chegaram a tempo de ver o lampejo do segundo disparo explodindo, e então eles primeiro foram achatados contra a janela e depois rolaram de cabeça para baixo pelo chão da cabine pela onda de ar resultante da explosão. O *Vaterland* quicou como uma bola de futebol que alguém tivesse chutado e, quando eles olharam para fora novamente, a Union Square estava pequena, remota e destruída, como se um gigante tivesse rolado sobre ela. Os edifícios a leste estavam em chamas em dezenas de pontos, inundados pelos restos chamejantes e pelo esqueleto deformado da aeronave. Todos os telhados e paredes pareciam ridiculamente tortos e se despedaçando com a força de um olhar.

– Céus! – disse Bert. – O que aconteceu? Olhe as pessoas!

Antes que Kurt pudesse dar qualquer explicação, as sinetas de alarme da aeronave soaram estridentes e ele teve de ir para sua posição. Bert entrou cuidadosamente no corredor, enquanto olhava para a escotilha. Deu um encontrão no príncipe, que corria apressado de sua cabine para o setor central da aeronave.

Bert teve a visão momentânea da grande figura do príncipe, lívido de raiva, repleto de uma fúria gigantesca, movendo seu punho enorme.

– *Blut und Eisen!*[46] – gritou o príncipe, como se estivesse xingando. – *Oh! Blut und Eisen!*

Alguém caiu por cima de Bert, algo na maneira como a pessoa caiu sugeria ter sido Von Winterfeld, e outra pessoa parou e o chutou de propósito e com força. E então ele estava sentado no corredor, esfregando uma bochecha recém-machucada e reajustando a faixa que ainda estava em sua cabeça.

– Príncipe desgraçado – disse Bert, indignado além de qualquer medida. – Mais mal-educado que um porco!

---

[46] "Sangue e aço!" (N.T.)

Levantou-se, recuperando-se por um minuto, então caminhou lentamente em direção ao passadiço da pequena galeria. Ao fazê-lo, ouviu ruídos que insinuavam o retorno do príncipe. Aquele pessoal todo estava voltando. Bert correu a toda velocidade para sua cabine, como um coelho corre para a toca, bem a tempo de escapar daquele terror trovejante.

Fechou a porta e esperou, imóvel, até que o corredor estivesse em total silêncio. Então, dirigiu-se para a janela e olhou para fora. Algumas nuvens davam à perspectiva de ruas e praças certa nebulosidade, e a luta da aeronave com os ventos fazia essa visão se mover para cima e para baixo. Apesar das poucas pessoas que corriam para lá e para cá, o aspecto geral do distrito era de deserção. As ruas pareciam ampliar-se e aclarar-se, e os pequenos pontos, que eram pessoas, avolumavam-se conforme o *Vaterland* descia novamente. Agora a aeronave sobrevoava a parte mais baixa da Broadway. Bert viu que as pessoas não estavam mais correndo, e sim de pé e olhando para cima. Então de súbito todos eles voltaram a correr novamente.

Algo tinha caído do aeroplano, que parecia pequeno e frágil. Atingiu a calçada perto de um grande arco bem abaixo de Bert. Um homenzinho corria pela calçada a uns seis metros, e dois ou três outros e uma mulher estavam indo a toda velocidade pela estrada. Via figuras minúsculas e curiosas, tão pequeninas em relação à cabeça e tão ativas no que se referia aos braços e às pernas. Era muito engraçado ver aquelas pernas correndo. Encurtada, a humanidade não tem dignidade. O homenzinho na calçada saltou comicamente, sem dúvidas com terror, quando a bomba caiu ao seu lado.

E então chamas ofuscantes esguicharam em todas as direções, partindo daquele ponto de impacto, e o homenzinho que tinha saltado se tornou, por um instante, um lampejo de fogo e desapareceu completamente. As pessoas correndo pela estrada deram saltos ridiculamente desajeitados, então caíram e ficaram paradas, com as roupas rasgadas fumegantes virando chamas. E então pedaços do arco começaram a se soltar e a alvenaria inferior do prédio começou a cair com o som estrondoso de brasas soterrando um porão. Uma gritaria fraca chegou até Bert. A multidão continuava correndo em fuga pelas ruas. Um homem, mancando e gesticulando desajeitadamente, parou e voltou para o edifício. Um bloco de alvenaria desprendeu do alto e o atingiu, esmagando-o completamente ali mesmo. Poeira e fumaça negra espalhavam-se para todos os lados, iluminadas pelo vermelho das chamas...

E foi assim que o massacre de Nova Iorque teve início. Foi a primeira das grandes cidades da Era Científica a sofrer com os enormes poderes e as limitações grotescas da Guerra no Ar. A cidade ficou em ruínas, como em séculos anteriores ocorrera com um número ilimitado de outras cidades bombardeadas com selvageria, apenas pelo fato de ser poderosa demais para uma ocupação simples e indisciplinada e orgulhosa demais para se render, para escapar da destruição. Dadas as circunstâncias, foi a única opção. Era impensável ao príncipe desistir e sair dali derrotado, e era impossível dominar a cidade a não ser destruindo-a quase por inteiro. A catástrofe era o resultado prático de uma situação, criada pela aplicação da ciência à lógica da guerra. Era inevitável que as grandes cidades fossem aniquiladas. Apesar de sua intensa exasperação com seu dilema, o príncipe tentou ser moderado, mesmo no massacre. Ele tentou dar uma lição memorável com o mínimo de perda de vidas e de gasto de explosivos. Por isso, naquela noite, propôs a destruição somente da Broadway. Ele ordenou que a frota aérea se movesse em uma coluna, soltando bombas sobre essa rota de passagem, sob a liderança do *Vaterland*. E assim nosso Bert Smallways se tornou um participante em um dos maiores massacres a sangue-frio da história do mundo, na qual os perpetradores estavam indiferentes e também bem protegidos, temendo apenas algum raro tiro eventual. Despejavam a morte e a destruição sobre as casas e as multidões no solo.

Bert agarrou-se à escotilha enquanto a aeronave era jogada e balançava, e olhou para baixo. Através da chuva leve trazida pelo vento, viu as ruas crepusculares: pessoas corriam para fora das casas, prédios desmoronavam e incêndios incontroláveis surgiam. À medida que as aeronaves prosseguiam, iam destruindo tudo, como uma criança faria com uma cidade de papel. Lá embaixo, deixaram ruínas e incêndios, além de corpos amontoados e espalhados pelas ruas. Homens, mulheres e crianças misturados, como se não fossem mais que mouros, ou zulus ou chineses. A parte baixa de Nova Iorque logo tinha se tornado uma fornalha de chamas rubras, da qual não havia escapatória. Veículos, ferrovias, balsas, nada funcionava mais, e nenhuma luz se acendeu para iluminar o caminho dos fugitivos frenéticos naquela confusão escurecida a não ser as luzes das chamas. Ele teve vislumbres de como deveria ser estar lá embaixo, vislumbres. E percebeu subitamente, como uma incrível descoberta, que desastres como aquele não eram só possíveis agora nessa estranha, gigantesca e estrangeira Nova Iorque, como também em Londres, em Bun Hill! Que a imunidade daquela pequena ilha nos mares prateados estava chegando ao fim, que lugar nenhum no mundo agora era seguro, de modo que Smallways pudesse erguer a cabeça com orgulho e apoiar uma guerra ou uma veemente política externa, e ainda assim continuar a salvo de coisas tão horríveis.

O *VATERLAND* É COLOCADO
FORA DE COMBATE

1

Então, sobre as chamas que consumiam a Ilha de Manhattan veio uma batalha, a primeira batalha no ar. Os americanos perceberam o preço que o seu jogo de espera custaria e atacaram com toda a força que possuíam, e talvez com sorte ainda pudessem salvar Nova Iorque desse Príncipe de Sangue e Ferro furioso, e do fogo e da morte.

Eles alcançaram os alemães nas asas de uma grande ventania no crepúsculo, no meio de trovões e chuva. Vieram de estaleiros de Washington e da Filadélfia, a toda velocidade, em dois esquadrões. À exceção de apenas uma aeronave que vigiava a região de Trenton, o fator surpresa foi plenamente atingido.

Os alemães, enjoados e cansados da destruição por eles provocada – e dispondo apenas de parte de sua munição –, enfrentavam os rigores climáticos quando a nova investida os atingiu. Deixavam Nova Iorque para trás, uma cidade enegrecida e retalhada por medonhas cicatrizes de fogo, e encaminhavam-se para sudeste. Todas as aeronaves da frota chacoalhavam instáveis, pois as rajadas de vento da tempestade jogavam-nas na direção do solo, o que exigia esforço adicional nas subidas. O ar era terrivelmente frio. O príncipe estava quase ordenando o lançamento de âncoras com correntes de cobre que evitavam relâmpagos quando soube do ataque iminente. Arranjou sua frota em direção ao sul, tripulou e preparou seus *Drachenflieger*, além de ordenar que todas as aeronaves subissem para a amplitude gélida, acima daquele universo úmido e escuro.

A notícia do que estava para acontecer chegou devagar na percepção de Bert. De pé no refeitório naquele momento aguardava a ração da noite que estava sendo servida. Voltara a vestir o casaco e as luvas de Butteridge e estava enrolado em um cobertor. Mergulhava o pão na sopa, devorando-o em grandes mordidas. Suas pernas estavam muito abertas, apoiando-se na divisória para se equilibrar em meio aos solavancos e oscilação da aeronave. Os homens à sua volta pareciam cansados e deprimidos; alguns deles conversavam, mas a maior parte se mostrava soturna e pensativa, e um ou dois estavam nauseados. Todos pareciam compartilhar do mesmo sentimento de desamparo surgido após as mortes daquela noite, ocorridas abaixo deles numa terra povoada de uma humanidade ultrajada, bem mais hostil que o mar.

Mas logo chegaram as notícias do ataque aéreo. Um homem encorpado, de rosto vermelho, cílios claros e uma cicatriz apareceu na entrada e gritou algo em alemão que claramente alarmou todos ali. Bert sentiu o choque do tom alterado, apesar de não entender uma palavra sequer do que tinha sido dito. O anúncio foi seguido de uma pausa, e então houve uma grande balbúrdia de perguntas e sugestões. Até mesmo os homens dominados pela náusea ficaram corados novamente e falaram. Por alguns minutos, o refeitório virou uma confusão completa e, então, como se confirmassem as notícias, o som estridente da sineta convocando os homens para seus postos chegou ao ouvido de todos.

Bert, tão repentinamente quanto numa pantomima, encontrou-se sozinho.

– O que está acontecendo? – perguntou, embora já tivesse praticamente adivinhado.

Ele só ficou o tempo suficiente para engolir o restante da sopa e correu pelo corredor oscilante e, segurando-se firmemente, desceu a escada para a pequena galeria. O clima o atingiu como água gelada esguichada de uma mangueira. A aeronave tinha se envolvido em um novo tipo de jiu-jitsu atmosférico. Ele se enrolou melhor no cobertor, segurando-o com uma só mão e muito esforço. Estava lá sacudindo-se em uma escuridão úmida, sem ver nada além da névoa passando na sua frente. Acima, a aeronave estava mais aquecida com suas luzes e com a movimentada tripulação voltando aos seus aposentos. Então, abruptamente, as luzes se apagaram e o *Vaterland*, com saltos, piruetas e contorcionismo, começou a lutar para alcançar altitudes mais elevadas.

Bert conseguiu distinguir, enquanto o *Vaterland* sacudia para todos os lados, enormes edifícios pegando fogo abaixo deles, um acanto trêmulo de chamas. Depois viu uma forma indistinta, mais difícil de definir com aquele tempo carregado. Era outra aeronave, que mergulhava feito uma toninha, também lutando para subir. Logo em seguida as nuvens engoliram aquela visão por um tempo, mas voltou a aparecer como um monstro escuro semelhante a uma baleia que atravessava a ventania. O ar se encheu dos mais diferentes ruídos: um bater de asas, um sibilar de tubulações, sons ocos, gritos abafados pela tempestade. Ele sentia-se como se estivesse sendo estapeado. Aqueles sons e aqueles movimentos o confundiam. De vez em quando sua atenção se fixava em nada – ele precisava se equilibrar e se segurar no corrimão sem ver ou sem ouvir.

– Nossa!

Algo passou por ele, saindo da vasta escuridão acima do *Vaterland* para desaparecer na atmosfera tumultuosa abaixo, obedecendo a uma trajetória de descenso oblíqua. Era um *Drachenflieger* alemão. Ele passou a tal velocidade que só permitiu uma visão momentânea da figura escura do aeronauta encolhido, agarrado ao volante. Podia ser uma manobra, mas parecia uma catástrofe.

– Céus! – exclamou Bert.

Podia-se ouvir o som de uma arma em algum lugar nas trevas à frente e de forma súbita e particularmente horrorosa o *Vaterland* mergulhou, e Bert e a sentinela agarraram-se como puderam ao corrimão. Um forte impacto veio do zênite, seguido por outra grande pirueta da capitânia alemã, e tudo ao redor de Bert converteu-se em tormentas cortadas por brilhos vermelhos e clarões sinistros em resposta, revelando vasto abismo. O corrimão agora estava para cima, e, agarrado nele, Bert sentiu o corpo pender no ar.

Por um tempo que pareceu a eternidade, a mente de Bert concentrou-se no esforço de se segurar da maneira que podia.

"Vou voltar para a cabine", pensou, assim que a aeronave retornou à posição normal e o chão da galeria estava novamente sob seus pés. Começou a ir cuidadosamente em direção à escada.

– Irra! – gritou, quando a galeria inteira se empinou para a frente e depois mergulhou como um cavalo desesperado.

Craque! Bangue! Bangue! Bangue! Depois dessa breve introdução de tiros e bombas, surgiu sobre ele, envelopando-o, engolfando-o, imenso e avassalador, o fulgor de um relâmpago e um trovão que parecia a implosão do mundo.

No instante imediatamente anterior a tal explosão, o universo pareceu estar suspenso em um brilho sem sombras.

Então, Bert viu o aeroplano americano na luz do relâmpago como algo completamente imóvel. Mesmo a hélice do propulsor parecia imóvel, e sua tripulação assemelhava-se a bonecos rígidos. (Estava tão próximo que conseguia ver perfeitamente o homem que pilotava a aeronave.) A popa se inclinava para baixo, e a máquina inteira estava quase virando. Ela era do padrão Colt-Coburn-Langley, com asas duplas viradas para cima e a hélice na frente, e os tripulantes estavam em um corpo que parecia um barco com uma rede. Desse corpo extremamente alongado e leve, armas se projetavam dos dois lados. Era estranho e muito bonito de contemplar o fogo que consumia a asa superior da aeronave americana, vermelho e cuspindo fumaça. Mas isso não era o que havia de mais belo na aparição. A beleza mais absoluta se materializava ao se perceber que tanto a máquina aérea americana quanto a aeronave alemã, quatrocentos e cinquenta metros abaixo, estavam como que ligadas pelo clarão do relâmpago, que parecia ter o propósito de apanhar as duas em seu caminho. Das extremidades das asas de toda essa maquinaria encadeada pela luz fulgurante, pequenas ramificações elétricas surgiam vivas e dinâmicas.

Bert viu tudo isso como alguém que observa uma imagem um pouco embaçada por um véu leve de névoa rompida pelo vento.

O estrondo do trovão seguiu imediatamente o clarão do relâmpago, como se ambos fossem uma coisa só. É difícil dizer se Bert estava mais surdo ou cego naquele instante.

E então veio a escuridão, a escuridão completa, e o som leve e baixo de vozes, como gemidos de pavor diante do abismo para o qual tudo se encaminhava.

2

O que se seguiu a esses acontecimentos foi uma agitada oscilação de todo o *Vaterland*. Depois desses acontecimentos, a aeronave balançou longa e profundamente e Bert começou a lutar para voltar para sua cabine. Eles estavam ensopados e gelados e horrorizados além de qualquer medida. Agora estava mais do que um pouco enjoado. Ele sentia que tinha perdido a força nos joelhos e nas mãos e que seus pés agora estavam congelados e escorregadios sobre o metal por onde andavam. Mas isso era porque havia uma fina camada de gelo sobre a galeria.

Ele nunca soube quanto tempo levou para subir pela escada de volta para a aeronave, mas em seus sonhos, depois disso, quando relembrou a subida, a experiência parecia ter durado horas. Abaixo, acima e em volta dele havia penhascos monstruosos com ventos uivantes e redemoinhos de flocos de neve escuros e rodopiantes, e estava protegido de tudo isso por uma pequena grade de metal e um corrimão, os quais pareciam enfurecidos com ele, intensamente impacientes para se desvencilhar dele e jogá-lo no tumulto do espaço.

Em um momento, teve a impressão de que uma bala passou voando perto do seu ouvido e que as nuvens e os flocos de neve haviam sido iluminados por um intenso brilho, mas nem sequer virou a cabeça para ver o que passava por ele no vazio. Queria chegar ao corredor! Queria chegar ao corredor! Ele queria chegar ao corredor! O braço com que estava se segurando ia conseguir se manter ou enfraqueceria e quebraria? Um punhado de granizo acertou-o em cheio no rosto, então por algum tempo ele ficou sem fôlego e quase inconsciente. Segure-se, Bert! Ele renovou seus esforços.

Quando percebeu que estava no corredor, foi tomado por uma imensa sensação de alívio. O corredor se comportava como um copo para jogar dados, pois sacolejava o infeliz Bert para todos os lados. Uma vez e mais uma vez e outra vez, com uma disposição ímpar de jogá-lo fora. Ele se segurou com o vigor do instinto de sobrevivência até que conseguiu chegar à cabine.

Bert trancou a porta e, por um tempo, não se sentia um ser humano: era todo náusea. Queria ir a algum lugar que o deixasse melhor, onde não precisasse ficar se segurando. Abriu o armário e entrou ali, no meio das coisas desarrumadas, e ficou largado, impotente, com a cabeça batendo às vezes de um lado e às vezes do outro do armário. A porta do armário fechou sobre ele com um clique, mas Bert não se importava mais com o que estava acontecendo. Não se importava com quem estava lutando contra quem, ou que balas eram disparadas ou que explosões aconteciam. Não ligava se em alguns instantes fosse atingido ou transformado em pedaços. Estava cheio de uma raiva débil e inarticulada, desesperada.

– Que idiotice! – ele disse, seu único comentário completo sobre a iniciativa humana e seus empreendimentos, suas aventuras. As guerras e a sucessão de acidentes a que se resumia a sua vida. – Idiotice! *Argh*! – praguejou até mesmo contra o universo. Seu desejo era estar morto.

Bert não viu as estrelas quando o *Vaterland* conseguiu abrir caminho em meio ao tumulto e à confusão provocados pelo mau tempo. Não assistiu também ao duelo que envolveu aquela aeronave alemã, cercada por dois aeroplanos que alvejaram as câmaras da extremidade traseira. Ignorou igualmente como a aeronave lutou e forçou seu caminho com balas explosivas para escapar do cerco.

Esses maravilhosos pássaros noturnos, com seus mergulhos heroicos e seu autossacrifício, não foram vistos por Bert. O *Vaterland* foi abalroado e, por pouco, quase destruído. Perdeu altitude rapidamente, arrastando o aeroplano americano enroscado em sua hélice esfacelada. Os americanos, por sua vez, tentavam tomar o convés alemão. Tudo isso, porém, não tinha o menor significado para Bert. Para ele tudo isso era traduzido simplesmente em mais e mais sacolejos. Pura idiotice! Quando a aeronave americana finalmente foi derrubada, Bert não percebeu nada além do fato de o *Vaterland* ter dado um salto horrendo para cima.

Mas então chegou um alívio infinito, um alívio incrivelmente feliz. A ondulação, a inclinação, o sacolejo, a luta, tudo isso cessou, cessou instantânea e absolutamente. O *Vaterland* não estava mais lutando contra a ventania; seus motores destruídos e explodidos não pulsavam mais; ela estava incapacitada e se movimentando com o vento tão suavemente quanto um balão, uma enorme nuvem espalhada pelo vento, rasgada de destroços aéreos.

Para Bert tudo não foi mais do que o cessar de uma série de sensações desagradáveis. Ele não tinha nenhuma curiosidade de saber o que tinha acontecido com a aeronave, nem o que tinha acontecido com a batalha. Ficou deitado por um longo tempo, aguardando apreensivamente pelo retorno das inclinações, de ser chacoalhado e do enjoo voltar galopante, e assim, deitado, encaixotado em seu compartimento, em pouco tempo adormeceu.

3

Bert acordou depois de um sono tranquilo, mas sentindo-se muito abafado e ao mesmo tempo com muito frio. Não conseguia se lembrar do lugar em que estava. A cabeça doía, a respiração estava sufocada. Ele sonhara confusamente com Edna, os Dervixes do Deserto e passeios de bicicletas de uma forma extremamente perigosa pelo ar no meio de uma mostra pirotécnica de fogos de artifício e sinalizadores, para a grande irritação de uma pessoa inventada que era uma mistura do príncipe e do senhor Butteridge. Então por algum motivo, Edna e ele tinham começado a chorar inconsolavelmente, e ele acordou com cílios molhados na escuridão mal ventilada do armário. Ele nunca mais veria Edna, nunca mais veria Edna.

Bert pensou que estava de volta ao cômodo que ficava atrás da loja de bicicletas, na parte mais baixa de Bun Hill, e tinha certeza de que a visão que tivera da destruição de uma cidade magnífica, uma cidade incrivelmente ótima e esplêndida, com bombas, não tinha sido nada além de um sonho particularmente vívido.

– Grubb! – gritou ele, ansioso para contar isso a ele.

O silêncio que obteve como resposta e a ressonância amorfa da sua voz no armário, complementando a qualidade abafada do ar, desencadearam nele uma nova sucessão de ideias. Levantou as mãos e os pés e encontrou uma resistência inflexível. Estava em um caixão, pensou! Tinha sido enterrado vivo! Imediatamente, um pânico quase selvagem o invadiu.

– Socorro! – gritou ele. – Socorro! – Bateu os pés, chutou e se debateu. – Deixem-me sair! Deixem-me sair!

Ele se debateu por alguns segundos num terror incontrolável, fazendo a lateral do seu caixão imaginário se soltar e ele sair voando para a luz do dia. De repente Bert se viu rolando no que parecia ser um chão estofado. Logo Kurt estava dando-lhe socos e xingando-o a plenos pulmões.

Bert sentou-se, confuso. A faixa da cabeça havia se soltado e caíra por cima de um olho. Com um gesto rápido, ele arrancou-a completamente. Kurt também estava sentado, rosa como sempre, enrolado em cobertores e com um capacete de mergulho de alumínio sobre o joelho, encarando Bert com uma expressão séria e esfregando o queixo não barbeado. Ambos estavam em um chão inclinado e acolchoado, e sobre eles havia uma abertura como um alçapão baixo e longo que Bert com algum esforço percebeu ser a porta da cabine em uma condição meio invertida. A cabine inteira na verdade tinha virado de lado.

– O que diabos foi isso, Smallways? – perguntou Kurt – Saltou de dentro daquele armário quando eu tinha certeza que você tinha caído da aeronave com os outros? Onde você estava?

– O que houve? – disse Bert.

– Esse lado da aeronave está virado para cima. A maior parte das outras coisas estão viradas para baixo.

– Houve uma batalha?

– Sim.

– Quem venceu?

– Não vi os jornais, Smallways. Saímos antes do fim. Fomos incapacitados e ficamos ingovernáveis, e nossos colegas, companheiros quero dizer, estavam muito ocupados em sua maioria para se preocupar conosco, e o vento nos soprou; só Deus sabe para onde o vento está nos levando. Ele nos levou para longe da ação a mais ou menos cento e trinta quilômetros por hora. *Gott*! Que ventania! Que luta! E aqui estamos!

– Onde?

– No ar, Smallways, no ar! Quando descermos para a terra novamente, não saberemos o que fazer com nossas pernas.

– Mas o que há abaixo de nós?

– Canadá, até onde eu saiba. E parece ser um país extremamente desolado, vazio e inóspito.

– Mas por que estamos virados?

Kurt não respondeu por algum tempo.

– A última coisa de que me lembro foi de ver um tipo de máquina voadora em um relâmpago – continuou Bert. – Céus! Aquilo foi terrível. Armas disparando! Coisas explodindo! Nuvens e granizo. Balanços e giros. Fiquei tão assustado e desesperado, e nauseado. Você não sabe como a luta começou?

– Não. Eu estava lá em cima com meu esquadrão com aquelas roupas de mergulho, dentro das câmaras de gás. Não conseguíamos enxergar nada do lado de fora, a não ser o brilho dos relâmpagos. Eu não vi nenhum desses aeroplanos americanos. Só vi os tiros passarem pelas câmaras e mandei homens para consertar os rasgos. Tivemos um pequeno incêndio, não muito grande, sabe? Estávamos molhados demais, então eles se apagaram antes que precisássemos fazer algo. E aí uma dessas coisas infernais caiu do céu sobre nós com tudo. Você não sentiu?

– Eu senti tudo – disse Bert. – Não percebi nenhuma destruição em particular...

– Eles deviam estar bem desesperados se fizeram isso de propósito. Eles nos cortaram com uma faca; simplesmente rasgaram a câmara de gás posterior como se estivessem eviscerando peixes. Os motores e a hélice foram destruídos. A maior parte dos mecanismos despencou quando eles caíram sobre nós, ou então teríamos ido ao chão, mas o restante está meio pendurado. A parte dianteira da aeronave virou para cima e ficou assim. Onze homens rolaram da aeronave em vários lugares e o pobre velho Winterfeld caiu pela porta da cabine do príncipe na sala dos mapas e quebrou o tornozelo. Além disso, atiraram ou levaram embora um dos nossos mecanismos elétricos, mas ninguém sabe como. É essa nossa situação, Smallways. Estamos indo pelo ar como um aeróstato comum, à mercê dos elementos, quase em direção ao norte, provavelmente ao Polo Norte. Não sabemos que tipo de aeroplano os americanos têm nem nada a respeito. É muito provável que nós tenhamos acabado com eles. Um deles nos acertou, um foi atingido por um raio, alguns dos homens viraram um deles, aparentemente só por diversão. Eram de má qualidade, de qualquer forma. Nós também perdemos a maior parte dos nossos *Drachenflieger*. Eles simplesmente deslizaram pela noite; não têm estabilidade. E isso é tudo. Não sabemos se vencemos ou perdemos. Não sabemos se já estamos em guerra com o Império Britânico ou em paz. Consequentemente, não ousamos pousar. Não sabemos o que fazer agora ou que faremos depois. Nosso Napoleão está sozinho, na parte dianteira, e imagino que esteja refazendo os planos. Se Nova Iorque foi nossa Moscou ou não, ainda veremos. Tivemos ótimos momentos e matamos um sem-número de pessoas!

Guerra! Guerra nobre! Me sinto cansado disso nesta manhã. Eu gosto de sentar em cômodos que estão na direção certa e não em divisórias escorregadias. Sou um homem civilizado. Fico pensando no velho Albrecht e no *Barbarossa*... Eu acho que quero um banho, palavras gentis e uma casa tranquila. Quando olho para você, tenho *certeza* de que quero um banho. *Gott!* – Ele abafou um bocejo veemente. – Como você parece um verme de um rufião!

– Podemos comer algo? – perguntou Bert.

– Só Deus sabe! – disse Kurt.

Ele refletiu sobre Bert por um tempo.

– Até onde eu consigo ver, Smallways – disse ele –, o príncipe provavelmente vai querer enxotá-lo da aeronave da próxima vez que pensar em você. Com certeza, se vir você... No fim das contas, sabe, você veio als *Ballast*[47]. E teremos que deixar a aeronave extensivamente mais leve muito em breve. A não ser que eu esteja enganado, o príncipe logo vai acordar e começar a tomar atitudes com um vigor tremendo. Eu comecei a gostar de você. É a parte inglesa em mim. Você é um rapazinho estranho. Não vou gostar de ver você caindo pelo ar. É melhor você se tornar útil, Smallways. Acho que vou requisitá-lo para o meu esquadrão. Você terá de trabalhar, sabe, e ser infernalmente inteligente. E terá que virar de cabeça para baixo. Mesmo assim, é a melhor chance que tem. Não iremos carregar passageiros por muito mais tempo nessa viagem, eu acredito. O balastro vai ser jogado para fora, se não quisermos pousar muito em breve e nos tornarmos prisioneiros de guerra. O príncipe não fará isso de qualquer forma. Ele lutará até o fim.

4

Com a ajuda de uma cadeira dobrável, que ainda estava no mesmo lugar atrás da porta, eles chegaram à janela e olharam para fora, cada um

---

[47] Balastro (N.T.).

de uma vez. O que viram foi um país com algumas árvores abaixo, sem ferrovias ou estradas, e alguns sinais ocasionais de habitação. Então uma corneta soou e Kurt a interpretou como uma convocação para comer. Eles passaram pela porta e escalaram com alguma dificuldade o corredor, que estava quase na posição vertical, segurando desesperadamente com os dedos do pé e as pontas dos dedos das mãos as perfurações de ventilação no chão. Os responsáveis pelas refeições tinham encontrado intactos seus equipamentos de aquecimento sem fogo, e havia chocolate quente para os oficiais e sopa aquecida para a tripulação.

A noção de Bert da estranheza dessa experiência era tão intensa que apagava qualquer outro medo que pudesse ter sentido. Na verdade, ele agora estava muito mais interessado do que com medo. Parecia ter atingido o fundo do poço do medo e do abandono durante a noite. Estava se acostumando à ideia de que ia ser morto em instantes, que aquela estranha viagem pelo ar era a sua jornada de morte, a última que faria. Não há ser humano que consiga ficar em estado de permanente pavor: o medo, no fim das contas, passa, vai para o fundo da mente da pessoa, é aceito e arquivado. Ele se curvou por cima da sopa, comendo-a com o pão, e observou seus companheiros. Estavam todos amarelados e sujos, com barba de dias, e se agrupavam daquela maneira cansada e espontânea de homens em um naufrágio. Falavam pouco. A situação causava neles uma perplexidade que lhes impedia todo e qualquer pensamento. Três haviam sido feridos durante a subida e a luta, e um estava com ataduras de quem foi acertado por bala. Era incrível que aquele pequeno grupo de homens tivesse cometido assassinato e massacre em uma escala sem precedentes. Nenhum deles, agachados em seus lugares acolchoados com gás, segurando sua caneca de sopa, parecia realmente ser culpado do que quer que fosse, não aparentavam serem sequer capazes de machucar deliberadamente um cachorro. Era flagrante que todos ali pareciam ter nascido para viver em chalés aconchegantes, em terra firme, em campos bem cultivados, ao lado de esposas loiras e participando de festas e reuniões. O homem encorpado com o rosto avermelhado e cílios claros que dera as primeiras notícias da batalha aérea para a tripulação no refeitório terminara de tomar sua sopa e, com expressão de cuidado materno, estava ajeitando os curativos no braço de um jovem.

Bert estava esfregando o restante de seu pão no que sobrara da sopa, tentando fazer a refeição durar o máximo possível, quando de repente percebeu que todos olhavam para um par de pés que se balançava através da porta aberta virada para baixo. Kurt apareceu e se agachou por cima da dobradiça. De alguma forma misteriosa havia se barbeado e ajeitado o cabelo loiro-claro. Sua aparência era extraordinariamente angelical.

– *Der Prinz* – disse ele.

Um segundo par de botas seguiu fazendo gestos amplos e magníficos na tentativa de sentir a moldura da porta. Kurt os guiou para um ponto de apoio e o príncipe, barbeado, escovado, encerado, limpo, grande e terrível, escorregou para uma posição escorado na porta. Toda a tripulação e Bert ficaram de pé e o cumprimentaram.

O príncipe os observou com a postura de um homem montado em um corcel. A cabeça do *kapitan* aparecia ao seu lado.

Então Bert teve um momento terrível. O brilho azul do olhar do príncipe caiu sobre ele, o grande dedo apontou, uma pergunta foi feita. Kurt interveio com explicações.

– *So* – disse o príncipe, e Bert foi dispensado.

Em seguida, o príncipe falou com a tripulação em frases curtas e heroicas, apoiando-se na dobradiça com uma mão e fazendo gestos muito finos com a outra. O que ele disse Bert não conseguia ouvir, mas percebeu que o comportamento mudou, suas costas ficaram rígidas. Eles começaram a pontuar o discurso do príncipe com gritos de aprovação. No fim, o líder começou a cantar e todos os homens entoaram "*Ein feste Burg ist unser Gott*,"[48]. Eles cantaram em tom profundo e forte, o que subiu muito o moral de todos. Era uma canção emocionante, totalmente inapropriada em uma aeronave danificada, destroçada, que fora incapacitada e colocada fora de combate depois de infligir o bombardeio mais cruel na história humana.

---

[48] "Um poderoso castelo, eis Nosso Senhor"; verso de um hino escrito por Martinho Lutero. (N.T.)

Mas, ainda assim, foi imensamente comovente. Bert estava emocionado. Ele não sabia cantar nenhuma das palavras do grande hino de Lutero, mas abriu sua boca e emitiu notas altas, profundas e parcialmente harmoniosas...

Muito embaixo, essa cantoria profunda atingiu os ouvidos de um pequeno acampamento de mestiços cristianizados que viviam do corte e da coleta de madeira. Estavam tomando o café da manhã, mas correram alegremente para ver de onde vinham aqueles sons, pois estavam prontos para o Segundo Advento. Eles encararam o *Vaterland* quebrado e retorcido flutuando à frente da ventania, incrédulos além das palavras. Em muitos aspectos, aquilo correspondia à ideia que tinham do Segundo Advento. Os homens observaram sua passagem, assombrados e perplexos além de qualquer descrição. O hino acabou. E então, depois de um longo intervalo, uma voz veio do céu.

– Qual é o nome desse lugar? Qual?

Eles não responderam. Na verdade, não entenderam, apesar de terem repetido a pergunta.

E finalmente o monstro se foi para o norte sobre uma crista de pinhais e não pôde mais ser visto. Os homens entraram em uma disputa longa e calorosa...

O hino tinha terminado. As pernas do príncipe estavam penduradas no corredor novamente e todos estavam preparados para esforços heroicos e atos triunfantes.

– Smallways! – gritou Kurt. – Venha aqui!

5

Então Bert, sob a liderança de Kurt, teve sua primeira experiência na função de um marinheiro aéreo.

A primeira tarefa diante do capitão do *Vaterland* era muito simples. Ele precisava continuar flutuando. O vento, apesar de não estar mais tão violento quanto antes, ainda soprava com força suficiente para garantir que o pouso de uma massa tão desajeitada fosse extremamente perigoso, mesmo que o príncipe desejasse aterrissar em um país habitado, dessa forma arriscando-se a ser capturado. Era necessário manter a aeronave no ar até que o vento passasse e então, se possível, pousar em algum distrito isolado do território, onde houvesse possibilidade de conserto ou resgate por algum companheiro que os estivesse procurando. Para fazer isso, eles precisavam eliminar peso, e Kurt tinha sido destacado, com uma dúzia de homens, para descer até os destroços das câmaras de ar esvaziadas e cortá-los, pedaço por pedaço, já que a aeronave começava a perder altitude. Então Bert, armado com um cutelo afiado, escalou a estrutura em forma de rede a mais ou menos quatro mil pés de altura, tentando entender Kurt quando ele falava em inglês e adivinhar o que o companheiro queria dizer quando se pronunciava em alemão.

Era um trabalho estonteante, mas não tão estonteante quanto um leitor bastante nutrido, sentado em um cômodo aquecido, poderia imaginar. Bert descobriu que era bem possível olhar para baixo e contemplar a paisagem selvagem ártica, agora desprovida de qualquer sinal de habitação, uma terra de penhascos rochosos e cascatas e amplos rios que turbilhonavam naquela desolação. As árvores e matas ficavam cada vez mais ralas e menores à medida que o dia avançava. Aqui e ali nas colinas havia pontos de neve. Mas, acima de tudo, Bert dedicou-se com afinco ao trabalho, cortando a seda oleada e escorregadia, segurando-se firmemente na rede. O grupo liderado por Kurt conseguiu desobstruir o caminho e fazer cair da estrutura um emaranhado de hastes de aço amassados e cabos, além de um grande pedaço de bexigas de seda. Foi um trabalho duro. A aeronave pôde subir um pouco mais, ao perder todo aquele peso. Parecia mesmo que eles haviam soltado da aeronave um Canadá inteiro. O material descartado espargiu-se no ar, parte dele flutuando, até atingir de forma destruidora a beirada de uma ravina. Bert se segurou como um macaco congelado em suas cordas e não moveu um músculo sequer por alguns minutos.

Contudo, havia algo muito estimulante, ele percebeu, naquele trabalho perigoso, e acima de tudo, havia um sentimento de companheirismo. Bert não estava mais isolado, não era mais o estrangeiro suspeito e deslocado no meio da tripulação. Agora, todos tinham objetivos comuns, o que tornava a rivalidade entre eles bastante amigável. O respeito e a afeição por Kurt, que até aquele momento eram apenas latentes, aumentaram. Ao supervisionar o trabalho, Kurt se tornava incrivelmente admirável. Ele era engenhoso, prestativo, atencioso, ágil e parecia estar em todos os lugares ao mesmo tempo. Era fácil se esquecer do seu tom rosado, de suas maneiras suaves e tranquilas. Se alguém encontrasse uma dificuldade, ele estava bem ao lado, oferecendo conselhos prudentes e confiáveis; era como um irmão mais velho para os homens.

Ao final, juntos, conseguiram desvencilhar o *Vaterland* de três grandes conjuntos de destroços consideráveis, e Bert ficou satisfeito de poder subir para a cabine novamente e dar lugar para um segundo esquadrão. Ele e seus companheiros puderam desfrutar de um café bem quente, pois, apesar das luvas que usavam, sentiam as mãos congeladas. O trabalho era executado ao ar livre, com os homens expostos a um frio intenso. Sentaram-se, beberam o café, um olhando para o outro com satisfação. Um dos homens falou amigavelmente com Bert em alemão. Bert apenas balançou a cabeça e sorriu. Kurt, aliás, havia conseguido um par de botas de cano alto de um dos homens que estava ferido para Bert, cujos tornozelos estavam quase congelados.

Durante a tarde o vento diminuiu consideravelmente, e pequenos flocos de neve apareciam de vez em quando. A neve agora se espalhava abundantemente lá embaixo, e as únicas árvores eram grupos de pinheiros e abetos nos vales mais baixos. Kurt foi com três homens para as câmaras de gás ainda intactas, tirou certa quantidade de gás delas e preparou uma série de painéis para a descida. O resíduo de bombas e explosivos nos depósitos também foram jogados e caíram, detonando e fazendo muito barulho, na imensidão abaixo. Por volta das dezesseis horas, sobre uma planície ampla e rochosa à vista de penhascos cobertos por neve, o *Vaterland* desceu e pousou.

Foi uma situação difícil e violenta, pois a aeronave não tinha sido pensada para cumprir as funções de um balão. Um dos painéis foi arrancado rápido demais, enquanto outros nem tanto. O *Vaterland* caiu, quicou de forma desajeitada, esmagou a galeria suspensa dianteira, ferindo mortalmente Von Winterfeld, e então finalmente pousou, transformada em um monte de escombros que se arrastou por alguns instantes. A proteção blindada mais avançada e a metralhadora que ela comportava despencaram. Dois homens foram feridos gravemente. Um fraturou a perna e outro sofreu hemorragia interna, por ter sido atingido pelo impacto das hastes e dos cabos. Bert ficou preso por algum tempo e, quando finalmente conseguiu se libertar, pôde ter uma visão melhor da situação: a grande águia preta que tinha levantado voo de forma tão esplêndida da Francônia, seis noites atrás, era um amontoado de destroços que cobria os compartimentos da aeronave e as rochas cobertas de gelo daquele lugar desolado. A águia parecia agora o mais infeliz dos pássaros, como se alguém o tivesse capturado, torcido seu pescoço e jogado de lado. Vários dos tripulantes da aeronave estavam de pé em volta dela em silêncio, contemplando a destruição e a vastidão erma em que eles tinham caído. Outros estavam ocupados sob a tenda improvisada formada pelas câmaras de gás vazias. O príncipe estava um pouco distante e observava as montanhas através do seu binóculo. Elas tinham a aparência de penhascos marítimos antigos; aqui e ali havia pequenos grupos de coníferas, e em dois lugares, cascatas altas. O chão mais próximo estava coberto por rochas glaciais e não havia nada além de uma vegetação alpina formada de uma aglomeração de hastes e flores sem caule. Nenhum rio era visível, mas se podia ouvir o que parecia ser o fluxo de águas torrenciais, talvez bem próximo. Um vento desolador e penetrante soprava, trazendo um ou outro floco de neve. A terra invernal congelada sob os pés de Bert parecia estranhamente morta e pesada se comparada com o flutuar nos céus a bordo da aeronave.

6

E foi assim que o grande e poderoso príncipe Karl Albert ficou por algum tempo fora do estupendo conflito que ele fora peça-chave em provocar. O acaso da batalha e do clima conspiraram para encalhá-lo em Labrador, no Canadá. Ele permaneceu ali, enfurecido, por seis longos dias, enquanto a guerra e o assombro varriam o mundo. As nações se lançavam umas contra as outras, cidades eram arrasadas pelas chamas e os homens morriam às multidões; mas em Labrador podia-se até sonhar que, exceto pelo barulho de marteladas, o mundo estava em paz.

Assim, foi naquela região inóspita que assentaram acampamento. À distância, as cabines, cobertas pela seda da aeronave, transformavam-se em tendas de ciganos, só que em escala infinitamente ampliada. Todas as mãos disponíveis estavam trabalhando, construindo com o metal da estrutura um mastro, pelo qual os eletricistas do *Vaterland* poderiam subir os longos condutores do aparato de telegrafia sem fio que conectaria o príncipe ao mundo novamente. Houve momentos em que pareceu que nunca conseguiriam subir aquele mastro. Desde o começo, o grupo teve dificuldades. Eles não tinham provisões abundantes, de modo que foram racionadas. Apesar das roupas grossas que trajavam, não eram adequadas para o clima daquela vastidão inóspita. Os homens passaram a primeira noite no escuro e sem fogueiras. Os motores que forneciam energia tinham sido destruídos e derrubados muito longe, ao sul, e ninguém na tripulação tinha nenhum fósforo. Carregar fósforos significava a morte. Todos os explosivos tinham sido jogados do depósito, e somente perto da manhã o homem com rosto de pássaro, cuja cabine Bert ocupara, confessou ter um par de pistolas para duelo e cartuchos. Isso permitiu que se fizesse fogo. Mais tarde, descobriram que os armários da metralhadora continham um suprimento de munição não utilizada.

A noite foi angustiante e pareceu interminável. Quase ninguém dormiu. Havia sete homens feridos a bordo e Von Winterfeld estava com a cabeça machucada, tremendo em delírio, lutando com seu cuidador e gritando coisas estranhas sobre Nova Iorque queimando. Os homens permaneceram juntos, no refeitório, na escuridão. Enrolados no que conseguiam achar, bebiam chocolate aquecido nos fogões sem chamas e ouviam os gritos dos feridos. De manhã, o príncipe fez um discurso sobre destino e o Deus dos país dele e o prazer e a glória de dar a vida pela dinastia, além de várias considerações similares que poderiam ter sido deixadas de lado naquela vastidão deprimente. Os homens celebraram sem entusiasmo e um lobo uivou ao longe.

Eles então começaram a trabalhar, e por uma semana labutaram para erguer um mastro de aço e pendurar nele uma grade de cabos de cobre de doze por três metros. O tema de todo aquele tempo foi trabalho, trabalho contínuo, trabalho duro e árduo, e todo o resto era sofrimento sombrio e possibilidades de desgraça, exceto por certo esplendor selvagem no nascer e no pôr do sol, nas torrentes e no tempo que mudava e na região selvagem à volta. Construíram e alimentaram um anel de fogueiras perpétuas, enquanto grupos saíam em busca de lenha e encontravam lobos. Os feridos foram tirados da cabine com suas camas e trazidos para perto das fogueiras. Ali, Von Winterfeld delirou, ficou quieto , voltou a delirar. Três dos outros feridos pioraram por falta de boa comida, enquanto seus colegas melhoraram. Tudo isso acontecia, por assim dizer, em paralelo; os fatos centrais, segundo o entendimento de Bert, sempre eram: em primeiro lugar a labuta diária, o segurar e levantar e o arrastar de outras coisas bem pesadas e desajeitadas, lixar e enrolar tediosamente cabos; e em segundo lugar, o príncipe, urgente e ameaçador, sempre que um homem relaxava. Costumava postar-se acima deles e apontar sobre suas cabeças para o sul, para o céu vazio.

– O mundo lá está aguardando por nós – ele dizia em alemão. – Cinquenta séculos bastam para a sua consumação.

Bert não entendia as palavras, mas lia o gesto. Muitas vezes o príncipe se irritava; uma delas com um homem que estava trabalhando devagar; outra, com um que roubou a ração de um companheiro. O primeiro ele repreendeu e designou a uma tarefa mais tediosa; o segundo, ele estapeou o rosto e o maltratou. O príncipe, mesmo, não trabalhava. Havia um espaço desocupado próximo às fogueiras onde ele andava para cima e para baixo, às vezes por duas horas inteiras, com os braços cruzados, murmurando consigo mesmo sobre paciência e seu destino. Às vezes esses murmúrios se transformavam em declamações, em gritos e gestos que tiravam a atenção dos trabalhadores; eles o observavam até perceberem que seus olhos azuis os encaravam e sua mão fazia gestos sempre endereçados para as colinas ao sul. No domingo, o trabalho parou por meia hora, e o príncipe deu um sermão sobre fé e a amizade de Deus com David e depois todos cantaram *"Ein feste Burg ist unser Gott"*[49].

Von Winterfeld estava em um casebre improvisado, e por uma manhã inteira ele delirou sobre a grandiosidade da Alemanha. *"Blut und Eisen!"*[50] gritou, e também, como se com desprezo, *"Welt-Politik, ha ha!"*. E então explicou questões complicadas de política para espectadores imaginários em tons astutos e baixos. Os outros homens doentes ficaram parados, escutando-o. Kurt chamaria a atenção distraída de Bert.

– Smallways, pegue aquela ponta. Vamos!

Lenta e tediosamente o grande mastro foi construído e erguido metro por metro no lugar. Os eletricistas tinham improvisado uma piscina de captação e uma roda no riacho mais próximo, pois o pequeno dínamo Mulhausen com sua turbina espiralada usada pelos telegrafistas era bem adaptável ao funcionamento com água, e no sexto dia durante a noite o aparato estava funcionando e o príncipe chamava, de forma fraca, mas chamava, sua frota aérea através dos espaços vazios do mundo. Por um tempo ele chamou sem resposta.

O efeito daquela noite iria ficar por muito tempo na memória de Bert. Um fogo vermelho explodiu e brilhou muito perto dos eletricistas que trabalhavam, e pequenos brilhos passeavam pelo mastro de aço vertical e pelos fios de cobre perto do zênite. O príncipe estava sentado em uma rocha próxima, com o queixo apoiado na mão, aguardando. Além dele e em direção ao norte estava o monte de pedras que marcava o túmulo de Von Winterfeld, coroado por uma cruz de aço, e do meio do monte de pedras distantes os olhos de um lobo brilhavam vermelhos. Do outro lado, estavam os destroços do grande dirigível e os homens sentados ao ar livre

---

[49] "Nosso Deus é uma fortaleza poderosa." (N.T.)
[50] "Sangue e aço!" (N.T.)

em volta de uma segunda chama avermelhada. E estavam todos quietos, como se esperando para ouvir quaisquer notícias. Muito longe, através de muitas centenas de quilômetros de desolação, outros mastros sem fio estariam clicando e estalando, e acordando em uma vibração responsiva. Talvez não estivessem. Talvez aqueles impulsos enviados por meio do éter desaparecessem por conta própria naquele mundo indiferente. Quando os homens conversavam, era em tom baixo. De vez em quando, um pássaro grasnava distante ou um lobo uivava. Tudo isso acontecia na vastidão imensa e fria do mundo selvagem.

7

Bert recebeu a notícia por último e em um péssimo inglês, de um linguista que estava entre os companheiros. Foi somente muito tarde da noite que o telegrafista, cansado, recebeu uma resposta aos seus chamados, mas depois as mensagens vieram claras e fortes. E que notícia!

– Ora – disse Bert, na hora do café, durante uma grande balbúrdia –, conte para nós como foi.

– O mundo inteiro está em guerra! – disse o linguista, balançando seu chocolate de forma ilustrativa. – O mundo inteiro está em guerra!

Bert olhou para o sul em direção ao amanhecer. Não parecia.

– O mundo inteiro está em guerra! Eles incendiaram Berlim, Londres, Hamburgo e Paris. O Japão incendiou São Francisco. Nós temos um acampamento no Niágara. Foi isso que nos disseram. A China tem incontáveis *Drachenflieger* e *Lufschiffe*. O mundo inteiro está em guerra!

– Céus! – disse Bert.

– Sim – assentiu o linguista, bebendo seu chocolate.

– Incendiaram Londres, mesmo? Como nós fizemos com Nova Iorque?

– Foi um bombardeio.

– Eles não disseram nada sobre um lugar chamado Clapham ou Bun Hill, disseram?

– Não ouvi nada sobre esses nomes.

Isso foi tudo o que Bert soube por um tempo. Mas a empolgação de todos os homens à sua volta era contagiante, e logo depois viu Kurt em pé sozinho, com as mãos nas costas, olhando para uma das cachoeiras distantes, bem seriamente. Ele foi até lá e o saudou, como um soldado.

– Com licença, tenente – disse.

Kurt virou o rosto. Ele estava excepcionalmente sério aquela manhã.

– Eu estava apenas pensando que queria ver aquela cachoeira mais de perto – respondeu. – Ela me lembra de… O que você quer?

– Não consigo entender muito o que estão dizendo, senhor. Poderia me contar as notícias?

– Essas notícias desgraçadas – respondeu Kurt. – Você vai saber de notícias o suficiente antes do fim do dia. É o fim do mundo. Estão mandando o zepelim Graf para nós. Ela chegará aqui pela manhã e devemos chegar ao Niágara, ou ao acidente eterno, em quarenta e oito horas. Quero ver aquela cachoeira. É melhor você vir comigo. Já se alimentou?

– Sim, senhor.

– Muito bem, venha.

E, profundamente pensativo, Kurt caminhou por meio das rochas em direção à cachoeira distante.

Por um tempo, Bert andou atrás dele como se fosse uma escolta; então, quando saíram da atmosfera do acampamento, Kurt diminuiu a velocidade para andarem juntos.

– Devemos estar no meio de tudo isso em uns dois dias – ele disse. E é uma guerra infernal para voltarmos. O mundo enlouqueceu. Nossa frota venceu os americanos na noite que fomos incapacitados, isso é claro. Perdemos onze aeronaves e todos os aeroplanos deles foram destruídos. Só Deus sabe o quanto destruímos ou quantos matamos. Mas isso foi só o começo. Nosso começo foi como dar tiros. Todos os países estavam escondendo máquinas voadoras. Eles estão lutando no ar pela Europa inteira, pelo mundo inteiro. Os japoneses e os chineses também entraram na guerra. Esse é o grande fato. Esse é o fato supremo. Eles se meteram em nossas disputas. O "perigo amarelo" era de fato um perigo, no fim das contas! Eles têm milhares de aeronaves que estão espalhadas pelo mundo inteiro. Nós bombardeamos Londres e Paris, e agora os franceses e os ingleses destruíram Berlim. E agora a Ásia está atacando todos nós, e por cima de todos nós. É uma loucura. A China está na liderança. E não sabem onde parar. Não tem limite. É a última confusão. Eles estão bombardeando capitais, destruindo estaleiros e fábricas, minas e frotas.

– Eles fizeram muito estrago em Londres, senhor? – perguntou Bert.

– Só Deus sabe.

Kurt não disse mais nada por um tempo.

– Esse Labrador parece ser um lugar calmo – continuou, por fim. – Estou pensando seriamente em ficar aqui. Mas não posso fazer isso. Não! Preciso ir até o fim. Preciso ir até o fim. Você também. Todos. Mas por quê? Eu lhe digo: nosso mundo está despedaçado. Não há escapatória, não há caminho de volta. Aqui estamos! Somos como camundongos presos em uma casa em chamas, somos como gado surpreendido por uma enchente. Em pouco tempo virão nos buscar e voltaremos a lutar. Mataremos e destruiremos novamente, talvez. É uma frota aérea sino-japonesa dessa vez, e a probabilidade está contra nós. Chegará a nossa vez. O que acontecerá com você eu não sei, mas quanto a mim, eu sei muito bem: eu vou morrer.

– Você vai ficar bem – disse Bert, depois de uma pausa estranha.

– Não! – disse Kurt. – Eu vou ser morto. Não sabia antes, mas hoje de manhã, ao amanhecer, eu soube disso, como se tivessem me dito.

– Como?

– Estou dizendo que sei.

– Mas como você poderia saber?

– Eu sei.

– Como se alguém tivesse dito?

– Eu sei – ele repetiu, e por um tempo, os dois caminharam em silêncio para a cachoeira.

Kurt, perdido em pensamentos, nem prestava atenção onde pisava. Depois de algum tempo, voltou a falar.

– Sempre me senti jovem, Smallways, mas hoje de manhã tive a sensação de que estou velho, velho. Tão velho! Mais perto da morte do que os homens idosos se sentem. E eu sempre pensei que a vida fosse uma brincadeira. Não é. Esse tipo de coisa sempre aconteceu, eu suponho, essas coisas: guerras e terremotos, que se espalham por toda a decência da vida. É como se eu tivesse despertado para tudo isso pela primeira vez. Toda noite, desde que estivemos em Nova Iorque, eu sonhei com isso. E isso sempre aconteceu... É como a vida funciona. As pessoas são separadas dos entes que amam; lares são destruídos, criaturas repletas de vida e memórias e pequenos dons peculiares são queimadas e destruídas, e despedaçadas e morrem de fome e de putrefação. Londres! Berlim! São Francisco! Pense em todas as histórias humanas que finalizamos em Nova Iorque! E os outros se lançaram nisso novamente, como se tal destruição fosse mera fantasia. Assim como eu me lancei! Como animais! Simplesmente como animais.

Ele ficou sem falar por um longo tempo e, então, disse novamente:

– O príncipe é um lunático!

Chegaram a uma encosta que era preciso escalar, depois caminharam por um lugar que parecia uma longa trilha ao lado de um riacho. Ali havia certa quantidade de flores em tom vermelho pálido, que de imediato chamaram a atenção de Bert.

– Céus! – disse, e parou para pegar uma. – Em um lugar desses.

Kurt parou e virou-se um pouco. Seu rosto estava contrito.

– Nunca vi uma flor assim – disse Bert. – É tão delicada.

– Colha mais algumas, se quiser – disse Kurt.

Bert colheu as flores enquanto Kurt ficou de pé observando.

– Curioso como sempre queremos parar e colher flores – disse Bert, mas Kurt não acrescentou palavra.

Eles voltaram a andar, sem conversar, por longo tempo. Quando finalmente chegaram a um pequeno monte rochoso, de onde a vista da cachoeira se abria, Kurt parou e sentou-se em uma rocha.

– Isso era tudo o que eu queria ver – ele explicou. – Não é muito parecida, mas é o suficiente.

– Parecida com o quê?

– Com outra cachoeira que eu conhecia.

Então, jogou uma pergunta abruptamente para o companheiro:

– Você tem uma garota, Smallways?

– Curioso – disse Bert –, essas flores, eu suponho... Eu estava pensando nela.

– Eu também.

– O quê? Na Edna?

– Não. Estava pensando na MINHA Edna. Todos temos Ednas, creio, para ficar imaginando. Havia uma garota. Mas tudo isso é passado para sempre. É difícil pensar que não poderei vê-la nem por um minuto, nem para dizer que estou pensando nela.

– Você a verá novamente – disse Bert –, muito provavelmente.

– Não – disse Kurt decididamente. – EU SEI. – E continuou: – Eu a conheci em um lugar como este, nos Alpes, Engstlen Alp. Tem uma cachoeira bem parecida com essa, uma cachoeira ampla que cai no Innerkirchen. Por isso quis vir aqui hoje de manhã. Nós fugimos e passamos metade de um dia juntos perto dela. E colhemos flores. Flores como essas que você colheu. Provavelmente as mesmas, até onde eu saiba. Gencianas.

– Eu sei – disse Bert. – Edna e eu, nós fizemos coisas assim. Flores. E tudo isso. Parece que já faz anos.

– Ela era linda e audaz e tímida, *Mein Gott*! Quase não consigo me segurar de desejo de vê-la e ouvir sua voz novamente antes de morrer. Onde ela está? Veja bem, Smallways, eu vou escrever uma espécie de carta... E o retrato dela está aqui. – Ele tocou o bolso no seu peito.

– Você vai vê-la novamente, sim – disse Bert.

– Não! Não vou vê-la novamente... Não entendo por que pessoas se encontram só para depois sofrerem com a separação. Mas tenho certeza de que não nos veremos novamente, assim como tenho certeza de que o sol vai nascer, e de que essa cascata continuará a descer brilhando sobre as rochas depois que eu estiver morto e enterrado... Oh! É tudo tolice, pressa, violência e idiotice cruel, estupidez, ódio disparatado e ambição egoísta… Todas as coisas que os homens já fizeram, tudo o que eles farão. *Gott!* Smallways, que confusão e bagunça a vida sempre foi: as batalhas e os massacres e os desastres, os ódios e os atos severos, os assassinatos e as preocupações, os linchamentos e as traições. Nessa manhã, me sinto cansado de todas essas coisas, como se tivesse acabado de descobrir tudo isso pela primeira vez. E eu *descobri* tudo isso. Quando um homem se cansou da vida, suponho que é sua hora de morrer. Perdi o ânimo, e a morte está chegando. A morte está próxima, e sei qual será o meu fim. Mas fico pensando sobre todas as esperanças que eu tinha até pouco tempo, a sensação de novo começo! Era tudo uma farsa. Não havia novo começo… Somos apenas formigas em cidades de formigueiro, em um mundo que não se importa; que sai a vagar perambulando até a aniquilação. Nova Iorque… Nova Iorque nem sequer me parece horrível. Nova Iorque não era nada além de um formigueiro chutado com violência por um tolo! Pense nisso, Smallways: há guerra no mundo todo! Eles mesmos estão destruindo a civilização antes que ela tenha a chance de existir direito. O tipo de coisa que vocês, ingleses, fizeram na Alexandria, ou que os japoneses conseguiram em Port Arthur, ou os franceses em Casablanca, imagine isso acontecendo em cada lugar do mundo. Em todos os lugares! Lá na América do Sul, até eles estão lutando uns contra os outros! Nenhum lugar é seguro, nenhum lugar está em paz. Não há um lugar em que uma mulher e sua filha possam se esconder e ficar em paz. A guerra está chegando pelo ar, bombas caem durante a noite. Pessoas tranquilas saem de manhã e veem as frotas aéreas passando pelo ar, gotejando morte… Gotejando morte!

UM MUNDO EM GUERRA

1

Foi muito vagarosamente que Bert assimilou a ideia de que o mundo inteiro estava em guerra. Teve de formar a imagem de que todos os populosos países do mundo, situados ao sul da solidão ártica em que se encontravam, afligidos pelo terror e pelo desespero ao verem os céus tomados por esses estranhos recém-nascidos: as máquinas aéreas. Não estava acostumado a pensar no mundo como uma coisa só, e sim como o interior de um país sem-fim cheio de acontecimentos além do alcance da sua visão imediata. A guerra, em sua imaginação, era uma fonte de notícias e emoções, que acontecia em uma área restrita, chamada Sede da Guerra. Mas agora a atmosfera inteira era a Sede da Guerra, e todas as terras eram um campo de batalha. A competição das nações no caminho da pesquisa e da invenção era tão acirrada, com planos e aquisições tão secretos, mas mesmo assim tão próximos, que logo após algumas horas do lançamento da primeira frota na Francônia uma armada asiática começou a deslocar-se a oeste, muito acima de milhões de olhos maravilhados na planície do Ganges. Mas os preparativos da Confederação da Ásia Oriental tinham sido ainda mais colossais que os dos alemães.

– Com esse passo – disse Tan Ting-siang –, alcançamos e ultrapassamos o Ocidente. Recuperamos a paz mundial que esses bárbaros destruíram.

O sigilo e a velocidade das invenções deles tinham ultrapassado em muito as dos alemães. Onde os alemães tinham uma centena de homens trabalhando, os asiáticos tinham dez mil. Uma demanda ilimitada de funcionários habilidosos e engenhosos chegava aos imensos parques aeronáuticos de Chinsi-fu e Tsingyen pelos monotrilhos que agora enfeitavam toda a superfície da China. Eram funcionários muito superiores aos europeus comuns em eficiência industrial. As notícias da surpresa mundial da Alemanha simplesmente aceleraram os esforços deles. Quando do bombardeio de Nova Iorque, era discutível que a potência germânica tivesse nos ares um total de trezentas aeronaves espalhadas pelo mundo. Já as frotas asiáticas voando pelo leste, pelo oeste e pelo sul contavam com milhares de aeronaves. Além disso, o Oriente tinha uma máquina aérea de combate realmente digna desse nome, o *Niaio*, como era chamada: um aparato silencioso, mas mortalmente eficiente, infinitamente superior ao *Drachenflieger* alemão, apesar de compartilhar com este algumas características, como o fato de ter sido construída em aço leve, bambu e seda artificial, com um motor transversal e asas laterais móveis, além de ter sido projetada apenas para o piloto. O aeronauta carregava uma arma que disparava balas explosivas de oxigênio e, mantendo a melhor tradição japonesa, uma espada. De forma geral, os tripulantes eram em sua maioria japoneses, e uma característica contemplada desde o princípio é que o aeronauta deveria ser um espadachim. As asas dessas máquinas tinham ganchos como os de morcegos na parte dianteira, com os quais elas se pendurariam nas câmaras de gás do rival na hora de invadi-lo. Essas máquinas voadoras leves podiam ser carregadas pelas frotas e também enviadas para o *front* por terra ou por mar junto com os soldados. Elas eram capazes de voar de trezentos a oitocentos quilômetros de acordo com o vento.

Então, logo depois do levante da primeira frota aérea alemã, esses enxames asiáticos tomaram a atmosfera. Instantaneamente, todos os governos organizados do mundo estavam frenética e veementemente construindo aeroplanos e quaisquer abordagens de uma máquina voadora que seus inventores tivessem descoberto. Não havia tempo para diplomacia. Avisos e ultimatos foram telegrafados de um lado para o outro. Em algumas horas, todo o mundo em um pânico intenso estava abertamente em guerra e da forma mais complicada, pois a Grã-Bretanha, a França e a Itália tinham declarado guerra contra a Alemanha e ultrajado a neutralidade da Suíça. A Índia, ao ver os aeroplanos asiáticos, começou uma insurreição hinduísta em Bengala e uma revolta maometana hostil a ela nas províncias do noroeste, a última se espalhando como um incêndio selvagem desde Gobi até a Costa Dourada, e a Confederação da Ásia Oriental tinha capturado os poços de petróleo de Burma e estava imparcialmente atacando a América e a Alemanha. Em uma semana, eles começaram a construir dirigíveis em Damasco, no Cairo e em Johanesburgo; a Austrália e a Nova Zelândia estavam se equipando freneticamente. Um aspecto único e aterrorizante desse desenvolvimento era a velocidade com que esses monstros podiam ser produzidos. Construir um encouraçado levava de dois a quatro anos; uma aeronave podia ser construída no mesmo número de semanas. Além disso, comparado até mesmo a um barco torpedeiro, a aeronave era admiravelmente simples de ser construída, dado o material da câmara de ar, os motores e a usina de gás, e o projeto não era mais complicado, e sim muito mais simples do que um mero barco de madeira tinha sido cem anos atrás. Agora, do cabo Horn até Nova Zembla e de Canton dando uma volta até Canton novamente, havia fábricas, oficinas e recursos industriais.

Antes mesmo de os alemães surgirem no horizonte das águas do Atlântico e de a primeira frota asiática ser descrita pelas primeiras testemunhas oculares na Alta Birmânia, a fantástica rede de créditos e finanças que manteve o mundo economicamente estável por centena de anos ficou tensa pela pressão e estalou, partindo-se. Um tornado parecia varrer todas as bolsas de valores no mundo; bancos interromperam os pagamentos, negócios minguaram e desapareceram, fábricas entraram em estado de inércia diante dos pedidos de falência e da queda abrupta de consumo, depois pararam completamente. A Nova Iorque que Bert Smallways viu, mesmo com todo o brilho de luzes e tráfego, estava no fundo do poço de um colapso financeiro e econômico sem igual na história. O suprimento de comida já começava a escassear. Antes que a guerra mundial completasse duas semanas, ou seja, quando o mastro foi erguido em Labrador, não havia uma cidade ou vila no mundo fora da China, por mais distantes que se encontrassem dos reais centros de destruição, onde a polícia e o governo não estivesse adotando métodos emergenciais especiais para lidar com uma carência de comida e a quantidade de pessoas desempregadas.

As peculiaridades da guerra aérea eram tais que, uma vez deflagrado o conflito, tenderam quase que inevitavelmente para a desorganização social. A primeira dessas peculiaridades foi entendida pelos alemães em seu ataque a Nova Iorque: o imenso poder de destruição que uma aeronave tem sobre tudo que está abaixo, e sua relativa inabilidade em ocupar, policiar, vigiar ou guarnecer uma posição de rendição. Diante das populações urbanas que sobreviviam em meio ao caos econômico, furiosas e famintas, tal característica levava a enfrentamentos violentos e destrutivos. Mesmo quando uma frota aérea atravessava inativa o espaço aéreo de uma cidade, mobilizava conflitos civis e desordens diversas em terra firme. Não existiu na história das guerras nada que fosse comparável a isso, a não ser que utilizemos casos ocorridos durante o século XIX, como ataques contra amplas coletividades primitivas, ou então os bombardeios que desfiguraram a história da Grã-Bretanha no final do século XVIII. Nesses exemplos possíveis retirados do passado, de fato houve crueldade e destruição que prenunciavam, em escala reduzida, os horrores da guerra aérea. Houve apenas uma experiência premonitória imediatamente anterior ao século XX, bastante suave, comparativamente, que foi a Comuna de Paris, em 1871, uma demonstração eloquente do comportamento e das possibilidades de uma moderna população urbana diante da tensão da guerra.

A segunda peculiaridade da guerra aérea, em seus primórdios, que facilitava igualmente o colapso social, foi a pouca efetividade dos confrontos entre as aeronaves. Contra qualquer resistência vinda de baixas altitudes, a resposta surgia na forma de uma chuva de explosivos extremamente mortais, que reduziam a ruínas fortalezas, cidades e barcos, mas, a não ser que estivessem preparadas para uma luta suicida, elas poderiam causar pouquíssimo prejuízo umas às outras. O armamento das enormes aeronaves alemãs, tão grandes quanto os maiores transatlânticos titânicos flutuantes, era uma metralhadora que poderia facilmente ter sido transportada em duas mulas. Além disso, quando se tornou evidente que precisariam lutar pelo ar, os marinheiros aéreos receberam rifles com balas explosivas de oxigênio ou substância inflamável, as aeronaves se viram diante do fato de que sua blindagem e seu armamento de defesa seriam inferiores aos dos menores barcos da guerra de qualquer Marinha. Consequentemente, quando esses monstros se encontravam em uma batalha, eles manobravam para o lugar mais alto, ou se agarravam e lutavam no estilo das embarcações chinesas antigas, atirando granadas de mão e lutando no braço de uma forma completamente medieval. Os riscos de destruição e queda dos dois lados chegavam muito perto de se igualar, em todos os casos, com as chances de vitória. Como consequência, logo após as primeiras experiências de combate, percebia-se uma tendência crescente da parte dos almirantes das frotas aéreas de evadirem das batalhas antes mesmo que elas acontecessem, buscando uma vantagem moral em vez de um destrutivo contra-ataque.

E, se as aeronaves eram muito ineficientes, os primeiros *Drachenflieger* ou eram muito instáveis, como os dos alemães, ou muito leves, como os dos japoneses, para produzir imediatamente resultados decisivos. Mais tarde, é verdade, os brasileiros lançaram uma máquina voadora de um tipo e escala que era capaz de lidar com uma aeronave, mas eles construíram somente três ou quatro, operaram apenas na América do Sul e desapareceram da história sem deixar qualquer traço, na época em que a falência mundial fez com que todas as produções de engenharia em qualquer escala considerável parassem.

A terceira peculiaridade da guerra aérea era o fato de ser, ao mesmo tempo, enormemente destrutiva e completamente inconclusiva. Ela tinha a característica única de que ambos os lados estavam abertos a ataques punitivos. Em todos os tipos de guerra anteriores, tanto por terra quanto por mar, o lado perdedor rapidamente ficava incapaz de pilhar os territórios e comunicações do seu antagonista. Eles lutavam em uma "frente", e atrás dela os suprimentos e recursos do vencedor, suas cidades e fábricas e capital, a paz de seu país, estavam seguros. Se a guerra fosse naval, você destruía a frota de batalha dos seus inimigos e então bloqueava seus portos, protegia suas estações de carvão e caçava quaisquer cruzadores perdidos que ameaçassem seus portos de comércio. Mas bloquear e vigiar um litoral é uma coisa, bloquear e vigiar a superfície completa de um país é outra, e cruzadores e corsários levavam tempo para serem construídos, não podiam ser embrulhados, escondidos e carregados sem ostentação de um lado para o outro. Em uma guerra aérea, ainda que o lado mais forte tenha praticamente destruído a frota inimiga, ele precisaria fazer intensas patrulhas para dar cabo de todo e qualquer local que pudesse, talvez, produzir novas e mortais máquinas voadoras. Significaria escurecer os céus com aeronaves, construí-las aos milhares e treinar aeronautas às centenas de milhares. Um pequeno dirigível esvaziado podia ser escondido em um galpão de ferrovia, em um vilarejo, em um bosque; uma máquina voadora é ainda menos perceptível.

E no ar não existem ruas, canais, nenhum lugar onde se pode dizer a um inimigo: "Se você quiser chegar à minha capital, terá que passar por aqui". No ar, todas as direções levam a todos os lugares.

Consequentemente, era impossível finalizar uma guerra com qualquer um dos métodos já estabelecidos. A, tendo superado em número e dominado B, paira, com milhares de aeronaves, sobre sua capital, ameaçando bombardeá-la a não ser que B se renda. B responde por telégrafo sem fio que está agora no processo de bombardear a maior cidade industrial de A com três aeronaves patrulheiras. Então A afirma que as patrulhas de B estão praticando pirataria e bombardeia a capital de B., iniciando a perseguição das aeronaves remanescentes de B, que, dominado pela emoção da resistência heroica, inicia a construção de mais armamentos em meio às ruínas, de onde brotam novas aeronaves e explosivos para serem utilizados contra A. A guerra se torna forçosamente uma guerrilha universal, que envolve inextricavelmente civis, lares e todos os aparatos da vida social.

Esses aspectos da luta aérea surpreenderam o mundo. Não existiu nenhuma previsão que deduzisse essas consequências. Se tivesse existido, o mundo teria providenciado uma Conferência de Paz Universal em 1900. Mas a invenção mecânica tinha sido mais rápida do que a intelectual e a organização social, e o mundo, com suas tolas bandeiras antigas, sua tola tradição de nacionalidade sem significado, seus jornais baratos e paixões mais baratas ainda, seus imperialismos, seus motivos comerciais básicos e suas inverdades e vulgaridades habituais, suas mentiras e seus conflitos raciais, tudo foi surpreendido. Uma vez que a guerra começou, não houve como pará-la. O frágil fio de crédito que tinha crescido sem que ninguém previsse, segurando essas centenas de milhões em uma interdependência econômica que ninguém entendia claramente, dissolvia-se em pânico. Em todos os lugares havia aeronaves jogando bombas, destruindo quaisquer esperanças de uma recuperação, e em todos os lugares havia catástrofe econômica, pessoas desempregadas e famintas, motins e desordem social. Qualquer inteligência condutora construtiva que houvesse entre as nações desapareceu nos estresses apaixonados da época. Jornais, documentos e histórias que sobreviverem a esse período, todos contarão a mesma história de cidades e municípios com o suprimento de alimentos interrompido e suas ruas congestionadas com desempregados famintos; de crises na administração e estados de sítio; de governos e conselhos de defesa provisórios; e, nos casos da Índia e do Egito, comitês de insurreição tomando o controle do rearmamento da população; da construção de baterias e fossos de armas; da veemente manufatura de dirigíveis e máquinas voadoras.

Essas coisas só podiam ser vislumbradas, em momentos iluminados, como se através de um vapor passageiro de nuvens, acontecendo no mundo inteiro. Constituía a dissolução de uma era; o colapso da civilização que tinha confiado em maquinários, e os instrumentos de sua destruição eram máquinas. Mas enquanto o colapso da grande civilização anterior, a romana, tinha durado séculos, tinha acontecido em fases, como o envelhecimento e a morte de um homem, essa nova decadência foi mortal e súbita, como quando se é atingido por um trem ou um veículo motorizado em alta velocidade.

2

As primeiras batalhas da guerra aérea, sem dúvida, foram determinadas por tentativas de cumprir com a velha máxima naval de encontrar a posição da frota inimiga e destruí-la. Primeiramente houve a batalha de Benese Oberland, na qual dirigíveis italianos e franceses que tentavam flanquear o parque aeronáutico da Francônia foram atacados pelo esquadrão experimental suíço, apoiado durante o restante do dia por aeronaves alemãs. Logo depois, três desafortunadas aeronaves germânicas encontrariam os aeroplanos britânicos *Winterhouse-Dunn*.

Depois veio a batalha do Norte da Índia, em que todo o estabelecimento de assentamento aeronáutico anglo-indiano lutou por três dias contra possibilidades avassaladoras e foi completamente destruído.

Simultaneamente a esse início, começou a grande luta dos alemães e asiáticos, conhecida como a batalha do Niágara, em razão do objetivo do ataque oriental. Mas a verdade é que essa batalha evoluiu gradativamente para conflitos esporádicos sobre metade do continente. As aeronaves alemãs que sobreviveram à destruição na batalha pousaram e se renderam aos americanos e foram tripuladas novamente; no fim, se tornou uma série de encontros impiedosos e heroicos entre os americanos, selvagemente determinados a exterminar seus inimigos, e um exército de invasão continuamente reforçado da Ásia, estacionada sobre a encosta do Pacífico e com o apoio de uma frota imensa. Desde o início, a guerra na América do Norte eclodiu com uma amargura implacável; não houve trégua, não houve prisioneiros. Dotados de uma tenacidade selvagem e de uma energia feroz, os americanos construíram e lançaram aeronave após aeronave para lutar e perecer contra as multidões asiáticas. Todos os outros assuntos eram subordinados a essa guerra, toda a população naquele momento vivia ou morria por ela. Em pouco tempo, conforme irei relatar, os homens brancos encontrariam na máquina de Butteridge uma arma que poderia encarar e lutar contra as máquinas voadoras dos espadachins asiáticos.

A invasão asiática da América do Norte obscureceu completamente o conflito germano-americano. Ele desaparece da história. No início parecia prometer tragédia suficiente sozinho, começando com aquele massacre inesquecível. Depois da destruição da Nova Iorque central, a América do Norte por inteiro se levantou como um só homem, decidido a deixar morrer mil em vez de se render à Alemanha. Os alemães sombriamente decidiram bater nos americanos até que eles se rendessem e, seguindo os planos do príncipe, tinham tomado o Niágara, visando as suas enormes usinas; expulsaram todos os seus habitantes e transformaram todo o lugar em um deserto até Buffalo. Eles também, logo depois de a Grã-Bretanha e a França declararem guerra, destruíram o país do lado canadense por quase vinte quilômetros e começaram a trazer homens e materiais da frota que estava na costa leste, andando em linhas de um lado para o outro, como abelhas buscando mel. Foi aí que as forças asiáticas surgiram, e foi no seu ataque sobre essa base alemã no Niágara que as frotas aéreas do Oriente e do Ocidente se encontraram pela primeira vez e o maior problema ficou claro.

Uma característica notável do início das batalhas aéreas surgiu do profundo sigilo em que as aeronaves foram preparadas. Cada potência tinha apenas uma pequena ideia dos planos de seus rivais, e mesmo os experimentos com seus próprios dispositivos eram limitados pela necessidade de manter o segredo. Nenhum dos engenheiros de dirigíveis e aeroplanos sabia exatamente o que suas invenções precisariam combater; muitos deles nem sequer imaginaram que elas precisariam lutar contra algo no ar e só as planejaram para o lançamento de explosivos. A ideia alemã tinha sido essa. A única arma para lutar contra outra aeronave que a frota de Francônia tinha era a metralhadora dianteira. Somente após a luta contra Nova Iorque foi que os homens receberam rifles curtos com balas explosivas. Teoricamente, os *Drachenflieger* deveriam ser as armas ofensivas. Como conceito, o aeroplano alemão deveria chegar perto do seu adversário e jogar bombas contra ele. Mas a verdade é que essas invenções eram desesperadamente inɔtáveis; nem um terço delas, em qualquer tipo de engajamento, tinha sucesso em voltar para a aeronave-mãe. O restante ou era abatido ou despencava.

A frota da aliança sino-japonesa fez a mesma distinção que os alemães entre as aeronaves e as máquinas de combate direto mais pesadas que o ar, mas o tipo em ambos os casos era completamente diferente dos modelos ocidentais e – o que denota de modo eloquente o grande vigor empregado pelos povos do Oriente para melhorar os métodos ocidentais de pesquisa científica – resultavam quase que inteiramente da invenção dos engenheiros asiáticos. O principal entre eles, vale ressaltar, era Mohini K. Chatterjee, um exilado político que antes tinha servido no parque aeronáutico indo--britânico em Lahore.

A aeronave alemã se assemelhava a um peixe, com cabeça pequena e achatada; a aeronave asiática também tinha o formato de peixe, mas mais nas linhas de uma arraia ou um linguado do que de um bacalhau ou caboz. Era larga, com a parte inferior plana, sem janelas ou qualquer abertura exceto ao longo da linha meridional. Os compartimentos seguiam esse eixo central, com um tipo de ponte convés acima. As câmaras de gás davam ao conjunto a forma de uma tenda circular, típica dos ciganos, com a diferença de ser muito mais plana. A aeronave alemã era essencialmente um balão dirigível muito mais leve que o ar; a aeronave asiática era pouco mais leve que o ar e o atravessava com muito mais velocidade, mesmo que sua estabilidade fosse consideravelmente menor. Carregavam canhão na parte dianteira e traseira, este bem maior, capaz de disparar munição incendiária, além de possuir nichos guarnecidos para artilheiros nas partes superior e inferior. Tratava-se de um armamento bem mais leve que o usual – bem mais leve, por exemplo, que o menor canhão já construído –, mas suficiente para sobrepujar e ultrapassar as monstruosas aeronaves germânicas. Em ação, os aparatos orientais estavam sempre atrás ou acima dos alemães; algumas vezes, corriam por baixo, evitando passar exatamente sob o paiol de munições, fazendo fogo com o canhão traseiro assim que ultrapassavam tal ponto e disparando munição explosiva de oxigênio contra as câmaras de gás inimigas.

Mas a força dos asiáticos não estava em seus dirigíveis, e sim, como eu disse, no poderio de suas máquinas voadoras. Superados somente pela máquina de Butteridge, tais aeroplanos eram certamente os mais eficientes já inventados. Surgiram da mente criativa de um artista japonês e eram extremamente diferentes do formato de pipa quadrangular do *Drachenflieger* alemão. Eles tinham asas laterais curiosamente curvadas e flexíveis, que se pareciam mais com asas de borboletas dobradas do que com qualquer outra coisa, e eram feitos de uma substância que lembrava a mistura de celuloide e de seda pintada de forma muito brilhante. Tinham, ainda, uma longa cauda de beija-flor. No canto dianteiro das asas, havia ganchos, parecidos com as garras de um morcego, com os quais a máquina podia se segurar e rasgar as paredes de uma câmara de gás de outra aeronave. O piloto solitário se sentava entre as asas sobre um motor explosivo transversal, que não era muito diferente dos usados nas bicicletas motorizadas leves do período. Abaixo havia uma grande roda. O piloto se sentava montado em uma sela, como na máquina de Butteridge, e carregava uma grande espada de duas mãos e duplo gume, além de um rifle com balas explosivas.

3

Podemos colocar essas características lado a lado e comparar essas peculiaridades relativas aos diferentes padrões de desenho dos aeroplanos e dirigíveis americanos e alemães, mas nada disso era conhecido por aqueles que estavam envolvidos na monstruosa e confusa batalha que ocorreu sobre a região americana dos Grandes Lagos.

Cada lado entrava em ação contra algo que não conhecia, em novas condições e com aparatos que, mesmo sem ataques hostis, eram capazes de produzir as surpresas mais desconcertantes. Planos de ação, tentativas de manobras coletivas e outras estratégias necessariamente se despedaçavam logo após o início das lutas, assim como acontecera em quase todas as primeiras batalhas dos encouraçados do século anterior. Cada capitão então precisava confiar em ações individuais e em seus próprios dispositivos; um veria o triunfo no que o outro, como um momento de fuga e desespero. É verdadeiro afirmar que tanto a Batalha do Niágara quanto a de Lissa não foram uma só batalha, mas um bocado de pequenas batalhas!

Para um espectador como Bert, a coisa toda acontecia na forma de uma série de incidentes, alguns de proporções enormes, alguns bem simples, mas todos incoerentes. Nunca chegou a ver um planejamento conjunto ou uma luta que tenha terminado com vitória ou derrota para um dos lados. Viu acontecimentos tremendos que convergiram para escurecer seu mundo, para destruí-lo, tornando-o apenas desastre e ruína.

Bert assistiu à batalha do solo, em Prospect Park e em Goat Island, para onde havia fugido. Mas a forma como chegou ao chão precisa ser explicada.

O príncipe havia retomado o controle da sua frota por meio da telegrafia sem fio muito antes de o *Zeppelin* localizar seu acampamento em Labrador. Por ordens suas, a frota aérea alemã, cujas sentinelas experientes tinham estado em contato com os japoneses acima das Montanhas Rochosas, concentrou-se em Niágara para aguardar o resgate. A retomada do comando aconteceu logo no início da manhã do décimo segundo dia, e Bert viu pela primeira vez o desfiladeiro das cataratas do Niágara, enquanto fazia exercícios do lado de fora da câmara de gás central ao nascer do sol. O *Zeppelin* ia muito alto, e lá embaixo Bert pôde distinguir as espumas das águas, e mais a leste o grande arco do lado canadense das cataratas

213

brilhava, sua espuma cintilando ao sol, emanando um som estrondoso incessante para o céu. A frota aérea posicionava-se em meia-lua, com as extremidades apontando para sudoeste, uma longa fila de monstros com cauda em lenta rotação e as insígnias da Alemanha se arrastando, as popas prolongadas pelos pingentes de Marconi que portavam.

A cidade de Niágara ainda estava em sua maior parte de pé, apesar de as ruas estarem vazias. As pontes estavam intatas; bandeiras e anúncios convidativos ainda tremulavam na fachada de hotéis e restaurantes; as estações de energia ainda funcionavam. Mas, ao redor desse centro, o país dos dois lados do desfiladeiro parecia ter sido varrido com uma vassoura colossal. Tudo o que poderia dar cobertura a um ataque na posição alemã em Niágara tinha sido destruído da forma mais impiedosa que máquinas e explosivos poderiam garantir; casas explodidas e queimadas, bosques incendiados, cercas e safras destruídas. Os monotrilhos tinham sido destroçados, e as estradas foram varridas por bombas para evitar qualquer possibilidade de esconderijo ou abrigo. Visto de cima, o efeito dessa assolação era grotesco. Matas jovens tinham sido completamente destruídas por cabos arrastados, e as mudas estragadas, destruídas ou arrancadas, estavam largadas no chão como milho depois da ceifa. As casas pareciam ter sido achatadas pela pressão de um dedo gigantesco. Muita coisa ainda estava queimando, e grandes áreas tinham sido reduzidas a retalhos fumegantes, e em alguns lugares uma escuridão ainda brilhava.

Aqui e ali estava o entulho de fugitivos atrasados, carroças e cadáveres de cavalos e homens; e onde existiram as reservas de água das casas havia agora poças e fontes correntes dos canos quebrados. Em campos que não tinham sido queimados, cavalos e gado ainda se alimentavam pacificamente. Além dessa área desolada, a zona rural ainda estava de pé, mas quase todas as pessoas tinham fugido. Uma grande parte de Buffalo estava sob chamas e não havia sinal de esforços para lutar contra as chamas.

A própria cidade de Niágara estava sendo rapidamente convertida para servir como um entreposto militar. Um grande número de engenheiros bem treinados do Exército já tinha sido trazido pela frota aérea e estava trabalhando com afinco na adaptação do aparato industrial da cidade para as necessidades de um parque aeronáutico. Construíram uma estação de recarregamento de gás na esquina mais próxima da queda d'água, do lado americano, logo acima do teleférico, e estavam abrindo uma área ainda maior ao sul com o mesmo objetivo. Sobre as centrais elétricas, os hotéis e outros pontos importantes, a bandeira alemã tremulava.

O *Zeppelin* circulou lentamente sobre esse cenário duas vezes, enquanto o príncipe observava da galeria suspensa; depois elevou sua altitude em direção ao centro da formação em meia-lua e transferiu o príncipe e sua comitiva, inclusive Kurt, para o *Hohenzollern*, que tinha sido escolhido como a capitânia durante a batalha iminente que se avizinhava. Eles foram içados por um pequeno cabo da galeria frontal, e os tripulantes do *Zeppelin* ocuparam suas posições na rede externa durante o deslocamento. Depois, o *Zeppelin* mudou de direção, desceu obedecendo uma trajetória circular e pousou em Prospect Park, para deixar os feridos e embarcar explosivos, pois ele tinha vindo para Labrador com os depósitos vazios, por não terem certeza de qual peso precisaria carregar. Ele também reabasteceu o hidrogênio de uma das suas câmaras dianteiras, que apresentara vazamento.

Bert ajudou a carregar os feridos, um a um, para o mais próximo dos grandes hotéis que davam vista para o litoral canadense. O hotel estava quase vazio, exceto por duas enfermeiras americanas e um carregador negro, além de três ou quatro alemães que aguardavam os feridos. Bert foi com o médico do *Zeppelin* para a rua principal do lugar, e eles invadiram uma farmácia e pegaram vários itens de que necessitavam. Enquanto voltavam, encontraram um oficial e dois homens fazendo um inventário aproximado do material disponível nas várias lojas da cidade. A não ser por eles, a rua principal da cidade estava deserta. As pessoas tiveram três horas para sair, e todos eles, aparentemente, haviam obedecido à ordem. Em uma esquina um homem morto estava escorado contra uma parede. Fora baleado. Dois ou três cães podiam ser vistos na paisagem vazia, mas, na direção da ponta do rio, a passagem de vários veículos de monotrilho quebrava a quietude e o silêncio. Eles estavam carregados com mangueiras, que foram levadas aos trabalhadores responsáveis pela conversão do Prospect Park em um estaleiro para aeronaves.

Bert, conduzindo uma bicicleta tomada de uma loja perto do hotel, levou uma sacola de remédios para lá, e logo foi enviado para carregar bombas no depósito do *Zeppelin*, uma tarefa que precisava de muito cuidado. Desse trabalho, em pouco tempo foi chamado pelo capitão do *Zeppelin*, que o mandou com um bilhete endereçado ao oficial no comando da Companhia de Energia Anglo-Americana porque o telefone de campanha ainda precisava ser consertado. Bert recebeu as instruções em alemão, cujo significado ele presumiu, fez uma saudação e pegou o bilhete, não querendo demonstrar sua ignorância diante do idioma. Ele começou com um ar radiante por saber para onde ia, dobrando uma ou duas esquinas; e então passou a suspeitar que não sabia onde estava indo quando sua atenção foi atraída para o céu pela celebração celestial da explosão de um dos canhões do *Hohenzollern*.

Tentou enxergar o que acontecia nos ares, mas sua visão foi obstruída pelas casas de ambos os lados da rua. Ele hesitou, mas a curiosidade o levou novamente para a margem do rio. Aqui, sua vista era atrapalhada pelas árvores e levou um susto ao descobrir que o *Zeppelin*, cujos depósitos ainda estavam um quarto vazios, segundo seu conhecimento, estava subindo sobre Goat Island: a aeronave não esperou pela plena recarga de sua munição. Bert, então, percebeu que tinha sido deixado para trás. Ele se agachou entre as árvores e os arbustos, até se sentir seguro de qualquer consideração posterior da parte do capitão do *Zeppelin*. Então sua curiosidade para ver o que a frota aérea enfrentava sobrepujou e o levou até pelo menos a metade do caminho da ponte para Goat Island.

Daquele ponto ele tinha vista de quase um hemisfério de céu e teve o primeiro vislumbre das aeronaves asiáticas, que em baixa altitude, surgiam logo acima do tumulto brilhante das águas de Upper Rapids.

Eram bem menos impressionantes que as máquinas aéreas alemãs. Bert não conseguia estimar a distância, e voavam de lado para ele, como se para esconder a amplitude de suas dimensões.

Permaneceu no meio da ponte, lembrada pelas pessoas que a conheciam como um lugar repleto de turistas e excursionistas, e Bert era o único ser humano à vista ali. Sobre ele, muito alto nos céus, as frotas aéreas rivais manobravam; abaixo dele, o rio fervilhava como uma represa em direção à queda d'água do lado americano. Sua vestimenta era peculiar: as calças baratas de sarja azul estavam enfiadas nas botas de borracha da aeronave alemã, e na cabeça usava um quepe branco de aeronauta, grande demais para ele. Bert empurrou o chapéu para trás e revelou seu pequeno rosto *cockney*, deixando à mostra a cicatriz perto da sobrancelha.

– Céus – sussurrou ele.

Ele observou, gesticulou, uma ou duas vezes gritou e aplaudiu.

Mas, em dado momento, o terror tomou conta de Bert, que correu o mais rápido que pôde em direção a Goat Island.

4

Por um tempo depois de terem avistado uma à outra, nenhuma das frotas tomou a iniciativa de se engajar em uma luta direta. Os alemães tinham sessenta e sete grandes aeronaves e mantinham a formação em meia-lua a uma altitude de quase quatro mil pés. A distância entre elas era de pouco mais de uma milha, de modo que as pontas da meia-lua estavam afastadas por quase trinta milhas. Rebocados bem próximos da aeronave nos extremos da formação estavam cerca de trinta *Drachenflieger* prontos para a ação. Eram, contudo, pequenos demais para serem distinguidos a distância por Bert.

No começo, apenas a frota asiática, chamada Meridional, podia ser vista por ele. Eram quarenta aeronaves, carregando em seus flancos aproximadamente quarenta aeroplanos de um tripulante. Por algum tempo ela voou lentamente, a uma distância mínima de talvez uma dúzia de milhas dos alemães, que estavam a leste da frota deles. No começo, Bert só conseguia distinguir dois grandes volumes; então, ele percebeu as máquinas de um homem só como uma multidão de objetos minúsculos flutuando feito poeira na luz do sol em volta e abaixo das formas maiores.

Do solo, não foi possível perceber a aproximação da segunda frota asiática, apesar de ela provavelmente estar entrando na visão dos alemães naquele momento, pelo noroeste.

O ar estava muito parado, o céu quase não tinha nuvens, e a frota alemã tinha subido para uma altitude imensa, de modo que as aeronaves se tornassem bastante indistintas. As duas pontas da formação em meia-lua eram claramente visíveis. À medida que iam em direção ao sul, eles passavam lentamente entre Bert e a luz do sol, tornando-se amplos contornos negros. Os *Drachenflieger* apareciam como pequenos flocos pretos de cada lado dessa armada aérea.

As duas frotas não pareciam ter pressa para iniciar o combate. Os asiáticos estavam indo longe, no leste, aumentando o ritmo e elevando a altura. Então, alinharam-se em uma longa coluna que repentinamente se voltou, tentando elevar-se acima e à esquerda do agrupamento alemão. Os esquadrões germânicos mudaram de direção, encarando esse avanço oblíquo do inimigo. Subitamente, pequenas centelhas e um leve som crepitante indicaram que tinham aberto fogo. Por algum tempo, nenhum efeito era visível para o observador na ponte. Então, como um punhado de flocos de neve, os *Drachenflieger* mergulharam para o ataque, e uma multidão de ciscos vermelhos rodopiaram ao encontro deles. Para a percepção de Bert, aquilo tudo não era só imensamente remoto, mas também singularmente desumano. Nem quatro horas tinham se passado desde que ele estivera em uma dessas aeronaves, que agora não pareciam mais ser para ele sacos de gás carregando homens, mas sim estranhas criaturas sensíveis, que se moviam e realizavam ações com um objetivo próprio. O voo das máquinas asiáticas e alemãs se mesclou definitivamente, aproximando-se mais do solo, como que se transformando em um punhado de pétalas de rosas brancas e vermelhas jogadas de uma janela distante. Os adversários aumentaram de tamanho, de forma que Bert conseguia distinguir que algumas aeronaves já estavam perdendo estabilidade, girando pelo ar, enquanto outras eram ocultadas pelos grandes volumes de fumaça escura que subiam na direção de Buffalo. Por um tempo tudo ficou oculto pela fumaça, mas duas ou três brancas, além de um certo número de formas vermelhas, ascenderam novamente, como um enxame de grandes borboletas, empreenderam um voo circular, combatendo umas às outras, e logo desapareceram em direção leste.

Uma grande explosão levou os olhos de Bert para o alto e, pasme, a grande meia-lua perdera seu eixo, quebrada em uma nuvem desordenada de aeronaves! Uma delas caía velozmente dos céus, a popa e a proa em chamas, girando descontroladamente, desaparecendo, diante dos olhos de Bert, no meio da densa camada de fumaça de Buffalo.

A boca de Bert se abriu e fechou, e ele se segurou com mais força no corrimão da ponte. Por alguns momentos, que pareceram longos demais, as duas frotas continuaram sem nenhuma mudança, voando obliquamente uma em direção à outra, fazendo um som que chegava aos ouvidos de Bert como um pequeno alarido. Então subitamente dos dois lados as aeronaves começaram a sair do alinhamento e a cair, atingidas por mísseis que ele não podia ver nem rastrear. A linha de aeronaves asiáticas girou e atacou diretamente, ou por cima – era difícil dizer olhando do solo – a linha alemã destroçada, que parecia abrir caminho para elas. Começou um tipo de manobra, mas Bert não conseguia compreender seu sentido. A parte esquerda da batalha se tornou uma dança confusa de aeronaves. Por alguns minutos, lá em cima, as duas linhas de aeronaves que se cruzavam aparentavam estar tão próximas que parecia haver uma briga de socos no céu. Então eles se separaram em grupos e duelos. A perda de altitude das aeronaves alemãs se acentuou, uma delas se incendiou e desapareceu a distância ao norte. Duas caíram como algo retorcido, com um movimento desigual. Em seguida, um grupo de antagonistas desceu do ponto mais alto em espiralado conflito, duas asiáticas contra uma além, às quais mais uma se juntou, seguindo na direção leste com outras aeronaves que abandonavam a formação.

Um dos aparatos asiáticos abalroou ou colidiu com um alemão ainda mais gigantesco, os dois rodopiaram juntos para a destruição. Bert não percebeu o esquadrão setentrional de asiáticos se juntando à batalha, ele notou somente que a multidão de dirigíveis acima parecia ter aumentado instantaneamente. Em pouco tempo, a batalha se tornou pura confusão, que se deslocava à deriva para o sudoeste, impulsionada pelo vento. A situação toda se tornava uma série de encontros de grupos menores. Em uma direção, uma imensa aeronave alemã descia ao solo em chamas com uma dúzia de máquinas inimigas ao seu redor, impedindo qualquer tentativa de recuperação de altitude. Em outra direção, a tripulação de um aparato alemão enfrentava os espadachins saídos de um enxame de aeroplanos. Em outro ponto, novamente, uma aeronave asiática em chamas dos dois lados se retirou da batalha. A atenção dele pulava de incidente para incidente na imensa claridade acima de sua cabeça; esses breves casos de notável destruição tomaram e prenderam sua atenção. Foi apenas muito lentamente que algum tipo de planejamento se manifestou entre esses episódios mais próximos e marcantes.

A massa de aeronaves que rodopiava remotamente acima, entretanto, não estava destruindo nem sendo destruída. A maioria delas parecia estar se movimentando a toda velocidade e circulando para cima em busca de uma posição, enquanto trocava tiros ineficazes. Pouquíssimo abalroamento ocorreu depois da primeira queda trágica dos que se colidiram, e quaisquer tentativas de subir a bordo eram invisíveis para Bert. Parecia, entretanto, haver uma tentativa firme de isolar os inimigos, de separá-los de seus colegas e derrubá-los, causando um perpétuo recuo e entrelaçamento desses volumes que se juntavam. O maior número e o movimento mais veloz e gracioso davam a impressão de que atacavam persistentemente os alemães. Acima, e evidentemente tentando se manter em contato com o que acontecia em Niágara, uma parte das aeronaves alemãs se juntou em uma formação de falange compacta, e os asiáticos ficaram cada vez mais decididos a separá-la. Bert se lembrou de peixes em um lago lutando por migalhas. Ele podia ver insignificantes nuvens de fumaça e o brilho de bombas, mas nenhum som chegou aos seus ouvidos.

Uma sombra oscilante passou por um instante entre Bert e o sol e foi seguida por outra. Um zumbido de motores chegou aos seus ouvidos. Instantaneamente ele se esqueceu do zênite.

Uns noventa metros acima da água, vinda do sul, como valquírias galopando rapidamente pelo ar em corcéis estranhos que a engenharia europeia fez nascer da inspiração artística do Japão, chegou uma longa linha de espadachins asiáticos. As asas batiam rapidamente, estalando, e as máquinas subiam; elas se espalharam e pararam, e o aparato veio voando pelo ar. Elas então subiram, desceram e subiram novamente. Eles passaram tão perto que Bert conseguia distinguir as vozes dos cavaleiros gritando uns com os outros. Mergulharam em direção à cidade do Niágara e pousaram um após o outro em uma longa fileira em um espaço limpo na frente do hotel. Mas não ficou lá para vê-los pousarem. Um rosto amarelo tinha se virado e olhado para ele, e por um instante enigmático fitado seus olhos...

Foi então que Bert percebeu que estava exposto demais no meio da ponte e correu em direção a Goat Island. De lá, esquivando-se entre as árvores, com talvez excessivo constrangimento, pôde assistir ao resto da batalha.

5

Quando a sensação de segurança de Bert tinha sido suficientemente restaurada para que ele observasse a batalha novamente, percebeu que uma pequena luta ativa estava acontecendo entre os aeronautas asiáticos e os engenheiros alemães pelo controle da cidade do Niágara. Foi a primeira vez durante toda a guerra que vira algo parecido com a batalha que estudara nos jornais ilustrados em sua juventude. Ele teve a impressão de que as coisas estavam quase dando certo. Viu homens carregando rifles, se abrigando, correndo rapidamente de um lado para o outro em uma formação de ataque relaxada. A primeira leva de aeronautas provavelmente estivera sob a impressão de que a cidade estava deserta. Pousaram em campo aberto perto do Prospect Park e estavam se aproximando das casas mais próximas das usinas antes de serem surpreendidos por um tiroteio repentino. Os invasores orientais recuaram para a margem do rio; estavam distantes demais para voltarem às suas máquinas voadoras. Permaneciam abaixados e atirando contra os homens nos hotéis e nas casas de madeira em volta das usinas.

Para apoiá-los, chegou uma segunda coluna de máquinas voadoras vermelhas vinda do leste. Chegaram sobre a névoa que cobria as casas e deram algumas voltas acima do local, em uma grande curva, como se observassem a posição em terra. Os tiros dos alemães aumentaram para um estrondo, e uma das formas que voavam deu um solavanco abrupto para trás e caiu entre as casas. As outras mergulharam exatamente como grandes aves sobre o telhado da usina. As máquinas, assim, permaneceram agarradas ao teto enquanto delas brotavam figuras pequenas e ágeis, que se dirigiram ao parapeito.

Outras formas parecidas com pássaros chegaram para fornecer apoio adicional, mas Bert não tinha percebido a chegada delas. Um estampido de disparo chegou até ele, fazendo-o pensar em manobras do exército e descrições de lutas no jornal, de tudo que se encaixava corretamente em sua concepção de guerra. Ele viu um grande número de alemães fugindo das casas remotas na direção da usina. Dois caíram. Um ficou parado, mas o outro se contorceu e fez esforços por algum tempo. O hotel, que era usado como um hospital, e para onde ele tinha ajudado a carregar os homens feridos do *Zeppelin* mais cedo naquele dia, subitamente içou a bandeira de Genebra. A cidade, que tinha parecido tão quieta, evidentemente estava escondendo um número considerável de alemães, e eles agora se concentravam para manter a usina central. Bert se perguntou que munições teriam. Cada vez mais máquinas voadoras asiáticas chegavam no conflito. Elas haviam destruído os desafortunados *Drachenflieger* alemães e estavam agora indo em direção ao parque aeronáutico incipiente:

os geradores elétricos de gás e estações de reparo que formavam a base de operações alemã. Algumas pousaram e seus aeronautas se protegeram e assumiram a função de enérgicos soldados de infantaria. Outras planaram acima da luta, buscando acertar tiro de precisão em algum inimigo no solo. O tiroteio vinha em paroxismos; em um momento havia uma calmaria vigilante, e em outro uma saraivada rápida de tiros, crescendo até um estrondo. Uma ou duas máquinas voadoras, enquanto circulavam cautelosamente, passaram bem acima, e por um tempo Bert se dedicou inteiramente a se encolher, protegendo-se da vista dos inimigos.

De vez em quando um estrondo maior se misturava ao barulho e o lembrava da luta dos ares, mas a luta mais próxima prendia sua atenção.

Abruptamente algo caiu do zênite, algo como um barril ou uma bola de futebol enorme.

Aquilo causou uma explosão imensa. O objeto caíra entre os aeroplanos asiáticos que tinham pousado em meio à relva e aos canteiros de flores perto do rio. Retalhos de fragmentos, relvas, árvores e cascalho saltaram e caíram; os aeronautas que ainda estavam deitados próximos à margem do canal foram jogados como sacos, vítimas voavam pela água espumante. Todas as janelas do hotel-hospital que no momento anterior estiveram refletindo o céu azul e as aeronaves de forma brilhante se tornaram amplas estrelas negras. Outra explosão em seguida. Bert olhou para o alto, com a sensação de que numerosos monstros desciam e se aproximavam dos problemas que ocorriam em solo, feito cobertores inflados, uma cadeia imensa de tampas de panela. O nó central da batalha nos ares estava se deslocando em círculos para o solo, como se quisesse entrar em contato com a batalha da usina. Bert viu um completo novo efeito das aeronaves, como coisas enormes descendo sobre ele, ficando cada vez maiores e mais opressoras, até que as casas próximas parecessem pequenas, as cataratas estreitas, a ponte quase inexistente, os combatentes minúsculos. À medida que desciam, eles ficavam audíveis como um complexo de tiroteios e amplos rangidos, gemidos, batidas, pulsações, gritos e tiros. As encurtadas águias negras na dianteira das aeronaves alemãs passaram a impressão de combater suas asas voadoras. .

Algumas dessas aeronaves planavam a quinhentos pés do chão, o que permitiu a Bert distinguir os alemães que estavam nas galerias inferiores atirando com seus rifles. Pôde ver, também, os asiáticos se pendurando nas cordas e um homem com roupa de mergulhador de alumínio cair de cabeça, brilhando, nas águas sobre a Goat Island. Pela primeira vez, ele viu de perto as aeronaves asiáticas. Desse ponto de vista, elas lembravam mais do que qualquer coisa enormes sapatos para neve; tinham um padrão curioso em preto e branco, de formas que lhe pareciam capa texturizada de um relógio. Não tinham galerias suspensas, mas sim pequenas aberturas na linha média por onde espiavam homens e canos de armas. Então, movimentando-se em curvas longas, descendentes e ascendentes, esses monstros lutavam e brigavam. Era como se nuvens brigassem, como pudins tentando se assassinar. Eles rodopiavam e circulavam uns sobre os outros, de tempos em tempos, davam para Goat Island e Niágara um crepúsculo esfumaçado, através do qual a luz do sol batia em lanças e raios. Elas se espalhavam e se uniam, se espalhavam e se atracavam, e vagavam sobre as corredeiras, duas ou mais milhas para dentro do Canadá e de volta por cima das cataratas novamente. Uma máquina alemã pegou fogo, e todas as outras se separaram da sua chama e voaram mais alto, se dispersando, abandonando-a para cair na direção do Canadá e explodir enquanto caía. Então, com um estrondo renovado, as outras se aproximaram novamente. Em um momento veio um som como uma celebração de um formigueiro dos homens na cidade do Niágara. Outra alemã queimou, e uma foi muito esvaziada pela proa de um adversário, tombada, colocada fora de batalha em direção ao sul.

Ficou cada vez mais evidente que os alemães estavam perdendo aquela luta desigual. Cada vez mais óbvio que estavam sendo perseguidos. Eles pareciam lutar cada vez menos com qualquer outro objetivo a não ser a fuga. Os asiáticos os atacaram diretamente e sobre eles, laceraram suas máquinas, incendiando suas aeronaves, alvejando os tripulantes em trajes de mergulho, que combatiam as chamas e os rasgos com extintores de incêndio e faixas de seda na rede interna. Eles respondiam apenas com disparos ineficientes. Como consequência, a batalha Niágara se dispersou, pois as aeronaves alemãs, como se por meio de um sinal combinado, quebraram a formação e se dispersaram, indo em todas as direções em uma fuga aberta e confusa. Os asiáticos, ao perceberem, subiram para voar sobre e atrás deles. Somente um pequeno nó de quatro alemães e talvez uma dúzia de asiáticos continuaram lutando perto do *Hohenzollern* e do príncipe, enquanto ele dava uma última volta em uma tentativa final de salvar o Niágara.

Mergulharam nesse voo em curva mais uma vez acima do lado canadense das cataratas, sobre as águas que turbilhonavam a leste, até que se tornaram minúsculos, distantes. Mas logo estavam finalizando a curva e voltaram, com pressa, saltando, mergulhando em direção a um espectador boquiaberto.

Toda a massa conflituosa se aproximou muito rapidamente, ficando maior e aparecendo negra e sem forma contra o sol da tarde e sobre a turbulência ofuscante das Upper Rapids. Ela crescia como uma nuvem tempestuosa, até que mais uma vez escurecia o céu. As aeronaves achatadas dos asiáticos se mantinham acima das dos alemães e atrás deles, e disparavam balas em resposta em suas câmaras de gás e sobre seus flancos – os aeroplanos individuais enxameavam ao redor da aeronave como um ataque de abelhas. Os maciços europeus estavam mais próximos entre si, preenchendo todo o céu. Duas máquinas alemãs mergulharam e elevaram-se novamente, mas o *Hoherzollern* tinha sofrido demais para fazer a mesma coisa. Ele subiu debilmente, virou-se bruscamente como se para fugir da batalha, explodiu em chamas em ambas as extremidades, mergulhou para a água, caiu obliquamente, deu várias cambalhotas e veio com a correnteza rolando, batendo e se contorcendo como algo vivo, parando e começando novamente, com sua hélice partida e amassada ainda funcionando. As chamas que explodiam crepitaram novamente em nuvens de fumaça. Era um desastre de dimensões gigantescas. A aeronave permaneceu deitada sobre as corredeiras como uma ilha, como penhascos altos, que oscilavam, esfumavam, desmoronavam, desabavam, avançando como um tipo de rapidez flutuante sobre Bert. Uma aeronave asiática – que, do ponto de vista de Bert, parecia ter duzentos e setenta metros de pavimento – rodopiou e circulou duas ou três vezes sobre aquela grande derrota, e meia dúzia de máquinas voadoras carmesins dançou por um momento como grandes mosquitos na luz do sol antes de mergulharem atrás de seus colegas. O restante da batalha já tinha ido em direção à ilha, um crescendo de tiros e gritos e uma balbúrdia de destruição. Isso desapareceu do ângulo de visão de Bert por causa das árvores, depois foi esquecido por causa do espetáculo da grande derrota sofrida pela capitânia alemã. Algo caiu com um estrondo, causando, em seguida, uma destruição poderosa, estilhaçando troncos sem que ele prestasse atenção.

Pareceu por um tempo que a *Hohenzollern* precisaria se esforçar muito para vencer a força da água em seu dorso, com o propulsor batendo e espumando furiosamente nas águas para impulsionar aquela massa de destroços na direção da margem americana. Então, a varredura da correnteza que espumava em direção ao lado americano pegou-a e, no instante seguinte, a massa imensa de destroço, com chamas surgindo em três novos lugares, tinha batido contra a ponte que unia Goat Island à cidade de Niágara. Era, por assim dizer, como um longo braço tentando levantar o arco central da ponte. Então as câmaras centrais da aeronave não suportaram a pressão e explodiram, emitindo um barulho alto; no momento seguinte a ponte cedeu e o corpo central do *Hohenzollern*, como um aleijado grotesco coberto de trapos, agitou-se, debatendo-se em chamas, bem na crista da colossal queda d'água, até desaparecer em um salto desesperado e suicida.

Sua extremidade dianteira, separada, ficou presa contra aquela pequena ilha – Green Island, ela costumava ser chamada –, que formava a passagem entre o continente e o grupo de árvores de Goat Island.

Bert acompanhou esse desastre entre o estuário do rio e a cabeceira da ponte. Então, ignorando a necessidade de cobertura e as aeronaves asiáticas que sobrevoavam a ponte como um enorme teto artificial sem paredes, ele correu em direção ao norte e chegou pela primeira vez na extremidade rochosa perto da Luna Island, que fornecia a visão mais completa das cataratas do lado americano. Ali ele ficou, sem fôlego, observando o movimento das ondas e o eterno som que vinha delas.

Muito abaixo, e indo rapidamente em direção ao desfiladeiro, rodopiava algo como um enorme saco vazio. Para ele isso significava... talvez fosse mais fácil dizer o que não significava... a frota aérea alemã, Kurt, o príncipe, Europa, tudo que era estável e familiar, as forças que o trouxeram até ali, as forças que tinham parecido indisputavelmente vitoriosas. E estava indo pelas corredeiras como um saco vazio e relegava o mundo visível para a Ásia, para os asiáticos além da cristandade, para tudo o que era terrível e estranho!

Remotamente sobre o Canadá, o restante daquele conflito ecoava e desaparecia além do alcance de sua visão...

NA GOAT iSLAND

1

O ricochetear de uma bala em algumas pedras bem próximas lembrou a Bert que ele estava visível e que trajava peças de um uniforme alemão. Isso o levou às árvores novamente e por um tempo ele se esquivou, agachou-se e buscou abrigo como um pintinho se escondendo de falcões imaginários entre os juncos.

– Derrotados – ele sussurrou. – Derrotados e acabados pelos chineses! Caras orientais perseguindo alemães!

Ele finalmente buscou descanso em um monte de arbustos perto de um galpão de suprimentos. As moitas forneciam-lhe uma espécie de buraco e um abrigo, que se fechavam acima de sua cabeça. Olhou para as corredeiras, mas os disparos tinham cessado por completo e tudo parecia tranquilo. Um aeroplano asiático tinha saído da sua posição anterior sobre a ponte suspensa e estava imóvel sobre a cidade de Niágara, fazendo sombras em todo o distrito nas redondezas da usina que fora palco da batalha em terra. O monstro mantinha um ar de calma e assumida predominância, e de sua popa tremulava, ao mesmo tempo serena e ornamental,

228

uma longa bandeira ondulante nas cores da grande aliança – vermelho, preto e amarelo, o sol nascente e o dragão. Além, ao leste, em uma altitude muito mais elevada, planava uma segunda aeronave companheira, e Bert, ganhando uma coragem até então inexistente, contorceu-se para fora e virou seu pescoço para encontrar outra aeronave parada contra o poente, ao sul.

– Céus! – disse ele. – Derrotados e perseguidos! Meu Deus!

A princípio parecia que a luta estava acabada na cidade de Niágara, apesar de ainda haver uma bandeira alemã tremulando sobre uma casa despedaçada. Um lençol branco foi içado sobre a usina e continuou ali flutuando por todos os eventos que se seguiram. Mas logo depois ouviu-se o som de tiros e soldados alemães correram e desapareceram entre as casas; logo, dois engenheiros militares de camisas e calças azuis surgiram perseguidos de perto por três espadachins japoneses. O primeiro dos dois fugitivos era um homem em boa forma, que corria bem e levemente; o segundo era um homenzinho robusto, bastante gordo, que corria de maneira engraçada, aos saltos, os dobrados ao lado do corpo e a cabeça pendendo para trás. Os perseguidores corriam com uniformes e capacetes de um fino metal escuro e calça de couro. O homenzinho tropeçou e Bert ofegou, percebendo um novo terror na guerra.

O primeiro espadachim conseguiu dar três passadas nesse intervalo e estava perto o suficiente para tentar golpeá-lo, mas errou por bem pouco, enquanto ele tomava impulso.

Os dois correram por cerca de dez metros, e então o espadachim golpeou novamente, e Bert conseguia ouvir através das águas um som fraco como o mugido de uma vaca anã, enquanto o homenzinho gordo caía de rosto no chão. O espadachim golpeou e golpeou na direção de algo que estava no chão, que tentava se salvar com mãos inefetivas.

– Ah, eu não consigo! – gemeu Bert, quase chorando e olhando com olhos mareados.

O espadachim golpeou uma quarta vez e continuou enquanto seus colegas perseguiam o engenheiro mais veloz. O último espadachim parou e se virou. Ele talvez tivesse percebido algum movimento, mas de qualquer forma parou e golpeou o corpo caído mais vezes.

– Uh! – grunhia Bert com cada golpe, e encolhia-se para dentro dos arbustos e ficava mais quieto. Logo em seguida um som de tiros veio da cidade, e então tudo ficou quieto, tudo, até mesmo o hospital.

Em pouco tempo, viu pequenas figuras embainhando espadas saírem das casas indo em direção aos entulhos das máquinas voadoras que a bomba destruíra. Outros surgiram empurrando aeroplanos incólumes, utilizando as rodas dos aparelhos, como se pode fazer com bicicletas. Logo se ajustaram no assento e saíram voando. Uma fileira de três aeronaves apareceu distante ao leste e voou em direção ao zênite. A aeronave que planava a baixa altitude sobre a cidade do Niágara desceu ainda mais e lançou uma escada de corda para resgatar homens da usina.

Por um longo tempo, Bert observou os acontecimentos seguintes na cidade de Niágara como um coelho observaria uma caçada. Ele viu homens indo de um edifício a outro, para incendiá-los, conclusão a que chegou ao ouvir uma série de detonações abafadas e secas no poço da turbina. Algumas atividades similares estavam acontecendo do lado canadense. Enquanto isso, cada vez mais aeronaves apareciam, acompanhadas de um número imenso de máquinas voadoras, até que, aparentemente, um terço da frota asiática tinha se reunido ali novamente.

Bert os observava do seu arbusto, com cãimbras mas imóvel, enquanto eles se juntavam e se enfileiravam, sinalizavam e buscavam os homens, até que finalmente zarparam na direção do pôr do sol brilhante, indo para o grande ponto de encontro asiático, sobre os poços de petróleo de Cleveland. Foram diminuindo de tamanho até desaparecerem, deixando-o sozinho, até onde sabia, o único sobrevivente em um mundo de ruínas e solidão estranha além de qualquer descrição. Ele os observou recuarem e sumirem. Depois de irem embora, ainda se sentia boquiaberto.

– Deus! – disse finalmente, como alguém acordando de um transe.

Sua alma foi inundada por algo além de qualquer extrema desolação pessoal. Sentia que de fato esse era o crepúsculo de sua raça.

2

No começo ele não conseguiu compreender bem a situação em que se encontrava. Foram tantos os acontecimentos, seus esforços tão ignorados, que se tornara passivo, desesperançado. Seu último plano tinha sido viajar pelo litoral da Inglaterra como um Dervixe do Deserto, presenteando seus semelhantes com entretenimento refinado. O destino destruíra esses planos. O destino tinha considerado adequado guiá-lo para outros caminhos, o arrastara de um lugar a outro e largara-o finalmente sobre aquele pequeno pedaço de rocha entre as cataratas. Não lhe ocorreu que agora fosse sua vez de agir. Sua sensação é que tudo não passava de um sonho, e que em pouco tempo estaria de volta ao seu verdadeiro mundo, ao mundo de Grubb, Edna e Bun Hill, que aquele estrondo, aquela presença da caudalosa e brilhante água das cataratas acabaria se afastando assim como as cortinas se afastam depois de uma apresentação de mágica, e coisas antigas, familiares e costumeiras voltariam ao normal. Seria interessante contar às pessoas como ele vira o Niágara. E então as palavras de Kurt voltaram à sua mente: "As pessoas são separadas dos entes que amam; lares são destruídos, criaturas repletas de vida e memórias e pequenos dons peculiares são queimadas e destruídas, e despedaçadas e mortas de fome e desperdiçadas".

Ele se perguntou, meio incrédulo, se aquilo era de fato verdade. Era tão difícil reconhecer isso. Lá longe, seria possível que Tom e Jéssica também estivessem passando por uma experiência ruim? Que a pequena quitanda não estivesse mais aberta, com Jessica atendendo tão respeitosamente os clientes e aquecendo as orelhas de Tom com seus comentários discretos, ou entregando as encomendas pontualmente?

Bert tentou pensar que dia da semana seria e percebeu que perdera a conta. Talvez fosse domingo. Se fosse esse o caso, estariam eles indo à igreja ou se escondendo, talvez em arbustos? O que acontecera com o senhorio, o açougueiro, com Butteridge e todas aquelas pessoas na praia de Dymchurch? Algo, ele sabia, tinha acontecido em Londres: um bombardeio. Mas quem tinha bombardeado? Tom e Jessica também estavam sendo perseguidos por estranhos homens marrons, com longas espadas desembainhadas e olhos maus? Ele pensou em vários aspectos possíveis de sofrimento, mas em pouco tempo uma questão sobrepujou todas as outras. Será que tinham o que comer? Esse simples pensamento o deixou assombrado, e ele ficou obcecado.

Se alguém ficasse com muita fome, comeria ratos?

Percebeu que a miséria peculiar que o oprimia não era nem tanto ansiedade e sofrimento patriótico, mas, sim, a fome. Claro que ele estava com fome!

Mergulhado nesses pensamentos, voltou ao pequeno galpão de reabastecimento que ficava perto da extremidade da ponte arruinada.

– Deve haver algo...

Ele deu a volta no galpão umas duas vezes, para só depois atacar as janelas com seu canivete. Em pouco tempo, os reforços de estaca de madeira que encontrou foram removidos. Finalmente, conseguiu que uma janela cedesse, arrancou-a e olhou para dentro do galpão.

– Comida... – ele se lembrou. – Qualquer coisa que eu possa comer...

Bert alcançou a abertura interna da janela e em pouco tempo conseguiu explorar o galpão. Encontrou diversas garrafas de leite pasteurizado, muita água mineral, duas latas de biscoitos e um pote de bolos muito velhos, cigarros em grande quantidade, mas muito ressecados, algumas laranjas murchas, nozes, latas de carne e frutas em conserva e pratos, facas, garfos e copos o suficiente para dezenas de pessoas. Havia também um armário de zinco, mas Bert não conseguiu negociar com o cadeado dele.

"Não vou passar fome por um tempo, pelo menos", pensou e então sentou-se na cadeira que devia pertencer ao comerciante daquele local, e passou a comer os biscoitos e tomar leite. Naquele momento, sentiu-se extremamente feliz.

– Como é bom poder sentar sossegado, depois de tudo o que passei... – murmurou, mastigando e olhando ao redor agitado. – Puxa, que dia! Ah, que dia!

Os pensamentos o possuíram.

– Deus! – gritou ele. – Que luta foi aquela! Destruindo os pobres coitados! De uma só vez! As aeronaves, os aeroplanos e tudo o mais. Eu me pergunto o que aconteceu com o *Zeppelin*. E o camarada Kurt... O que aconteceu com ele? Era um bom camarada, o Kurt.

Algum fantasma de uma grande preocupação flutuou por sua mente. "Será que na Índia", pensou.

Uma preocupação mais urgente surgiu:

– Será que existe algo para abrir uma dessas latas de carne?

3

Depois do seu banquete, Bert acendeu um cigarro e sentou-se pensativo por um tempo.

– Onde será que está Grubb? – perguntou-se. – Queria muito saber onde ele está. Será que algum deles ainda se lembra de mim?

Bert voltou à própria situação.

– Tenho a impressão de que ainda permanecerei nessa ilha por muito tempo...

Tentou se tranquilizar e se sentir seguro, mas em pouco tempo a inquietação indefinível do animal social em solidão começou a angustiá-lo. Bert percebeu que começava a olhar para trás e por cima do ombro de pouco em pouco tempo, então decidiu explorar o resto da ilha.

Começou, aos poucos, a perceber as peculiaridades da sua posição. Notou que a destruição do arco entre a Green Island e o continente o separara completamente do mundo. Na verdade, foi só quando ele voltou aos destroços da proa do *Hohenzollern,* que jaziam como restos de um navio encalhado, que contemplou a extensão do dano provocado à ponte e teve a real percepção de seu isolamento. Mesmo assim, tal descoberta não o afetou como um choque: era mais um fato no meio de vários outros, todos de natureza extraordinária e insolúvel. Bert permaneceu por certo tempo observando os compartimentos esmagados do *Hohenzollern* e agora a destroçada decoração de seda perto da janela. Não imaginava que aqueles destroços inteiramente revirados pudessem conter algum ser vivo. Então, por um instante, observou o céu do entardecer. Uma névoa de nuvens surgia e não havia nenhuma aeronave à vista. Uma andorinha passou voando e abocanhou uma presa invisível.

– Como um sonho – repetiu ele.

Então, por um tempo, as corredeiras prenderam sua atenção.

– Rugindo. Elas continuam rugindo e esguichando para todo o sempre. Continuam...

Finalmente seus interesses se tornaram pessoais.

"E agora? O que eu faço?", refletiu.

Bert não tinha a menor ideia de que atitude tomar. Estava consciente de que duas semanas atrás ele se encontrava em Bun Hill sem nem pensar em viajar e agora estava entre as Cataratas do Niágara, no meio da devastação e das ruínas da maior batalha aérea do mundo, e que naquele intervalo atravessara a França, a Bélgica, a Alemanha, a Inglaterra, a Irlanda e vários outros países. O fato era até interessante e apropriado para conversas, mas sem grande utilidade prática.

– Como sairei daqui? – perguntou-se. – Será que existe uma saída, para mim? Acho que estou numa situação bem complicada...

Depois de refletir mais, decidiu.

– Acho que me meti em uma enrascada atravessando aquela ponte... – De qualquer forma, saí do caminho dos japoneses. Não ia demorar muito para cortarem minha garganta. Não. Mesmo assim...

Decidiu voltar para Luna Island. Por muito tempo, ficou imóvel, escrutinando o litoral canadense e os destroços dos hotéis e das casas e das árvores caídas do Victoria Park, agora rosado à luz do crepúsculo. Nenhum humano podia ser percebido naquela cena de destruição impetuosa. Então, voltou para o lado americano da ilha, passou para a Green Island, perto dos destroços amassados da *Hohenzollern*, e examinou minunciosamente o que sobrara da ponte. Na direção de Buffalo ainda havia muita fumaça, e perto de onde estava a estação ferroviária de Niágara as casas queimavam fortemente. Tudo estava deserto agora, tudo estava quieto. Uma pequena coisa abandonada estava largada em um caminho transversal entre a cidade e a estrada, um monte amassado de roupas com membros estatelados...

– Vou dar uma volta – disse Bert.

Ao atravessar o caminho que percorria o centro da ilha, descobriu em pouco tempo os destroços de dois aeroplanos asiáticos caídos na luta que havia eliminado a *Hohenzollern*.

No primeiro deles, havia também os restos mortais de um aeronauta.

A máquina tinha evidentemente caído na vertical e estava derrubada de maneira terrível no meio de vários galhos destruídos em um arvoredo: as asas dobradas e quebradas, suspensões espalhadas no meio de madeira recém-cortada e sua extremidade dianteira presa no chão. O aeronauta estava pendurado de uma forma estranha, de cabeça para baixo entre as folhas e os galhos a alguns metros de distância, e Bert só o descobriu quando se afastou do aeroplano. Na luz que escurecia e na quietude da noite, pois o sol já tinha se posto agora e o vento já tinha parado completamente, o rosto amarelo, de ponta-cabeça, foi tudo, menos um objeto tranquilizador para se descobrir subitamente a alguns metros de distância. Um galho quebrado tinha atravessado o tórax do piloto e ele estava pendurado, empalado, parecendo flácido e ridículo. Em sua mão ele ainda segurava, com o aperto da morte, um rifle curto leve.

Por algum tempo, Bert ficou quieto, inspecionando tudo o que estava ao redor.

Então, começou a se afastar, sem conseguir deixar de olhar para os destroços. Quando chegou à clareira, parou.

– Deus! – sussurrou. – Não gosto de cadáveres de jeito nenhum! Quase preferiria que aquele piloto estivesse vivo.

Bert decidiu evitar o caminho onde o oriental estava pendurado. Também não queria mais estar cercado de árvores. Sem dúvida, preferia estar próximo dos jatos e dos rugidos das corredeiras.

Não demorou muito e ele descobriu, em um espaço aberto gramado, bem ao lado das corredeiras, um segundo aeroplano que parecia bem pouco danificado. Era como se tivesse descido flutuando até uma posição de repouso. Ele estava de lado, com uma das asas no ar. Não havia ninguém por perto, morto ou vivo. Lá estava a aeronave, abandonada, com a água batendo em sua longa cauda.

Bert permaneceu ali parado, absorto, por um longo tempo, os olhos fixos nas sombras que se juntavam entre as árvores, na expectativa de outro oriental. Então, muito cuidadosamente ele se aproximou da máquina e ficou observando suas linhas amplas, seu leme, o assento vazio. Não se atreveu a tocá-la.

– Gostaria que aquele outro cara não estivesse lá – falou para si mesmo. – Realmente, gostaria que ele não estivesse lá.

Então, seus olhos se fixaram em algo balançando a alguns metros de distância, em uma projeção da rocha, tocando a água. Relutantemente, mas parecendo ser atraído para perto, Bert foi se aproximando...

O que poderia ser?

– Porcaria! – disse Bert. – É outro deles!

Estancou de repente. Pensou consigo mesmo que era o outro aeronauta que fora atingido em batalha e caído do assento enquanto tentava aterrissar. Tentou ir embora, mas lhe ocorreu que poderia pegar um galho ou algo e empurrar o objeto que rodopiava para o riacho. Isso faria com que ele ficasse somente com um cadáver para se preocupar. Talvez pudesse suportar apenas um por perto. Hesitou, mas, então, sentindo uma estranha emoção, decidiu empurrar o cadáver para a água. Caminhou até os arbustos, cortou um galho que lhe serviria de bastão, voltou para as rochas e escalou em um canto entre o redemoinho e o riacho. Naquele momento, o sol já tinha se posto e os morcegos voavam ao redor. Bert estava molhado de suor.

Munindo-se de coragem, deu uma estocada na coisa vestida de azul que flutuava, falhou, tentou novamente e foi bem-sucedido. Quando o objeto que trajava azul se soltou e flutuou nas águas, a escassa luz iluminou-lhe o rosto, fazendo brilhar o cabelo dourado... Era Kurt!

Era Kurt, pálido, morto e muito calmo. Não tinha como confundi-lo. Ainda havia luz suficiente. A correnteza carregou-o, que parecia se encolher como usualmente fazemos quando temos sono. O rosto dele estava muito pálido agora: toda a cor tinha escapado, desaparecido.

Uma sensação de aflição infinita se apoderou de Bert enquanto o corpo desapareceu de vista na direção da catarata.

– Kurt! – gritou ele. – Kurt! Eu não queria fazer isso! Kurt! Não me abandone aqui! Não me abandone!

Solidão e desolação tomaram conta de Bert. Enfim, ele fraquejou. Ali, de pé na rocha, na luz do anoitecer, chorou com desespero, como uma criança desamparada. Era como se um vínculo que o mantivera unido a todas aquelas coisas tivesse se perdido definitivamente. Sentia medo como uma criança em um quarto solitário, apavorado sem nenhuma vergonha.

A escuridão se fechava à sua volta. As árvores agora estavam cheias de sombras estranhas. Tudo ao redor de Bert se tornava esquisito e desconhecido, dotado daquela sutil estranhez que se sente geralmente nos sonhos.

– Ó Deus! Não consigo aguentar isso! – ele falou e desceu das rochas, rastejando até a relva próxima. Subitamente um sofrimento selvagem pela morte de Kurt, Kurt o corajoso, Kurt o gentil, o único que se preocupara em ajudá-lo. Estendeu-se na grama, desolado, desesperado, impotente.

– Essa guerra – ele gritou –, essa tolice desgraçada de guerra! Ó Kurt! Tenente Kurt! Chega, chega! Tive tudo o que eu queria, até mais do que queria. O mundo todo está podre e não faz nenhum sentido. A noite está chegando... Se ele vier atrás de mim... Ele não pode vir atrás de mim... Não pode! E se ele vier atrás de mim, eu vou me jogar na água.

Em pouco tempo ele estava falando em um tom baixo novamente.

– Não preciso ficar com medo de nada, na verdade. É só imaginação! Pobre Kurt... Ele achava que isso ia acontecer. Como uma profecia. Ele nunca me entregou a carta ou me disse quem era a dama. É como ele disse... Pessoas arrancadas de todos os lugares onde pertenciam... Em todos os lugares. Exatamente o que ele disse. Aqui estou eu naufragado, a milhares de quilômetros de Edna ou Grubb ou quaisquer das minhas pessoas... Como uma planta arrancada pela raiz. E todas as guerras sempre foram assim, só eu não conseguia entender isso. Sempre. Pessoas morreram em todo o tipo de buracos e cantos. E pessoas não tinham a noção para entender isso. Não tinham a noção para sentir e acabar com tudo isso. Pensavam que estava tudo bem com a guerra. Meu Deus!

– Querida Edna. Ela era muito boa, ela era. Aquela vez que pegamos um barco em Kingston... Mas juro que vou vê-la novamente. Não vai ser minha culpa se não a vir.

4

Subitamente, assim que chegou a essa resolução heroica, Bert se enrijeceu com terror. Algo se aproximava dele pela grama. Algo se aproximava, parava e se aproximava novamente pela grama escura. A noite estava elétrica com o terror. Por um tempo tudo estava imóvel. Bert parou de respirar. Não podia ser. Não, era muito pequeno!

Avançou subitamente sobre ele com pressa, com um pequeno miado e a cauda ereta. Esfregou sua cabeça contra ele e ronronou. Era uma gatinha minúscula e magricela.

– Deus! Bichana! Como você me assustou! – disse Bert com gotas de suor na testa.

5

Ele se sentou encostado em um toco de árvore durante aquela noite inteira, segurando a gatinha em seus braços. Sua mente estava cansada e ele não falava ou pensava mais coerentemente. Perto do amanhecer, ele cochilou.

Quando acordou, estava rígido, mas com o coração mais leve, e a gatinha dormia confortável e reconfortantemente dentro do seu paletó. E o medo, ele percebeu, tinha sumido em meio às árvores.

O jovem acariciou a gata e a criaturinha acordou com afeição excessiva e ronronando.

– Você quer um pouco de leite – disse Bert. – É isso que você quer. E eu preciso de um pouquinho de comida também.

Ele bocejou e se levantou, com a gatinha no seu ombro, e olhou à sua volta, relembrando os acontecimentos do dia anterior, os acontecimentos imensos e cinzentos.

– Preciso fazer algo – disse ele.

Voltou-se na direção das árvores, e em pouco tempo estava observando o aeronauta morto novamente. Bert manteve a gatinha amigavelmente contra seu pescoço. O corpo estava horrível, mas nem de perto tão horrível quanto tinha estado no escuro, e agora os membros estavam mais flácidos e a arma tinha escorregado para o chão e estava meio escondida na grama.

– Suponho que precisaremos enterrá-lo, Kitty – disse Bert, e olhou impotentemente para o solo rochoso à sua volta. – Temos de ficar na ilha com ele.

Algum tempo se passou antes que conseguisse se virar e ir para o galpão de provisões.

– Comida primeiro – falou ele –, de qualquer forma.

Acariciou a gatinha em seu ombro. O bichano esfregou-se afetuosamente contra a bochecha dele com sua carinha peluda e mordiscou sua orelha.

– Quer um leitinho, hein? – ele disse e deu as costas ao cadáver como se não se importasse.

Ficou intrigado ao encontrar a porta do galpão aberta, apesar de tê-la fechado e trancado com muito cuidado na noite anterior. Também encontrou alguns pratos sujos no balcão que ele não tinha percebido na noite anterior. Descobriu que as dobradiças do armário estavam desatarraxadas e que podia ser aberto. Não tinha observado isso durante a noite.

– Que tonto! – disse Bert. – Aqui estava eu me atrapalhando e batendo no cadeado, sem nem perceber.

O armário tinha sido usado aparentemente como um baú de gelo, mas agora não tinha nada além dos restos de meia dúzia de galinhas cozidas, alguma substância estranha que poderia ter sido manteiga com um cheiro singularmente detestável. Ele fechou o armário novamente com cuidado.

Deu um pouco de leite para a gata em um prato sujo e sentou-se, observando a pequena língua do felino em ação por algum tempo. Então, decidiu fazer um inventário das provisões. Havia seis garrafas de leite fechadas e uma aberta, sessenta garrafas de água mineral e um grande estoque de caldas, mais ou menos dois mil cigarros e mais de cem charutos, nove laranjas, duas latas fechadas de carne e uma aberta, uma porção de nozes e cinco latas grandes de pêssegos californianos. Anotou tudo em um pedaço de papel.

– Não tem muita comida sólida – ele disse. – Mesmo assim... Duas semanas, creio eu! – Suspirou. – Qualquer coisa pode acontecer em duas semanas.

Ele deu mais leite à gatinha e um pequeno pedaço de carne e então foi embora com a criaturinha correndo atrás dele, cauda ereta e feliz, para observar os restos da *Hohenzollern*.

Ao que parecia, o fragmento da aeronave havia se movido durante a noite, estando agora mais firmemente embasado em Green Island do que antes. Dela seu olhar passou pela ponte destroçada e depois pela desolação ainda quieta da cidade de Niágara. Nada se movia lá, a não ser alguns corvos. Eles estavam ocupados com o engenheiro que ele tinha visto ser cortado no dia anterior. Não viu cães, mas ouviu o uivar de um.

– Temos que sair daqui de algum jeito, Kitty – disse ele. – Aquele leite não vai durar para sempre... Não na velocidade que você toma.

Contemplou a cheia que parecia uma eclusa diante dele.

– Água o suficiente – ele falou. – Não vamos morrer de sede.

Decidiu explorar a ilha cuidadosamente. Em pouco tempo, chegou a um portão trancado com uma placa que dizia "Escadaria Biddle", pulou o portão para descobrir uma escadaria antiga e íngreme que descia pelo penhasco entre um alvoroço crescente de águas. Deixou o animal no chão, desceu as escadas e descobriu com um frêmito de esperança uma trilha entre as rochas no pé da queda central da catarata. Talvez houvesse uma saída!

O caminho o levou apenas à experiência sufocante e ensurdecedora da Caverna dos Ventos, e depois disso ele passou quinze minutos em uma condição parcialmente estupefata preso entre uma pedra sólida e uma parede de água suja cuja consistência também era bem sólida. Decidiu, então, que no fim das contas aquela não era uma rota prática para o Canadá e refez seus passos. Quando subiu a Escadaria Biddle novamente, ouviu o que decidiu finalmente ser um tipo de eco, o som de alguém andando pelos caminhos de pedregulhos acima. Quando ele chegou ao topo, o lugar estava tão solitário quanto antes.

De lá, caminhou, com a gatinha pelejando ao seu lado na grama, até uma escadaria que levava a um amontoado de rochas protuberantes que cercava a enorme majestade verde das cataratas de Horseshoe. Ele ficou lá por algum tempo em silêncio.

– Você não pensaria – disse finalmente – que haveria tanta água… Esses estrondos e esguichos acabam dando nos nervos… Parecem pessoas falando… Parecem pessoas andando por aí… Pode ser qualquer coisa que a gente imaginar.

Ele se voltou à escadaria.

– Suponho que devo continuar dando voltas nessa bênção de ilha – disse tristemente. – Várias e várias voltas.

Viu-se em pouco tempo ao lado do aeroplano asiático menos estragado. Ele o encarou e a gatinha o cheirou.

– Quebrado! – reclamou.

De repente, olhou para cima, após um grande susto.

Avançando lentamente em sua direção do meio das árvores viam-se duas figuras altas e magras. Elas estavam escurecidas, rasgadas e enfaixadas; a que estava mais atrás mancava e tinha a cabeça enrolada em pano branco, mas a que estava na frente ainda se portava como um príncipe deveria se portar, mesmo que seu braço esquerdo estivesse em uma faixa e um dos lados do seu rosto queimado e rubro. Era o príncipe Karl Albert, o Senhor da Guerra, o "Alexandre Alemão", e atrás dele caminhava o homem com rosto de pássaro cuja cabine uma vez tinha sido tirada dele e dada a Bert.

6

Com aquela aparição começou uma nova fase em Goat Island. Com os novos visitantes, ele perdera o papel de representante solitário da humanidade em um universo vasto, violento e incompreensível e se tornara mais uma vez uma criatura social, um homem em um mundo de outros homens. Em algum momento, esses dois tinham sido terríveis, e agora pareceram meigos e aprazíveis como irmãos. Eles também estavam na mesma enrascada, ilhados e confusos. Bert queria muito ouvir exatamente o que tinha acontecido com eles. O que importava se um deles era um príncipe e ambos eram soldados estrangeiros ou se talvez nenhum dos dois tinha um inglês adequado? Sua liberdade nativa *cockney* fluía muito generosamente para que pensasse nisso e certamente as frotas asiáticas tinham purgado todas essas diferenças triviais.

– Olá! – disse ele. – Como vocês chegaram aqui?

– Esse é o inglês que trouxe a máquina de Butteridge – disse em alemão o oficial que parecia um pássaro, e então em um tom horrorizado, à medida que Bert avançava: – Saudação! – E depois mais alto: – SAUDAÇÃO!

– Deus! – disse Bert, e parou com um segundo comentário murmurado. Ele encarou e os saudou com constrangimento e imediatamente se colocou na defensiva, não demonstrando cooperação.

Por um tempo, esses dois perfeitos aristocratas modernos ficaram parados avaliando o complicado problema do cidadão anglo-saxão, aquele cidadão ambíguo que, obedecendo a alguma lei misteriosa regida por seu sangue, não faria exercícios nem seria um democrata. Bert não era uma figura bonita, mas de alguma forma inexplicável ele parecia ser resistente. Vestia seu terno azul barato de sarja, e o fato de ser largo fazia com que parecesse mais robusto do que era. Acima do rosto desanimador havia um quepe branco da frota aérea alemã, também muito grande para aquela cabeça. As calças estavam amarrotadas nas pernas com as extremidades nas botas de borracha de um aeronauta alemão. Ele parecia de fato um ser inferior, mas não um inferior agradável. O ódio que os aristocratas alemães sentiram diante daquela aparição foi instintivo e imediato.

O príncipe apontou para a máquina aérea e disse algo em um inglês mal pronunciado que Bert supôs ser alemão e não conseguiu entender. Ele insinuou exatamente isso.

– *Dummer Kerl*! – falou o oficial parecido com um pássaro, perdido debaixo de suas ataduras.

O príncipe apontou novamente, com sua mão intacta.

– Você *verstehen*[51] esse *Drachenflieger*?

Bert começou a compreender a situação. Ele avaliou a máquina asiática. Os hábitos de Bun Hill voltaram a ele.

– É estrangeiro – ele disse ambiguamente.

Os dois alemães deliberaram.

– Você é um perito? – perguntou o príncipe.

– Nós podemos consertar – disse Bert exatamente como Grubb.

O príncipe esquadrinhou seu vocabulário.

– Isso consegue voar? – ele perguntou.

Bert refletiu e coçou a bochecha lentamente.

– Preciso checar – respondeu ele. – Foi muito danificado!

---

[51] Entende. (N.T.)

Fez um som com os dentes, que também herdara de Grubb, colocou as mãos nos bolsos das calças e caminhou de volta até o aeroplano. Geralmente, Grubb mastigava algo, mas Bert só podia mastigar imaginariamente.

– Três dias de trabalho nessa aqui – ele disse, movimentando a boca.

Pela primeira vez percebeu que havia possibilidades para aquela máquina. Era evidente que a asa que estava no chão estava muito danificada. Os três estais que a mantinham no lugar tinham partido em uma crista de rochas e havia também uma grande possibilidade de o motor estar parcialmente avariado. Os ganchos das asas daquele lado também estavam tortos, mas aquilo provavelmente não afetaria o voo. Tirando o que observara, o resto não parecia ter muito problema. Bert coçou a bochecha novamente e observou a vastidão ampla e iluminada pelo sol das Upper Rapids.

– Podemos dar um jeito nisso aqui. Deixe comigo.

Examinou a máquina atentamente mais uma vez, e o príncipe e seu oficial o observaram. Em Bun Hill, Bert e Grubb, nos estoques de aluguel, tinham se aperfeiçoado em um método de conserto, que consistia na substituição: partes de uma máquina eram trocadas por outras. A máquina que estivesse obviamente destruída demais para ser oferecida para aluguel podia, ainda, ter valor capital. Ela se tornava uma mina de porcas, parafusos e rodas, barras e raios, correntes e coisas do gênero; um depósito de peças que serviriam para substituir os defeitos de máquinas que ainda funcionavam. E no meio das árvores havia um segundo aeroplano asiático…

Ignorada, a gata acariciava as botas de aeronauta usadas por Bert.

– Conserte aquele *Drachenflieger* – disse o príncipe.

– Se eu consertar – disse Bert, inspirado por uma nova ideia –, nenhum de nós vai conseguir pilotá-la.

– *Eu* vou pilotá-la – disse o príncipe.

– Você provavelmente terá que se esforçar – disse Bert, depois de uma pausa.

O príncipe não o entendeu e desconsiderou o que ele disse. Apontou o dedo enluvado para a máquina e virou-se para o oficial com cara de pássaro com alguma observação em alemão. O oficial respondeu e o príncipe replicou, com um gesto abrangente em direção ao céu. Ele então falou, aparentemente com muita eloquência. Bert o observou e adivinhou o que ele dizia.

– É muito mais provável que você despenda muito esforço – disse ele, novamente. – Mas para mim tanto faz.

Começou a vasculhar próximo ao assento e ao motor do *Drachenflieger* em busca de ferramentas. Também queria um pouco daquela coisa preta oleosa para suas mãos e rosto, pois a primeira regra na arte do conserto, como era sabido na loja de Grubb e Smallways, era deixar mãos e rosto completa e categoricamente enegrecidos. Além disso, ele tirou o paletó e o colete, mudou a posição do quepe, com a aba para trás.

O príncipe e o oficial pareciam dispostos a observá-lo, mas ele foi taxativo em esclarecer que isso o incomodaria porque precisava "desvendar um pouco" a situação antes de começar a trabalhar. Eles pensaram sobre isso, mas sua experiência na loja tinha lhe dado certa autoridade, que os especialistas têm com as pessoas comuns. E finalmente os dois foram embora. A partir de então, Bert dirigiu-se para o segundo aeroplano, pegou a arma do aeronauta e sua munição e as escondeu em um monte de urtigas próximas.

– Aqui está bom – disse Bert, e passou a inspecionar cuidadosamente os destroços das asas nas árvores. Ele então voltou para o primeiro aeroplano para comparar os dois. O método de Bun Hill era possivelmente praticável caso não houvesse nada irremediável ou incompreensível no motor.

Os alemães retornaram em pouco tempo e encontraram-no já generosamente sujo e testando botões, parafusos e alavancas com uma expressão de profunda perspicácia. Quando o oficial-pássaro direcionou-lhe uma observação, ele desprezou-o com um gesto dizendo:

– Bulhufas! Calado! Nada disso faz sentido.

Bert então teve uma ideia.

– O cara morto lá atrás precisa ser enterrado – disse ele, gesticulando com um polegar sobre o ombro.

7

Com a aparição desses dois homens, todo o universo de Bert mudou novamente. Uma cortina desceu diante da desolação imensa e terrível que o subjugava. Ele estava em um mundo de três pessoas, um pequenino mundo humano que mesmo assim enchia sua mente com especulações e planos ávidos e ideias engenhosas. Sobre o que eles estavam pensando? O que pensavam dele? O que eles pensavam em fazer? Cem fios frenéticos se entrelaçavam em sua mente, enquanto ele passava o tempo estudando o aeroplano asiático. Novas ideias surgiam como bolhas em água com gás.

– Deus! – disse ele subitamente.

Tinha acabado de perceber a injustiça irracional do destino em manter aqueles dois sujeitos vivos, tendo em vista o fato de Kurt estar morto. Toda a tripulação da *Hohenzollern* tinha sido atingida, ou queimada, ou colidido ou se afogado, e esses dois escondidos na cabine dianteira acolchoada tinham escapado.

– Suponho que ele imagine que seja a desgraça da sorte dele – murmurou e se percebeu incontrolavelmente exasperado.

Ele se levantou, encarando os dois homens. Eles estavam de pé lado a lado, observando-o.

– Não ajuda – disse ele – ficar me encarando. Isso só me irrita.

Então, percebendo que eles não tinham entendido, avançou na direção deles, com uma chave inglesa na mão. Passou pela sua cabeça enquanto fazia isso que o príncipe era uma pessoa muito grande, poderosa e de aparência serena. Mesmo assim ele disse apontando para as árvores: "homem morto!".

O homem parecido com um pássaro interveio com uma resposta em alemão.

– Homem morto! – replicou Bert para ele. – Lá.

Bert teve muita dificuldade de induzi-los a inspecionar o oriental morto, e finalmente os guiou até ele. Logo deixaram evidente que Bert, tendo a patente mais baixa entre os ali reunidos, deveria ser encarregado de eliminar o corpo, jogando-o nas águas, para que o rio fizesse o seu trabalho. Houve alguns gestos acalorados e finalmente o oficial-pássaro se resignou a ajudar. Juntos eles arrastaram o asiático flácido e agora inchado pelas árvores, e depois de algumas pausas, pois o homem era muito pesado, derrubaram-no na corredeira em direção ao oeste. Bert finalmente voltou à sua perita investigação da máquina voadora com braços doloridos e em um estado sombrio de revolta.

– Que cara de pau! – disse ele. – Parece até que eu era um de seus bestiais escravos alemães! Indivíduo presunçoso!

E então começou a especular o que aconteceria quando a máquina voadora fosse consertada, se ela pudesse ser consertada.

Os dois alemães foram embora novamente e, depois de refletir um pouco, Bert retirou várias roscas, vestiu novamente o colete e o paletó, colocou as roscas e suas ferramentas nos bolsos e escondeu o conjunto de ferramentas do segundo aeroplano em uma bifurcação no tronco de uma árvore.

– Certinho! – disse ele, e desceu depois da última dessas precauções. O príncipe e seu companheiro reapareceram enquanto ele voltava para a máquina à margem da água. O príncipe estudou seu progresso por um tempo e então foi na direção da separação das águas e ficou de pé com os braços cruzados e olhando rio acima profundamente absorto. O oficial--pássaro se aproximou de Bert, sisudo, com uma frase em inglês.

– Vá – disse ele com um gesto para ajudar –, *und* coma.

Quando Bert chegou ao galpão de refeições, ele descobriu que toda a comida tinha desaparecido exceto uma ração calculada de carne enlatada e três biscoitos.

Ele observou aquilo com olhos e boca escancarados.

A gata surgiu sob a cadeira do comerciante com um ronronado insinuante.

– É claro! – disse Bert. – Ora! Cadê seu leite?

Ele deixou sua ira se acumular por alguns instantes e então pegou o prato com uma mão e os biscoitos em outra e saiu em busca do príncipe, sussurrando palavras horríveis acerca da comida e coisas de seu foro íntimo. Ele se aproximou sem saudar.

– Aqui! – ele disse ferozmente. – O que diabos é isso?

Uma altercação completamente insatisfatória ocorreu em seguida. Bert explicou a teoria de Bun Hill da relação entre a comida e a eficiência em inglês, o homem parecido com um pássaro replicou falando sobre nações e disciplina em alemão. O príncipe, depois de estimar a qualidade e o físico de Bert, subitamente o intimidou. Ele agarrou Bert pelo ombro e o sacudiu, fazendo seus bolsos chacoalharem, gritou algo e o empurrou enquanto ele se debatia. O príncipe o agrediu como se ele fosse um soldado raso alemão. Bert recuou, pálido e assustado, mas decidido sobre uma só coisa, com todos os seus padrões de um *cockney*. Ele se sentiu obrigado por sua honra a "ir para cima" do príncipe.

– Deus! – ele arfou, abotoando o paletó.

– Agora – gritou o príncipe. – Você vem? – E, ao perceber o brilho heroico no olhar de Bert, sacou sua espada.

O oficial-pássaro interveio, dizendo algo em alemão e apontando para cima.

Muito longe, ao sul, surgiu um dirigível japonês vindo rapidamente na direção deles. O conflito terminou imediatamente. O príncipe foi o primeiro a compreender a situação e a liderar a retirada. Os três fugiram como coelhos para o abrigo das árvores e correram, em busca de cobertura, até que encontraram um espaço onde a grama tinha crescido espessa. Ali, eles se agacharam a alguns metros de distância. Ficaram nesse lugar por um longo tempo, na grama até o pescoço, e procurando a aeronave através dos galhos. Bert tinha derrubado um pouco da sua carne enlatada, mas os biscoitos ainda estavam em sua mão e ele os mastigou silenciosamente. O monstro chegou muito próximo acima deles e depois voltou para o Niágara e sumiu rumo às usinas. Quando ele estava próximo, todos ficaram em silêncio e logo depois entraram em uma discussão que talvez só tenha perdido seu efeito explosivo por não conseguirem se entender.

Foi Bert quem começou a falar e continuou independentemente de eles entenderem ou não. Mas sua voz deve ter transmitido suas intenções impertinentes.

– Se você quer que essa máquina fique pronta – ele disse primeiro –, é melhor manter suas mãos longe de mim!

Os dois desprezaram isso e ele repetiu.

Então expandiu sua ideia e o espírito da oratória tomou conta dele.

– Se você acha que pegou um cara que pode chutar e agredir como um dos seus soldados particulares, está redondamente enganado. Entendeu? Já estou farto de você e dos seus caprichos. Estive pensando sobre você, sua guerra, seu império e toda essa porcaria. Tudo uma porcaria! Vocês alemães que causaram todos os problemas na Europa, do começo ao fim. E tudo para nada. Tudo para se pavonear idiotamente! Só porque vocês têm uniformes e bandeiras! E aqui estava eu... Eu não queria ter nada a ver com você. Eu não dava a mínima para você. E então você me pegou, praticamente me sequestrou, e aqui estou eu, a milhares de quilômetros de casa, com você e sua frota imbecil aos pedaços. E você quer continuar se gabando AGORA! Não, se depender de mim! Veja todo o mal que causou! Veja como você destruiu Nova Iorque... As pessoas que você matou, tudo o que você desperdiçou. Você não aprende?

– *Dummer Kerl*! – disse o homem parecido com um pássaro, subitamente em um tom de maldade concentrada, olhando-o ferozmente por debaixo de seus curativos. – *Esel*![52]

– Isso é "burro" em alemão! Eu sei. Mas quem é o burro: ele ou eu? Quando eu era criança, lia revistas baratas sobre sair em aventuras e ser um grande comandante e toda essa baboseira. Eu as devorava. Mas o que ele tem na cabeça? Baboseiras sobre Napoleão, sobre Alexandre, baboseiras sobre sua família abençoada e ele e Davi e Golias e tudo isso. Todos que não fossem um príncipe vistoso imbecil poderiam ver que isso aconteceria. Lá estávamos nós na Europa, em uma confusão absurda com

---

[52] Burro. (N.T.)

nossas bandeiras tolas e nossos jornais fazendo com que ficássemos uns contra os outros e nos distanciando, e lá estava a China, sólida como uma rocha, com milhões e milhões de homens só com um pouquinho menos de ciência e iniciativa do que nós. Você pensou que eles não conseguiriam se igualar a nós. E então eles criaram máquinas voadoras! E puf! Aqui estamos. Ora, quando eles não estavam produzindo armas e exércitos, nós os provocamos até que eles começassem. Eles PRECISAVAM nos dar a surra que deram. Não estaríamos satisfeitos até que fizessem isso, e, como eu disse, aqui estamos!

O oficial-pássaro gritou para que ele se calasse e então começou a conversar com o príncipe.

– Sou um cidadão britânico – disse Bert. – Você não é obrigado a ouvir, mas eu também não sou obrigado a me calar.

E por algum tempo continuou com sua dissertação sobre imperialismo, militarismo e política internacional. Mas a conversa deles o distraiu, e por um tempo ele estava sem dúvida simplesmente repetindo termos insultantes, "janotinhas pomposos" e coisas assim, termos novos e antigos. Então subitamente ele se lembrou da sua reclamação principal.

– De qualquer forma, olhe aqui… Aqui! O que começou essa discussão foi onde está a comida que estava no galpão? É isso que eu quero saber. Onde você a colocou?

Ele parou. Eles continuaram conversando em alemão. Ele repetiu a pergunta. Eles o menosprezaram. Ele perguntou uma terceira vez de uma forma insuportavelmente agressiva.

Então houve um silêncio tenso. Por alguns segundos os três se observaram. O príncipe observou Bert de forma impassível e Bert murchou sob aquele olhar. Lentamente, o príncipe ficou de pé e o oficial-pássaro ficou de pé em um salto ao lado dele. Bert continuou agachado.

– Fique quieto – disse o príncipe.

Bert percebeu que aquele não era o momento para eloquência.

Os dois alemães o examinaram enquanto ele se encolhia ali. A morte pareceu próxima por um momento. Então o príncipe se virou e os dois foram em direção à máquina voadora.

– Deus! – sussurrou Bert, e depois proferiu sem som um só insulto. Ele se sentou encolhido por talvez três minutos, então saltou de pé e foi em direção ao esconderijo da arma do aeronauta no meio das ervas daninhas.

8

Não havia mais como fingir depois daquele momento que Bert estava sob o comando do príncipe ou que ele ia continuar consertando a máquina voadora. Os dois alemães se apossaram dela e começaram a trabalhar nela. Bert pegou sua nova arma e se encaminhou para a vizinhança da Terrapin Rock, onde se sentou para examiná-la. Era um rifle curto, com um grande cartucho e quase cheio de balas. Ele tirou os cartuchos cuidadosamente e então testou o gatilho e os encaixes até que se sentiu seguro o suficiente para usá-lo. Recarregou-o diligentemente. Então, se lembrou da fome que sentia e saiu, com a arma debaixo do braço, para caçar alguma coisa para comer no galpão. Ele teve o discernimento de perceber que não deveria ser visto pelo príncipe e seu companheiro com a arma. Enquanto pensassem que estava desarmado, eles o deixariam em paz, mas não havia como saber o que aquela pessoa napoleônica faria se visse a arma de Bert. Também não passou perto deles, pois estava com tanta raiva, que achava que iria explodir a qualquer hora. Temia matar a tiros os dois. A verdade é que ele queria muito atirar naqueles dois, mas achou que era algo terrível demais para se fazer. Os dois lados da sua civilidade inconsistente duelavam dentro dele.

A gata reapareceu perto do galpão, obviamente procurando por leite. Isso aumentou enormemente sua própria irritação, ocasionada pela fome. Ele começou a falar enquanto procurava alimentos por ali e em pouco tempo ficou parado gritando insultos. Ele falava sobre guerra, orgulho e imperialismo.

– Qualquer outro príncipe além de você teria morrido com seu dirigível e sua tripulação! – ele gritava.

Os dois alemães perto da máquina ouviam a voz dele mesmo com todo o clamor das águas. Eles se olharam e sorriram levemente.

Bert estava disposto a ficar no galpão por algum tempo, para esperar os alemães. Mas lhe ocorreu que ambos poderiam chegar perto dele de surpresa, com essa tática. Voltou para o ponto em que estava em Luna Island para refletir sobre a situação.

Tudo parecera muito simples a princípio, mas conforme Bert revirava a mente, as possibilidades aumentavam e se multiplicavam. Os dois homens tinham espadas... Será que algum deles tinha também um revólver?

Além disso, se ele alvejasse ambos, ele poderia nunca mais encontrar a comida.

Assim, ele resolveu caminhar com a arma embaixo do braço, o que lhe dava certa sensação grandiosa de segurança. Mas e se eles vissem a arma e decidissem emboscá-lo? A Goat Island era quase completamente formada por árvores, rochas e matas.

Por que não ir e assassinar os dois agora?

– Eu não consigo – disse Bert, deixando essa ideia de lado. – Eu preciso estar transtornado.

Mas tinha sido um erro se afastar deles. Isso subitamente ficou muito claro. Deveria vigiá-los, deveria espioná-los. Assim, poderia ver o que eles estavam fazendo, se algum deles tinha um revólver, onde haviam escondido a comida. Também ficaria mais fácil saber o que planejavam fazer com ele. Se não os "espionasse", em pouco tempo eles começariam a "espioná-lo". Essa ideia parecia tão flagrantemente sensata que Bert começou a agir imediatamente para concretizá-la. Ele pensou sobre sua roupa, arrancou o colarinho e o flagrante quepe de aeronauta, jogando-os na água. Depois virou a gola do casaco para esconder qualquer vestígio da sua camisa suja. As ferramentas e roscas em seus bolsos poderiam tilintar, mas ele as reorganizou e as enrolou em algumas cartas e no seu lenço de bolso. Saiu para sua ronda silenciosa e cautelosamente, atento a tudo o que acontecia ao seu redor. Conforme se aproximava de seus antagonistas, grunhidos e rangidos facilitavam a sua localização. Ele os encontrou envolvidos no que parecia ser uma competição de luta corpo a corpo com a máquina voadora asiática. Haviam tirado os casacos e as espadas a certa distância, pois trabalhavam arduamente nos reparos. Aparentemente, estavam deslocando o aeroplano para uma posição mais conveniente, porém tendo muita dificuldade com a longa cauda presa entre as árvores. Bert se jogou no chão ao vê-los e se esgueirou para uma vala e ficou ali observando o esforço dos homens. Várias vezes, para passar o tempo, ele mirava em um dos dois com sua arma.

Achou muito interessante observá-los, tão interessante que várias vezes quase gritou para aconselhá-los. Percebeu que quando virassem a máquina, precisariam imediatamente das roscas e ferramentas que ele carregava. Então iriam atrás dele. Eles certamente concluiriam que Bert estava com elas ou as teria escondido. Será que deveria esconder sua arma e fazer um acordo pela comida com essas ferramentas? Sentia que não conseguiria se separar mais da arma agora que sentira sua companhia tranquilizadora. A gata apareceu novamente e fez muita festa para ele, lambendo e mordendo sua orelha.

O sol se ergueu ao meio-dia, e dessa vez ele viu uma aeronave asiática ao longe, no sul, deslocando-se velozmente para leste. Os alemães, ocupados com seus afazeres, não a viram.

Finalmente a máquina voadora estava virada e posicionada sobre suas rodas propulsoras, com os ganchos apontando na direção das corredeiras. Os dois oficiais limparam o rosto, vestiram novamente os paletós e embainharam as espadas, conversaram e se comportaram como homens que se parabenizavam por uma boa e árdua manhã. Então saíram rapidamente em direção ao galpão de refeições, o príncipe à frente. Bert foi seguindo-os ativamente, mas logo descobriu ser impossível segui-los rápida e silenciosamente o suficiente para encontrar o esconderijo da comida. Ao vê-los novamente, depois de perdê-los de vista brevemente, estavam sentados, com as costas apoiadas contra a parede externa do galpão. Cada um tinha sobre os joelhos um prato de carne e de biscoitos. Eles pareciam estar de bom humor, e o príncipe deu uma sonora gargalhada. Diante daquela visão, os elaborados planos de Bert foram deixados de lado. Bert desistiu de seus planos, motivado por uma fome feroz. Ele apareceu na frente deles subitamente a uma distância de talvez vinte metros com a arma em punho.

– Mãos para cima! – disse, com voz dura e feroz.

O príncipe hesitou, e então os dois levantaram a mão. A arma surpreendera ambos completamente.

– Fiquem de pé – disse Bert. – Soltem o garfo.

Eles obedeceram novamente.

"E agora?", Bert pensou.

– Por ali – falou ele. – Vamos!

O príncipe obedeceu com uma velocidade notável. Quando alcançou o topo da clareira, ele disse algo rapidamente para o homem parecido com um pássaro e ambos, com uma completa falta de dignidade, FUGIRAM!

Bert foi atingido por uma ideia tardia exasperante.

– Deus! – ele gritou com uma irritação infinita. – Por quê? Eu deveria ter pego suas espadas! Ei, vocês!

Mas os alemães já tinham desaparecido de vista e estavam sem dúvidas se escondendo entre as árvores. Bert voltou às imprecações, então foi até o galpão, examinou superficialmente a possibilidade de um ataque pelas laterais, deixou a arma bem à mão e começou a comer o que havia no prato do príncipe, parando de vez em quando para espreitar os lados, atento a um ataque surpresa de seus inimigos. Terminou de comer, jogou os restos para a gata e estava começando a segunda pratada quando o prato se partiu em suas mãos! Ele encarou lentamente, percebendo o fato de que um instante antes tinha ouvido um crepitar perto das matas. Então, pôs-se de pé, pegou sua arma com uma mão e a lata de carne com a outra e fugiu, dando a volta no galpão e foi para o outro lado da clareira. Quando chegou lá, ouviu um segundo crepitar da mata e algo passou sibilando por sua orelha.

Não parou de correr até estar no que parecia ser uma posição segura de defesa perto de Luna Island. Então, se escondeu, arfando, e se agachou aguardando.

– Eles têm um revólver, no fim das contas! – ele disse sem ar. – Será que têm dois? Se tiverem... Deus! Estou acabado! Cadê a gatinha? Deve estar comendo aquela carne, imagino. Aquela danada!

9

Assim uma guerra se iniciava em Goat Island, que durou um dia e uma noite. O dia e a noite mais longos da vida de Bert. Ele precisou se manter alerta, ouvir e vigiar. Também precisou elaborar um plano de ação. Estava muito claro agora que precisava matar aqueles dois homens se tivesse chance, porque eles certamente o matariam. No conflito, além da comida, o aeroplano e o privilégio duvidoso de tentar conduzi-lo. Quem falhasse, certamente morreria; quem fosse bem-sucedido, poderia conseguir escapar para algum lugar. Sua mente analisou possibilidades, desertos, americanos raivosos, japoneses, chineses... talvez até índios de pele-vermelha! (Ainda existiam índios de pele-vermelha?)

– Vou ter de lidar com o que aparecer – disse Bert. – Não vejo outra saída!

Aquilo eram vozes? Percebeu que o foco de sua atenção se dispersava. Por algum tempo todos os seus sentidos ficaram extremamente alertas. O rugido das cachoeiras o confundia muito e se misturava a vários tipos de sons, como pés andando, vozes conversando, como gritos e choros.

– Catarata enorme e idiota – disse Bert. – Não faz sentido nenhum, caindo e caindo.

Pensou que era melhor esquecer aquilo no momento e se concentrar em sua situação. O que os alemães estariam fazendo?

Será que voltariam para a máquina voadora? Não conseguiriam fazer nada com ela, porque todas aquelas roscas, parafusos, chave inglesa e outras ferramentas estavam com ele. Mas e se encontrassem o segundo conjunto de ferramentas que Bert havia escondido em uma árvore? Ele tinha escondido tudo muito bem, obviamente, mas eles PODERIAM encontrá-las. Não tinha como ter certeza, obviamente, não tinha. Tentou se lembrar exatamente onde tinha escondido aquelas ferramentas. Tentou se persuadir de que estavam certamente escondidas, mas sua memória começou a lhe pregar peças. Será que ele tinha deixado o cabo da chave de fenda à mostra, brilhando na bifurcação do tronco?

Xiu! O que foi aquilo? Alguém se mexendo naqueles arbustos? O cano da arma subiu ansioso. Não! Onde estava a gatinha? Não! Era só sua imaginação, nem mesmo a gata.

Os alemães com certeza sentiriam falta das ferramentas, roscas e parafusos que ele levava nos bolsos e iriam em busca delas; isso estava claro. Portanto, Bert só precisava ficar quieto e escondido e poderia pegá-los. Existia alguma falha nesse plano? Será que eles tirariam mais partes removíveis da máquina voadora para emboscá-lo? Não, não fariam isso, porque eram dois contra um; eles não teriam esse medo de que ele fugisse na máquina voadora e nenhum motivo sensato para imaginar que se aproximaria dela, então não fariam nada para danificá-la ou incapacitá-la. Decidiu que aquilo era claro. Mas imagine que eles o aguardassem perto da comida. Bem, isso não funcionaria, porque sabiam que ele tinha essa carne enlatada; tinha o suficiente na lata para durar, com moderação, vários dias. É claro, eles poderiam tentar cansá-lo em vez de atacá-lo...

Bert se levantou com um sobressalto. Ele tinha cochilado. Acabara de perceber a fraqueza real de sua posição. Ele podia adormecer!

Só precisou de dez minutos com essa sugestão para perceber que estava adormecendo!

Esfregou os olhos e mexeu na arma. Nunca tinha percebido antes o efeito intensamente soporífero do sol americano, do ar americano, do rugido sonolento do Niágara, que induzia ao sono. Até aquele momento, todas as coisas tinham parecido estimulantes...

Se não tivesse comido tanto e comido tão depressa, não estaria tão pesado. Os vegetarianos são sempre astutos?

Levantou-se de um salto novamente.

Se não fizesse algo, adormeceria, e se dormisse as chances de que o encontrassem roncando e acabassem com ele eram muito altas. Se ficasse imóvel e calado, sem dúvida dormiria. Bert se convenceu de que era melhor até se arriscar a atacar do que aquela situação. A necessidade de dormir seria sua carrasca. A situação dos dois era melhor, porque um poderia ir dormir, enquanto o outro ficava de guarda. Pensando nisso, percebeu que a parceria dos dois adversários poderia ser bastante diversificada: enquanto um desempenhava qualquer atividade que fosse, o outro vigiava, pronto para atirar. Eles poderiam até emboscá-lo assim. Um poderia servir de isca.

Aquilo o fez pensar em iscas. Que idiotice se livrar do seu quepe. Seria útil em um graveto, principalmente à noite.

Ele se viu desejando uma bebida. Acalmou esse desejo por um tempo colocando uma pedrinha na boca.

E então a ânsia de sono voltou.

Ficou muito claro para ele que precisava atacar. Como muitos grandes generais antes dele, percebeu que sua bagagem, quer dizer, a lata de carne embutida, era um sério impedimento para sua mobilidade. Finalmente decidiu colocar a carne solta em seu bolso e abandonou a lata. Talvez não fosse a solução ideal, mas sacrifícios eram necessários em campanha. Rastejou furtivamente por mais de dez metros, e então, por um tempo, as possibilidades da situação o paralisaram.

A tarde estava calma. O rugido da catarata simplesmente aliviava toda aquela imensa quietude. Estava fazendo o melhor que podia para arquitetar a morte de homens mais bem capacitados do que ele. Eles também deviam estar fazendo o melhor possível para arquitetar sua morte. O que, guardados por esse silêncio, eles estavam fazendo?

E se ele se aproximasse deles subitamente, disparasse e errasse?

10

Bert rastejou, parou atento, e rastejou novamente até o anoitecer, e sem dúvida o Alexandre alemão e seu tenente estavam dedicados à mesma tarefa. Um mapa de Goat Island em grande escala, marcado com linhas azuis e vermelhas para mostrar esses movimentos estratégicos sem dúvidas apresentaria vários entrecruzamentos, mas na verdade nenhum dos lados viu qualquer movimento do outro durante todo aquele dia perpétuo de atenção tediosa. Bert nunca soube quão próximo ou quão distante esteve deles. A noite o encontrou não mais sonolento, mas sedento e próximo ao lado americano das cataratas. Ele tinha sido inspirado pela ideia de que seus rivais poderiam estar nos destroços das cabines da *Hohenzollern* que estavam presas contra a Green Island. Tornou-se intrépido, desistiu de qualquer tentativa de se manter escondido e atravessou a pequena ponte em direção à dupla. Não encontrou pessoa alguma. Foi sua primeira visita a esses enormes fragmentos de aeronaves e por um tempo se dedicou, curioso, a observar tudo, ainda que a luz já estivesse enfraquecida. Descobriu que a cabine dianteira estava quase intacta, com sua porta inclinada para baixo e um canto submerso. Esgueirou-se para dentro, bebeu água e então teve a brilhante ideia de fechar a porta e dormir lá dentro.

Mas agora não conseguia dormir de forma alguma.

Cochilou perto do amanhecer e acordou para descobrir que o dia já tinha nascido completamente. Seu desjejum foi carne enlatada e água, e ficou por um tempo sentado agradecido pelo local seguro. Finalmente se sentia intrépido e corajoso. Ele iria, decidiu, resolver esse assunto de uma vez por todas, de um jeito ou de outro. Estava exausto de rastejar. Partiu na luz do sol da manhã, com a arma em punho, preocupando-se muito pouco em andar devagar. Deu uma volta pelo galpão de refeições sem encontrar ninguém e atravessou as árvores rumo à máquina voadora. Encontrou o homem parecido com um pássaro sentado no chão, recostado em uma árvore, deitado sobre seus braços cruzados, dormindo, o curativo cobrindo bastante um olho.

Bert parou abruptamente e ficou a talvez quinze metros de distância, arma empunhada e preparada. Onde estava o príncipe? Então, saindo pela lateral de uma árvore distante, ele viu um ombro. Bert deliberadamente deu cinco passos para a esquerda. O grande homem ficou visível, apoiando-se contra um tronco, a pistola em uma mão, a espada na outra, bocejando. Bert descobriu que não poderia atirar em uma pessoa que bocejava. Avançou rumo ao inimigo com sua arma nivelada e uma fantasia idiota de "mãos ao alto" em sua mente. O príncipe o viu, fechando a boca que bocejava como uma armadilha e ficou rigidamente de pé. Bert parou, calado. Por um instante os dois se observaram.

Se o príncipe fosse um homem sábio, imagino que teria se escondido atrás de uma árvore. Em vez disso, ele soltou um grito e levantou a pistola e a espada. Com isso, como um autômato, Bert apertou o gatilho.

Era sua primeira experiência com uma bala que continha oxigênio. Uma grande chama surgiu do meio do príncipe, um clarão resplandecente, e então houve uma explosão como o disparo de uma arma. Algo quente e molhado atingiu o rosto de Bert. Através de um redemoinho de fumaça sufocante, Bert viu membros e um corpo destroçado, explodido, caindo no chão.

Estava tão chocado que ficou boquiaberto, e o oficial-pássaro poderia tê-lo atravessado com a espada sem esforço. Mas, em vez disso, o oficial--pássaro estava fugindo pelo matagal, esquivando-se enquanto corria. Bert partiu em uma perseguição curta e ineficaz, mas não tinha estômago para mais mortes. Voltou ao objeto mutilado e espalhado que tão recentemente tinha sido o grande príncipe Karl Albert. Observou a vegetação queimada e molhada ao redor. Fez algumas identificações especulativas. Avançou cuidadosamente e recolheu o revólver quente, para perceber que todas as balas tinham sido usadas. Notou uma presença alegre e amigável. Ele estava completamente chocado que alguém tão jovem visse uma cena tão horrorosa.

– Venha, gatinha – disse –, isso não é lugar para você.

Deu três passadas pela área devastada, capturou prontamente a gatinha e saiu com ela rumo ao galpão, ela ronronando ruidosamente em seu ombro.

– Você não parece se importar – ele falou.

Por um tempo, mexeu no galpão e finalmente descobriu o restante das provisões escondidas no telhado.

– Parece complicado – disse, enquanto servia um pires de leite –, quando três homens estão num buraco desses e não conseguem trabalhar juntos. Mas ele e toda a sua principagem eram boçais demais!

"Deus!", ele pensou, sentando-se no balcão e comendo. "Como a vida é estranha! Aqui estou eu; eu vi a foto dele e ouvi seu nome desde que era uma criança de babador. O príncipe Karl Albert! E se qualquer pessoa tivesse me dito que eu ia explodi-lo em pedaços... Ora! Eu não teria acreditado, gatinha."

"Aquele cara em Margate devia ter me falado sobre isso. Tudo o que ele me disse foi que eu tinha uma fraqueza nos pulmões. Aquele outro cara não vai fazer muita coisa. O que devo fazer com ele?"

Observou as árvores com os olhos azuis atentos e acariciou a arma em seu colo.

– Não gosto dessa história de matar, gatinha – ele disse. – É como Kurt falou sobre ser iniciado. Para mim, você tem que ser iniciado ainda jovem... Se esse príncipe tivesse vindo até mim e dito "Apertemos as mãos!", eu teria apertado a mão dele. E agora tem outro cara se escondendo por aí! Ele já está com a cabeça machucada, e tem algo de errado com a perna dele. E queimaduras. Céus! Não faz nem três semanas que eu o vi pela primeira vez, e lá estava ele, elegante e irritado, com as mãos cheias de escovas de cabelo e outros itens, e me xingando. Um cavalheiro comum! E agora está quase virando um selvagem. O que farei com ele? O que diabos farei com ele? Não posso deixá-lo ficar com a máquina voadora; isso seria bom demais, e se eu não acabar com ele, a fome vai fazer o serviço. Obviamente ele tem uma espada...

Bert continuou filosofando depois de acender um cigarro.

– A guerra é um jogo imbecil, gatinha. Um jogo imbecil! Nós, pessoas comuns, nós fomos tolos. Pensamos que essas grandes pessoas sabiam o que estavam fazendo, mas não sabiam. Veja aquele cara! Tinha toda a Alemanha com ele e o que fez? Destruição, explosão, desolação, e lá está ele! Um monte de sangue e botas e coisas! Simplesmente uma marca horrível! Príncipe Karl Albert! E todos os homens que ele liderava e os navios, as aeronaves, os dragonetes... Todos espalhados como uma trilha de papel daqui até a Alemanha. E a batalha continua, e os incêndios e assassinatos que ele começou, uma guerra sem-fim no mundo inteiro!

"Suponho que terei que matar o outro cara. Acho que preciso. Mas não é o tipo de tarefa que me atrai, gatinha!"

Andou pela ilha por um tempo em meio ao rugido da cachoeira, em busca do oficial ferido, e finalmente o surpreendeu saindo de alguns arbustos perto do topo da Biddle Stairs. Mas assim que viu a figura encurvada e enfaixada, mancando em fuga diante dele, percebeu que sua suavidade *cockney* era demais para ele mais uma vez; não conseguiria atirar nele nem o perseguir.

– Eu não consigo – disse. – Isso é óbvio. Não tenho estômago para isso! Vou deixar que ele escape.

Voltou para a máquina voadora...

Nunca mais viu o oficial com cara de pássaro ou qualquer sinal da sua presença. Perto do anoitecer, ficou com medo de emboscadas e fez uma busca nos arredores do galpão, mas foi em vão. Dormiu em uma boa posição defensiva na extremidade da ponta rochosa que desembocava no lado canadense das cataratas, mas durante a noite acordou em um pânico aterrorizado e disparou sua arma. Mas não era coisa alguma. Não conseguiu mais dormir. De manhã saiu à procura do homem desaparecido, e procurou como procuraria por um irmão perdido.

– Se eu soubesse um pouco de alemão – ele disse –, eu poderia dizer que está tudo bem. Não dá para explicar o que quero dizer sem saber alemão.

Mais tarde, encontrou, sinais de que alguém tentara cruzar o vão da ponte quebrada. Uma corda com um parafuso na ponta tinha sido atirada para o outro lado e estava presa na abertura do fragmento protuberante do corrimão. A outra ponta da corda se arrastava na água corrente em direção à cachoeira.

Mas o oficial com cara de pássaro, contudo, já se encontrava ao lado daquela matéria inerte que um dia tinha sido o tenente Kurt, o aeronauta oriental e uma vaca morta e várias outras companhias desagradáveis, no grande círculo do turbilhão a quatro quilômetros de distância. Jamais aquele local de encontro, aquele corredouro incessante, sem rumo, sem progresso de dejetos e coisas quebradas estivera tão cheio de esquecidos estranhos e melancólicos. Eles davam voltas e voltas e cada dia trazia novas contribuições, bestas azaradas, fragmentos despedaçados de barcos e máquinas voadoras, cidadãos infinitos das cidades sobre as margens dos grandes lagos acima. Muitas coisas vinham de Cleveland. Tudo se juntava ali e dava voltas eternamente, e sobre tudo aquilo diariamente se juntava uma gigantesca abundância de pássaros.

O MUNDO SOB A GUERRA

1

Bert passou mais dois dias em Goat Island e usou todas as suas provisões, exceto os cigarros e a água mineral, antes de decidir testar a máquina voadora asiática.

No fim, ele mais foi carregado por ela do que subiu nela. Levou por volta de uma hora para substituir os estais de uma das asas da segunda máquina voadora, recuperados de um segundo aeroplano, e recolocar as roscas que ele mesmo tinha removido. O motor estava funcionando e as diferenças entre ele e aquele de uma bicicleta motorizada contemporânea eram muito simples e claras. O restante do tempo foi gasto com muita ponderação, protelação e hesitação. De forma geral, ele se via despencando nas corredeiras e rodopiando nelas em direção às cataratas, agarrando-se e se afogando, mas ele também teve uma visão de estar irremediavelmente no ar, voando rapidamente e incapaz de pousar. Sua mente estava tão concentrada na empreitada de voar para que ele pensasse muito no que aconteceria com um desconhecido com espírito *cockney* sem documentos que chegasse em uma máquina voadora asiática em meio à população distante inflamada pela guerra.

Ele ainda tinha uma preocupação persistente relativa ao oficial cara de pássaro. Tinha o devaneio obsessivo de que ele podia estar estirado, incapacitado ou muito machucado de algum jeito em algum recanto escondido da ilha. Somente depois de uma busca mais minuciosa abandonou essa ideia agoniante.

– Se eu o encontrasse – racionalizou durante esse tempo –, o que faria com ele? Você não pode estourar os miolos de um chapa com ele caído. E eu não vejo outra forma de ajudá-lo.

E então a gatinha perturbou seu senso muito desenvolvido de responsabilidade social.

– Se eu a abandonar aqui, vai morrer de fome... Deve caçar ratos sozinha... TEM ratos aqui? Pássaros? Ela é muito jovem. Ela é como eu; é um pouco civilizada demais.

Finalmente a meteu em seu bolso lateral e ela ficou imensamente interessada nos resquícios de carne enlatada que encontrou ali. Com a gata no bolso, ele se sentou no assento da máquina voadora. Ela era uma coisa grande e desajeitada; não era nada semelhante a uma bicicleta. Mesmo assim, o funcionamento dela era relativamente simples. Bastava colocar o motor para funcionar, assim; depois empurrar a hélice até uma posição vertical assim; ativar o giroscópio, assim; e então simplesmente puxar uma alavanca.

Ela estava meio emperrada, mas subitamente cedeu...

As grandes asas, que estavam curvadas dos dois lados, bateram de forma preocupante, bateram novamente, *clique, claque, clique, claque, clique, claque!*

Pare! A coisa estava indo em direção à água; a roda estava na água. Bert grunhiu do fundo do seu coração e se esforçou para colocar a alavanca em sua posição inicial. *Clique, claque, clique, claque,* ele estava subindo! A máquina erguia sua roda gotejante para fora dos redemoinhos e ele subia, ganhava altitude.

Não tinha como parar agora, seria uma péssima ideia. Logo em seguida, Bert, tenso, convulsivo e rígido, com olhos esbugalhados e rosto pálido como a morte, batia as asas sobre as corredeiras, saltando com cada solavanco e subindo, subindo.

Não havia comparação entre a dignidade e o conforto de uma máquina voadora e de um balão. Exceto em seus momentos de descida, o balão era um veículo urbano impecável; essa era uma mula escoiceadora, uma mula que saltava e nunca mais descia. Clique, claque, clique, claque; com cada batida das asas de formato estranho, ela lançava Bert para cima e o pegava novamente meio segundo depois no assento. E, enquanto nos balões não há vento, já que o balão é parte do vento, o voo é uma criação perpétua do vento e de mergulhar nele. Era um vento que acima de tudo tinha a intenção de cegá-lo, de forçá-lo a fechar seus olhos. Em pouco tempo, teve a ideia de virar os joelhos e as pernas para dentro e se segurar com eles, ou certamente sacolejaria até se partir em dois. Estava subindo, cem metros, duzentos, trezentos, sobre a vastidão corrente e espumante de água abaixo – subindo, subindo, subindo. Isso estava ótimo, mas como fazia para se mover horizontalmente? Tudo aparentemente estava bem, só precisava descobrir como se estabilizar na horizontal. Tentou imaginar se aquela coisa conseguia ficar na horizontal. Não! Elas batiam as asas para cima e então planavam para baixo. Por um tempo ele continuou subindo. Lágrimas escorreram dos seus olhos. Ele as secou com uma mão que temerosamente soltou das barras de segurança.

Seria melhor arriscar uma queda sobre a terra ou sobre a água? Uma água dessas?

Ele estava batendo as asas e subindo acima das Upper Rapids em direção a Buffalo. De qualquer forma, já era um alívio que as Cataratas e o redemoinho selvagem de águas no fim delas tinham sido deixados para trás. Ele subia em linha reta. Isso ele conseguia ver. Mas como faria para virar?

Em pouco tempo, estava quase gelado, e seus olhos se acostumaram aos golpes de ar, mas estava cada vez mais e mais alto, muito alto. Virou a cabeça para a frente e observou a paisagem, piscando. Podia ver toda Buffalo do alto, um lugar com três grandes cicatrizes de destruição, e colinas e trechos alongados depois delas. Imaginou se estaria a oitocentos metros de altura ou mais. Havia algumas pessoas entre as casas próximas à estação ferroviária entre Niágara e Buffalo, e depois mais pessoas. Elas andavam como formigas atarefadas, entrando e saindo das casas. Viu dois veículos motorizados deslizando sobre a estrada na direção da cidade de Niágara. Então, distante, ao sul, viu uma grande aeronave asiática indo em direção ao leste.

– Ó Deus! – ele disse, e levou a sério suas tentativas ineficazes de mudar sua direção. Mas a aeronave sequer o viu, e ele continuou a ascender convulsivamente. O mundo ficou cada vez mais amplo e semelhante a um mapa. Clique, claque, clique, claque. Sobre ele e muito perto dele agora havia uma névoa de estrato.

Decidiu soltar o controle das asas, e assim o fez. A alavanca resistiu sua força por um tempo, então cedeu, e instantaneamente a cauda da máquina se ergueu e as asas ficaram abertas e rígidas. Instantaneamente tudo estava rápido, fluido e silencioso. Ele deslizava para baixo rapidamente pelo ar contra uma ventania selvagem, seus olhos semicerrados.

Uma pequena alavanca que até então estivera inflexível agora mostrava ser móvel. Virou-a gentilmente para a direita e irra! A borda da asa esquerda tinha cedido misteriosamente, e com um movimento amplo ele girava e descia em uma imensa espiral destra. Por alguns momentos, experimentou todas as sensações impotentes de uma catástrofe. Colocou a alavanca em sua posição central novamente com alguma dificuldade, e as asas estavam equalizadas outra vez.

Bert virou-a para a esquerda e teve a sensação de estar sendo girado na direção contrária.

– Demais! – arquejou.

Descobriu que estava descendo depressa, de cabeça, em direção à linha ferroviária e a alguns edifícios industriais. Eles pareciam estar rasgando o ar em sua direção para devorá-lo. Perdera rapidamente toda altitude anterior. Por um momento teve todas as sensações inefetivas de alguém cuja bicicleta dispara ladeira abaixo. O solo quase o pegara de surpresa.

– Arre! – ele gritou. E então, com um esforço violento de todo o seu ser, conseguiu fazer o motor funcionar novamente e as asas voltarem a se movimentar. Ele mergulhou e subiu e voltou a ascender trêmula e pulsantemente.

Subiu muito alto novamente, até ter uma visão ampla do território montanhoso agradável do oeste do estado de Nova Iorque, e desceu sem esforço por um período, e então subiu novamente, e depois voou sem esforço. Então, enquanto mergulhava quatrocentos metros acima de um vilarejo, ele viu pessoas correndo, fugindo, evidentemente por causa de sua passagem parecida com a de um falcão. Pensou que voar tão baixo poderia deixá-lo exposto a tiros.

– Para cima! – ele disse e atacou a alavanca novamente. Ela cedeu com uma submissão notável e subitamente as asas pareciam ceder no centro. Mas o motor estava imóvel! Tinha parado. Bert puxou a alavanca de volta mais por instinto do que por um movimento calculado. O que fazer?

Muitas coisas aconteceram em poucos segundos, mas a mente de Bert também foi ágil. Não conseguia ascender novamente, estava deslizando de forma descendente pelo ar; ele atingiria algo.

Estava descendo talvez a cinquenta quilômetros por hora, descendo. A plantação de lariços parecia a coisa mais macia, quase como musgo!

Será que chegaria lá? Ele se dedicou inteiramente à direção. Virando à direita, à esquerda!

Irra! Craque! Ele deslizava sobre os topos das árvores, como um arado através delas, caindo em uma nuvem de folhas afiadas e gravetos pretos. Surgiram vários estalos súbitos, e ele caiu de cabeça do assento, uma batida e colisão de galhos. Alguns gravetos o atingiram com força no rosto...

Bert estava entre um tronco de árvore e o assento, com a perna sobre a alavanca de condução e, até onde podia perceber, não estava ferido. Tentou trocar de posição e soltar a outra perna, mas acabou escorregando e caindo pelos galhos com todas as coisas cedendo abaixo dele. Agarrou-se como pôde aos galhos mais firmes, percebendo que estava na parte mais baixa da árvore, na qual a máquina voadora acabou encalhada. O ar estava pleno de um agradável odor de resina. Observou imóvel por um momento, e então desceu muito cautelosamente de galho em galho até atingir o solo macio coberto por agulhas abaixo.

– Muito bem! – ele disse, olhando para cima e para as asas de pipa arqueadas e tortas acima. – Eu caí no macio!

Esfregou o queixo com sua mão e refletiu.

– Imagina se eu não sou um sujeito sortudo! – disse, observando o solo agradável e salpicado de sol sob as árvores. Então ele percebeu um tumulto violento no seu lado.

– Senhor! – disse ele. – Você deve estar quase sufocada!

E retirou a gatinha de dentro do bolso. Ela estava retorcida, amassada e extremamente satisfeita de ver a luz novamente. Sua linguinha espreitou pelos seus dentes. Ele colocou-a no chão, e ela correu uma dúzia de passos e se chacoalhou, espreguiçou-se, sentou-se e começou a se limpar.

– E agora? – perguntou-se, olhando em volta e com um gesto de impaciência. – Maldição! Eu devia ter trazido aquela arma!

Bert deixara a arma escorada contra uma árvore antes de sentar-se no assento da máquina voadora.

Permaneceu desorientado por um tempo, devido à imensa quietude daquele mundo. Não era mais possível ouvir o ruído das cataratas entrando pelas orelhas.

2

Bert não tinha uma ideia muito clara de que tipo de pessoa encontraria no país. Sabia que ainda era a América. Ele sempre achou que os americanos fossem os cidadãos de uma nação grande e poderosa, secos e bem-humorados a seu modo, viciados no uso de facas Bowie e revólveres, de pronúncia anasalada, como as pessoas de Norfolkshire, com o hábito de usar algumas expressões, à maneira das pessoas que viviam do lado de New Forest de Hampshire. Eles também eram muito ricos, tinham cadeiras de balanço, colocavam os pés em alturas incomuns e mascavam fumo, chiclete e outras coisas, com incansável assiduidade. Misturados a eles estavam caubóis, pele-vermelhas e negros engraçados e muito respeitosos. Aprendera tudo isso nos livros de ficção da biblioteca pública. Além dessas coisas, sabia muito pouco. Portanto, não se surpreendeu muito quando encontrou homens armados.

Bert decidiu abandonar a máquina voadora despedaçada. Vagou pela densa floresta de pinheiros por algum tempo, e então chegou a uma estrada que pareceu ser muito ampla para seus olhos ingleses urbanos, mas não "construída" da maneira certa. Não havia sebes, valas ou uma calçada distinta a separá-la da floresta, e ela continuava naquela curva ampla e suave e era possível distinguir os traços de um continente que se abria. Mais à frente, viu um homem carregando uma arma debaixo do braço, de chapéu preto, um blusão azul e calças pretas. Seu rosto era rechonchudo e redondo, com um leve cavanhaque. Essa pessoa o observou de soslaio e o ouviu falar com um susto.

– Você pode me dar alguma indicação de onde estou? – perguntou Bert.

O homem o avaliou, especialmente para suas botas de borracha, com suspeita sinistra. Em seguida respondeu com um idioma estranho e forasteiro que era, na verdade, tcheco. Terminou abruptamente ao ver o rosto sem expressão de Bert com "Não falar inglês".

– Ah! – disse Bert, pensativo. Ele pensou seriamente por um instante antes de seguir seu caminho. – Obrigado – falou, quando já se afastava. O sujeito se voltou por um momento, como se atingido por uma nova ideia, começou a fazer um gesto, suspirou, desistiu e voltou a caminhar também com a expressão deprimida.

Em pouco tempo, Bert chegou a uma grande casa de madeira construída entre as árvores. Parecia para ele era um caixote sem vida e sem enfeites, não tinha nenhuma trepadeira crescendo nela, nenhuma sebe, parede ou cerca-viva que a separasse da floresta ao redor. Ele parou na frente dos degraus que levavam à porta, talvez a trinta metros da casa. O lugar parecia deserto. Ele teria subido até a porta e batido, mas subitamente um grande cão preto surgiu ao seu lado e o observou. Era um cachorro enorme, com uma mandíbula forte, de alguma raça que Bert desconhecia, com uma coleira cravejada de tachas pontiagudas. Ele não latiu nem se aproximou do recém-chegado, apenas eriçou os pelos discretamente, imóvel, e emitiu um som singular, como uma tosse curta e profunda.

Bert hesitou, mas prosseguiu. Parou a trinta passos de distância e ficou espiando o cachorro pelas árvores.

– Eu não devia ter abandonado a gatinha – disse ele.

Uma culpa penetrante o assolou por um tempo. O cachorro enorme veio pelas árvores para vê-lo melhor e tossiu aquela tosse de boas maneiras novamente. Bert voltou à estrada.

– Ela vai ficar bem – disse. – Ela vai caçar coisas. – Ela vai ficar bem – repetiu depois de algum tempo, sem convicção. Mas, se não fosse pelo cachorro preto, teria voltado.

Quando ele se afastou da casa e do cachorro preto, entrou na floresta do outro lado da estrada e saiu depois de um tempo; havia esculpido um cajado de madeira bastante respeitável, com o canivete de bolso que carregava. Logo viu uma pedra atraente perto da estrada, pegou-a e colocou-a no bolso. Depois, passou por três ou quatro casas, de madeira como a última, cada uma com uma varanda mal pintada de branco e brotando de uma maneira quase casual na paisagem. Atrás delas, pelos bosques, viu chiqueiros e uma porca, preta e imensa, conduzindo sua pequena família aventureira. Uma mulher de aparência selvagem, com olhos muito escuros e cabelo preto desgrenhado, estava sentada nos degraus de uma das casas amamentando um bebê, mas ao ver Bert ela se levantou e entrou na casa. Ele ouviu a porta sendo trancada. Então, um garoto surgiu no meio dos chiqueiros, mas não entendeu a saudação de Bert.

– Suponho que a América seja assim! – disse Bert.

As casas ficaram mais frequentes ao longo da estrada e Bert passou por outros dois homens de aparência extremamente selvagem e suja, mas não se dirigiu a eles. Um levava uma arma e o outro uma machadinha. Ambos analisaram Bert e seu cajado minuciosamente, com desprezo. Então ele chegou a um cruzamento com um monotrilho de um lado. Uma placa indicava: "Aguarde aqui pelos vagões."

– Isso está bom, de qualquer forma – disse Bert. – Quanto tempo devo esperar?

Pensou que, no atual estado conturbado do país, o serviço poderia estar interrompido, e como aparentemente havia mais casas à direita do que à esquerda, ele foi para o lado direito. Passou por um velho negro.

– Olá! – disse Bert. – Bom dia!

– Bom dia, senhor! – disse o velho negro, com uma voz de intensidade quase inacreditável.

– Qual é o nome desse lugar? – perguntou Bert.

– Tanooda, senhor! – respondeu o negro.

– Obrigado! – disse Bert.

– Eu que agradeço, senhor! – disse o negro de forma impressionante.

Bert se aproximou de casas do mesmo tipo, isoladas, sem muros, de madeira, mas agora adornadas com anúncios laqueados parcialmente em inglês e em esperanto. Ele então se aproximou do que concluiu ser uma mercearia. Era a primeira casa que declarava sua hospitalidade por meio de uma porta aberta, e de lá vinha um som estranhamente familiar.

– Deus! – ele disse procurando em seus bolsos. – Oras! Eu não precisei de dinheiro em três semanas! Imagino se eu... Grubb ficou com a maior parte. Ah! – ele encontrou um punhado de moedas e o observou: três *pennies*, seis *pences* e um *shilling*. – Isso está muito bom – disse, se esquecendo de uma consideração muito importante.

Ele se aproximou da porta e, ao fazê-lo, um homem pequeno e de rosto acinzentado apareceu na porta e o examinou, assim como o seu cajado.

– Bom dia – disse Bert. – Posso comprar algo para comer ou beber nessa loja?

O homem na porta respondeu, graças aos céus, em americano bom e claro.

– Senhor, isso não é uma loja, é uma venda.

– Ah... – disse Bert e continuou. – Bem, posso comprar algo para comer?

– Pode – disse o americano, em um tom de encorajamento confiante e o guiou para dentro.

A loja parecia ser muito espaçosa pelos padrões de Bun Hill, bem iluminada e desobstruída. Havia um balcão comprido à sua esquerda, com gavetas e vários produtos diferentes atrás dele, cadeiras, algumas mesas e duas escarradeiras à direita, barris, queijos e bacon até o teto. Ao final desse primeiro cômodo, uma ampla arcada conduzia a um local ainda mais espaçoso. Um pequeno grupo de homens estava reunido em volta de uma mesa, e uma mulher de talvez trinta e cinco anos estava debruçada com os cotovelos no balcão. Todos os homens tinham rifles, e o tambor de uma arma aparecia por cima do balcão. Eles ouviam um gramofone barato, com tons metálicos, que ocupava uma mesa próxima ociosamente, sem prestar atenção. Da garganta metálica do aparato vinham palavras que lhe trouxeram uma sensação de saudade de casa, que o fazia se lembrar da praia iluminada pelo sol, um grupo de crianças, bicicletas pintadas de vermelho, Grubb, um balão que se aproximava...

– Ting-a-ling-a-ting-a-ling-a-ting-a ling-a-tang... Qual é o preço dos grampos de cabelo agora?

Um homem de pescoço enorme e chapéu de palha, que mascava algo, parou o aparelho com um toque, e todos olharam para Bert. E todos os olhos estavam cansados.

– Podemos dar algo de comer para esse cavalheiro, mãe, ou não? – indagou o proprietário.

– Ele pode comer o que quiser – respondeu a mulher no balcão, sem se mover. – Desde uma bolacha até uma refeição completa. – Ela lutou contra um bocejo, como alguém que passou a noite acordada.

– Quero uma refeição – disse Bert. – Mas não tenho muito dinheiro. Não quero gastar mais que um *shilling*.

– Mais do que o quê? – perguntou o proprietário bruscamente.

– Mais do que um *shilling* – disse Bert, percebendo algo muito desagradável repentinamente.

– Sim – disse o proprietário esquecendo por um instante suas maneiras corteses. – O que diabos é um *shilling*?

– Ele quer dizer um *quarter* – disse um homem jovem, esbelto com aparência de gente culta, vestindo calças de montaria.

Bert, tentando esconder sua angústia, pegou uma moeda.

– Isso é um *shilling* – disse.

– Ele chama *venda* de *loja* – disse o proprietário –, e quer comprar uma *refeição* com um *shilling*. Posso perguntar-lhe, senhor, de que parte da América o senhor vem?

Bert guardou o *shilling* no bolso enquanto falava.

– Niágara.

– E há quanto tempo o senhor saiu de lá?

– Há uma hora mais ou menos.

– Ora! – disse o proprietário, e se virou com um sorriso confuso para os outros.

– Ora! – Eles fizeram várias perguntas simultaneamente.

Bert escolheu uma ou duas para responder.

– Vejam só – ele disse –, eu estive com a frota aérea alemã. Fui capturado por ela, por acidente, e me trouxeram para cá.

– Da Inglaterra?

– Sim, da Inglaterra. Passando pela Alemanha. Eu estive em uma grande batalha com os asiáticos e fui deixado em uma pequena ilha entre as Cataratas.

– Goat Island?

– Eu não sei o nome dela. Mas, enfim, encontrei uma máquina voadora e voei um tanto com ela e cheguei aqui.

Dois homens se levantaram, observando-o incredulamente.

– Onde está a máquina voadora? – perguntaram. – Lá fora?

– Está lá na floresta, a uns oitocentos metros de distância.

– Ela está funcionando? – disse um homem de lábios grossos com uma cicatriz.

– Meu pouso foi meio violento...

Todos se levantaram à sua volta e falaram incompreensivelmente. Eles queriam que ele mostrasse o caminho para a máquina voadora imediatamente.

– Vejam bem – disse Bert –, eu levo vocês, mas não comi nada desde ontem, a não ser água.

Um jovem esquelético, com aparência de soldado, longas pernas esguias, com sua calça de montaria e uma cartucheira, que até então não tinha falado, intercedeu a seu favor com um tom autoritário e confiante.

– Está tudo bem – disse ele. – Deem-lhe uma refeição, senhor Logan, eu pago. Quero ouvir mais sobre a história dele. Vamos ver essa máquina depois. Se quer saber minha opinião, devo dizer que é um acidente extremamente interessante que jogou esse cavalheiro aqui. Acho que vamos confiscar essa máquina voadora, se a encontrarmos, para defesa da região.

3

Bert mais uma vez teve boa sorte e se sentou para comer carne fria, um saboroso pão e mostarda e beber cerveja muito boa. Enquanto comia, ia fazendo um resumo geral bastante parcial e cheio de inconsistências e omissões próprias de uma mente como a dele, a história de suas aventuras. Contou como ele e um "cavalheiro amigo" visitaram o litoral por questões de saúde, até que um "chapa" surgiu em um balão e caiu do lado de fora, enquanto ele caiu do lado de dentro. Depois, narrou como tinha flutuado até a Francônia, como os alemães aparentemente o confundiram com outra pessoa e o "aprisionaram" e o trouxeram para Nova Iorque, como fora para Labrador e voltara, como tinha chegado a Goat Island sozinho. Ele omitiu toda a questão do príncipe e o caso de Butteridge, não por má-fé, mas porque sentia que sua capacidade de explicar todos os meandros não seria boa o suficiente para aqueles homens entenderem. O que mais desejava era que sua história parecesse coerente, natural e correta, que servisse para apresentá-lo como um inglês confiável e correto, em uma posição bastante medíocre, para que eles pudessem lhe dar comida e hospedagem com liberdade e confiança. Quando sua fragmentada narrativa chegou a Nova Iorque e à batalha de Niágara, os homens subitamente pegaram jornais que estavam espalhados na mesa e começaram a interrompê-lo e questioná-lo com perguntas e mais perguntas, pondo em dúvida tudo o que Bert dizia com tanta veemência. Ficou evidente para ele que sua descida tinha reavivado e reacendido as chamas de uma discussão, um tópico que ainda queimava com força, e que só fora abafado temporariamente. O gramofone fornecia uma distração momentânea, interrompendo uma discussão que unia esses homens, armados com seus rifles, sobre a guerra e seus métodos.

Bert percebeu que as questões sobre sua personalidade ou suas aventuras pessoais eram deixadas de lado, que ele estava sendo subestimado e considerado somente uma fonte de informação. Os assuntos comuns da vida, a compra e venda das necessidades diárias, o cultivo do solo, o cuidado com os animais continuavam simplesmente por causa da rotina, assim como os afazeres de uma casa continuam de qualquer maneira. O interesse soberano era formado pelas enormes aeronaves asiáticas que saíam em missões incalculáveis pelo céu, os espadachins vestidos de carmesim que desciam flutuando exigindo petróleo, comida ou notícias. Esses homens queriam saber, o continente inteiro queria saber: "O que devemos fazer? O que podemos tentar? Como podemos atacá-los?". Bert caiu naquele lugar como um objeto, e até mesmo em seus pensamentos deixou de ser algo central e independente.

Depois de comer e beber o suficiente, ele suspirou, se espreguiçou e disse o quanto a comida parecera ótima, acendeu um cigarro que lhe deram e liderou a caminhada, com algumas dúvidas e alguns problemas, em direção à máquina voadora em meio aos larícios. Ficou evidente que o jovem magricelo, cujo nome aparentemente era Laurier, era um líder tanto por sua posição quanto por sua aptidão natural. Ele sabia o nome, as disposições e as habilidades de todos os homens que ali estavam, e os colocou para trabalhar imediatamente, com vigor e eficiência, para garantir aquele precioso instrumento de guerra trazido pelo inglês. Trouxeram a máquina para o solo com cuidado, derrubando algumas árvores no processo de resgate, e construíram um telhado achatado e amplo de lenha e troncos de árvore para proteger seu achado precioso contra a descoberta fortuita de qualquer asiático que passasse por ali. Muito antes do anoitecer, um engenheiro da cidade vizinha já estava trabalhando nela, e eles estavam sorteando entre dezessete homens selecionados quem voaria primeiro. Bert encontrou sua gatinha, a levou de volta para a venda de Logan e a entregou com muitas recomendações para a sra. Logan. E foi reconfortantemente claro que ele e a gatinha tinham encontrado uma alma simpática na sra. Logan.

Laurier não era somente uma pessoa magistral, um proprietário rico e um patrão, ele era o presidente, Bert descobriu com espanto, da Empresa de Enlatados de Tanooda, mas também era célebre e dominava a arte da popularidade. Ao anoitecer, uma multidão de homens se reuniu na venda e conversou sobre a máquina voadora e sobre a guerra que destroçava o mundo. Em pouco tempo, chegou um homem montado em uma bicicleta com um jornal mal impresso, de uma folha só, que funcionou como combustível em uma fornalha chamejante de conversa. Quase todas as notícias eram sobre americanos; os cabos antigos tinham caído em desuso havia alguns anos, e as estações sem fio de Marconi, do outro lado do oceano e no litoral do Atlântico, pareciam ter sido alvo de ataques particularmente tentadores.

Mas as notícias eram grandiosas.

Bert sentou-se ao fundo – a essa altura, seu papel já estava definido e aceito – para ouvir. Em sua mente, passavam estranhas e vastas imagens sugeridas pelas conversas e discussões ao redor, como as crises, as nações em tumultuada marcha, continentes derrubados pela fome e destruição além da medida. Com alguma frequência, a despeito de todo esforço possível, certas impressões pessoais surgiam em meio à confusão de imagens e sensações – a horrível imagem do príncipe explodido, do aeronauta chinês de cabeça para baixo, do oficial com cara de pássaro mancando e enfaixado, em um voo miserável e sem esperança...

Falavam de fogos e massacres, crueldades e defesas, sobre coisas que tinham sido feitas com asiáticos inofensivos por indivíduos dominados por furiosa loucura, de cidades inteiras – incluindo o entroncamento de ferrovias e pontes – arrasadas pelas chamas e pelos bombardeios, de populações escondidas e êxodo.

– Todos os navios que eles têm estão no Pacífico – ouviu um homem exclamando. – Desde o começo da batalha eles não podem ter desembarcado menos de um milhão de homens na encosta do Pacífico. Eles vieram para ficar na América do Norte, e ficarão, vivos ou mortos.

Lenta, ampla e invencivelmente, surgiu uma percepção na mente de Bert a respeito da imensa tragédia da humanidade para onde sua vida o levava; a natureza universal e terrível da época que tinha chegado; a concepção de um fim da segurança da ordem e do hábito. O mundo inteiro estava em guerra e não conseguia retornar à paz e podia nunca mais recuperá-la.

Ele pensara que as coisas que tinha visto eram excepcionais, conclusivas, que o cerco de Nova Iorque e a batalha do Atlântico tinham sido eventos que marcariam uma época entre longos anos de segurança. E esses tinham sido somente os impactos iniciais de advertência do cataclisma universal. A cada dia, a destruição, o ódio e o desastre aumentavam, as fissuras entre os homens se alargavam, mais pedaços do tecido da civilização se despedaçavam e cediam. Abaixo, exércitos aumentavam e pessoas pereciam; acima, os dirigíveis e aeroplanos lutavam e fugiam, derramando destruição em abundância.

Talvez seja difícil para o leitor de mente aberta e de visão a longo prazo entender quão incrível a ruptura da civilização científica parecia ser para aqueles que realmente viveram nessa época, para aqueles que passaram pessoalmente por esse colapso. O progresso tinha marchado como se fosse invencível pela terra e nunca mais descansaria. Por mais de trezentos anos a diástole longa e constantemente acelerada da civilização europeizada estivera acontecendo: as cidades se multiplicavam, as populações aumentavam, os valores subiam, novos países se desenvolviam; pensamento, literatura, conhecimento se desdobravam e se espalhavam. E parecia que era somente uma parte do processo que ano a ano os instrumentos de guerra ficavam cada vez maiores e mais poderosos e que exércitos e explosivos sobrepujavam todo o restante que estivesse em crescimento...

Trezentos anos de diástole, e então surgiu a sístole rápida e inesperada, como um punho se fechando. Eles não conseguiam entender que era uma sístole.

Eles não podiam pensar naquilo como algo diferente de um repuxo, um engasgo, uma mera indicação oscilatória da velocidade do progresso deles. O colapso, apesar de estar acontecendo em volta de todos eles, continuava sendo inacreditável. Em pouco tempo, uma massa em queda os soterrou, ou então o chão se abriu abaixo de seus pés. Eles morreram incrédulos...

Esses homens na venda formavam um grupo minúsculo e remoto sob essa marquise de desastre. Passavam de um pequeno aspecto para outro. O que mais os preocupava era a defesa contra patrulheiros asiáticos mergulhando em busca de petróleo, ou para destruir armas ou comunicações. Soldados eram recrutados por todo lado para defender a usina das ferrovias dia e noite, na esperança de que as comunicações poderiam ser restauradas rapidamente. A guerra em terra ainda estava muito longe. Um homem com um tom de voz monótono se distinguia por demonstrar conhecimento e perspicácia. Ele contava aos outros, com toda a confiança e precisão, o que havia de errado com os *Drachenflieger* alemães e os aeroplanos americanos e qual vantagem os voadores japoneses possuíam. Lançou-se em uma descrição romântica sobre a máquina de Butteridge e despertou a atenção de Bert.

– Eu *entendo* isso – disse Bert, e foi calado por um pensamento.

O homem com a voz monótona continuou falando, sem dar atenção a ele, sobre a estranha ironia da morte de Butteridge. Nesse momento, Bert teve uma leve pontada de alívio: ele nunca mais veria Butteridge. Ao que tudo indicava, Butteridge tinha morrido subitamente, muito subitamente.

– E o seu segredo morreu com ele! Quando foram procurar as partes... ninguém as encontrou. Ele as tinha escondido muito bem.

– Mas ele não podia ter contado? – perguntou o homem com chapéu de palha. – Ele morreu assim tão subitamente?

– Ele desabou, senhor. Fúria e apoplexia. Em um lugar chamado Dymchurch, na Inglaterra.

– Isso mesmo – disse Laurier. – Lembro de uma página sobre isso no *Sunday American*. À época, disseram que um espião alemão tinha roubado seu balão.

– Bem, senhor – disse o homem de voz monótona –, aquele ataque apoplético em Dymchurch foi a pior coisa, absolutamente a pior coisa que já aconteceu com o mundo. Pois, se não fosse a morte do senhor Butteridge...

– Ninguém conhece seu segredo?

– Nenhuma alma. Desapareceu. Seu balão, aparentemente, se perdeu no mar, com todos os projetos. Ele caiu, e eles caíram com ele.

Pausa.

– Com máquinas como as que ele construiu, poderíamos combater esses voadores asiáticos mais do que de igual para igual. Poderíamos voar mais depressa que esses beija-flores escarlates e derrubá-los assim que aparecessem. Mas eles sumiram, sumiram, e não há mais tempo para reinventá-las agora. Precisamos lutar com o que temos; e as chances estão contra nós. Mas isso não vai nos impedir de lutar. Não! Mas imagine só!

Bert tremia violentamente. Pigarreou quase inaudivelmente.

– Devo dizer – disse ele –, vejam bem, eu...

Ninguém olhou para ele. O homem de voz monótona estava começando um novo assunto.

– Creio que... – ele começou.

Bert não conseguiu conter sua empolgação. Levantou-se rapidamente, fazendo movimentos espasmódicos com as mãos.

– Devo dizer! – ele exclamou. – Senhor Laurier. Escutem aqui... Eu quero... Sobre aquela máquina de Butteridge...

O senhor Laurier, sentado em uma mesa adjacente, com um gesto magnífico, interrompeu o discurso do homem de voz monótona.

– O que ele está dizendo? – perguntou.

Então todos perceberam que algo acontecia com Bert; ele estava sufocando ou enlouquecendo. Ele gaguejava.

– Prestem atenção! Estou falando! Esperem um pouco! – e tremia e se desabotoava ansiosamente.

Ele arrebentou o colarinho e abriu o colete e a camisa. Enfiou a mão em seu interior e por um instante parecia que ia arrancar o fígado fora. Enquanto ele lutava contra botões em seu ombro, os homens perceberam que aquela coisa achatada era na verdade um protetor torácico de flanela terrivelmente imundo. Logo em seguida, Bert, meio desgrenhado, estava parado sobre a mesa mostrando um maço de papéis.

– Esses! – ele arquejou. – Esses são os projetos! Vocês sabem! O senhor Butteridge... Sua máquina! Aquele que morreu! Eu era o cara que sumiu naquele balão!

Por alguns segundos todos ficaram calados. Eles olhavam dos papéis para o rosto pálido e os olhos flamejantes de Bert, e de novo para os papéis na mesa. Ninguém se moveu. Então o homem com a voz monótona falou.

– Ironia! – ele disse, em um tom de satisfação. – Uma completa ironia de verdade! Justo quando já se pensava que estava tarde demais para pensar em construí-las!

4

Ninguém tinha dúvidas de que precisavam repassar a história de Bert novamente, Mas foi nesse momento que Laurier mostrou seus dotes de líder.

– Não, senhor! – ele disse e escorregou para fora de sua mesa.

Com um gesto amplo de braço e mãos, confiscou os projetos de Butteridge, salvando-os até mesmo de ganhar mais manchas dos dedos do homem de voz monótona, e os devolveu para Bert.

– Guarde-os novamente – ele disse –, onde estavam. Temos uma jornada à nossa frente.

Bert os aceitou.

– O quê? – disse o homem com chapéu de palha.

– Ora, senhor, nós vamos encontrar o presidente desses Estados e entregar os projetos para ele. Eu me recuso a acreditar, senhor, que seja tarde demais.

– Onde está o presidente? – perguntou Bert debilmente, na pausa que se seguiu.

– Logan – disse Laurier, desconsiderando essa pergunta tímida –, você precisa nos auxiliar com isso.

Pareceu somente uma questão de minutos antes que Bert, Laurier e o dono da venda estivessem examinando algumas bicicletas que estavam estocadas no cômodo dos fundos do local. Bert não gostou muito de nenhuma delas. Elas tinham aros de madeira, e uma experiência com aros de madeira no clima inglês o ensinara a odiá-las. Isso, entretanto, e uma ou duas objeções a uma saída imediata foram postas de lado por Laurier.

– Mas onde está o presidente? – Bert repetiu, enquanto Logan enchia um pneu murcho.

Laurier olhou para Bert com desprezo.

– Informações seguras garantem que ele está nos arredores de Albany, na direção das Berkshire Hills. Ele está se movendo de um lugar para o outro, o mais longe possível, organizando a defesa por telégrafos e telefones. A frota aérea asiática está tentando localizá-lo. Quando acham que encontraram a sede do governo, despejam bombas. Isso o atrapalha, mas até agora não chegaram nem a dezesseis quilômetros dele. A frota aérea asiática está nesse momento espalhada por todos os estados orientais, procurando e destruindo usinas de gás e o que mais parecer necessário para a construção de dirigíveis ou para o transporte de tropas. Nossas medidas de retaliação são as mais discretas possíveis. Mas com essas máquinas... Senhor, essa nossa viagem constará dentre as viagens históricas do mundo!

Ele chegou muito perto de demonstrar alguma atitude.

– Não o alcançaremos hoje à noite? – perguntou Bert.

– Não, senhor! – disse Laurier. – Teremos de viajar por alguns dias, certamente!

– E suponho que não podemos pegar uma carona em um trem ou algo assim.

– Não, senhor! Nenhum transporte passou por Tanooda em três dias. Não podemos esperar. Precisamos prosseguir como for possível.

– Partindo agora?

– Partindo agora!

– Mas e sobre... Não chegaremos muito longe hoje à noite.

– É melhor viajarmos até à exaustão e então dormir. Muito mais vantajoso. Nossa estrada é em direção ao leste.

– É claro... – disse Bert se lembrando do amanhecer sobre Goat Island, e deixou sua frase incompleta.

Ele voltou sua atenção para guardar com perícia o protetor torácico, pois vários dos projetos escapavam por dentro de seu colete.

5

Por uma semana, Bert vivenciou sensações ambíguas. Entre essas, a fadiga nas pernas era predominante. Na maior parte do tempo, estavam pedalando, sempre com as costas de Laurier inexoravelmente à sua frente, através de uma terra que parecia uma Inglaterra maior, com colinas maiores e vales mais amplos, campos maiores, estradas mais largas, menos sebes e casas de madeira com praças confortáveis. Ele viajou. Laurier fez perguntas, Laurier escolheu a direção, Laurier duvidou, Laurier decidiu. Em um momento, eles aparentemente estavam em contato telefônico com o presidente; em outro, algo tinha acontecido e eles perderam o contato novamente. Mas precisavam continuar, e Bert pedalava. Um pneu esvaziou. Mesmo assim, ele pedalou. Ficou com feridas causadas pelo selim. Laurier declarou que aquilo não era importante. Dirigíveis asiáticos passavam no céu, os dois ciclistas fugiam em busca de abrigo até que o céu ficasse limpo. Uma vez, uma máquina voadora vermelha veio flutuando atrás deles, tão baixa que ele podia enxergar a cabeça do aeronauta. Foram perseguidos por quase dois quilômetros. Ora passavam por regiões dominadas pelo pânico, pela destruição; havia locais em que as pessoas brigavam por comida, em outro elas mal tinham sido perturbadas de sua rotina interiorana. Passaram um dia em uma Albany deserta e atingida. Os asiáticos haviam cortado cada cabo da cidade, além de ter transformado o entroncamento dos trilhos em um monte de cinzas. Os dois seguiram para o leste. Eles passaram por centenas de incidentes quase sem perceber, e Bert continuava realizando sua tarefa arduamente, observando as costas infatigáveis de Laurier...

Muitas coisas chamavam a atenção de Bert e o deixavam perplexo, mas os questionamentos sem resposta logo se dissolviam em sua mente cansada.

Ele viu uma grande casa em chamas em uma colina à direita e ninguém para cuidar...

Chegaram a uma ponte férrea estreita, onde havia um trem de monotrilho parado no trilho apoiado nos pés de segurança. Era um trem incrivelmente suntuoso, o Último Expresso Transcontinental Mundial e todos os passageiros estavam jogando cartas, ou dormindo, ou preparando um piquenique em uma encosta gramada próxima. Eles estavam lá havia seis dias...

A certo ponto, dez homens morenos estavam enforcados, dependurados em cordas, nas árvores que margeavam a estrada. Bert se perguntou o porquê daquilo...

Em um vilarejo aparentemente pacífico, onde pararam para consertar o pneu de Bert e encontraram cerveja e biscoitos, foram abordados por um garoto extremamente imundo e descalço que falou da seguinte forma:

– Eles estão enforcando um chino na floresta!

– Enforcando um chinês? – disse Laurier.

– Sim. Os detetives pegaram ele roubando nos galpões da ferrovia.

– Oh!

– Aqueles estavam procurando cartuchos. Os homens penduraram ele e puxaram as pernas dele. Eles estão acabando desse jeito com todos os chinos que acham. Eles não estão se arriscando. Todos os chinos que acham.

Nem Bert nem Laurier responderam, e depois de pouco tempo, com um pigarro de disfarce, o jovem cavalheiro foi atraído pela aparição de dois de seus amigos no fim da estrada e sumiu, gritando estranhamente...

Naquela tarde, eles quase passaram por cima de um corpo fuzilado e parcialmente decomposto, estirado no meio da estrada, bem na saída de Albany. Devia estar ali há alguns dias...

Depois de Albany, viram um veículo motorizado com um pneu estourado e uma jovem mulher sentada no banco do passageiro. Um homem idoso estava embaixo do carro, tentando fazer consertos impossíveis. À frente, sentado com um rifle sobre os joelhos, de costas para o carro e olhando para a floresta, estava um jovem.

O homem idoso rastejou para fora quando eles se aproximaram e ainda de quatro no chão, cumprimentou Bert e Laurier. O carro tinha quebrado durante a noite. O homem idoso dizia que não conseguia entender o que havia de errado, mas estava tentando descobrir. Nem ele nem seu genro tinham qualquer aptidão mecânica. Haviam garantido a eles que aquele era um veículo à prova de falhas. Era perigoso ficar parado naquele lugar. Seu grupo tinha sido atacado por saqueadores e precisara lutar. Era sabido que tinham provisões. Ele mencionou também um grande nome do mundo das finanças. Laurier e Bert poderiam parar para ajudá-lo? Ele perguntou, primeiro esperançoso, depois com urgência e finalmente com lágrimas e horrorizado.

– Não! – disse Laurier, firme. – Precisamos seguir viagem. Temos que salvar mais do que uma mulher. Temos que salvar a América!

A garota não se moveu.

Logo depois, eles passaram por um louco cantando.

E finalmente encontraram o presidente escondido em um pequeno *saloon* nos arredores de um lugar chamado Pinkerville, à margem do rio Hudson, e entregaram os projetos de Butteridge nas mãos dele.

O GRANDE COLAPSO

1

Toda a estrutura da civilização estava esgarçada e se rompia em inúmeros pontos, deixando apenas fragmentos que se derretiam nas fornalhas da guerra.

Os estágios do colapso rápido e universal da civilização financeira e científica que inaugurara o século XX se seguiram tão rapidamente, que, quando visto sob perspectiva nos anais da história, pareciam se sobrepor uns aos outros. Em primeiro lugar, o mundo atingira um máximo de capacidade de riqueza e prosperidade, o que parecia à população mundial uma segurança confortável. Quando agora, em retrospectiva, o observador analisa a história intelectual daquela época, quando lê os fragmentos sobreviventes da literatura, os resquícios de oratória política, as poucas vozes inexpressivas que o acaso selecionou entre milhões de expressões para falar nos últimos dias, a coisa mais impressionante de toda essa teia de sabedoria e erro é certamente essa ilusão de segurança. Para os homens do presente, que vivem em nosso contexto de política mundial – coordenado, científico e seguro –, nada parecia tão precário, tão vertiginosamente perigoso, quanto a estrutura da ordem social com a qual as pessoas no início do século XX se contentavam. Para nós, cada uma dessas instituições e relacionamento pareciam ser frutos do acaso e da tradição, do evidente jogo da sorte. Cada uma de suas leis pareciam ter sido criadas em momentos históricos distintos, sem nenhuma relação com as necessidades futuras; os costumes pareciam ilógicos; a educação sem rumo e perdulária. De fato, os métodos de exploração econômica adotados nesse passado ao mesmo tempo remoto e recente impressionavam as mentes treinadas e informadas, dado o seu vigor frenético e destrutivo, além de tudo o que é possível conceber; o sistema monetário e de crédito se sustentava em uma tradição infundada – o valor do ouro – que, a nossos olhos, parece espantosamente instável. E viviam em cidades sem planos, em sua maioria perigosamente congestionadas; seus trilhos, estradas e população foram distribuídos pela terra na confusão desenfreada e interminável.

No entanto, eles pensaram confiantemente que este era um sistema seguro e permanente, e com a força de cerca de trezentos anos de evolução e melhoria, respondiam aos que duvidavam: "As coisas sempre deram certo. Não precisamos nos preocupar".

Mas, ao compararmos as condições de vida do homem no início do século XX, com a condição de qualquer período anterior na história, então talvez possamos começar a entender algo dessa confiança cega. Era mais a consequência inevitável da boa sorte do que uma confiança fundamentada. Pelos padrões da época, as coisas tinham ido incrivelmente bem para eles. Não seria exagero dizer que, pela primeira vez na história, populações inteiras se viram regularmente abastecidas com mais do que o suficiente para comer, e as estatísticas vitais da época testemunham uma veloz melhora de condições higiênicas além de qualquer precedente, e um vasto desenvolvimento da inteligência e da engenhosidade em todas as artes, que tornam a vida saudável. O nível e a qualidade da educação média tinham subido tremendamente; e no início do século XX, comparativamente, eram poucas as pessoas na Europa Ocidental ou na América incapazes de ler ou de escrever. Nunca antes havia tido tais massas de leitores. Havia uma ampla segurança social. Um homem comum podia viajar com segurança por mais de três quartos do globo habitável, poderia dar a volta ao mundo a um custo menor do que os ganhos anuais de um artesão qualificado. Comparada com a liberalidade e o conforto da vida comum da época, a ordem do Império Romano sob os Antoninos era local e limitada. E, a cada ano, a cada mês, surgia um novo incremento, um avanço para a humanidade, um novo país era aberto, novas minas, novas descobertas científicas, uma nova máquina!

Durante esses trezentos anos, é verdade, o movimento do mundo parecia totalmente benéfico para a humanidade. Os homens disseram, de fato, que a organização moral não estava acompanhando o progresso físico, mas poucos davam qualquer significado a essas frases, a compreensão das quais está na base da nossa segurança atual. Por um tempo, forças sustentadoras e construtivas equilibraram, à deriva maligna do acaso e da ignorância natural, o preconceito, a paixão cega e o egoísmo esbanjador da humanidade.

O equilíbrio acidental na direção do progresso, nesse sentido, foi mais suave e infinitamente mais complexo e delicado em seus ajustes do que as pessoas à época imaginavam; mas isso não alterou o fato de que era um equilíbrio efetivo. Os homens não perceberam que esse período de relativa boa sorte era uma época de grandes oportunidades, mas temporária para sua espécie. Eles complacentemente assumiram um progresso necessário para o qual não tinham responsabilidade moral. Não perceberam que essa segurança advinda do progresso precisava ser conquistada – ou perdida –, pois o tempo para vencer já havia passado. Todos estavam sempre repletos de tarefas, com muita energia, mas ao mesmo tempo com uma curiosa indolência para as coisas ameaçadoras. Ninguém se incomodou com os perigos reais da humanidade. Eles viram seus exércitos e marinhas cada vez maiores e mais portentosos – alguns de seus encouraçados chegaram a custar toda a despesa anual reservada para a educação superior. O acúmulo de explosivos e o maquinário de destruição eram constantes, bem como o crescimento do poder de fogo das tradições e invejas patrióticas. Nada fizeram diante do estímulo às hostilidades entre diferentes raças, quando era evidente que todos os povos do planeta estavam cada vez mais próximos, embora sem compreensão e entendimentos mútuos; permitiam o crescimento em seu meio de uma imprensa mal-intencionada, mercenária e inescrupulosa, incapaz de fazer o bem, mas poderosa para o mal. O Estado praticamente não tinha controle sobre a imprensa. De forma negligente, permitiram que a papelada impressa e colocada em circulação pela imprensa pousasse diante de cada porta, como um detonador para a guerra, prontos para serem incendiados por qualquer faísca. Os precedentes oferecidos pela história eram contos do colapso das civilizações, o que evidenciava os perigos da época. Incredulidade agora é acreditar que eles não podiam ver o que estava acontecendo.

A humanidade poderia ter evitado esse desastre da Guerra no Ar?

Essa é uma pergunta inútil, tão inútil quanto perguntar se a humanidade poderia ter evitado a decadência que transformou a Assíria e a Babilônia em desertos estéreis ou o lento declínio e queda, a gradual desorganização social, fase por fase, que encerrou o capítulo do Império do Ocidente! A humanidade não podia, ela não tinha a determinação para pará-la. O que a humanidade poderia alcançar se houvesse motivação diferente é mera especulação tão inútil quanto magnífica. E essa decadência que veio para o mundo europeizado não foi lenta – outras civilizações apodreceram e desmoronaram –, a civilização europeizada foi, por assim dizer, explodida. No espaço de cinco anos, ela foi completamente desintegrada e destruída. Até às vésperas da Guerra no Ar qualquer um poderia assistir ao espetáculo do avanço incessante, da segurança alçada a um nível mundial, de enormes áreas com indústria altamente organizada e populações assentadas, cidades se espalhando gigantescamente, mares e oceanos pontilhados com o transporte marítimo, a terra repleta de trilhos e caminhos abertos. Então, de repente, as frotas aéreas alemãs varrem a cena, marcando o início do fim.

2

Esta história já contou a rápida corrida da primeira frota aérea alemã sobre Nova Iorque e da orgia selvagem e inevitável de destruição inconclusiva que se seguiu. Em seguida, uma segunda frota aérea já estava inflando seus gasômetros quando Inglaterra, França, Espanha e Itália botaram as mangas de fora. Nenhum desses países havia se preparado para a guerra aeronáutica na magnífica escala dos alemães, mas cada um deles guardava segredos, cada um em certa medida estava se preparando, e um temor comum do vigor alemão e desse espírito agressivo que o príncipe Karl Albert encarnava havia muito tempo vinha unindo esses poderes em antecipação secreta de um ataque daquele tipo. Essa aliança oculta tornou possível a rápida cooperação, e eles certamente se ajudaram prontamente. A segunda potência aérea na Europa nesse momento era a França; os britânicos, sempre ansiosos com a expansão de seu império na Ásia, e sensíveis diante do imenso efeito moral que as aeronaves poderiam ter em populações semieducadas, tinham colocado seus parques aeronáuticos no norte da Índia, de modo que desempenharam apenas um pequeno papel no conflito europeu. Ainda assim, mesmo na Inglaterra eles tinham nove ou dez grandes dirigíveis, vinte ou trinta menores e uma variedade de aeroplanos experimentais. Antes de a frota do príncipe Karl Albert ter atravessado a Inglaterra – enquanto Bert ainda estava inspecionando Manchester sob sua vista aérea – as trocas diplomáticas que estavam acontecendo levaram a um ataque à Alemanha. Uma coleção heterogênea de balões dirigíveis de todos os tamanhos e tipos, reunidos sobre o Oberland Bernês, esmagou e queimou os vinte e cinco dirigíveis suíços, que inesperadamente resistiram a essa concentração na batalha dos Alpes, deixando, então, as geleiras e os vales alpinos repletos de estranhos destroços. Antes que a segunda frota aérea pudesse ser inflada, esses balões dividiram-se em duas frotas e saíram para aterrorizar Berlim e destruir o parque na Frância.

Tanto sobre Berlim quanto sobre a Francônia, os atacantes causaram grandes danos com seus explosivos modernos antes de serem expulsos. Na Francônia, doze gigantes totalmente distendidos e cinco gigantes parcialmente cheios e armados foram capazes de levantar voo e, com a ajuda de um esquadrão de *Drachenflieger* vindo de Hamburgo, foram capazes de derrotar os atacantes, procedendo imediatamente à perseguição dos sobreviventes. Essas mesmas aeronaves também foram capazes de aliviar a situação de Berlim. Logo os alemães estavam se esforçando ao máximo para pôr no céu uma esmagadora frota aérea, que efetuou ataques em Londres e Paris, enquanto os avanços de frotas dos parques aéreos asiáticos – a primeira declaração de um novo fator no conflito – foram relatadas por testemunhas na Birmânia e na Armênia.

A estrutura do mundo financeiro já cambaleava quando isso ocorreu. Com a destruição da frota americana no Atlântico Norte e o conflito esmagador que acabou com a existência naval da Alemanha no mar do Norte, com a queima e demolição de bilhões de libras em propriedades nas quatro cidades mais importantes do mundo, ficou clara pela primeira vez a opulência desesperada do novo conflito – de fato como um golpe na cara, na consciência da humanidade. O crédito caiu em um turbilhão selvagem de vendas de ações. Em todos os lugares, apareceu um fenômeno que já havia se manifestado em períodos anteriores de pânico; um desejo de *garantir e acumular ouro* antes que os preços chegassem ao fundo do poço. Mas nesse novo contexto esse fenômeno se espalhou como fogo selvagem e tornou-se universal. No céu, viam-se o conflito e a destruição; na terra, acontecia algo muito mais mortal e incurável para o frágil tecido das finanças e do comercialismo em que os homens tinham tão cegamente colocado sua confiança. Enquanto as aeronaves combatiam nos ares, o suprimento de ouro visível do mundo desaparecia. Uma epidemia de monopólios privados e uma crise global de desconfiança varreu o mundo. Em poucas semanas, o dinheiro, exceto o papel sem valor, desapareceu em cofres, em buracos, nas paredes das casas, em milhões de esconderijos.

O dinheiro desapareceu, e com seu desaparecimento, o comércio e a indústria chegaram ao fim. O mundo econômico cambaleou e caiu morto. Era como o derrame motivado por alguma doença, era como a água desaparecendo do sangue de uma criatura viva: foi uma súbita e universal coagulação da economia.

E enquanto o sistema de crédito – que tinha sido a fortaleza viva da civilização científica – cambaleou e caiu sobre os milhões de pessoas que unira por meio de relações econômicas, enquanto essas pessoas, perplexas e indefesas, lidavam com essa maravilha de crédito totalmente destruída, as aeronaves da Ásia, incontáveis e implacáveis, derramadas pelos céus, mergulhavam a leste para a América e a oeste para a Europa, a página da história se tornava um longo crescente de batalha. O corpo principal da frota aérea anglo-indiana pereceu sobre uma pira de inimigos em chamas na Birmânia; os alemães foram dispersados na grande batalha dos Cárpatos; a vasta península da Índia explodiu em insurreição e guerra civil de ponta a ponta, e de Gobi até Marrocos subiram os estandartes da "Jihad". Durante algumas semanas de guerra e destruição, parecia que a Confederação da Ásia Oriental conquistaria o mundo – mas, justo nesse momento, a moderna civilização da China, construída às pressas, acabou ruindo. A população pacífica e populosa da China havia sido "ocidentalizada" durante os anos iniciais do século XX com o mais profundo ressentimento e relutância; eles tinham sido arregimentados e disciplinados por uma influência combinada dos japoneses e europeus, que incluía a aquiescência a métodos sanitários, controles policiais, serviço militar e todos os já conhecidos processos de exploração do trabalho e da natureza contra os quais se impunha toda uma tradição milenar. Sob o estresse da guerra, a resistência da sociedade encontrou um ponto de ruptura: a China inteira se levantou em revolta incoerente, e a destruição prática do governo central em Pequim por um punhado de aeronaves britânicas e alemãs que escaparam das principais batalhas tornaram essa revolta invencível. O Japão foi o próximo a cair. Em Yokohama, apareceram barricadas, onde tremulavam as bandeiras negras da revolução social. Com isso, o mundo inteiro tornou-se um poço de conflitos.

Assim, ao colapso social universal se seguiu, como se fosse uma consequência lógica, um mundo mergulhado na guerra mundial. Havia grandes populações, grandes massas de pessoas que se encontravam sem trabalho, sem dinheiro e incapazes de conseguir comida. A fome estava em todos os bairros da classe trabalhadora no mundo após três semanas do início da guerra. Em um mês, não havia uma cidade em que a lei ordinária e o procedimento social não tivessem sido substituídos por alguma forma de controle de emergência, em que armas de fogo e execuções militares não estivessem sendo usadas para manter a ordem e prevenir a violência. Nos bairros mais pobres e nos populosos, e mesmo naqueles que eram destinados aos ricos, a fome se espalhou.

3

Então, o que os historiadores passaram a chamar de Fase dos Comitês de Emergência surgiu da fase de abertura e do colapso social. Em seguida, veio um período de conflito veemente e inflamado contra a desintegração. Em todos os lugares, o esforço para manter a ordem e continuar lutando se manteve. E, ao mesmo tempo, a natureza da guerra mudou: as enormes aeronaves cheias de gás foram substituídas por máquinas voadoras como instrumentos de guerra. Assim que as grandes confrontações entre as frotas tiveram fim, os asiáticos se aplicaram na tarefa de estabelecer centros fortificados dos quais poderiam ser feitos ataques de máquinas voadoras próximos aos pontos mais vulneráveis dos países contra os quais estavam agindo. Por um tempo, tudo funcionou do jeito deles, e então, como esta história contou, o segredo perdido da máquina Butteridge veio à tona, e o conflito tornou-se igual e menos conclusivo do que nunca. Isso porque essas pequenas máquinas voadoras, ineficazes para qualquer grande expedição ou ataque conclusivo, eram horrivelmente convenientes para a guerrilha, já que eram construídas de forma rápida e barata, e podiam ser facilmente usadas e escondidas. O projeto da máquina de Butteridge foi copiado às pressas, impresso em Pinkerville e transmitido aos poucos pela América do Norte. Cópias foram enviadas para a Europa e lá também foram reproduzidas. Cada homem, cada cidade, cada paróquia eram exortadas a fazê-las e usá-las. Em pouco tempo, elas estavam sendo construídas não apenas por governos e autoridades locais, mas por bandos de ladrões, por comitês insurgentes, por todo tipo de pessoa privada. A peculiar destrutividade social da máquina de Butteridge estava em sua completa simplicidade. Era quase tão simples quanto uma bicicleta motorizada. Os amplos contornos dos estágios iniciais da guerra desapareceram sob a influência decisiva do novo aparato, e o antagonismo entre nações e impérios e raças desapareceu em uma massa fervilhante de conflitos locais. O mundo, que tinha uma unidade e simplicidade mais ampla do que a do Império Romano, no seu melhor, passou a ser uma fragmentação social tão completa quanto o período de saques de senhores feudais da Idade Média. Mas, dessa vez, em lugar de uma longa, crescente e gradual desintegração, a queda vinha na forma de um repentino salto de um penhasco. Em todos os lugares, homens e mulheres percebiam isso e lutavam desesperadamente para conseguir, por assim dizer, se segurar na beira do penhasco.

Segue-se uma quarta fase. Através da luta contra o caos, na esteira da fome, veio agora outro velho inimigo da humanidade: a peste, a Morte Púrpura. Mas a guerra não faz uma pausa. As bandeiras ainda tremulavam e novas frotas aéreas subiam aos céus. Novos tipos de aeronaves surgiam, e, logo abaixo das lutas feitas de rasantes, mergulhos e varreduras, o mundo se tornava mais e mais sombrio, em uma intensidade raras vezes vista na história.

Não está dentro do projeto deste livro contar a história que se seguiu, contar como a Guerra no Ar continuou por causa da pura incapacidade das autoridades em chegar a um acordo e acabar com ela, até que cada

governo organizado que existia se fragmentasse em mil pedaços estilhaçados, como porcelana atingida por um bastão de ferro.

A cada semana desses anos terríveis, a história se torna mais detalhada e
confusa, menos precisa, mais incerta. A civilização não foi derrubada sem
grande e heroica resistência. Do amargo conflito social, surgiram associações patrióticas, irmandades eclesiásticas, prefeitos da cidade, príncipes,
comitês provisórios, tentando manter a ordem na terra e o céu a distância.
O duplo esforço destruiu a todos. E, à medida que o esgotamento dos recursos mecânicos da civilização finalmente limpa os céus das aeronaves,
anarquia, fome e peste triunfavam sobre a Terra. As grandes nações, as
potências e os impérios tornaram-se nada além de nomes pronunciados
pelos homens. Em todos os lugares, havia ruínas e mortos não enterrados,
enquanto os sobreviventes, esqueléticos e pálidos, eram reduzidos a uma
apatia mortal. Havia todo tipo de comando nas faixas fragmentadas de
terras disponíveis: ladrões, comitês de vigilância, bandos de guerrilha go-
vernando regiões de território exausto, federações estranhas e irmandades
se formavam e se dissolviam. Os fanatismos religiosos gerados pelo desespero eram vistos pelos olhos brilhantes da fome. Era a dissolução universal.
A boa ordem e o bem-estar da Terra foram esvaziados como uma bexiga.
Em cinco curtos anos, o mundo e o escopo da vida humana regrediram
tanto quanto aquela entre a era dos Antoninos e a Europa do século IX.

4

Nesse espetáculo sombrio de desastre, surge uma personalidade minúscula e insignificante por quem talvez os leitores desta história tenham
agora alguma pequena deferência. Dele ainda resta saber apenas uma única
e milagrosa coisa. Em um mundo escurecido e perdido, cuja civilização
está em sua agonia de morte, nosso pequeno *cockney* errante encontrou
sua Edna! Ele encontrou sua Edna!

Bert voltou através do Atlântico em parte por meio de uma ordem do presidente e em parte por causa de sua própria boa sorte. Ele planejou embarcar em uma brigue britânica no comércio de madeira que saiu de Boston sem carga, ao que parece, porque seu capitão tinha uma vaga ideia de "chegar em casa" em South Shields. Bert foi capaz de embarcar nele principalmente por causa da aparência de marinheiro de suas botas de borracha. Eles tiveram uma longa e agitada viagem; foram perseguidos, ou imaginaram que estavam sendo perseguidos, por algumas horas por um encouraçado asiático, que em pouco tempo foi atacado por um cruzador britânico. Os dois navios lutaram por três horas, circulando e indo para o sul enquanto lutavam, até que o crepúsculo e as nuvens de um vendaval os engoliram. Alguns dias depois, o navio de Bert perdeu seu leme e o mastro principal em uma tempestade. A tripulação ficou sem comida e subsistiu comendo peixe. Os homens viram estranhos dirigíveis rumando para leste, para perto dos Açores, e pousaram para obter provisões e reparar o leme em Tenerife. Lá encontraram a cidade destruída e dois grandes transatlânticos, com os mortos ainda a bordo, afundados no porto. Ali, conseguiram comida enlatada e material para reparos, mas suas operações foram impossibilitadas pela hostilidade de um bando de homens em meio às ruínas da cidade, que atiraram neles e tentaram afugentá-los.

Em Mogador, eles ficaram e enviaram um barco à terra para buscar água e quase foram capturados por um ardil árabe. Ali também eles tinham a Morte Púrpura a bordo, e navegaram com ela incubando em seu sangue. O cozinheiro adoeceu primeiro, e depois o imediato, e em pouco tempo todos estavam doentes e três no castelo de proa estavam mortos. Aconteceu de o tempo estar calmo, e eles derivaram impotentes e, de fato, sem se importar com seu destino deixado para trás em direção ao Equador. O capitão cuidou de todos eles com rum. No fim, nove morreram, e dos quatro sobreviventes nenhum entendia sobre navegação; quando finalmente melhoraram e puderam lidar com uma vela, eles se guiaram pelas estrelas em direção ao norte e já estavam sem comida mais uma vez quando se aproximaram de um petroleiro que ia do Rio de Janeiro para Cardiff. Com falta de pessoal por causa da Morte Púrpura, ficaram felizes em levá-los a bordo. Então, finalmente, depois de um ano vagando, Bert chegou à Inglaterra. Desembarcou em um dia claro de junho e descobriu que a Morte Púrpura estava apenas começando sua devastação ali.

As pessoas estavam em estado de pânico em Cardiff e muitos tinham fugido para as colinas. Assim que o navio a vapor de Bert chegou ao porto, o que restou de comida foi confiscado por um Comitê Provisório não legítimo. Bert mendigou por um país desorganizado pela peste, sem comida e abalado até a base de sua ordem imemorial. Chegou perto da morte e da inanição muitas vezes, e numa delas foi atraído para cenas de violência que poderiam ter acabado com ele. Mas o Bert Smallways que mendigou de Cardiff até Londres vagamente "indo para casa", vagamente buscando algo dele mesmo que não tinha forma tangível, a não ser Edna, era uma pessoa muito diferente do Dervixe do Deserto que foi varrido da Inglaterra no balão do senhor Butteridge um ano antes. Ele estava queimado do sol, magro, adquirira uma resistência que nem sabia de onde. Tinha o olhar atento e o corpo tomado pela praga. A boca *cockney*, que já ficara aberta de espanto tantas vezes, agora se fechava como uma armadilha de aço. Em sua testa havia uma cicatriz branca adquirida após travar uma luta no brigue. Em Cardiff, conseguira roupas novas e uma arma – uma camisa de flanela, um terno de veludo e um revólver com cinquenta projéteis – em uma loja de penhores abandonada. Ele também pegou um pouco de sabão e se lavou de verdade pela primeira vez em treze meses em um córrego fora da cidade. Os bandos de Vigilância, que no início atiravam livremente contra saqueadores, estavam agora totalmente dispersos pela praga, ou ocupados entre a cidade e o cemitério buscando em vão manter o ritmo de deslocamento. Bert perambulou pelos arredores da cidade por três ou quatro dias, faminto, e depois voltou para se juntar ao corpo médico da Marinha por uma semana, e assim se fortificou com algumas refeições completas antes de partir para o leste.

O interior galês e inglês naquela época apresentava uma estranha mistura de segurança e riqueza característicos ao início do século XX, com uma espécie de medievalismo saído de uma obra de Dürer[53]. Todo o maquinário, as casas, os monotrilhos, as sebes e os cabos de energia, as estradas e calçadas, os cartazes e anúncios publicitários da era anterior ainda estavam intactos em sua maioria. Falência, colapso social, fome e peste não fizeram nada para prejudicá-los, pois foi apenas nas grandes capitais e nos centros nervosos, por assim dizer, que a destruição tinha chegado. Qualquer um que caísse de repente no interior teria notado muito pouca diferença entre antes e depois da guerra. Teria notado primeiro, talvez, que todas as sebes precisavam ser aparadas, que a grama da beira da estrada tinha se tornado espessa, que as estradas estavam extraordinariamente desgastadas pela chuva e que os chalés pelo caminho pareciam, em muitos casos, fechados, que um fio telefônico tinha caído aqui e que uma carroça estava abandonada pelo caminho. Mas o recém-chegado ainda teria sua fome estimulada pelo anúncio dos apetitosos pêssegos enlatados da Wilder's Canned Peaches, ou seria informado de que não havia nada melhor do que um café da manhã com as linguiças de Gobble.

De repente, o elemento medieval saído das pinturas de Dürer: o esqueleto de um cavalo, ou uma massa amontoada de trapos na vala, com pés magros estendidos e uma pele amarela com manchas roxas, e uma cara, ou o que tinha sido uma cara, magra expectante e devastada, repleta de pústulas púrpuras. Depois haveria um campo que tinha sido arado, mas onde nada fora semeado, um campo de milho descuidadamente pisoteado pelos animais, e uma cerca derrubada do outro lado da estrada, que só serviria para fazer uma fogueira.

Logo depois, encontraria um homem ou uma mulher, de cara amarela, vestidos de forma negligente, mas fortemente armados, procurando comida. A pele, os olhos e a expressão dessas pessoas lembravam as de mendigos ou criminosos, embora as roupas parecessem ter sido usadas por pessoas prósperas de classe média ou de classe alta. Muitos deles estariam

---

[53] Albrecht Dürer foi um gravador, pintor, ilustrador, matemático e teórico de arte alemão. Fonte: Wikipedia. (N.T.)

A G<small>UERRA NO</small> A<small>R</small>

ansiosos por notícias e, em troca delas, dispostos a ajudar e até mesmo a dar pedaços de carne estranha ou crostas de pão cinza e pastoso. Ouviam a história de Bert com avidez e tentavam mantê-lo com eles por um dia ou mais. A cessação da distribuição postal e o colapso de toda empresa jornalística deixaram uma imensa e dolorosa lacuna na vida mental dessa época. Os homens de repente perderam de vista os confins da Terra e ainda tiveram que recuperar os hábitos de propagação das notícias como na Idade Média. Em seus olhos, em seu porte, em sua fala, estava a característica das almas perdidas e desorientadas.

Enquanto Bert viajava de paróquia em paróquia e de distrito em distrito, evitando ao máximo aqueles centros de violência e desespero, as cidades maiores, ele pôde ver que as condições de cada uma delas eram completamente diferentes. Em uma paróquia, encontrou a grande casa queimada, o vicariato destruído, evidentemente em um conflito violento por algum estoque de alimentos suspeito e talvez imaginário, mortos não enterrados em todos os lugares, e todo o mecanismo da comunidade em paralisia. Em outra, ele viu forças organizadoras trabalhando estoicamente, quadros de aviso recém-pintados expulsando vadios, estradas e campos ainda cultivados policiados por homens armados, a peste sob controle, até mesmo sendo cuidada, uma loja de alimentos sendo gerenciada, o gado e as ovelhas bem guardados, e um grupo de dois ou três juízes, o médico da aldeia ou um fazendeiro, dominando todo o lugar; uma reversão, de fato, para a comunidade autônoma do século XV. Mas a qualquer momento tal vila podia ser atacada por asiáticos ou africanos ou piratas aéreos, exigindo gasolina e álcool ou provisões. O preço de sua ordem era uma vigilância cega e perpétua, aliada à tensão constante. Em seguida, calhava de aproximar-se de um centro populacional maior, pleno de problemas mais intrincados que poderiam ser resumidos pelas vagas informações e pelos avisos manchados que diziam "Quarentena" ou "Estranhos serão Baleados", ou por uma série de saqueadores em decomposição pendurados nos postes telefônicos na beira da estrada. Perto de Oxford, grandes placas foram colocadas nos telhados, expulsando todos os andarilhos com uma única palavra: "Armas".

Assumindo riscos em meio a toda essa situação, os ciclistas ainda se mantinham viajando, e uma ou duas vezes durante a longa caminhada de Bert, veículos motorizados poderosos contendo figuras mascaradas e de óculos passavam velozes por ele. Havia poucos policiais em evidência, mas, de vez em quando, esquadrões de soldados-ciclistas magros e esfarrapados passavam, e tais encontros se tornaram mais frequentes quando ele saiu de Gales para a Inglaterra. Em meio a todos esses destroços ainda arrumavam tempo para sair em alguma campanha militar. Bert tinha tido a ideia de pernoitar em algum albergue, quando a fome e a solidão da noite fossem avassaladoras. Porém, alguns deles foram fechados e outros haviam sido convertidos em hospitais temporários. Encontrou um albergue em um crepúsculo perto de uma aldeia em Gloucestershire que estava com todas as suas portas e janelas abertas, silencioso como um túmulo, e, como ele descobriu, para seu horror, com tropeços ao longo de corredores malcheirosos, repleto de mortos não enterrados.

De Gloucestershire Bert foi para o norte até o parque aeronáutico britânico, nos arredores de Birmingham, na esperança de que pudesse repousar por ali e conseguir alguma comida. De fato, ainda existia algum tipo de governo britânico, mesmo um Departamento de Guerra, com a função única de ignorar o colapso e o desastre social no esforço de manter a bandeira britânica ainda tremulando no ar, enquanto buscava animar prefeitos e magistrados em um novo esforço de organização. Esse resquício de governo fez o que pôde para trazer os melhores artesãos sobreviventes daquela região, pois tinham como ideia construir ali, naquele local que fizeram um cerco, parecido a um parque aéreo, um tipo maior de máquina como a de Butteridge.

Bert não conseguiu uma vaga nesse trabalho: ele não era suficientemente hábil. Mais tarde, quando estava vagando por Oxford, uma grande batalha arrasou o parque aéreo que estava sendo construído. Ele chegou a ver algo – mas não muito – da batalha de um lugar chamado Boar Hill. Ele viu o esquadrão asiático vindo pelas colinas a sudoeste e uma das aeronaves orientais circulando para o sul, novamente perseguido por dois aeroplanos; um deles acabou acabou sendo tomado, destruído e queimado sobre Edge Hill. Mas ele nunca conseguiu saber o resultado dessa batalha.

Atravessou o Tâmisa de Eton para Windsor e fez seu caminho indo ao sul de Londres para Bun Hill. Lá chegando, encontrou seu irmão Tom, parecido com um animal tenebroso e defensivo na velha loja, ainda se recuperando da Morte Púrpura, e Jessica lá em cima delirante e, como parecia para ele, morrendo horrivelmente. Ela delirava sobre enviar pedidos aos clientes e repreendia Tom perpetuamente para que ele não se atrasasse com as batatas da sra. Thompson e a couve-flor da sra. Hopkins, embora todos os negócios tivessem cessado havia muito tempo e Tom tivesse desenvolvido uma habilidade bastante excepcional na caça de ratos e pardais e na ocultação de certos estoques de cereais e biscoitos de lojas saqueadas. Tom recebeu seu irmão com uma espécie de hospitalidade contida.

– Senhor! – disse ele. – É Bert. Eu imaginei que você voltaria algum dia, e eu estou feliz em vê-lo. Mas não posso convidar você para comer, porque eu não tenho nada. Onde você esteve, Bert, todo esse tempo?

Bert tranquilizou seu irmão com o vislumbre de um nabo parcialmente comido, e ainda estava contando sua história em fragmentos e parênteses, quando descobriu atrás do balcão um bilhete amarelo e esquecido endereçado a ele.

– O que é isso? – perguntou ele, e descobriu que era um bilhete de um ano atrás de Edna.

– Ela veio aqui – disse Tom, como alguém se lembrando de algo trivial. – Perguntou por você e pediu para que a abrigássemos. Isso foi depois da batalha e do incêndio de Clapham Rise. Eu queria abrigá-la, mas Jessica não deixou. Então ela pegou cinco *shillings* emprestados e foi embora. Imagino que tenha escrito.

Ela tinha, Bert descobriu. Ela tinha ido, disse em seu bilhete, para a olaria de um tio e uma tia, perto de Horsham. E lá, finalmente, depois de mais duas semanas de viagens aventureiras, Bert a encontrou.

5

Quando Bert e Edna se viram, eles se olharam e riram tolamente, por estarem tão diferentes, tão esfarrapados e surpresos. E então ambos choraram.

– Oh! Bertie, meu rapaz! – ela gritou. – Você veio... Você veio! – Estendeu os braços e cambaleou. – Eu disse a ele. Ele disse que me mataria se não me casasse com ele.

Mas Edna não estava casada. Quando em pouco tempo Bert conseguiu que falasse, ela explicou a situação. Aquele pequeno pedaço de terra agrícola solitária estava sob o poder de um bando de valentões liderados por um chefe chamado Bill Gore, que tinha começado a vida como assistente de açougueiro, mas se dedicara ao pugilismo, amealhando diversos prêmios em sua carreira. Era o que Bert entendia como um valentão profissional. Todos vinham sendo liderados por um nobre que exercia alguma superioridade no território, mas que depois de um tempo desapareceu, ninguém sabia muito bem como e Bill tinha sucedido à liderança do interior, desenvolvendo os métodos de seu professor com considerável vigor. Havia um pensamento filosófico do nobre, no que se refere a "melhorar a raça" e produzir um super-homem, o que na prática significava, para ele mesmo e seu pequeno bando, casarem-se diversas vezes. Bill seguiu a ideia com tal entusiasmo, que até sua popularidade com seus comandados acabou sendo diminuída. Um dia ele encontrou Edna cuidando de porcos e começou a cortejá-la com grande urgência entre os cochos de lama. Edna resistia com elegância, mas ele se mantinha vigorosamente por perto e bastante impaciente. Bill poderia, ela disse, vir a qualquer momento, e ela olhou Bert nos olhos. Haviam regredido ao estágio de barbárie, quando um homem deve lutar por seu amor.

Neste momento, alguns leitores podem deplorar o conflito entre o ideal e o real na tradição cavalheiresca. Gostariam de contar que Bert saiu para desafiar seu rival, que se formou um círculo e houve um encontro impetuoso, e que Bert por algum milagre de coragem, amor e boa sorte venceu. Mas, na verdade, nada do tipo ocorreu. Em vez disso, ele recarregou seu revólver com muito cuidado e então sentou-se no melhor cômodo do chalé ao lado da olaria abandonada, parecendo ansioso e perplexo e ouvindo falar sobre Bill e seus costumes, enquanto pensava, pensava. Então, de repente, a tia de Edna, com tom de medo na voz, anunciou a chegada do indivíduo: vinha com outros dois de sua gangue, do portão do jardim. Bert levantou-se, afastou a mulher para o lado e olhou para fora. Eles pareciam figuras notáveis. Usavam uma espécie de uniforme, com jaquetas de golfe vermelhas e suéteres brancos, camisetas de futebol, meias e botas. O aparato utilizado na cabeça era o mais variado possível. Bill usava um chapéu feminino cheio de penas de galo, e todos tinham chapéus de abas amplas, caídas, no estilo caubói.

Bert suspirou e se levantou, ainda mergulhado em pensamentos, enquanto Edna o observava maravilhada. As mulheres ficaram imóveis. Ele deixou a janela e saiu para a passagem muito lentamente e com a expressão preocupada de um homem que está pensando em coisas complexas e incertas.

– Edna! – o sujeito chamou, e quando ela veio, ele abriu a porta da frente.

Bert perguntou de forma muito simples, apontando para o que estava mais à frente dos três.

– É este? Certeza? – Quando disseram que era, ele atirou em seu rival instantaneamente e com muita precisão no peito.

Ele então atirou na cabeça do companheiro de Bill de forma muito menos cuidadosa e atingiu o terceiro homem enquanto ele fugia. O terceiro cavalheiro gritou e continuou correndo com uma pirueta cômica.

Então Bert permaneceu ainda pensativo, com a pistola na mão, sem prestar atenção nas mulheres atrás dele.

Até aquele momento as coisas tinham corrido bem.

Tornou-se evidente para ele que o envolvimento com a política local era essencial, especialmente se não quisesse ser enforcado como um assassino. Sem dizer uma palavra para a mulher, foi até a taverna da aldeia, por onde passara uma hora atrás em seu caminho para encontrar Edna, entrou pelos fundos e confrontou o pequeno bando de valentões suspeitos, que estavam bebendo no salão e discutindo o matrimônio e a afeição de Bill de uma maneira irreverente, mas invejosa. Empunhando firmemente o revólver carregado, Bert convidou os que ali estavam para se unir ao assim chamado – lamento dizer – "Comitê de Vigilância" sob seu comando.

– Surgiu bem agora e muita gente está se juntando a ele.

Apresentou-se como alguém que tinha amigos lá fora, embora, na verdade, ele não tivesse amigo algum no mundo, a não ser Edna e a tia e duas primas dela.

Houve uma discussão rápida, mas totalmente respeitosa sobre a situação. Pensaram que ele era um lunático que tinha chegado àquela localidade, desconhecendo a presença de Bill. Eles desejavam ganhar tempo até que seu líder chegasse. Bill lidaria com ele. Alguém mencionou o Bill.

– Bill está morto, acabei de matá-lo – disse Bert. – Não precisamos nos preocupar com ele. Ele está morto, e um cara ruivo com o olho torto, está morto também. Nós já resolvemos tudo isso. Nunca mais vai ter Bill, nunca. Ele tinha ideias erradas sobre casamento e essas coisas. É o tipo de cara que vamos perseguir.

Isso encerrou a reunião.

Bill foi enterrado sem cerimônia fúnebre e o Comitê de Vigilância de Bert – pois assim foi chamado – reinou em seu lugar.

Este é o fim desta história no que diz respeito a Bert Smallways. Nós o deixamos com sua Edna para se tornar invasores entre as moitas de argila e de carvalho do Weald, muito longe do fluxo central dos acontecimentos.

A partir daquele momento, a vida tornou-se uma sucessão de afazeres relativos aos camponeses: trabalhos com porcos e galinhas, pequenas necessidades e economias, depois crianças, até que Clapham e Bun Hill e toda a vida da Era Científica se tornaram para Bert somente a memória evanescente de um sonho. Ele nunca soube como a Guerra no Ar continuou nem se ainda continuava. Havia rumores de dirigíveis indo e vindo, e de acontecimentos na direção de Londres. Uma ou duas vezes suas sombras caíram sobre ele enquanto trabalhava, mas, de onde eles vieram ou para onde foram, ele não podia dizer. Até seu desejo de contar acabou por não ser alimentado. Às vezes vinham ladrões e assaltantes, às vezes vinham doenças entre os animais e a escassez de comida. Houve uma vez que o lugar se preocupou com um bando de javalis, e ele ajudou a matá-los. Ele passou por muitas aventuras inconsequentes e irrelevantes. E sobreviveu a todas elas.

Acidente e morte chegaram perto deles de vez em quando e passaram por eles, e eles amaram e sofreram e foram felizes, e ela lhe deu muitos filhos, onze, um após o outro, dos quais apenas quatro sucumbiram às dificuldades daquela vida simples. Eles viveram e se saíram bem, da maneira como se era esperado. E seguiram a jornada da vida, ano após ano, até partirem.

EPÍLOGO

Aconteceu que uma manhã de verão brilhante, exatamente trinta anos após o lançamento da primeira frota aérea alemã, um velho levou um pequeno menino para procurar uma galinha desaparecida através das ruínas de Bun Hill, seguindo a direção que levava aos pináculos estilhaçados do Palácio de Cristal. Ele não era um homem muito velho; ainda estava, na verdade, a algumas semanas dos sessenta e três anos, mas se inclinar constantemente sobre pás e forquilhas, carregar raízes e adubo e ficar exposto à umidade da vida ao ar livre sem uma mudança de roupa fizera com que ele ficasse parecido com uma foice. Além disso, perdera a maioria dos dentes, o que afetara sua digestão e, consequentemente, sua pele e o temperamento. De rosto e expressão, ele era curiosamente como aquele velho Thomas Smallways, que um dia fora cocheiro de Sir Peter Bone, e isso era exatamente como deveria ser, pois ele era Tom Smallways, o filho, que antigamente mantinha a pequena quitanda sob a extensão do viaduto do monotrilho na High Street de Bun Hill. Mas agora não havia mais quitandas, e Tom estava vivendo em uma das casas de campo abandonadas duramente perto daquele canteiro de obras desocupado que tinha sido e ainda era a cena de sua horticultura diária. Ele e sua esposa viviam no andar superior, que dispunha de salas de estar e de jantar, com janelas francesas que se abriam para o gramado, e por todo o térreo em geral. Jessica, que agora era uma velha magra, enrugada e careca, mas ainda muito eficiente e enérgica, mantinha suas três vacas e uma multidão de galinhas desajeitadas. Esses dois faziam parte de uma pequena comunidade de desgarrados e fugitivos que tinham voltado, talvez cento e cinquenta almas no total, que se haviam adaptado às novas condições, após o pânico e a fome e a peste que vieram na sequência da guerra.

Eles tinham voltado de estranhos refúgios e esconderijos e invadido as casas familiares e começaram aquela dura luta contra a natureza por comida, que agora era o principal interesse da vida deles. Por só se preocuparem com isso, eles eram um povo pacífico, mais particularmente depois que Wilkes, o agente imobiliário, impulsionado por algum sonho obsoleto de aquisição, acabou afogado na piscina perto da usina de gás arruinada, depois de reivindicar alguns direitos e exibir uma mente com tendência litigiosa. (Ele não tinha sido assassinado, você entende, mas as pessoas tinham deixado sua cabeça embaixo d'água uns dez minutos ou mais além do limite saudável.)

Em pouco tempo, essa pequena comunidade tinha retornado de seus hábitos originais de parasitismo suburbano para o que, sem dúvida, tinha sido a vida normal da humanidade por anos quase imemoriais, uma vida de economias caseiras no contato mais íntimo com vacas e galinhas e pedaços de terra, uma vida que respira e exala o cheiro das vacas e encontra a necessidade de estimulantes satisfeitos com a atividade das bactérias e vermes que engendra. Tal tinha sido a vida do camponês europeu desde o início da história até o começo da era científica, e era assim que a grande maioria do povo da Ásia e da África sempre teve o costume de viver. Por um tempo pareceu que, em virtude das máquinas e da civilização científica, a Europa seria retirada dessa eterna rodada de trabalho animal, e que a América a evitaria muito desde o início. E com a quebra do alto e perigoso e esplêndido edifício da civilização mecânica que surgiu tão maravilhosamente, de volta à terra, veio o homem comum, de volta ao estrume.

As pequenas comunidades, ainda assombradas por dez mil memórias de um estado maior, reuniram-se e desenvolveram quase tacitamente uma lei habitual e caíram sob a orientação de um curandeiro ou de um padre. O mundo redescobriu a religião e a necessidade de algo para manter suas comunidades unidas. Em Bun Hill, essa função foi confiada a um antigo pastor batista. Ele ensinou uma fé simples, mas adequada. Em seu ensino, um bom princípio chamado "Palavra" lutava perpetuamente contra uma influência feminina diabólica chamada "Mulher Escarlate" e uma criatura má chamada "Álcool". Esse Álcool havia muito se tornara uma concepção puramente espiritualizada, privada de qualquer elemento de aplicação material; não tinha nenhuma relação com os achados ocasionais de uísque e vinho em adegas de londrinos que davam a Bun Hill seus únicos feriados. Ele ensinava essa doutrina aos domingos, e durante a semana era um homem amável e gentil, distinguido por sua disposição singular de lavar as mãos, e se possível seu rosto, diariamente, e com uma habilidade maravilhosa para trinchar porcos. Ele realizava seus cultos dominicais na antiga igreja na Beckenham Road, e de lá todo o campo saía em uma curiosa reminiscência da vestimenta urbana dos tempos eduardianos. Todos os homens, sem exceção, usavam casacos, cartolas e camisas brancas, embora muitos não tivessem botas. Tom era particularmente distinto nessas ocasiões, porque ele usava uma cartola com rendas douradas e um casaco e calças verdes que ele encontrara sobre um esqueleto no porão do Banco Urbano e Distrital. As mulheres, mesmo Jessica, vinham com jaquetas e chapéus imensos, extravagantemente decorados com flores artificiais e penas de pássaros exóticos – dos quais havia suprimentos abundantes nas lojas ao norte – e as crianças – não havia muitas crianças, porque grande parte dos bebês nascidos em Bun Hill morria em poucos dias de doenças inexplicáveis – usavam roupas semelhantes, embora cortadas no tamanho adequado para acomodá-las. Assim, até o neto de 4 anos de Stringer usava uma cartola grande.

Esse era o costume dominical do distrito de Bun Hill, uma curiosa e interessante sobrevivência das tradições gentis da era científica. Nos dias de semana, as pessoas vestiam trapos encardidos, pedaços de tecidos de cores vivas, flanelas, panos de saco, sarja de cortina e pedaços de tapete velho, e andavam ou descalças ou com sandálias de madeira rústicas. Essas pessoas, o leitor deve entender, eram uma população urbana afundada de volta ao estado de um camponês bárbaro e, assim, sem nenhuma das artes simples que este teria. Em muitos aspectos, eles eram curiosamente degenerados e incompetentes. Tinham perdido qualquer ideia de produzir tecidos, mal podiam criar roupas quando havia material, e eram forçados a saquear os suprimentos que continuamente diminuíam das ruínas ao redor deles para se cobrir.

Todas as técnicas simples que eles sabiam no passado foram perdidas, e com o colapso da drenagem moderna, o abastecimento de água moderno, as compras e afins, os métodos civilizados eram inúteis. Sua comida era pior do que a primitiva. Era uma débil confusão de comida sobre fogueiras em lareiras enferrujadas de salas de estar, pois os apetrechos de cozinha queimavam demais. Entre eles, não havia nenhuma noção de assar, fazer infusões ou trabalhar com metal.

O uso de panos de saco e materiais grosseiros para roupas de dias de trabalho e o hábito de amarrá-los com corda e de enfiar estofamento e palha dentro deles para se aquecerem deram a essas pessoas uma aparência estranha, "embalada", e como era um dia de semana quando Tom levou seu sobrinho pequeno para a tarefa de buscar galinhas, era assim que eles estavam vestidos.

– Então você, de fato, chegou a Bun Hill finalmente, Teddy – disse o velho Tom, começando a falar e diminuindo seu ritmo tão logo estavam fora do alcance da velha Jessica. – Você é o último dos meninos de Bert que eu ainda não conhecia. Wat eu vi, o jovem Bert... Sissie e Matt, Tom, que recebeu o nome por minha causa, e Peter. O povo viajante trouxe você direitinho, hein?

– Eu me virei – disse Teddy, que era um garotinho seco.

– Não quiseram comer você no caminho?

– Eles eram decentes – disse Teddy –, e no caminho perto de Leatherhead vimos um homem andando de bicicleta.

– Minha nossa! – disse Tom. – Não existem muitas dessas hoje em dia. Aonde ele estava indo?

– Disse que ia para Dorking, se a High Road estivesse boa o suficiente. Mas duvido que ele tenha chegado lá. Tudo perto de Burford estava alagado. Viemos por cima da colina, tio, o que eles chamam de Estrada Romana, que é alta e segura.

– Não conheço – disse o velho Tom. – Mas uma bicicleta! Tem certeza que era uma bicicleta? Tinha duas rodas?

– Era uma bicicleta, sim.

– Ora! Lembro-me de uma época, Teddy, em que havia muitas bicicletas, quando você podia ficar bem aqui, a estrada era tão lisa quanto uma tábua, e ver vinte ou trinta indo e vindo ao mesmo tempo, bicicletas e motobicicletas, veículos motorizados, todos os tipos de coisa passando rápido.

– Não! – exclamou Teddy.

– Eu me lembro. Eles continuavam passando o dia todo, centenas e centenas.

– Mas para onde iam todas elas? – perguntou Teddy.

– Correndo para Brighton. Você nunca viu Brighton, eu imagino. É lá para baixo, à beira-mar, costumava ser um lugar incrível... E indo e vindo de Londres.

– Por quê?

– Elas passavam.

– Mas por quê?

– Só Deus sabe, Teddy. Elas passavam. E você vê aquela grande coisa lá como um enorme prego enferrujado subindo mais alto do que todas as casas, e aquele lá, e aquele outro, e como algo caiu entre eles no meio das casas. Eram partes do monotrilho. Eles iam para Brighton também, e durante todo o dia e noite havia pessoas indo, carros tão grandes quanto casas cheias de pessoas.

O menino observava as evidências enferrujadas através da estreita vala lamacenta de estrume de vaca que um dia tinham sido a High Street. Ele estava claramente disposto a ser cético, e ainda assim lá estavam as ruínas! Lutou com ideias além da força de sua imaginação.

– Para que eles iam? – perguntou ele – Todos eles?

– Eles *precisavam*. Tudo se movimentava naquela época... Tudo.

– Sim, mas de onde eles vinham?

– Daqui, Teddy. Havia pessoas vivendo nessas casas, e subindo a estrada, havia mais casas e mais pessoas. Você mal acreditaria em mim, Teddy, mas é a verdade bíblica. Você pode continuar naquele caminho para sempre e para sempre, e continua tendo casas, mais casas, e muito mais. Não há fim para elas. Sem-fim. Eles ficam cada vez maiores. – Sua voz ficou mais baixa como se ele falasse nomes estranhos.

– É *Londres* – disse ele. – E está tudo vazio agora e abandonado. O tempo todo abandonado. Você mal encontra homem e não se vê nada além de cães e gatos depois dos ratos até chegar em Bromley e Beckenham, e lá você encontra os homens de Kent pastoreando porcos. E eles são um grupo muito bravo, também! Eu digo a você que, enquanto o sol estiver no céu, é tão quieto quanto o túmulo. Eu estive lá durante o dia, várias vezes.

Ele fez uma pausa.

– E todas essas casas e ruas e estradas costumavam estar cheias de pessoas antes da Guerra no Ar e da fome e da Morte Púrpura. Elas costumavam estar cheias de pessoas, Teddy, e então veio uma época em que essas ruas e calçadas ficaram cheias de cadáveres, quando você não podia andar um quilômetro naquela direção antes que o fedor deles fizesse você voltar. Foi a Morte Púrpura que matou todos eles. Gatos, cães e galinhas e vermes a pegaram. Tudo e todo mundo pegaram. Apenas alguns de nós sobreviveram. Eu consegui, e sua tia, embora a tenha feito perder o cabelo. Ora, você encontra os esqueletos nas casas agora. Para esse lado, nós estivemos em todas as casas e pegamos o que queríamos e enterramos a maior parte do povo, mas para aquela direção, do lado de Norwood, tem casas com o vidro nas janelas ainda, e os móveis não tocados, todos empoeirados e caindo aos pedaços, e os ossos das pessoas deitadas, alguns na cama, alguns pela casa, do jeito que a Morte Púrpura os deixou vinte e cinco anos atrás.

Eu entrei em uma, eu e o velho Higgins, no ano passado, e havia uma sala com livros, Teddy... Você sabe o que eu quero dizer com livros, Teddy?

– Eu os vi. Eu os vi com fotos.

– Bem, livros por toda parte, Teddy, centenas de livros, além da conta, como dizem, com mofo verde e seco. Eu queria deixá-los lá... Eu nunca fui muito de ler... Mas o velho Higgins tinha que encostar neles. "Acho que poderia ler um deles AGORA", ele disse. "Eu não", eu disse. "Eu poderia", ele disse, rindo, pegou um e abriu. Eu olhei, e ali, Teddy, tinha uma imagem colorida... Ah, tão linda! Era uma imagem de mulheres e serpentes em um jardim. Nunca tinha visto nada daquele jeito. "Isso terá grande serventia para mim", disse o velho Higgins. E então, meio amigável, ele deu um tapa no livro.

O velho Tom Smallways fez uma pausa impressionante.

– E então? – perguntou Teddy.

–Tudo virou pó. Um pó branco! – o velho ficou ainda mais impressionado. Talvez mais do que antes. – Nós não tocamos mais em nenhum daqueles livros naquele dia. Nem depois disso.

Por um bom tempo ambos ficaram em silêncio. Em seguida, Tom, brincando com um assunto que o atraía com um fascínio fatal, repetiu:

– Durante o dia inteiro eles ficam deitados... Quietos como um túmulo. Teddy fez a pergunta, finalmente.

– Eles não ficam deitados de noite? – perguntou ele.

O velho Tom balançou a cabeça.

– Ninguém sabe, garoto, ninguém sabe.

– Mas o que eles poderiam fazer?

– Ninguém sabe. Ninguém viu ainda para contar.

– Ninguém?

– Eles contam histórias – disse o velho Tom. – Eles contam histórias, mas não há como acreditar neles. Eu vou para casa com o pôr do sol e fico dentro de casa, então não posso dizer nada, posso? Mas há aqueles que pensam algumas coisas e aqueles que pensam outras. Ouvi dizer que dá má sorte tirar as roupas deles, a não ser que os ossos estejam brancos. Tem histórias...

O menino observava seu tio com atenção.

– Que histórias? – perguntou.

– Histórias de noites de luar e coisas andando. Mas eu não acredito nelas. Eu fico na cama. Se você escutar as histórias... Senhor! Você vai ter medo de si mesmo em um campo ao meio-dia.

O menino olhou em volta e parou de perguntar por um tempo.

– Dizem que há um homem de porcos em Beckenham que ficou perdido em Londres três dias e três noites. Ele foi até o Cheapside em busca de uísque, se perdeu entre as ruínas e ficou vagando. Por três dias e três noites ele vagou, e as ruas ficavam mudando, e ele não conseguia ir para casa. Se ele não tivesse se lembrado de algumas palavras da Bíblia podia ainda estar lá. Ele passou o dia inteiro e a noite... E o dia inteiro tudo estava quieto. Tudo estava quieto como a morte, o dia inteiro, até que o sol se pôs e a escuridão aumentou, e então começou a farfalhar e sussurrar e fazer barulho de pés correndo.

Ele fez uma pausa.

– Sim – disse o menininho, quase sem fôlego. – Continue. E então?

– Havia um som de carroças e cavalos, e um som de táxis e ônibus, e então muitos assobios, assobios agudos, assobios que congelaram seus ossos. E assim que os assobios tiveram início, as coisas começaram a aparecer, pessoas nas ruas andando depressa, pessoas ocupadas nas casas e nas lojas, veículos motorizados nas ruas, um tipo de luz da lua em todas as lâmpadas e janelas. Pessoas, eu digo, Teddy, mas não eram pessoas. Eram fantasmas delas que tinham sido tomados, os fantasmas delas que andavam por aquelas ruas. E esse povaréu ia e vinha e nunca prestava atenção no sujeito lá, porque desaparecia como se fosse neblina ou vapor, Teddy. Às vezes os fantasmas eram alegres, e às vezes eram horríveis, horríveis além de palavras. E quando ele chegou a um lugar chamado Picadilly, Teddy, havia luzes brilhando como se fosse dia, e damas e cavalheiros com roupas esplêndidas andando pela calçada, e táxis passando pela rua. E enquanto ele olhava, todos foram ficando maus, com os rostos maus, Teddy. E ele achou que subitamente eles *o viam,* e as mulheres começaram a olhar para ele, e dizer as coisas mais horríveis, coisas horríveis e perversas. Uma chegou muito perto dele, Teddy, bem na frente dele, e olhou no rosto dele, de perto. E ela não tinha rosto para olhar, só uma caveira pintada, e então ele viu; todos eles eram caveiras pintadas. E um atrás do outro eles se juntaram perto dele, falando coisas horríveis e segurando-o e ameaçando-o e aliciando-o tanto que seu coração quase saiu do peito de medo.

– Sim – sussurrou Teddy, em uma pausa insuportável.

– Foi aí que se lembrou das palavras da Escritura e se salvou: "O Senhor é meu auxílio, jamais temerei", ele disse, e imediatamente um galo cantou e a rua estava vazia de uma ponta a outra. E depois disso o Senhor foi bom para ele e lhe mostrou o caminho de casa.

Teddy olhou longamente para o tio e fez outra pergunta:

– Mas quem eram as pessoas que viviam em todas essas casas? Quem eram elas?

– Cavalheiros de negócios, pessoas com dinheiro... Pelo menos pensávamos que era dinheiro, até que tudo foi destruído, e aparentemente era só papel. Todos os tipos. Ora, havia centenas de milhares deles. Havia milhões. Eu vi aquela High Street lá tão cheia que não se podia andar pela calçada, na hora das compras, com todas aquelas pessoas comprando.

– Mas onde eles conseguiam a comida e as coisas?

– Compravam em lojas iguais à que eu tinha. Eu mostro o lugar, Teddy, se voltarmos. As pessoas hoje em dia nem sabem o que é uma loja, nem sabem. Vitrines de vidro laminado... É tudo grego para elas. Ora, eu cheguei a ter uma tonelada e meia de batatas certa vez. Seus olhos até cairiam se você visse o que eu tinha na minha loja. Cestas de peras, cheias, e maçãs, nozes enormes e deliciosas. – Sua voz se tornou nostálgica. – Bananas, laranjas.

– O que são bananas? – perguntou o menino. – E laranjas?

– São frutas. Frutas doces, suculentas, deliciosas. Frutas estrangeiras. Eles as traziam da Espanha e de Nova Iorque e de outros lugares. Traziam para mim do mundo todo, e eu vendia na minha loja. *Eu* as vendia, Teddy! Eu que agora ando com você, vestido em sacos velhos, procurando galinhas perdidas. As pessoas entravam na minha loja, damas importantes e lindas, de um jeito que você nem pode sonhar, muito bem vestidas, e diziam: "Bem, senhor Smallways, o que o senhor tem nessa manhã?", e eu respondia: "Bem, eu tenho maçãs canadenses muito boas" ou, às vezes, eu tinha outras coisas. Entende? E elas as compravam. Simplesmente diziam: "Mande me entregar algumas". Senhor! Que vida era aquela. O quanto as pessoas estavam ocupadas, o alvoroço, as coisas novas que você via, carros motorizados passando, carruagens, pessoas, tocadores de realejo, bandas alemãs. Sempre havia alguma coisa passando... Sempre! Se não fosse por essas casas vazias, eu pensaria que tudo foi um sonho.

– Mas o que matou todas as pessoas, tio? – perguntou Teddy.

– Foi uma destruição – disse o velho Tom. – Tudo estava indo bem quando eles começaram aquela guerra. Tudo funcionava como um relógio. Todo mundo estava ocupado e todo mundo estava feliz e todos tinham uma boa refeição todos os dias.

Olhos incrédulos olhavam para ele.

– Todo mundo? – ele indagou com firmeza.

– Se você não conseguisse em lugar nenhum, conseguia no albergue uma boa tigela de sopa quente, chamada *skilly*[54], e pão melhor do que qualquer um sabe fazer agora, pão branco comum, pão do governo.

Teddy estava maravilhado, mas não dizia coisa alguma. Isso fazia com que ele tivesse desejos profundos, que achava melhor combater.

Por um tempo, o velho homem se resignou aos prazeres das lembranças gustativas. Seus lábios se moviam.

– Salmão em conserva! – ele sussurrava. – E vinagre... Queijo holandês, cerveja! Um cachimbo de tabaco.

– Mas *como* as pessoas foram mortas? – perguntou Teddy em seguida.

– Foi a guerra. A guerra foi o começo. A guerra bateu e destruiu as coisas, mas não *matou* muita gente. No entanto, mudou as coisas. Eles vieram e incendiaram Londres e queimaram e afundaram todos os navios que existiam no Tâmisa; vimos o vapor e a fumaça por semanas, e eles jogaram

---

[54] Mingau de aveia comum nas refeições de presídios e albergues, durante a era vitoriana. (N.T.)

uma bomba no Palácio de Cristal, que quebrou tudo, e destruiu todas as linhas ferroviárias e coisas assim. Mas matar pessoas, só matavam por acidente. Eles matavam mais uns aos outros. Houve uma grande batalha por todo lado um dia, Teddy, no ar. Coisas enormes, maiores que cinquenta casas, maiores que o Palácio de Cristal, maiores, maiores do que qualquer coisa, voando pelo ar e se atacando e cadáveres caindo delas. Horrível! Mas o problema não foram as pessoas que elas mataram, e sim os comércios que elas pararam. Ninguém mais fazia negócios, Teddy, não tinha mais dinheiro por aí. E se você tivesse dinheiro, não havia nada para comprar.

– Mas *como* as pessoas morreram? – perguntou o garotinho no intervalo.

– Estou contando, Teddy – disse o velho. – Depois todos os negócios pararam. De repente não havia mais dinheiro. Havia cheques, que eram pedaços de papel com coisas escritas, e eles eram tão bons quanto o dinheiro, tão bons quanto se viessem de clientes que você conhecia. Então, de repente, não eram mais. Eu fiquei com três deles e dois que eu tinha trocado. Então disseram que as notas de cinco libras não valiam mais, e então a prata meio que acabou. O ouro você não conseguia nem por amor nem... De jeito nenhum! Os bancos em Londres tinham ouro, e os bancos todos estavam destruídos. Todo mundo faliu. Todo mundo ficou sem emprego. Todo mundo!

Ele parou e examinou seu ouvinte. O rosto inteligente do garotinho expressava uma perplexidade desamparada.

– Foi assim que aconteceu – disse o velho Tom. Ele buscava formas de se expressar. – Foi como parar um relógio. As coisas ficaram calmas por um tempo, mortalmente calmas, exceto pelas aeronaves lutando no céu, e então as pessoas começaram a ficar ansiosas. Eu me lembro do meu último cliente, o último cliente que eu tive. Era o senhor Moses Gluckstein, um cavalheiro da cidade muito agradável, que gostava de aspargos e alcachofras, e entrou (há muitos dias não aparecia um cliente) e começou a falar muito rápido, oferecendo por qualquer coisa que eu tivesse, qualquer coisa, batatas ou qualquer coisa, o peso delas em ouro. Ele disse que era uma especulação que ele queria tentar. Ele disse que era mais uma aposta, na verdade, e que ele provavelmente iria perder, mas que queria tentar mesmo assim. Ele sempre tinha sido um apostador, dissera. Falou que eu só precisava pesar as coisas e ele me daria um cheque imediatamente. Bem, isso começou uma pequena discussão, muito respeitável, mas uma discussão para saber se um cheque ainda valia, e enquanto ele estava explicando, apareceram vários desses desempregados segurando um grande cartaz para que todos lessem (todos sabiam ler nessa época): "Queremos comida". Três ou quatro deles de repente se viraram e entraram na minha loja. "Tem comida?", perguntou um. Eu respondi: "Não, não para vender. Mas, mesmo se eu tivesse, receio que não poderia dar a você. Esse cavalheiro está me oferecendo…" O senhor Gluckstein tentou me parar, mas já era tarde demais. "O que ele está oferecendo?", disse um homem grande com uma machadinha. "O que ele está oferecendo?" Eu tive de contar. "Rapazes, tem outro financiador aqui!", ele disse e levaram-no de lá e o enforcaram em um poste no fim da rua. Ele nem tentou resistir. Depois que eu contei, ele não disse mais nada.

Tom meditou por um tempo.

– O primeiro homem que eu vi enforcado! – ele disse.

– Quantos anos você tinha? – perguntou Teddy.

– Uns 30 – disse o velho Tom.

– Ora! Eu vi três ladrões de porcos enforcados antes dos 6 anos – disse Teddy. – O pai me levou porque meu aniversário estava chegando. Disse que eu precisava ser iniciado.

– Bem, você nunca viu alguém ser morto por um veículo motorizado de qualquer forma – disse o velho Tom, depois de um momento de decepção. – E nunca viu um homem morto ser carregado para dentro da loja de um farmacêutico.

O triunfo momentâneo de Teddy sumiu.

– Não – disse ele. – Nunca.

– Nem vai. Nem vai. Você nunca vai ver as coisas que eu vi, nunca. Nem se viver até os cem anos. Bem, como eu dizia, foi assim que começaram a fome e as revoltas. Então houve greves e socialismo, coisas com as quais eu nunca me meti, e cada vez piores. Houve lutas, tiroteios, incêndios e saques. Eles quebraram os bancos em Londres e pegaram o ouro, mas não podiam transformar o ouro em comida. Como nós sobrevivemos? Bem, nós ficamos quietos. Não mexíamos com ninguém e ninguém mexia conosco. Ainda tínhamos algumas batatas, mas de forma geral sobrevivemos com ratos. Nossa casa era antiga, cheia de ratos, e a fome nunca pareceu incomodá-los. De vez em quando pegávamos um rato. De vez em quando. Mas a maioria das pessoas que vivia por aqui não tinha estômago para ratos. Não pareciam gostar deles. Eles estavam acostumados a todo o tipo de coisa, mas não conseguiam se alimentar de forma honesta, não até ser tarde demais. Acabaram morrendo.

Fez uma pequena pausa e prosseguiu:

– Foi a fome que começou a matar as pessoas. Mesmo antes de a Morte Púrpura aparecer, eles estavam morrendo como moscas no fim do verão. Como eu me lembro de tudo! Eu fui um dos primeiros a pegar. Eu tinha saído, tentando pegar um gato ou algo assim, e então fui até o meu terreno para ver se podia pegar uns nabos novos que eu tinha esquecido, e fui tomado por algo terrível. Você não faz ideia da dor, Teddy, ela me derrubou ali perto. Eu fiquei lá deitado no canto e sua tia veio me procurar e me arrastou para casa igual um saco. Eu não teria melhorado se não fosse pela sua tia. "Tom, você tem que melhorar", ela disse para mim, e eu *tinha* que melhorar. E aí *ela* ficou doente. Ela ficou doente, mas não tem muita morte que consiga chegar perto da sua tia. "Senhor! Como se eu fosse deixar você para ficar se atrapalhando sozinho!" É o que ela fala. Ela é linguaruda, sua tia. Mas a doença levou os cabelos dela, e por mais que eu tentasse, ela nunca se importou com a peruca que eu peguei para ela, tirei da senhora idosa no jardim do vicariato.

O menino estava com os olhos arregalados. Não perdia uma palavra do tio.

– Bem, então essa Morte Púrpura quase acabou com todo mundo. Você não conseguia sequer enterrá-las. E pegou os cachorros e os gatos também, e os ratos e os cavalos. No fim, todas as casas e os jardins estavam cheios de cadáveres. Você não podia ir para o lado de Londres por causa do cheiro, então precisamos sair da High Street para aquela casa de campo que conseguimos. E toda a água acabou daquele lado. Os drenos e túneis subterrâneos a levaram embora. Só Deus sabe de onde veio a Morte Púrpura; alguns dizem algumas coisas, outros dizem outras. Algumas pessoas dizem que veio de comer ratos e algumas dizem que veio de não comer nada. Alguns dizem que os asiáticos a trouxeram de um lugar chamado Tibete, eu acho, onde nunca causou muito dano. Tudo o que eu sei é que chegou depois da fome. E a fome veio depois do pânico, e o pânico veio depois da guerra.

Teddy pensou.

– O que causou a Morte Púrpura? – ele perguntou.

– Acabei de contar!

– Mas por que eles tiveram pânico?

– Porque sim.

– Mas por que começaram a guerra?

– Eles não conseguiram parar. Ter as aeronaves causou isso.

– E como a guerra acabou?

– Só Deus sabe se ela acabou, garoto – disse o velho Tom. – Só Deus sabe. Alguns viajantes que passaram por aqui, teve um homem uns dois verões atrás, eles dizem que ela ainda continua. Eles dizem que há bandos de pessoas ao norte que continuam com ela e pessoas na Alemanha, na China, na América e em outros lugares. Falaram que ainda existem as máquinas voadoras, gás e tudo. Mas nós não vimos mais nada no ar já faz sete anos, e ninguém chegou até aqui. A última que vimos foi um dirigível meio amassado indo embora, para lá. Era uma coisa menor e meio torta, como se tivesse algo de errado.

Ele apontava para o local, mas fez uma pausa diante de uma fenda entre as cercas, os vestígios da velha cerca de onde, na companhia do seu velho vizinho senhor Stringer, o leiteiro, ele uma vez tinha assistido às subidas do sábado à tarde do Aeroclube do Sul da Inglaterra. Memórias sombrias daquela tarde específica voltaram para ele.

– Lá, lá embaixo, onde toda aquela ferrugem fica mais vermelha e brilhante, lá era a usina de gás.

– O que é gás? – perguntou o garoto.

– Ah, um tipo de ar esquisito que você coloca nos balões para fazê-los subir. E você o queimava antes de a eletricidade chegar.

O pequeno garoto tentou em vão imaginar gás com esses detalhes. Então seus pensamentos voltaram a um tópico anterior.

– Mas por que eles não acabaram a guerra?

– Obstinação. Todo mundo estava se ferindo, mas todo mundo estava ferindo de volta e todo mundo estava entusiasmado e patriótico, então eles saíram por aí destruindo tudo o que viam pela frente. E continuaram destruindo. E depois ficaram desesperados e selvagens.

– Eles deviam ter acabado com a guerra – disse o garoto.

– Não deviam nem ter começado – redarguiu o velho Tom. – Mas as pessoas eram orgulhosas. As pessoas eram presunçosas, despreocupadas e orgulhosas. Tinham carne e bebida demais. Desistir... Eles, não! E depois de um tempo ninguém mais pediu para eles desistirem. Ninguém mais pediu.

Ele chupou suas velhas gengivas, pensativo, e seu olhar vagou para o outro lado do vale, para onde o vidro despedaçado do Palácio de Cristal brilhava ao sol. Uma débil e grande sensação de perda e de oportunidades irremediavelmente descartadas invadiu sua mente. Ele repetiu seu julgamento definitivo sobre todas essas coisas, obstinada, lenta e conclusivamente, a última coisa que diria sobre o assunto.

– Você pode dizer o que quiser – disse ele. – Ela não devia sequer ter começado.

O velho Tom disse isso de forma simples: alguém em algum lugar devia ter parado alguma coisa, mas quem, como ou por que eram questões que estavam além do seu conhecimento.